운두령

•안병규 중·단편 소설•

운두령

초판 1쇄 2025년 10월 2일

지은이 안병규
발행인 김재홍
교정/교열 김혜린
디자인 박효은
마케팅 이연실

발행처 도서출판지식공감
등록번호 제2019-000164호
주소 서울특별시 영등포구 경인로82길 3-4 센터플러스 1117호 (문래동1가)
전화 02-3141-2700
팩스 02-322-3089
홈페이지 www.bookdaum.com
이메일 jisikwon@naver.com

가격 17,000원
ISBN 979-11-5622-955-1 03810

차례

고개

"거기 엄마 안 가셨니?"

걸려 온 휴대폰을 귀에 가져가기도 전에 귀청을 뜯듯 다급한 누님의 목소리가 울려왔다. 어느덧 환갑을 넘겨 예순셋에 들어선 누님은 처녀 적부터 왈가닥이었다. 사내처럼 활달하고 쾌활한 그 성격이 아버지를 닮았다 해서 한때 어머니의 노파심을 달고 살기도 했던 누님이었다. 그런 누님의 몸가짐이 찬찬하거나 목소리가 차분하다면 더 이상한 일이기도 할 테지만 휴대폰으로 전해지는 음성이 꽤 긴박했기에 나는 잠깐 머뭇거리다가 가까스로 입을 열었다.

"아니요. 어머니한테 뭔 일 있으신 거예요?"

내 대답이 떨어지기가 무섭게 황망해하며 울먹이는 누님의 목소리가 연이어 들려왔다.

"큰일 났다. 아닌 밤중 홍두깨라고 이 무슨 변고냐. 금방 품걸리 마을회관에서 전화가 왔는데 엄마가 온다간다 말도 없이 감쪽같이 사라지셨대. 동네 분들이 주변 가실만한 곳을 이 잡듯 뒤졌지만 통 안 보이신단다. 몸도 성치 않은 팔순 중반 꼬부랑 노인네가 대체 어딜 가셨단 말이냐……. 안 되겠다. 네 매형이랑 내가 먼저 품걸리로 달려가 볼 테니 너도 얼른 뒤따라와라."

발을 동동 구르는 누님의 모습이 눈앞에 선연했다.

"형수님한테도 연락해 보셨어요?"

나보다는 어쩌면 형수님 댁에 가셨을지도 모르겠단 생각에 전화를 끊기 직전 누님께 물은 말이었다.

"오빠 기일 지난 뒤 두어 차례 통화만 했다더라."

앞뒤로 오로지 산뿐인 그 깊은 촌 동네에서 어머니가 사라지셨다니, 난감한 이면에 불길한 예감이 얼핏 스쳤다. 지난주 보았던 어머니의 낯설고 수선스런 움직임이 언뜻 떠올랐기 때문이었다.

마침 주말 아침이어서 아내는 일찍부터 부산을 떨었다. 아파트 뒤로 이어진 산책로를 한 시간쯤 걷고 와 샤워를 했고 커피를 끓여 마신 다음 며칠 묵은 빨래를 세탁기에 집어넣고 막 돌리려던 참이었다. 어머니가 사라지셨다고, 마을회관에 나타나지 않아 동네 분이 누님한테 전화를 걸어왔다고, 어서 가 봐야겠다고 말했을 때 아내 역시 황망해했다. 결국 우리 부부는 사륜구동의 SUV차에 올라 시골집 품걸리로 향했다.

품걸리는 몇 해 전 〈아빠 어디가〉란 TV프로에 소개된 산간 오지다. 소양댐이 생기면서 길이 뚝 끊긴 동네는 아직 뱃길이 없던 시절 험하고 된 고개를 두어 개씩 넘어야 서쪽의 춘천과 남쪽의 홍천을 오갈 수 있는 골 깊고 구석진 벽촌이었다. TV에 소개된 뒤로 품걸리는 꽤 유명해졌다. 실상은 좁아터진 계곡과 잡목 우거진 산, 시골집 몇 채와 자잘한 텃밭 몇 떼기가 전부인 산골 마을이었음에도 유명인 몇과 그들의 아이들이 마치 유배지에라도 온 듯 외딴 산간마을 오두막에 머무는 장면이 시청자들에게 깊은 여운으로 남은 모양이었다. 아이들이 천진난만하게 뛰놀던 좁다란 마을길, 투박하고 허름해 보이면서도 옛 정취가 그대로 남아 있는 시골집, 접근하기 어려운 오지, 숨듯 묻히듯 산속 깊이 자리한 마을은 TV에까지 등장했다는 신비감까지 더해 찾는 사람들이 부쩍 늘어나 마을 중심부에 꽤 큰 펜션이 들어섰는가 하면 여행객들을 위해 품걸리에서 물로리까지 이어지는 트레킹코스가 만들어졌고 예전 마을 사람들이 시내를 오가며 넘던 험준한 고갯길을 산골 오지 길로 발굴해 탐방하는 이들까지 생겨났다.

아내는 출발 때부터 굳이 자신이 차를 몰겠다고 고집을 부렸다. 이유는 간단했다. 내가 운전 중 생각이 너무 많은 데다 어머니 일로 마음이 조급해 과속 위험이 도사리고 있다는 이유에서였다. 나는 부정하지 않았고 아내에게 순순히 자동차 키를 넘겨줬다. 가는 내내 아내는 모범생처럼 배운 대로만 운전했다. 운전도 다소 서툰 데다 속도가 지나치다 싶게 느려터졌다. 속도를 좀 내주고 우회전 신호도 보행자가 없으면 눈치 보아 그냥 지나쳤으면 싶은데 아내는 그게 아니었다. 조수석에 앉아 꾹꾹 참고 있던 내가 결국 불평을 터뜨렸다.

"운전 참 고지식하게 하네."

아내는 여유 있게 좌우 살피기보단 운전대를 움켜쥐고 오로지 정면만을 주시하는 편이었다.

"여보, 내가 누군지 알아요? 선생 마누라예요. 학원에서 배운 대로 운전하는 거라고요."

아내의 표정은 엄숙하고 진지했다. 제한속도를 벗어나는 법이 없었고 우회전 시에도 건널목에서 청신호가 꺼질 때까지 굳이 기다린 뒤에야 차를 움직여 뒤따르는 차량이 몇 차례 경적을 울리게 했다. 그런 아내가 때론 답답해 얼른 운전석에서 밀쳐내고 내가 그 자리에 앉아 조급한 마음대로 빨리 달려가고 싶기도 했다. 하지만 나는 아내의 고집이 신중하고도 지혜로운 판단이라 믿고 이후론 참견하거나 투덜거리지 않았다.

"늘목 쪽으로 가."

경춘고속도로 톨게이트를 막 벗어날 무렵 나는 굳이 아내에게 늘목 고갯길로 향할 것을 주문했다. 품걸리로 가는 길은 세가지 방법이 있었다. 소양댐 선착장에서 뱃길을 이용하거나 춘천에서 느랏재를 넘은 뒤 상걸리에서 사오랑고개를 넘는 길, 그리고 동홍천IC를 빠져나와 성산리와 야시대리를 거쳐 늘목으로 향하는 길이었다. 뱃길로 가기엔 배 시간을 맞추기도 어렵거니와 도착 시간도 더뎌 선택할 사안이 아니었다. 어차피 차를 갖고 떠난 이상은 춘천에서 상걸리를 지나는 길이나 홍천에서 늘목고개를 넘는 길을 선택해야 했다. 내가 굳이 늘목을 택한 이유는 지난주 시골집에서 어머니를 보았을 때 뭔지 모르게 심상 찮았던 기억이 떠올랐기 때문이었다.

"늘목은 비포장 길이잖아요."

"예전에 어머니가 품걸리로 시집올 때 아버지랑 걸어서 넘었던 길이기도 해."

"당신은 늘목고개와 어머니가 무슨 연관이 있다고 생각하는 거예요?"

아내의 물음에 나는 글쎄 하고 대답한 뒤 지그시 눈을 감았다. 지난주 한 달여 만에 품걸리 시골집을 찾았었다. 시골집은 형님이 살아생전 현대식으로 리모델링하거나 개축해 드리려고 했지만 어머니가 한사코 말려 겨우 지붕과 부엌, 보일러만 손을 보았다. 입식 부엌과 수세식 화장실, 기름보일러, 청기와를 제외하면 외형상으론 외주물집이나 진배없는 예전의 허름한 시골집 그대로인 셈이었다. 팔순을 넘은 어머니는 허리가 굽어 지팡이나 유모차에 의존한 채 마을회관을 오르내렸다. 기력도 삼사 년 전보다 많이 쇠약해져 어디 먼 길 떠나는 것도 꺼릴 정도였다. 따뜻한 오전 봄 햇살이 안마당 가득히 쏟아질 때 나는 마늘밭에 자라나는 잡초를 뽑고 있었다. 내가 뽑지 않으면 고스란히 어머니가 감당해야 할 몫이었다. 어머니는 퇴행성관절염약을 먹고 파스를 붙여야만 걸음을 뗄 수 있는 지경이었다. 꼽등이처럼 굽은 허리로 밭고랑에 쭈그리고 앉아 마늘밭에 자란 풀을 뽑을 근력은 더 이상 남아 있지 않은 게 확실했다.

"느 아부지가 소 끌고 댕겼던 삼태기처럼 우묵하게 패인 저 웃골짜기 고개가 뭔 고개였드라."

안마당에 나와 암팡지게 유모차 손잡이를 잡은 채 집 앞산을 넌지시 바라보던 어머니가 무심코 내게 건넨 말이었다.

"사오랑고개잖아요."

그냥 그렇게 지나갔다. 그날 점심을 먹고 난 뒤 바깥바람을 쏘이던 어머니가 이번엔 남쪽 방향 집 뒷산을 바라보다가 또 내게 묻는 것이었다.

"내가 시집올 때 넘었던 저 산 꼭대기로 난 지따란 고개가 뭔 고개였드라……."

나는 기억나는 대로 얼른 대답했다.

"늘목고개 말씀하시는 거예요?"

어머니가 고개를 끄덕이고는 유모차를 밀며 마당을 몇 바퀴 돌았다. 내내 얼굴을 옆으로 꼬는 모습과 골똘히 무언가를 생각하는 듯한 진중한 모습은 좀 낯설기까지 했다. 그러다가 또 한참 시간이 지났을 때 거의 혼잣소리로 중얼거리는 것이었다.

"당최 알 수가 읎네. 실타래처럼 지따랗던 그 고개가 뭔 고개였드라……."

아침나절에 사오랑고개를 묻다가 점심 무렵에 가서는 시집올 때 넘어온 고개를 거푸 묻는 어머니의 의중을 나는 대수롭지 않게 여겼다. 날이 따뜻해지면서 눈앞에 보이는 산이 푸르러지고 우아한 자태로 앞다투어 꽃들이 피어나자 오래전 추억이 가닥가닥 떠오를 수도 있겠다 싶었다. 그날 오후 집으로 돌아온 나는 일주일이 다 가도록 어머니와 나 사이에 짧게 오간 문답을 까맣게 잊고 지냈다. 어머니가 사라졌다는 누님의 전화를 받고 난 뒤에야 그날 뭔지 모르게 수선스러웠던 어머니의 움직임에 차차 의문을 갖게 된 거였다. 돌아보니 거듭 세 번씩이나 동네를 막아선 까마득한 고개를 넘을 놓고 바라보던 모습 하며 고개를 주억거리다가 내게 무슨 고개냐고 엉뚱하게 묻고 스스로도 어처구니가 없어 애써 눈을 껌벅이던 모습들이 예전 어머니 모습과는 분명 달라 보였다.

치매, 어머니에게 치매가 온 것일까? 그렇게 되뇌다가 주머니에서 휴대폰을 꺼내 치매를 검색해 보았다. 치매 환자에게서 주로 나타나는 증상들이 항목별로 자세히 기록되어 있었다. 건강백과에 기록된 치매에 관한 설명은 개요, 정의, 원인 및 위험요인, 증상, 진단과 치료, 예방까지 상세했다. 얼추 검색을 통해 치매증세를 훑어본 결과 눈앞이 깜깜해지면서 가슴이 먹먹해졌다. 같은 질문을 반복해서 묻는 것이야말로 초기 치매를 앓는 이들의 대표적 증상이라는 것이다. 검색 내용을 통해 나름대로 추정컨대 어머니가 치매에 걸린 것이 확실하다면 아직은 흔한 인지기능장애 수준의 치매초기단계로 보인다는 점이었다. 예컨대 전두엽 기능장애라든가 알츠하이머병의 매우 중요한 증세 중 하나인 이상 행동과 이상 심리가 나타나는 단계에서는 가까운 인척이나 식구들조차 알아보지 못하게 되고 나중에는 용변이나 목욕조차 스스로 해결할 수 없게 된다는 거였다.

"치매가 오셨나 보네."

주머니에 휴대폰을 찔러 넣은 뒤 내가 낙담했다.

"지난주 어머님 댁에서 뭔 일이 있었어요?"

"같은 질문을 세 번이나 거푸 하시더라고."

"설마 우리 어머니께서…… 비록 몸은 많이 쇠하셨어도 정신만큼은 말짱하셨잖아요."

"나도 믿기지 않아. 주변에 치매 환자들 보니까 보따리 싸 들고 자꾸 집을 나가던데."

"그래서 늘목고개로 가자고 한 거예요?"

혹시 모를 일이었다. 시집올 때 넘어온 지따란 고개가 무슨 고개냐고 물었던 속내가 무의식중에 툭 던진 말은 아닐 거란 생각이었다. 혹 어머니가 정말 치매에 걸려 다른 이들처럼 옆구리에 보따리를 싸 들고 어딘가로 떠나간 거라면 그 어딘가는 홍천 내면에서 시집올 때 울며 넘었다던 늘목고개가 아닐까 막연히 추측하게 되는 거였다. 하지만 의학적 지식이 미천한 내 판단으로 섣불리 치매라고 단정하는 일이야말로 우매하고 경솔한 짓이기도 했다. 지난 일주일 동안 나는 어머니의 생경한 질문에 관해 의구심을 갖고 세세히 관찰해야 할 만큼 심각하다는 생각을 갖지 못했고 왜 자꾸 같은 질문을 반복했을까 의문조차 갖지 않은 채 평소처럼 잘 지냈다. 어머니와 하루 저녁을 보내고

'두 주 후에 또 올게요.' 하고 헤어질 때까지 어머니에게서 수상쩍은 동작이나 무의식 간에 나타났어야 할 전조증상 같은 것들이 더 이상은 목격되지 않았기 때문이기도 했다. 이미 팔순을 넘어 중반에 들어선 나이인 만큼 눈이 어두워지고 귀가 닫히듯 해묵어 오래 저장되어 있던 숱한 기억들이 하나둘 잊히는 게 인생 아니겠는가. 그렇게라도 나는 안도하고 싶었다. 지금에 와서 어머니의 증세가 치매라고 단정 짓는 것이 나의 얄팍한 상상과 과민반응이기를 기도하고 있었는지도 모르겠다. 그렇게라도 잠시 위안을 삼고 대수롭지 않게 여기고 있다가 어머니가 탈 없이 멀쩡한 모습으로 우리 앞에 나타나 주기를 바라는 속내이기도 했다. 하지만 첩첩산중 외진 마을에서 팔순 중반 노인네가 어제 오후부터 집을 비우고 아직 연락도 없이 행방이 묘연하다면 정황상 가족들은 어머니 신변에 심상치 않은 변고가 생겼다고 단정지을 수밖에 없는 일이었다.

시간이 갈수록 가족들의 속은 시꺼멓게 타들어 갔다. 차 안에서 나는 안절부절못하는 누님과 두 차례나 통화했다. 벌써 춘천에서 느랏재를 넘은 뒤 상걸리를 지나는 중이라는 누님은 별별 추측을 해가며 불안에 떨고 있었다. 아버지 묘지나 혹은 5년 전 세상을 뜬 큰아들 생각에 산소를 찾아가다 실족이라도 한 건 아닐지, 좁은 농로로 산책을 나갔다가 외딸고 후미진 곳에서 뺑소니 차량에 사고를 당한 건 아닐지, 수변에서 길을 잃고 헤매다 마을 어귀까지 들어찬 소양호의 깊은 물 속으로 추락한 건 아닐지, 아침나절에 내게 전화했을 때처럼 누님은 생각나는 대로 추측하며 울먹이고 있었다. 여기에 기름을 부을 필요까지는 없어 나는 어머니가 그동안 치매기를 보인 적이 있었는지 차마 묻지 못했다. 나는 치매가 아닐 거라고 위안하면서 정확히는 치매가 아니기를 바라면서도 다시 휴대폰을 꺼내 치매와 관련된 기사들을 읽고 있었다. 수치로는 전체 노인 중 약 9% 이상이 치매 환자라고 했다. 2015년 우리나라 65세 이상 노인 인구 중 약 64만 8천 명이 치매를 앓고 있고 향후 17년마다 두 배씩 증가할 거란 소식이었다. 게다가 65세 안팎에서는 유병률이 1.3~3.6%에 그치지만 85세 이상에서는 30~33%로 급격히 증가한다는 통계수치까지 나와 있었다. (중앙치매센타 치매대백과 중 자주 하는 질문 중에서 자료 인용) 여기에 중증 치매 환자를 둔 가족들의 갈등을 비롯해 치매와 관련된 온갖 사건 사고들이 끝도 없이 기사화되어 나돌고 있었다.

85세 이상에서는 유병률이 30퍼센트에 달한다는 치매가 85세인 어머니에게도 찾아온 것일까…… 치매 증세로 어머니가 집을 나가 하루 이상 어딘가를 헤매고 다닐지도 모른다는 생각에 미치자 나는 갑자기 내가 치매에 걸리기라도 한 듯 멍해지다가 한순간 가슴이 덜컥 내려앉았다. 아무 일도 없어야 할 텐데, 대체 어디로 가셨단 말인가? 뭔지 모를 불길한 예감이 내 머릿속을 뒤죽박죽 엉클어 놓고 있었다.

동홍천 인터체인지를 빠져나온 차는 인제 방향으로 잠시 내

달리다 성산리를 지나 야시대리로 접어들었다. 해발 1천 51미터인 가리산 주봉에서 길게 늘어진 산굽이라 들어갈수록 골짜기가 깊었고 상류로 오를수록 산세도 험했다. 성산리에서 야시대로, 야시대리에서 다시 품걸리로 이어지는 골짜기는 한 굽이를 지나면 또 다른 굽이가 나타났고 돌아가도 돌아가도 깊고 멀기만 했다. 버스길이 개통되기 전 품걸리 사람들은 이 먼 길을 걸어서 오가야 했다. 장장 50리 길이었다. 같은 품걸리라 해도 내가 자란 동네인 품걸1리에서는 아랫동네 품안리를 걸어 내려가 소양강을 건넌 뒤 부창에서 버스를 타고 시내를 오갔다. 그러나 댐이 생겨나 길이 끊긴 뒤로는 사오랑고개를 넘어 상걸리를 지나 또다시 긴 골짜기를 타고 올라 갑둔이고개를 넘어야 춘천까지 갈 수 있었다. 반면 늘목고개 하나를 사이에 둔 품걸2리 사람들은 춘천보다는 홍천읍내가 거리상으로 훨씬 가까워 장을 보거나 한 해 농사지은 곡물을 내다 팔 때 주로 홍천 장을 이용했다.

소 장수였던 아버지 역시도 늘목고개를 넘는 경우는 외가를 다녀오는 일 외엔 거의 없었다. 아버지의 생활권이 주로 춘천이어서 늘목고개보다는 사오랑고개를 넘어 다녔기 때문이었다. 우리 역시 어린시절 임도를 따라 어중간한 위치까지 오르다가 무언가 수풀 속에서 툭 튀어나올 것 같은 오싹한 분위기에 압도되어 끝까지 오르지 못한 채 되돌아오곤 했던 고개였다. 사실 예전에 웃말거리 누군가가 늘목고개를 넘던 중 피투성이인 채로 갈가지에게 물려가는 것을 본 적이 있다는 괴소문까지 나돌아 어린 우리들이 근접하기를 꺼리던 고개였다. 어른들이 늦은 밤 고개를 넘다가 당했던 일화들 역시 심심찮게 회자되기도 했는데 그중 흔한 사례는 한밤중 길 위에서 갈가지로 보이는 네발짐승이 길바닥으로 흙을 뿌리며 고개를 다 넘을 때까지 뒤따른다는 거였다. 뉘 집 닭장까지 훼손한 뒤 안에 있던 닭 몇 마리를 물어갔다는 이야기도 혹간 들렸다. 닭장을 물어뜯을 때까지 집을 지키던 개들은 면전에 나타난 갈가지가 두려워 짖어대기는커녕 꼬리를 사리고 부엌 아궁이 속에 숨어들어 가 아침에야 기어 나왔다는 말까지 돌았다.

나는 아내에게 사실고개 쪽으로 차를 몰도록 부탁했다. 사실고개는 품걸2리로 향하는 지름길이어서 단축된 거리만큼 경사도가 가팔라 오르기가 만만찮은 고개였다. 고개 입구까지 오르는 동안 동네 사람이 보일 때마다 차를 세우고 어제 오늘 사실고개 쪽에서 넘어오는 허리 굽은 노인을 본 적이 있는지를 물었다. 목격자가 있을 거라 기대한 것은 아니었지만 만나는 사람마다 대답 대신 옆으로 고개를 저었고 그때마다 나는 어머니의 실종이 어쩌면 고개와 연관이 없을 수도 있겠다는 생각에 괜한 헛걸음을 하는 게 아닐지 잠깐씩 밀려오는 회의감과 씨름하기도 했다.

그 사이 아내는 품걸리로 향하고 있다는 형수님과 통화를 했고 나는 벌써 품걸리에 도착해 집 안팎을 찾아다니고 있는 누님과 두 차례 더 통화했다. 누님은 이미 시골집 근방을 샅샅이 뒤지며 어머니를 찾는 중이라 했다. 함께 도착한 매형은 명예퇴직한 공무원답게 119와 면사무소, 동면지서, 심지어 춘천성심병원과 강원대부속병원 응급실에까지 연락해 전화하게 된 배경을 상세히 설명하고 혹이라도 노인이 발견되었다는 신고가 접수되면 즉시 가족에게 연락해 달라고 부탁하는 노련미를 발휘했다.

사실고개를 막 들어서려는 순간이었다. 왼편 계곡 쪽 사찰 입구를 벗어나는데 마침 고개에서 내려오는 원주민인 듯한 노인을 만난 것이다. 차를 세우고는 혹시 중도에서 허리 굽은 할머니를 보았는지 이전 사람들에게 물었던 내용 그대로 물었고 그 역시 똑같이 고개를 좌우로 돌렸다. 잠깐 낙담하던 차에 그가 말했다.

"차로 고갤 넘으시려우?"

그는 당연한 걸 묻고 있었다.

"도로가 훼손되기라도 했나요?"

"정상까지 오를 수는 있겠지만 고개 넘으면 스님 한 분이 사찰을 짓고 길을 막아 놔 차로는 통행이 어려울 거유."

"멀쩡한 도로를 막았다고요?"

"사유지라나 뭐라나. 암튼 걸어는 갈 수 있겠지만 차로는 고개를 넘을 수 없을 거유."

그래도 우리는 정상까지 오르기로 했다. 사륜구동이어서 언덕을 오르는 데는 별문제가 없을 테지만 평탄한 아스팔트길로만 차를 몰아 본 아내로서는 난관이 아닐 수 없었다. 아니나 다를까, 아내는 차가 뒤로 나자빠질 것처럼 경사도가 급한 오르막길과 맞닥뜨리자 자지러질 듯 비명을 지르며 이러지도 저러지도 못한 채 비탈길 중간에 차를 세우고 쩔쩔맸다. 오르막길을 오르는 데 있어 사륜구동의 기능을 과신할 필요는 없지만 예전에 짐을 실어 나르던 찻길이었던 만큼 오르지 못할 길은 아니었다. 아내는 잠깐 냉정을 되찾은 뒤 차를 후진시켜 평지에서 다시 액셀러레이터를 밟기 시작했고 구입한 지 4년째인 2012년식 SUV 차량은 아내가 엄마얏 소리를 칠 때보다는 사뭇 부드럽게 언덕진 비포장 길을 기어올랐다. 그렇게 고개 정상까지는 올라갔다. 하지만 고개까지 오르기는 했어도 사라진 어머니의 행적을 찾거나 발견할 가능성은 제로에 가까웠다. 막연히 정상까지 올라왔지만 고갯마루턱 한가운데 차를 세우고 우리 부부가 할 수 있는 것이라곤 겨우 사방을 기웃거리는 것뿐이었다. 그 옛적 아버지 어머니가 넘어 다닐 무렵의 고개엔 지게에 화로나 단지들을 가득 얹은 옹기장수부터 새우젓장수, 방물장수, 온갖 보따리상들이 온몸에 땀을 적시며 넘었을 고개였다. 그러나 아래 계곡으로 포장도로가 뚫리면서 사람의 발길이 끊긴 고개는 더없이 나른하고 쓸쓸하기까지 했다. 때마침 산 곳곳에 흐드러지게 피어난 흰 조팝꽃들이 잔바람을 타고 와 우리 코끝에 진한 꿀 냄새를 뿜어댔지만 심란한 마음을 수습할 준비가 되어있지 못했던 우리 부부는 꽃도 향기도 애써 무시하고 있었다. 고개 너머에서 찻길이 막혔다는 원주민 노인의 말을 믿고 우리는 정상에서 차를 되돌려 오던 길을 내려왔다. 수향골을 벗어나면서부터 품걸리로 오르는 깊은 골짜기가 계속 이어졌다. 물이 청정하고 수목 울창한 골이 밀림처럼 깊어 여름철 행락객들이 며칠 묵다 가기엔 더없이 좋은 계곡처럼 보였다. 물소리 우렁차고 웅덩이 깊은 요지엔 영락없이 펜션이 들어앉아 여름장사를 준비하는 중이었다. 그 계곡을 벗어나면 산은 저 멀리 비켜나 있고 소 등짝처럼 펑퍼짐한 산동네가 나타나는데 이곳이 품걸2리였다. 이미 폐교가 되어버린 가산초등학교 품걸분교를 지나쳐 오르다가 좌우로 갈라지는 시골 삼거리에서 귀농인으로 보이는 낯선 젊은이를 만났다. 나는 아내에게 차를 세우게 하고 다듬지 않은 수염이 성기게 난 그에게 같은 질문을 했다. 내가 크게 기대하고 묻지 않았듯이 그 역시 대답 대신 고개를 좌우로 흔들며 시큰둥했다. 역시 우리는 지금껏 헛걸음을 치고 있었던 것이다. 차는 이내 늘목고개 정상에 닿았다. 품걸2리에서 오르는 고개는 고개랄 것도 없이 평탄한 임도였다. 그러나 정상에서부터 품걸1리로 내려가는 길은 어머니가 시집올 때 울음을 터뜨릴 만큼 지루한 고갯길이었다.

명절 때면 자식들이 품걸리 시골집 안방에 어머니를 모셔 놓고 옛적 아버지 뒤를 따라 시집 왔다는 이야기를 청해 듣곤 했었다.

"느 외할아부지께서 취중에 홍천강을 건너시다 그만 실족하는 바람에 여러 사람 지켜보는 앞에서 봉변을 당하셨다는구나. 장마 끝이라 불어난 강물에 사람이 빠져 물살에 쓸려 떠내려가는데도 옆에 있던 사람들은 낄낄거리며 귀경만 하고 있더란다. 느 아부지가 이런 승냥이만도 못한 인간들이라고 한바탕 꾸짖더니 그 자리에서 웃옷을 훌렁 벗어 던지고는 외할아버지헌테 얼른 헤엄쳐 가 강을 건너드렸다는구나. 그때 느 아부지의 허우대와 믿음직스런 등판대기, 곧은 심지에 반한 외할아부지께서 네 아부지가 총각인 걸 알고는 그날로 우리 집꺼정 데려와 나를 소개한 뒤 배필로 마음에 드는지를 물으시더구나."

어려운 시골살이에 찌든 산골 처녀의 옷매무새가 말쑥할 리 없었고 분가루 한 번 묻혀보지 못한 얼굴이 고왔을 리 없었으나 첫눈에 어머니를 보는 순간 아버지의 마음도 요동을 쳐 단박에 외할아버지 앞에 무릎을 조아리고 사위가 되겠노라 약조를 했다. 이튿날 외할아버지는 아버지를 앞세우고 길을 떠나셨다. 딸이 시집갈 집을 미리 탐방해 보기 위해서였다. 얼마 전까지 홀어머니를 모시고 살다가 세상을 뜬 관계로 외톨이 총각 신세였던 아버지는 그래도 눈비 가릴 집 한 채와 집 앞뒤로 몇 마지기 땅까지 갖고 있는 몸이었다. 비록 동네까지 오는 골이 끝도 없이 깊고 하늘 끝 동네처럼 산봉우리만 치솟은 오지여서 갑갑한 마음에 숨이 턱 막힐 것 같기는 해도 속 깊고 믿음직스런 사위가 딸 밥 굶기는 일은 없을 것 같단 생각에서였는지 돌아오는 품걸리 길목에 사윗감을 세워 놓고는 가슴에 담고 있던 속내를 시원시원 꺼내 놓는 것이었다.

"내가 산골고라리라 세상 물정에 어둡기는 해도 사람 심성 가려낼 정도의 안목은 있다네. 자네에게서 사내다운 씨억씨억 한 기백 서껀 호방한 기운이 넘치니 그 수완이면 혹간 살다 액운이 닥쳐 잠시 고비를 맞드래도 차붓소처럼 벌떡 일어나 일가 거느릴 능력은 충분할 거라 믿네. 피차일반 곤궁한 처지에 잔치고 뭐고 구색 갖출 필요 없이 수삼일 내로 내면에 와 내 여식을 데려가시게."

외할아버지는 아버지께 그렇게 단단히 언질을 놓고는 늘목고개 굽잇길로 총총히 사라지셨다. 며칠 뒤 아버지는 홍천 내면으로 신부를 데리러 갔다. 때마침 보릿고개가 한창인 때였다. 맷방석만 한 텃밭을 일궈 겨우 입에 풀칠이나 하고 살던 외가에서는 혼사란 말을 입 밖에 낼 형편이 못됐다. 겨우 집 안팎에 놓아기르던 씨암탉 한 마리를 잡아 대접한 것이 백년가약 혼례식의 시작이자 끝이었다. 이튿날 아버지를 따라나선 어머니를 동구 밖까지 배웅하던 외할아버지께서 서릿발 같은 목소리로 당부의 말을 남기셨다.

"시집갈 때 질고 된 고개가 두엇 있을 것이다. 심들더라도 고개 넘으면 거기서부턴 직수굿하게 시댁 가풍에 따라야 하느니라. 살다가 눈앞에 시도 때도 없이 궂은일이 닥치드래도 이쪽은 까마귀고기 삶아 먹은 듯 아예 잊고 살거라. 이제부턴 죽어도 시댁귀신이 되어야 할 것이다."

그날 두 분은 창촌에서 버스를 타고 철정까지 나왔다. 철정부터 성산과 야시대리까지는 들판도 넓고 평탄한 길이어서 그럭저럭 걸을 만했다. 하지만 야시대리 안막에서 어머니가 처음으로 오를 고개가 모습을 드러냈다. 사실고개였다. 지루하고 긴 평지 길을 쉬지 않고 걸어온 탓에 벌써 종아리에 경련이 일어 걸음을 떼어 놓기가 힘겨웠다. 그래도 새색시 직전의 부끄러운 마음에 어찌 표현을 못 하고 저만치 앞서 걷는 아버지 뒤를 따라 살금살금 봉충걸음을 떼놓는데 아버지가 그걸 눈치채지 못할 만큼 둔하지는 않았다. 일제강점기 가리산 기슭에서 채취한 중석을 운반코자 강제로 인력을 동원해 뚫었다는 도로는 오가는 이가 거의 없는 허전한 비포장 길이었지만 오지 길답잖게 꽤나 널찍했다. 하나 메뚜기 이마처럼 가파른 오르막이어서 초행길의 어머니가 걸어 넘기엔 벅차고 고된 길이었다. 점심 전에 창촌에서 버스를 타고 출발했던 길이었지만 봄 햇살이 오래 머물지는 못했다. 해가 기우는 고개 마루턱엔 은은한 개살구꽃들이 덩이덩이 피어났고 나무마다 초록의 여린 잎새들이 앞다투어 피어나고 있었다. 해거름에 아픈 다리를 숨기며 걷던 어머니의 손을 잡아끈 아버지는 사실고개를 내려와서는 그 손을 다시 놓았고 또 얼마간 긴 계곡 길을 저만치 떨어진 채로 걷고 또 걸었다. 두 사람이 늘목고개를 넘어 이리 휘고 저리 휘고 우묵하고 불뚝 솟은 산굽이를 돌고 돌아 중간쯤 내려올 무렵엔 어머니의 가는 종아리가 이미 노곤하여 금방 주저앉기 직전이었고 얼굴 한가득 땀과 눈물이 섞여 범벅이 되어 있었다. 가도 가도 끝없는 고갯길이 아득하고 힘겹기만 했던 어머니는 벌써 친정과 식구들이 그리워지기 시작했고 고개를 넘으면 죽어서도 시댁귀신이 되어야 한다는 친정아버지의 벼락같던 말 한마디가 마냥 섧고 노여웠다. 눈물이 앞을 가려 길바닥조차 내딛기 어려운 지경에 어머니 앞에 다가온 아버지가 널찍한 등판을 내밀었다. 부끄러움에 잠깐 머뭇거리던 어머니는 맥 풀린 다리를 더 이상은 지탱하기 어려워 못 이기는 척 넓은 등판에 몸을 맡기었다. 시집 갈 때 신부들이 탄다는 가마가 이보다 편안할 리는 없을 터였다. 성큼성큼 내딛는 아버지의 발걸음은 한 걸음 한 걸음이 깃털처럼 가벼웠다. 아버지의 듬직한 목을 감아 안고 너른 등판에 둥싯둥싯 업혀 가다 보니 날개를 단 듯 구름을 탄 듯 마음이 둥둥 뜨고 설레었다. 내내 경련이 일던 다리도 서러움과 노여움도 펑퍼짐한 아버지 등판에 업히는 순간 봄눈처럼 녹았다. 얼마를 걷다가 아버지가 쉬어가자며 등판에서 어머니를 내려놓은 곳은 길을 일백여 보쯤 벗어난 외진 능선이었다. 검부저기 뒤덮인 능선 한복판에 늙은 소나무 한 그루가 우직한 자태로 솟아 있었다. 그 아래 고슬고슬 잘 마른 솔잎을 방석 삼아 두 사람은 나란히 앉았고 저무는 산속으로 단 봄바람이 아리아리한 꽃가루를 핥으며 스쳐 갈 즈음 열아홉 해 동안 고이 간직하고 있던 어머니의 가슴살이 아버지의 손길에 의해 처음 열렸다.

지루한 임도를 따라 구불구불 이어진 늘목고개를 넘어 우리 부부가 시골집이 있는 노장골에 도착했을 때는 시간이 벌써 정오가 넘어 있었다. 집에는 형수와 큰조카가 와 있었고 매형 역시도 눈이 퉁퉁 부어터지게 운 누님과 함께 호숫가와 집 뒷산을 수색하는 중이었다. 다섯 해 전 남편을 잃고 춘천에서 큰아들 내외와 함께 살고 있는 형수는 무슨 단서라도 찾을까 싶었던지 안방이며 건넌방, 창고로 쓰고 있는 구석방 심지어는 화장실까지 꼼꼼히 살피고 있었으나 별 소득이 없는 눈치였다.

　나는 아내를 형수와 붙어 있게 하고 작은 실마리라도 찾을까 싶어 차에 올라 마을회관으로 향했다. 남은 집들이 몇 되지 않아 한 식구 같은 이웃들도 벌써 조를 짜서 한 팀은 배터 근방을 뒤지며 다녔고 한 팀은 후미진 골짜기를 훑는 중이었다. 마을회관에는 어머니보다는 연배가 몇 해 아래인 안노인 한 분이 마당 앞을 서성이다가 나를 붙들고 어머니에게서 느꼈던 몇 가지 의심스러웠던 조짐들을 들려주었다.

　"날이 따뜻해지니깐 나들일 하구 싶으셨든지 맨날 회관 앞을 서성거리면서 이쪽저쪽 산등성이에 자꾸 눈길을 주시드라고. 밖에서 혼자 궁시렁거릴 때도 몇 번 있었구. 엊그젠 어딜 가야 한다면서 손에 호미 하날 들구 회관 앞을 어정거리시드만. 성님 밭에서 김매고 오셨수? 하니깐 어딜 가야겠는데 근력이 딸려 도통 발이 떨어지질 않는다면서 한참을 망설이다 그만 집으로 내려가셨어. 정신도 예전 같지 않고 자꾸 횡설수설 하셔쌓던데 뭔 변고인지 모르겠네."

노인의 말이 끝나기가 무섭게 내가 정말 궁금했던 내용을 물었다.

"어른들 보시기에도 저희 어머니 정신이 예전 같지 않으시던가요?"

"안 그래도 우리끼리 한 얘기가 있어. 요 근래 약간 치매기가 온 것 같다구 말이야."

그때부터 나는 일주일 전 내가 어머니에게서 느꼈던 평소와는 다른 움직임들이 훗날 어떤 일이 일어날지를 예고해 준 전조 현상이었음을 깨달았다.

"혹시 고개 말씀은 안 하시던가요?"

"고개? 첨 듣는 얘기구만. 워낙에 입이 무거운 노인네라 놔서. 자네 어무닌 평시에도 남의 시시콜콜한 얘기 들어주는 정은 있어도 뉘 앞에서 내 집안 얘기까지 곰살맞게 조곤조곤 얘기해 주는 법이 없었어."

마을회관에 모였던 이웃 어른들로부터는 어머니가 약간의 치매기가 있었다는 얘기 외엔 별 단서를 찾지 못한 채 나는 어머니 집으로 돌아와야 했다. 여기저기 돌아다니며 어머니 행적을 찾던 가족들이 집 안에 다 모여 있었다. 집에 돌아온 나에게 행여 뭔 희소식이라도 듣고 왔나 싶어 가족들이 내 차 옆으로 하나둘씩 모여들었지만 나는 사실고개와 늘목고개를 넘어오면서 차를 세우고 꼬부랑 노인네를 보지 못했냐고 물었을 때 그들이 보였던 행동처럼 좌우로 고개를 내젓고 있었다. 시간이 지나갈수록 가족들은 점점 더 불안에 휩싸였고 주머니 속 휴대폰이 울릴 때마다 혹 어머니 소식이 전해질까 싶어 각자 신경이 예민해졌다. 그렇게 무작정 전화만 기다리고 있을 때가 아니었다. 나는 걸어서 20분쯤 거리인 요골 아버지 묘소로 향했다. 허리도 다리도 불편한 노인네가 굳이 산속 아버지 묘소까지 찾아갈 리가 없다고 확신까지 했지만 정신이 오락가락하는 분이 무의식 간에 그쪽으로 발길을 옮길 수도 있겠단 생각에서였다. 요골 입구에 차를 세우고 야트막한 능선 자드락 오름길을 걸어 한참 만에 찾아간 아버지 묘소엔 예상대로 어머니의 모습도 어머니가 다녀갔다는 어떤 흔적도 찾아낼 수 없었다. 도대체 이 노인네가 어디로 가셨단 말인가. 난감하고 막연하고 아뜩했다. 전신이 나른할 정도로 맥이 풀려 그만 아버지 무덤에 등을 기댄 채 털썩 주저앉고 말았다. 바로 옆에는 솜털투성이의 할미꽃 몇 송이가 막 입술을 여는 중이었고 줄기마다 쇠갈퀴처럼 암팡지게 뿌리를 내린 잔디 사이로 불쑥 머리를 내민 몇 폭의 고사리순도 보였다. 봉분 앞 저만치엔 아내와 늘목고개에서 보았던 조팝꽃 몇 무더기가 하얗게 만개해 있었다. 가늘가늘한 꽃대마다 잔 꽃잎들이 다닥다닥 엉기어 피어난 흰 꽃무더기는 예전 아버지가 세상을 떴을 때 상복을 입고 무덤 앞에 돌아앉아 넋을 놓고 흐느끼던 어머니의 뒷모습과 흡사했다.

　내가 다닌 초등학교는 시오리 길 아랫마을에 있었다. 좁은 골짜기뿐인 우리 마을과는 비교가 안 될 정도로 넓은 마을이었다. 다락을 이룬 논배미들이 즐비했고 동산 밑 양지겹마다 옹기종기 들어선 촌가들이 수십여 채 터를 잡은 꽤 큰 마을이었다. 마을 한쪽 산비탈 옆으론 사철 개울물이 흘렀다. 학교는 개울 건너편 마을 한가운데 자리 잡고 있어 등·하교 시마다 섶다리를 건너야 했다. 섶다리 건너편엔 동네에서 유일한 미곡상이 자리 잡고 있었다. 아랫말에서 가장 큰 부잣집이란 소문이 아이들에게까지 알려진 쌀집 앞 너른 마당엔 늦가을까지 곡식 가마니가 몇 더미씩 쌓여 있곤 했다. 미곡상 옆으론 이발소가 자리 잡았고 잡화를 파는 구멍가게까지 붙어 있어 사실상 아랫마을 상권을 몇 집들이 틀어쥐고 있는 요지이기도 했다. 몇 집 건너 푸른 양철지붕 밑 주막집엔 사철 술꾼들로 붐볐다. 내가 4학년 무렵 수업을 마치고 섶다리를 건너 집으로 돌아오는 길이었다. 미곡상을 막 지나쳐 푸른 양철지붕 밑 주막 앞을 걷는데 봉놋방 안에서 술자리를 파하고 나오던 어른 몇과 마주치게 되었다. 그중 한 사람이 내 앞을 가로막고는 어느 동네에서 학교를 다니느냐 물었다. 나는 품걸리라고 또박또박 답했다.

"품걸리라고? 그럼 네 아버지 성함이 무엇이냐."

"마 동 자 석 자 쓰시는데요."

가끔 아버지가 우리를 앉혀 놓고는 '혹 누가 네 아버지 존함을 묻거들랑 성은 마 씨이고 이름은 동 자 석 자라고 답해야 하느니라.'라고 훈육한 바 있었는데 나는 가르침대로 착실하게 실천했다. 그 대답을 하면 어른들로부터 녀석 똘똘하다거나 기특하다거나 어떤 식으로든 내게 칭찬을 해 줄 거라 믿었다. 그런데 결과는 전혀 달랐다. 그중 한 사람이 아버지 이름을 듣는 순간 움찔하고는 거듭 묻는 것이었다.

"네가 말거리 마동셕이 아들이라고?"

"동셕이 아니고 동 자 석 자인데요."

일행이 껄껄 웃더니 앞길을 터주며 머리를 쓰다듬었다.

"네 아부진 시내서도 알아주는 건달이시다."

비록 건달이란 말뜻을 알아듣기가 어려웠지만 이는 분명 나에게 건네는 칭찬이 아니라 아버지를 치켜세우는 말이었다. 나는 궁금한 걸 참지 못하고 답한 이에게 되물었다.

"건달이 뭐예요?"

옆에 섰던 사람이 또 껄껄 웃었고 건달이라고 말했던 사람은 잠깐 머뭇거리며 난감해하더니 답했다.

"건달이 무슨 뜻인고 허니 씨억씨억하고 의리 넘치는 사나이란 뜻이다."

그날 내가 이해하기론 그가 말한 건달이란 의미는 분명 나쁜 의도로 내뱉은 욕이 아니었다. 그러나 내가 아는 건달이란 말의 어감은 살갗에 박힌 가시처럼 이후로도 퍽 거슬렀다. 중학교를 들어가서야 사전을 들춰 우정 건달이란 말뜻을 찾아보았는데 빈둥거리며 노는 사람, 행패를 부리거나 난봉을 부리며 나도는 사람이란 뜻으로 그때 들은 씨억씨억하고 의리 넘치는 사나이란 뜻과는 거리가 한참 멀었다. 그 낯선 이가 건넸던 말처럼 한창 젊은 시절 이미 건달이었던 아버지는 이후로도 쉰다섯의 나이를 먹도록 국어사전에 기록된 건달의 인생을 살았다.

내가 아직 초등학교를 다니던 그 무렵에도 아버지는 거의 매일 집을 비우고 어딘가로 나돌았다. 무싯날엔 아랫마을 주막집과 근방 이발소 뒤편의 노름방을 오갔고 장날엔 어김없이 춘천으로 나갔다. 사람들 말로는 춘천 장바닥에서도 아버지 이름 석 자만 대면 모르는 사람이 없을 정도라고 했다. 사실 그 유명세는 우전에서 한 번의 싸움이 벌어지고부터였다. 때마침 동네 누군가가 싸움장면을 직접 목격하고 와서는 아랫동네 윗동네 소문을 내면서 알려진 사실이기도 했다.

장바닥엔 어느 곳에나 욕가마리들 몇몇은 꼬이게 마련이었다. 우전에도 소 장수와 거간꾼 뒤를 어른거리며 고린전이나 우려먹는 말자들이 있었다. 어쩌다 아버지가 그들과 시비가 붙었다. 허우대만 큰 시골고라리쯤으로 얕잡아 보았던지 한 사내가 고성으로 욕지거릴 내뱉으며 아버지께 달려들었다. 한주먹거리도 안 된다는 듯 장꾼들을 돌아보며 히죽히죽 조소를 보내고는 아버지 앞으로 크게 주먹을 휘둘렀다. 그러나 그 어설픈 주먹 한 방이 품걸리 사는 마동석이란 이름 석 자를 각인시켜 준 결정적 계기가 되었다. 성난 아버지가 주먹질을 피하는가 싶더니 어느 틈엔가 상대 멱살을 잡아 허공에 번쩍 치켜들었다가는 소오줌똥이 질퍽거리는 진창 한복판에다 메어꽂았다. 바닥에 쓰러져 나 죽는다고 비명을 지르자 어느 구석에선가 떨거지들이 하나둘씩 나타나 아버지를 향해 달려들었다. 성깔 사나운 부사리 흉내까지 내며 아버지 얼굴을 향해 이마를 들이밀던 두 번째 사내는 그러나 힘 한 번 써 보지도 못하고 고꾸라졌다. 아버지 손에 옷소매가 잡히는가 싶었는데 어느 틈엔가 등판에서 홀러덩 뒤집힌 사내의 몸뚱이가 통나무처럼 맨바닥에 쿵하고 나가떨어진 거였다. 스스로 춘천박치기 왕이라고 으스대면서 걸핏하면 소 장수 콧잔등을 들이받아 피범벅을 만들어 놓던 사내였다. 세 번째 사내는 호리호리한 게 강단만 있어 보여 양쪽 허리춤을 번쩍 치켜들어 바닥에 내동댕이치는 일이 어렵지 않았다. 네 번째 사내는 모여선 구경꾼들이 다 보란 듯 멱살을 틀어쥐어 오둠지진상을 하고는 허공중에 휘휘 몇 바퀴를 돌려 바닥에 나가떨어진 떨거지 중 부사리 흉내를 냈던 사내의 등판대기 위에 내던졌다. 그제야 진창에 나가떨어졌던 사내가 설설 기면서 다가와 아버지 앞에 무릎을 조아리는 것이었다.

"장바닥에서 건달배로 수삼 년을 살아왔건만 오늘처럼 누구한테 태질당해보긴 태어나 처음이요. 여적 좁아터진 우물바닥이나 겨댕기던 개구리였구려, 범 무서운 줄 모르고 철없이 나대던 하룻강아지로 살았다는 걸 지금에야 알았소. 우리의 무례를 용서하시오."

아버지가 어깨에 힘을 잔뜩 모아 쥐고는 진창에 드러눕거나 쭈뼛거리고 있는 말짜들을 향해 호령하듯 소리쳤다.

"이런 몹쓸 인간들. 느덜 허는 행실 봐서는 당장 팔다릴 분질러 반병신 만들 수도 있었다만 안적 배냇물도 가시지 않은 몸뗑이에 솜털만 보송보송한 애송이들이라 장거리서 망신만 준 걸 요행으루 알거라. 두 번 다시 내 앞에 나타나 사복개천의 셋바닥 놀렸다간 그날이 니 놈들 제삿날이 될 것이다!"

소를 사거나 팔러 나온 사람들은 물론이고 소 장수와 흥정꾼들이 울을 치고 지켜보는 가운데 아버지의 쩌렁쩌렁한 목소리가 장바닥 소 울음만큼이나 요란하게 울려 퍼졌다. 사실 아버지는 젊은 시절 잠깐 유도를 배운 데다 실복마처럼 힘이 좋은 알심장사였던 것이다. 걸대 하나 믿고 눈알 부라리며 장바닥 휘어잡으려던 서툰 건달들을 힘으로 제압하는 일쯤이야 맨몸으로 사오랑고개와 갑둔이고개를 훌훌 넘는 것만큼이나 어렵지 않은 일이었다.

좁은 산골짜기의 촌집들 대부분 외양간 하나씩은 끼고 있게 마련이다. 우리 집은 소 장수네 집답게 외양간이 집의 몇 곱절이나 컸다. 아버지는 틈날 때마다 형에게 외양간을 자꾸 더 지으라고 잔소리를 퍼부었다. 외양간이 다른 집들처럼 겨울철에도 소들이 한기를 느끼지 못하게 맥질까지 친 완벽한 구조는 아니었다. 지붕에는 억새나 볏짚으로 이엉을 엮어 덮고 바람벽엔 수숫대로 발을 쳐 겨우 눈비나 막을 정도의 허술한 외양간이었다. 중학교부터 춘천 고모 댁에 나가 공부하고 있던 형은 주말마다 어김없이 집에 돌아와 일을 거들었다. 형에게 아버지가 쏟아붓는 잔소리는 절대로 거역할 수 없는 명령이었다. 집에 돌아온 형은 머슴처럼 한순간도 쉴 틈 없이 일했다. 어머니가 할 수 없는 힘쓰는 일에서부터 소소한 잡일까지 형의 손길 닿지 않는 곳이 없을 정도였다. 어머니와 함께 소에게 먹일 볏단이나 산에서 베어 온 꼴을 잘게 써는 작두질, 끓인 여물을 구박으로 퍼 소 앞앞이 놓인 구유까지 나르는 일, 소 등에 덕석 입히는 일, 등긁개나 싸리비로 소 등허리 쓸어 주는 일, 외양간에 질척질척 쌓인 똥오줌을 두엄 밭으로 쳐내는 일까지 모두가 형이 해야 할 몫이었다. 외양간의 규모를 차츰차츰 늘려간 것도 아버지의 잔소리를 군말 없이 실행에 옮긴 형의 손끝에서 이뤄진 결과물이었다. 외양간에 소들을 가득 채우면 족히 30마리쯤은 들어갈 수 있었다.

소는 아무리 적을 때라도 서너 마리 이상 외양간에 매여 있기는 했지만 그렇다고 열 마리 이상을 넘긴 적은 거의 없었다. 외양간의 칸 수만 늘려가는 우리 집을 지나칠 때 마을 사람들은 조용히 있지 않았다. 아버지가 있을 때는 우시장 차릴 셈인가? 하고 듣기 좋은 소리로 농을 주고받는 경우가 많았지만 저들끼리 지나칠 땐 우리 집 외양간이 단골 흥 거리가 될 수밖에 없었다. 동네 사람들의 수군거림은 그대로 어머니의 입을 통해 아버지 귀에까지 전해지게 마련이었다.

"어디 금광이라도 맡아 났수? 돈베락 맞은 사람마냥 자꾸 외양간만 늘려 쌓구 있으니 허구헌 날 동네 사람들이 숭을 떨잖수."

아버지가 펄쩍 뛰었다.

"할 일 읎으문 방바닥에 자빠져 잠이나 잘 것이지 대체 으떤 놈이 우리 집 숭을 봐. 사춘이 땅 삼 배 아프다고 소 한 바리 읎는 즈덜이 배때기가 아프니까 뒷구녕에서 셋바닥 놀리는 게지."

어머니도 지지 않았다.

"큰아이 달달 볶아 외양간 지어놨음 목매기송아지라두 몇 바리 들여놔야 할 게 아니유. 오뉴월 집 나갔던 암탉이 벵아리까서 델구 오듯 소가 지절루 빈 외양간 찾아 겨들어오는 것두 아닐 건데 저 큰 외양간에 은제쯤이나 소를 다 채울 심사유. 누가 외상 소 살 벨릿돈이라도 대 준답디까?"

그제야 아버지도 한풀 수그러들면서 장죽에 잎담배를 꾹꾹 눌러 담아 성냥불을 그어 붙이고는 뒤돌아 앉는 것이었다.

"낭중에 보시게. 내 뱃속에 헛바람 잔뜩 들어 외양간만 늘려 쌓는다고 숭 떨던 작자들 어느 날 콧잔등이 홍두깨에 밀린 밀가루 반대기처럼 납작해질 것이니."

그러나 나중에 두고 보자던 아버지의 다짐은 내내 흰소리로 허공에 맴돌 뿐이었다. 몇 달도 아니고 장장 서너 해 이상 넓은 외양간엔 고작 소 서너 마리만 덩그러니 매여 있을 뿐이었다. 빈 외양간엔 소 대신 거미들이 줄을 치고 살았다. 어머니도 형도 아버지의 다짐을 전혀 믿지 않았고 그저 술꾼이자 난봉꾼이자 노름꾼인 아버지의 건다짐이자 허풍으로만 생각할 뿐이었다.

그런 아버지가 어느 해 늦가을 소 두 마리를 끌고 우시장에 나간 뒤 사나흘 동안 귀가하지 않는 것이었다. 평소에도 장에 나갔다 하면 잦은 술추렴이 발단이 되어 색시집과 노름방을 전전하다가도 이삼일 지나면 휘적휘적 사오랑고개를 걸어 넘어오던 아버지였다. 어머니는 간밤 꾼 꿈을 우리에게 들려줬다.

"꾸레미에 꿰고도 남을 만큼 숱한 논다니들이 알록달록한 의복을 채려 입고는 무동 탄 한 나그네를 줄레줄레 따르는 게다. 대체 먼 일인가 싶어 얼른 사람들 틈에 섞여 따라가 보니깐 글쎄 무동 탄 나그네가 느 아부지 아니겠냐. 내가 어여 내려오라구 목구녕이 갈라지두룩 고래고래 소릴 질렀다만 먼 일인지 당최 들은 체도 안하구설랑 자꾸 어딘가로 가더구나."

어머니는 논다니들이 입고 있던 옷 색깔이 꽃 치장한 상여와 같았다며 아버지 신변에 변고가 생긴 건 아닌지 애를 태우고 있었다. 남은 소를 돌보는 일과 아직 거두지 않아 고스러질 대로 고스러진 화전밭 콩 수확을 며칠 미루더라도 다음날 새벽 동자에 아버지를 찾아 나설 셈이었다. 그러나 그날 오후 해가 사오랑고개 쪽으로 뉘엿뉘엿 기울 즈음이었다. 벌써 잎 다 떨어져 졸가리들만 빳빳이 선 졸참나무 숲길 사이로 누런 짐승 떼가 얼핏얼핏 모습을 드러냈던 것이다. 누구도 그 누런 짐승 떼에 대해 관심을 갖지 않았고 그저 서녘하늘을 지나던 구름덩이에 노을물이 번지는 것쯤으로 여길 뿐이었다. 하지만 날이 어둑어둑 해 질 무렵 노장골 입구에 그 누런 짐승 떼가 하나둘씩 형체를 드러내기 시작했다. 그것은 이제껏 외딴 산골짜기에서 단 한 차례도 볼 수 없었던 진풍경이었다. 개 한 마리만 짖어도 문 밖까지 나와 주변을 기웃거리던 마을 사람들에겐 입이 소쿠리 만큼 벌어질 큰 구경거리였다. 동네 개란 개들이 모두 마당 밖 까지 뛰쳐나와 악을 쓰며 짖어댔고 동구부터 하나둘씩 붙어나 기 시작한 동네 사람들의 행렬이 긴 소 떼를 따라 우리 집으로 향하고 있었다. 소 대여섯 마리만 촌 동네에 들어서도 심심찮은 볼거리가 될 터인데 무려 스물일곱 마리의 소 떼가 길게 줄지어 산길을 내려오고 있었으니 아이들이건 어른들이건 넋을 놓은 채 소 떼의 행렬을 뒤따르는 거였다. 길게 이어진 소 떼 앞에서 동네 사람들 다 나와 보란 듯 의기양양 두 어깨에 잔뜩 힘을 준 아버지가 몽둥이로 소 엉덩짝을 내리치며 다그치는 목소리가 들려왔다.

"이러이러! 이제 아흔아홉 칸 궁궐 같은 느딜 집 다 와 간다. 느딜이 앞으로 펜안히 먹고 살 집이다. 된 고개 넘느라 새빠졌 을 텐데 어여 집에 들어가 금방 삶아낸 여물 먹고 푹 쉬자꾸 나."

이날 저녁 소 떼를 몰아 빈 외양간에 가득 채우면서 아버지 의 오명은 깨끗이 지워졌다. 건다짐이나 늘어놓던 허풍쟁이란 말도 속에 헛바람만 잔뜩 들어찬 날건달이란 말을 더 이상은 듣지 않아도 되었다.

두고 보라고 큰소리쳤던 아버지에게 행운을 가져다준 것은 결국 노름이었다. 소 두 마리 내다 판 돈을 전대에 차고 넝큼 들어앉은 노름판이었는데 이틀간 따거니 잃거니 지루한 본전치기가 이어지더란 거였다. 사흘째 날 밀려오는 졸음을 더는 참기 어려워 빈 봉놋방 하나를 빌려 잠을 청했는데 어느 순간 우리 마을에 큰 홍수가 난 꿈을 꾸게 되었다. 우리 집 안마당까지 개울물이 들고 울 뒤에서 산사태까지 나 형이 애써 지어 놓은 외양간이 흙더미에 떠밀려 온통 쑥대밭이 되어 있더란 거였다. 아버지가 식구들을 구해 내려고 흙탕물에 뛰어들었는데 아뿔싸, 진흙구덩이였던 집 안팎이 온통 똥물 구덩이가 아닌가. 안마당에도 똥물, 방 안에도 똥물, 심지어 장독과 솥단지까지 누런 똥덩어리가 가득 들어차 있었고 뒤란이며 외양간까지 온통 똥물 범벅이었다. 그렇게 얼마간을 똥물 속에서 허우적대다가 불현듯 잠에서 깨어난 아버지는 이 상서로운 꿈이 예사롭지 않은 길몽이라고 여기고는 단박에 노름판으로 달려가 화투패를 잡아든 것이었다. 아니나 다를까, 그날 밤 어찌나 손떠퀴가 좋던지 한번 시작 된 끗발이 좀처럼 식을 줄 몰랐다. 고무래로 긁어 담듯 하룻저녁에 소 마흔 마리 살 돈을 쓸어 담게 되었던 것이다. 많이 잃은 사람 앞앞이 서운치 않게 개평을 떼어 주고 남은 돈으로 이튿날 장에 나가 몽땅 소를 산 뒤 몰이꾼 다섯까지 대동한 채 집으로 돌아온 것이었다.

아침나절 해가 솟구치면 외양간에 갇혔던 소들이 집 앞 텃밭에 나와 종일 볕을 쪼였다. 텃밭 쇠말뚝에 매인 소들은 버릇도 제각각이었다. 고개를 꺾어 긴 혓바닥으로 엉덩잇살을 핥아 형이 금방 빗질해 다듬어 놓은 보슬보슬한 깃털을 흉터처럼 뭉개 놓는 놈에, 솔방울만 한 눈을 연신 껌벅이며 동네가 떠나가라 우짖는 놈에, 되새김질하다 똥오줌을 갈기는 놈에, 긴 꼬리로 채찍을 쳐 등에와 파리를 쫓는 놈에, 닭이나 개들이 다가오면 사정없이 뒷발질하는 놈에, 이마와 뿔로 쇠말뚝을 연신 들이받는 놈에, 앞다리를 들어 올려 구덩이를 파헤치는 놈에, 매일매일 외양간과 집 앞 텃밭이 웬만한 우시장을 방불케 할 만큼 시끌시끌하였다.

덕분에 어머니와 형은 일거리가 몇 곱절 더 늘어났다. 아버지는 소만 들였을 뿐 손가락 하나 움직이지 않은 채 어머니와 큰형에게 쉴 새 없이 잔소리를 쏟아냈다. 아버지가 하는 일이라곤 이따금씩 외양간에 매인 소에게 다가가 코뚜레를 번쩍 치켜 올려 입술을 까고는 어금니 수를 세는 것과 된똥을 누는지 묽은 똥을 누는지 배설물을 확인하는 게 전부였다.

외양간에 소를 가득 채운 뒤로 군소리 않던 어머니도 시일이 지나면서 일에 치이다 보니 아버지의 잔소리에 짜증을 내기 시작했다.

"당신은 무슨 큰 베슬이라도 했수? 그 좋은 심 애껴 뒀다 머에 쓸려구 손꾸락 하나 까딱 않으문서 노상 잔소리만 해 쌓는 거유."

여전히 기고가 만장해 있던 아버지는 어머니의 불평을 팔자 좋은 소리로 치부했다.

"베슬했구말구. 이 골짜구에서 나보다 소를 많이 지르는 사람 있음 나와 보라고 해!"

"소만 많음 머하우. 처자석 골벵 들어 벌렁 죽어 자빠지는 꼴 봐야 직성이 풀리겠수?"

"임자가 시방 배에 지름이 껴 팔자 좋은 소릴 내뱉는 것이구만. 남들은 추운 저울 전에 장에 나가 소 한 바리 사 오는 게 원이잖은가. 소가 서른 바리나 됨 밥 한 술 안 떠도 배가 부를 것이구, 아무리 된 일을 해도 짜장 심든 줄 모를 테구만. 으째서 멀쩡헌 얼굴에 오만상 찌푸려가문서 종지 깨자는 소릴 해쌓나."

그러나 아버지의 이 기쁨이 오래가지는 않았다. 천생 노름꾼이었던 아버지는 이듬해 봄이 채 오기 전 사오랑 고개를 넘어 춘천에 나간 뒤 대엿새 만에 낯선 몇 사람과 함께 나타났다. 아버지는 그들 손에 스물다섯 마리의 소고삐를 넘겨줬다. 아버지가 끌고 온 스물일곱 마리와 집에서 기르던 두 마리의 소까지 모두 스물아홉 마리였던 소는 겨우내 송아지 두 마리까지 태어나 서른한 마리까지 불어나 있었다. 투전판에서 딴 돈으로 사왔던 소는 몇 달 내내 형과 어머니의 보살핌 속에 무럭무럭 자라다가 개평조로 넘겨준 송아지 두 마리와 하릅송아지 네 마리만 겨우 건지고는 결국 아버지의 노름빚으로 한순간 사라지게 된 것이었다. 하지만 넋을 놓고 탄식만 하고 있던 어머니가 그

모습을 더 이상 지켜보고만 있지 않았다. 기가 넘을 것처럼 악에 받쳐 있던 어머니는 소고삐가 그들 손아귀에 넘어가는 것을 지켜보다가는 한걸음에 달려가 앞을 떡하니 가로막았다.

"내 눈에 흙 들어가기 전엔 이 소 절대 못 끌고 갈 거유. 차라리 내 목을 따고 가져가시우. 이 소가 뉘 손데 쥔 허락두 읎이 당신들 맘대로 끌고 가겠다는 것이유. 엄동설한에 어린 자석이 쇠등어리에 덕석 입히구 꼭두새벽에 일어나 여물 끓여 퍼 주구 외양간에서 쇠똥 퍼내느라 등골 부서지기 직전에다 작두질 해대느라 종짓굽이 끊어질 지경인데 그 고생 끝이 게우 이거란 말이우? 난 단 한 마리두 못내 줄 것이유. 증이나 끌고 가고 싶거들랑 쇠 발굽이 내 골벵 든 몸뚱아리랑 오장육부를 으적으적 짓밟고 넘으시우."

아버지가 체면이 상했던지 어머니에게 고함을 쳤다.

"시방 머 하는 짓이요. 아낙이 남세시럽게 남정네 하는 일에 껴들다니. 썩 저리 비키시요."

아버지의 그 타박을 어머니가 순순히 받아들일 리가 없었다. 노여움이 울컥울컥 치밀었고 눈에서는 피눈물이 쏟아질 지경이었다.

"누구 맘대로 이 소를 걸고 노름을 한 것이요. 당신이 증말 제정신이요? 이 소를 당신이 끌고는 왔지만 소를 멕인 자석하고 내가 쥔이요. 하릅송아지 한 마리라도 쥔인 내 허럭 읎인 절대루 끌고 갈 수 없수."

노름빚을 받으러 온 두 명의 사내는 처음엔 바늘로 찔러도 피 한 방울 나지 않을 기세였다.

"콩 튀듯 펄펄 뛴다 해서 될 일이 아니요. 이미 땅바닥에 엎질러진 물이니 우기고 뻗댄다고 쥔 바뀐 소가 되돌아오는 법은 없을 게요."

그 말이 어머니의 심기를 더 건드렸다.

"흥, 어디 내 눈앞에서 소를 끌고 가 보시우. 소가 외양간에서 다 빠져나가기도 전에 내 외양간 들보에 새꾸락지를 걸고 목을 맬 것이요. 당신네들은 평생 놀음질만 일삼아 온 날건달들이라 흰소리에 선다짐을 밥 먹듯 하겠지만 난 한 번 작정하면 끝을 보는 아낙네요. 눈이 있거들랑 죽음 문턱까지 와 있는 악만 남은 내 눈을 보시우. 오늘 이 자리에서 사람 죽어 자빠져 송장 치를 각오가 돼 있거들랑 어여 소를 끌고 가 보시요."

그러면서 어머니는 노름빚을 받으러 온 두 사내가 보는 앞에서 새끼줄을 찾아다 외양간의 귕을 밟고 올라가 들보에 걸고 있는 거였다. 누나와 내가 어머니의 치마 깃을 부여잡고 경기라도 일으킬 듯 울부짖었지만 소용없는 짓이었다. 악에 받친 어머니의 노한 모습을 목전에서 생전 처음 마주한 아버지는 어머니가 외양간 들보에 새끼줄을 건 뒤 올가미를 지어 목에 두를 때까지도 뒷짐을 진 채 어흠어흠 잔기침만 내뱉을 뿐 달려들어 말리거나 새끼줄을 끊어버릴 생각이 없어 보였다. 설마 정말 목까지 매랴 싶었던 모양이었다. 그러나 어머니는 잠시도 머뭇거리지 않았다. 구유 위에 올라 새끼줄로 올가미를 지어 목에 걸기가 무섭게 보란 듯 그 자리에서 펄쩍 뛰어내린 것이다. 그제야 뒷 짐만 지고 서 있던 아버지도 피눈물도 없을 것 같던 빚쟁이들도 외양간 안으로 허겁지겁 달려와 허공에서 바동거리는 어머니를 떠받치고는 목에 두른 새끼줄을 끊어버렸다. 이때 어린 내 눈에 비친 어머니의 퍼런 서슬은 끓는 물보다 타는 불보다 더 두려운 것이었다.

결국 어머니의 죽음을 무릅쓴 저항 앞에 빚쟁이들 얼굴빛이 노랗게 질리는가 싶더니 잠시 뒤 어머니께 겨우내 소를 길러 준 보상을 해주겠다고 타협을 해왔다. 처음엔 소 한 마리를 어머니 께 돌려주겠다는 거였고 어머닌 어림없다며 새끼줄을 손아귀에 서 놓지 않았다. 그렇게 한 마리 두 마리 불어난 소가 어머니와 형의 몫으로 중송아지 두 마리씩 총 네 마리로 늘어나서야 어머 니의 노여움이 다소간 수그러들었고 그들 손에 나머지 스물한 마리의 쇠고삐가 넘겨졌다.

그 일이 있은 뒤로 아버지의 노름이 얼마간은 주춤했다. 그 러나 노름빚에서 건져냈던 어머니와 형 몫의 네 마리 소와 개 평으로 내어 준 아버지 몫의 송아지가 덩치를 키워 제법 서너 살 박이로 자라났을 즈음 아버지가 두 마리의 소를 팔러 우전 에 나갔다. 목매기송아지로 바꿔다 두어 해 잘 기르면 내다 판 두 마리가 네댓 마리로 불어날 것이기에 어머니도 굳이 마다하 지 않았다. 소를 끌고 나간 아버지는 이번에도 집에 쉬 돌아오지 않았다. 어머니는 또 놀음판이나 기웃거리고 있을 아버지를 생각하며 저녁마다 복장을 쳤다. 하지만 아버지는 이번엔 소 대신 여자 하나를 달고 들어왔다. 입술에 떡칠을 한 것처럼 붉은 립스틱을 칠하고 굽 높은 구두까지 신은 여인네는 아버지 말로는 수양 삼은 여동생이라 했다. 그러나 아버지는 당일 저녁 여인네를 어머니와 같은 방에 들이려 했고 어머니는 울분을 삭이며 그날 저녁 아버지와 같은 방에서 잠을 잤다. 그 여자가 무엇을 하던 여자인지는 뻔했다. 여자는 아랫마을에 내려가 아버지와 함께 술을 마셨고 저녁에는 받아온 술을 나눠 마시며 깔깔거렸다. 기분 좋을 땐 아버지 앞에서 간드러진 목소리로 권주가를 불렀다. 아마 아버지는 여자의 얼굴보다도 애간장 녹이는 간들간들한 소리에 반한 것인지도 몰랐다. 그 여자에 비하면 어머니의 모습은 촌스러웠고 아버지도 촌스런 어머니보다는 얼굴에 분 바르고 소리 잘하는 여자에게 마음이 끌리는 것은 당연한 것처럼 보였다. 며칠이나 지났을까, 아버지의 은근한 구박과 멸시를 받는 건 물론 데려온 여자의 밥시중에 빨래 시중까지 하게 된 어머니는 더 이상 끓어오르는 분노를 참을 수 없었던지 고심 끝에 결단을 내렸다. 아버지가 여자와 함께 아랫마을로 내려간 사이 자그마한 보따리를 싸 든 채 나와 누나를 데리고 집을 나선 것이다. 그 길이 어머니가 다시는 집에 돌아올 수 없는 길이란 걸 나와 누나도 짐작하고는 있었지만 우리는 아버지나 아버지가 데려온 여자보다는 당연히 어머니 편이었기에 주저 없이 어머니 치마 깃을 잡고 길을 따라나섰다. 보따리를 싸 든 처지가 처량하고 남 볼썽사나웠던지 어머니는 행여 동네 사람들 눈에라도 띌세라 여기저기 눈치를 보아가며 마을을 빠져나왔다. 마을 입구를 벗어나 사오랑골에 접어들 때서야 우리의 발길이 가뿐해졌다. 잔소리를 달고 사는 아버지와 여우 같은 여인네를 더 이상 보지 않게 되어 날아갈 것 같다는 누나는 어머니 앞을 저만치 앞서 걷다가 흥에 겨웠던지 팔짝팔짝 나비춤까지 추어댔다. 그렇게 사오랑골짜기를 한참 만에야 벗어나 가파른 산마루턱을 할딱거리며 올라섰을 때 어머니는 고개에서 한참 벗어난 언덕배기 가지 울창한 소나무 아래로 우리를 데려갔다. 능선에서 좀 벗어난 비탈에 서 있던 소나무는 까마득 컸고 솔가지는 파랗다 못해 윤기가 자르르 흘렀다. 우리가 숨을 고르는 동안 어머니는 보따리를 가슴팍에 끌어안은 채 나무 주변을 오랫동안 서성였다.

"엄마 왜 안 가."

누나가 채근했다.

"된 고개 올라서니 다리꼬뱅이가 끊어지는 것 같구나. 여기 소낭구 밑 시원한 응달에서 좀 쉬었다 가자."

울창하게 자란 소나무 그늘 아래서 한없이 쭈그리고 앉았던 나와 누나는 어느새 까닥까닥 졸다가 잠이 들었고 잠에서 깨어나자 이미 날이 저물고 있었다. 어머니는 그때까지 그 큰 소나무에 등을 기댄 채 쭈그리고 앉아 우리가 깨어나기만을 기다리고 있었던 모양이었다. 잠결에서 깨어난 내가 바라본 어머니의 눈은 오랜 시간 얼마를 흐느꼈던지 벌에 쏘인 듯 퉁퉁 부어 있었다. 그날 우리는 사오랑고개를 넘지 못했다. 고개까지 오르기는 했지만 가지 울창한 소나무 아래에서 어머니는 더 이상 시내 쪽으로 걸음을 옮기지 않은 채 우리를 데리고 품걸리 노장골 집으로 돌아왔다. 이미 집에는 아버지와 그 여자가 돌아와 있었다. 진종일 아랫마을에 여자까지 데려가 놀다 아무 생각 없이 들어왔던 아버지는 그제야 식구들이 떠난 사실을 깨닫고는 몸이 달아 안달이 나 빈집 안팎을 들락거리고 있었다. 늦게 우리를 앞세운 채 보따리를 품에 안은 어머니를 발견하자 아버지는 내심 안도했던지 역정 대신 긴 한숨을 내쉬는 거였다.

"아녀자가 어딜 밤늦게까지 나댕기는가."

그 한마디뿐이었다. 어머니 품에 안겼던 보따리가 무얼 뜻하는지 깊이 깨달은 바가 있었던 아버지는 이튿날 여자를 데려다준다며 함께 집을 나섰고 이틀 뒤에 정말 혼자 들어왔다. 짧은 시간 동안 가슴에 든 살정이 남아 있어 혹이라도 데려다준 여자가 제 발로 찾아올 수도 있겠단 생각에 아버지는 시간만 나면 아득한 사오랑고갯길을 자꾸자꾸 올려다보았다. 그러나 여자는 나타나지 않았다. 아버지는 이후 몇 차례 시내를 들락거렸지만 그 여자 이야기를 더는 입 밖에 꺼내지 않았다. 후에 어머니로부터 그 여자의 뒷이야기를 짧게 전해 듣기는 했다. 며칠 뒤 아버지가 술집을 찾아갔을 때 이미 그녀는 또 다른 사내에게 마음을 빼앗겨 엊그제 전까지만 해도 죽자 살자 따르던 아버지를 아예 거들떠보지도 않더란 거였다.

술 좋아하고 노는 것 즐기고 집에 여자까지 들였던 아버지가 평생 투전판을 기웃거렸음에도 그나마 어머니가 안심할 수 있었던 특별한 이유가 하나 있었다. 오래전 어머니와 맹서하듯 맺은 굳은 약속 하나가 그것이었다. 놀기 좋아하는 아버지 성격을 미리 알아챈 어머니는 아버지께 딱 한 가지 약속만은 평생 지켜 달라 청했다. 아버지가 투전판을 기웃거리는 것은 말리지 않겠으나 소 이외에 집이나 땅은 설령 목숨은 내어 줄지언정 투전판에 들이밀지 말라는 간곡한 당부였다. 가정을 지키겠다는 결연한 의지에 아버지도 어머니와의 약속을 마다할 이유가 없었다. 투전에 미친 사람들 대개가 집과 땅문서까지 내주고 하루아침에 알거지로 나앉는 경우가 다반사인 데 비해 아버지는 집이나 땅을 투전판에 들이밀지 않겠다는 어머니와 그리고 자신과의 약속을 무엇보다 중히 여겼고 그 약속을 끝까지 지켜냈다.

아버지의 건달 생활은 세상을 뜨기 다섯 해 전까지 계속되었다. 그나마 돌아가기 전 다섯 해는 가족들이 원하는 보통의 아버지로 살았다. 평범한 가장의 역할을 해내며 살던 아버지는 그런 평범한 생활이 오래 지속되기를 바라던 가족들의 바람을 등지고 간암 진단을 받은 지 불과 두 달여 만에 세상을 떴다. 아버지가 노장골 야트막한 동산 언덕에 와 묻히던 날 어머니는 조팝꽃처럼 흰 상복을 입은 채 아버지 무덤가에 웅크리고 앉아 오랫동안 흐느꼈다.

느닷없이 주머니에서 휴대폰이 울릴 때서야 나는 아버지 무덤에 기대어 깜빡 잠들었다가 깨어났다. 부모 앞에서는 영원히 철부지 티를 벗지 못하는 자식이라서일까, 어머니를 찾겠다고 나선 자식놈이 아버지 무덤에 기대어 까무룩 잠이 들다니, 스스로 생각해도 멋쩍고 민망해 얼른 자리를 털고 일어나 착신음이 연이어 울리고 있는 주머니 속 휴대전화를 꺼내 들었다. 누님의 전화였다.

"거기 산에서 헤매지 말고 얼른 내려와라. 아무래도 엄마가 사오랑고개를 넘으신 것 같다."

"뭔 소식이 있었어요?"

"방금 부녀회장을 만났는데 엄마가 며칠 전 호미를 들고 고개를 올라야 한다면서 집을 나서는 걸 겨우 말렸다더라."

얼마 전 내가 마을회관에서 이웃 노인으로부터 들은 이야기이기도 했고 일주일 전 거푸 고개를 묻던 어머니의 물음을 무심코 지나쳤던 일이기도 했다.

"호미라니요, 그게 무슨 말이에요."

"오래전 얘기라 가물가물하지만 내가 예전 엄마한테 들은 이야기가 있다. 어서 내려와."

나는 어머니가 무사하기를 기원하며 아버지 묘지를 한 바퀴 돌고는 가늘고 긴 가지마다 와이셔츠 단추알만 한 꽃잎이 무덕지게 피어 척척 휘어진 조팝나무 꽃무더기를 가로질러 집으로 걸어 내려왔다.

누님이 예전에 어머니로부터 들었다는 이야기는 어령칙한 기억을 더듬어 겨우 찾아낸 옛적 일화 한 토막이었다. 아버지 생전에 어느 고개에 올라 나무 밑에 무언가를 묻어두었다는 얘기였는데 아마도 어머니가 호미를 들고 고개를 오르려 한 결정적 단서가 아닐까 추측한 것이었다. 살림이 넉넉할 리 없었던 시절에 두 분이 고개까지 동행해 무언가를 묻었다 한들 어머니 나이 팔순 중반이 될 때까지 아직 들춰보지 않았다면 묻힌 물건이 자식들에게 건넬 대단한 보물은 아닌 것이 확실했다. 그럼에도 만일 어머니가 땅에 묻은 그 무언가를 떠올린 뒤 노쇠한 근력을 무릅쓰고 고개를 올랐다면 그건 어머니에게 아주 특별한 의미나 가치가 있을 법했다. 그동안 어머니가 치매에 걸린 것은 아닐지, 치매증세로 비몽사몽간 품에 싸든 보따리를 들고 집을 나선 뒤 숲에서 혹은 거리에서 길을 잃고 헤매지는 않을지, 내내 의구심을 달고 있던 내겐 낯이 좀 뜨거워지는 일이기도 했다.

마을 사람들이 얼추 수색을 돌고 마을회관 앞에 모여 웅성거렸다. 2차 수색을 더 광범위하게 확대해야 할지를 숙의하는 모양이었다. 마을 분들의 수고에 미안했던 나는 호숫가와 마을 주변만 한 번 더 세심히 살펴 줄 것을 부탁하고 식구들과 함께 춘천 가는 고갯길을 찾아보기로 했다. 만일 고갯길에서 어머니를 찾지 못한다거나 늦게까지 별다른 소식이 없을 땐 마을 분들은 물론이고 119에 지원요청까지 해 볼 셈이었다.

그러나 우리가 그렇게 심각하게 우려했던 상황까지 일이 확대되지는 않았다. 각자의 가족들을 태운 차들이 마을회관을 벗어나 사오랑고개로 향하는 작은 교량을 벗어날 즈음 매형에게 한 통의 전화가 걸려 온 것이었다. 매형에게 걸려 온 통화 내용은 곧 내게로 전달되었다. 한 시간 전쯤 어머니가 가락재 근방 임도에서 때마침 직장동료들과 주말 산행을 나섰던 등산객에게 극적으로 구조되었다는 소식이었다. 내가 어머니의 몸 상태를 묻기도 전에 누님은 반가움과 걱정의 감정을 억누르지 못한 채 또다시 울먹이며 매형으로부터 전해 들은 전화 내용을 설명했다.

"엄마가 119구급차에 실려 지금 성심병원 응급실에 가 계신댄다. 얼마나 수풀을 헤매고 다니셨던지 발견 당시 탈진 상태였다가 방금 겨우 의식을 회복하신 모양이다."

휴대폰을 통해 누님의 울먹이는 목소리를 듣고 있던 나도 어느결에 알 수 없는 감정이 울컥 밀려왔다. 아직은 건강 상태를 확인하는 일이 우선이었지만 어쨌든 어머니가 구조되었다는 소식이 가족들에겐 하늘이 도운 것만 같아 긴 안도의 숨을 몰아쉬게 되는 거였다. 막막함에 연신 한숨을 내쉬던 나는 가슴을 쓸어내렸고 뒤죽박죽 엉클어져 어수선하던 머릿속도 다소 안정을 되찾았다. 그동안 내 머릿속에서는 떠올리기 싫은 온갖 상상들이 그려지고 있었다. 며칠이 지나도록 어디서도 어머니를 찾지 못해 이웃 사람들과 경찰들이 동원되어 마을이며 호숫가 며 골짜기며 정신없이 찾아다니는 모습이 그려졌고 그러다가 어 느 으슥한 장소에서 얼굴 형체도 알아보기 어려울 정도로 훼손 된 어머니의 시신을 찾아내 가족들이 참담한 심정으로 수습하 는 최악의 상황까지 상상했던 것이다.

나는 옆에서 운전하고 있는 아내에게도 누님으로부터 전해 들은 내용 그대로를 설명했다. 아내의 운전은 좁은 언덕길에서 더 조심스러워 저만치 앞서가다가 굽잇길 사이로 막 모습을 감 춘 누님의 차를 따라잡지 못한 채 점점 더 뒤처지고 있었다.

나는 퇴행성관절염을 심하게 앓는 노인이 절룩이는 걸음으 로 어기적어기적 걸어 올랐을 사오랑골짜기에 시선을 주다가 어 머니가 발견되었다는 가락재를 떠올렸다. 가락재라면 상걸리에 서 홍천 풍천리로 가는 또 다른 고개였다. 사오랑고개와는 같은 능선이기는 해도 몸이 불편한 노인이 걷기엔 막막할 정도로 멀 고 아득한 산길이었다. 새댁시절부터 품걸리에 살아온 어머니가 굳이 멀고 먼 가락재를 넘었을 리 만무했다. 필시 사오랑고개에 서 길을 잃고는 마냥 임도를 따라 걸었거나 정신없이 능선 길을 타다가 가락재 근방까지 걷게 되었을 터인데 허리 한 번 펴지 못하고 성한 걸음 한 발짝 떼지 못하는 걸음을 생각할 때 노인 네에게 매 순간 엄습해 왔을 절망과 공포는 내가 생각하기에도 꽤 아찔한 것이었다.

병원에 도착해 응급실을 박차고 들어선 우리는 칸막이 커튼 사이에서 환자복으로 갈아입은 채 링거를 맞고 있는 어머니와 마주쳤다. 이미 도착해 있던 누님이 어머니가 누워 있는 침대 밑 간이의자에 앉아 링거 바늘이 꽂히지 않은 왼 어깨를 조물조물 주무르고 있었다. 다행히도 어머니는 의식이 돌아와 있었다. 숨을 헐떡이며 뛰어든 우리 부부와 형수를 바라보곤 이 번거로운 일들이 당신의 무모하고 섣부른 걸음으로 빚어진 사달이었음을 자책하듯 한마디 했다.

　　"노망 난 늙은이 하나 때매 왼 집안 식구들이 난리법석을 친 모양이구나."

　　옆에 앉았던 누님이 괄괄한 목소리로 맞받았다.

　　"어디 식구뿐이유. 지금 동네 사람까지 모두 동원돼서 사라진 엄마를 찾아다니느라 골짝골짝 샅샅이 뒤지고 부르고 난리가 났어요."

　　"에구, 저런. 낯바닥 뜨거워 동네 으떻게 들어가냐."

　　"안 들어가면 되지요. 큰며느리네 집, 작은아들 집, 딸네 집, 갈 데가 쌔고 쌨는데 뭣 하러 그 촌구석 자꾸 들어가요. 거기서 주무시다 혼자 돌아가시려우?"

　　하룻저녁을 깜깜한 산속에서 추위와 공포에 떨었을 노인네였다. 성치 않은 다리로 활등처럼 굽은 허리를 잔뜩 구부리고 그 길고 험한 산길을 헤매었을 터이고 하루 동안 입에 물 한 방울 넣지 못해 탈진했을 터임에도 링거를 맞으며 휴식을 취하는 동안 어머니는 팔순 중반의 노인답지 않게 빠른 속도로 원기를 회복해 갔다.

누님과 내가 마침내 무엇 때문에 사오랑고개를 넘게 되었는지 어머니 의중을 캐물었다.

"사람들 북적이는 병원에서 벨 걸 다 묻는다. 담에 집에 가서 얘기해 주마."

그러나 누님의 거듭된 채근을 더 이상 무시할 수 없었던 어머니가 그간의 행적을 대략 설명해 주었다.

그냥 예전에 오르내렸던 사오랑고개가 며칠 전부터 자꾸 눈에 어른거리면서 밟히더란 거였다. 귀신에 홀린 것인지 자나 깨나 고개 생각뿐이었다. 어느 순간 하루라도 시일이 늦어지면 살아생전 다시는 고개에 오를 수 없을 거란 조급증이 밀려왔다. 죽더라도 가다 죽어야 저승에서라도 직성이 풀릴 것 같았다. 이제 못 오르면 죽을 때까지 결코 오를 수 없을 터여서 벼르고 벼르다 이날 작정하고 집을 나선 거였다. 행여 사람들 눈에라도 띌까 차 소리라도 날라치면 숲으로 잠깐씩 몸을 피해 가며 사오랑골짜기로 들어섰다. 도로를 벗어나 옛 고갯길을 더듬어 수풀 길을 찾아 오르는데 숨은 가쁘게 차오르고 옛적에 오르내리던 고갯길은 아무리 둘러보아도 찾을 길이 없었다. 자작자작 말라가는 골짜기 물을 받아 목을 대충 축이고는 손을 발 삼아 기어서 우거진 수풀을 헤치고 오르자니 예전에 없던 흰 자작나무 숲이 길을 막아섰고 이리저리 헤매다가 금방 맥살이 풀리고 말

앗다. 이미 정신줄까지 놓아 버린 터여서 때가 어느 때인지 고개가 어디쯤인지도 잊은 채 비탈을 헤매고 다녔다. 네 발 달린 산짐승처럼 기어 가파른 언덕을 오르는데 한 걸음 오르면 두 걸음씩 미끄러지기 일쑤였다. 가시에 찔리고 삭정이에 걸려 넘어진 것이 몇 차례인지 기억하기조차 어려웠다. 그나마 너설 숲이 아니라 앞뒤로 여러 차례 넘어져도 고관절이 부러질 염려는 없었다. 사방이 침침해졌을 때 어머니는 수풀을 벗어나 어느 능선까지 올라와 있었다. 허기도 지고 몸 가눌 기력도 소진되어 전신이 기진맥진 녹초가 되었다. 어머니는 다복솔 옆에 모로 누워 쉬다가 그만 까무룩 잠이 들고 말았다. 몸이 으슬으슬 추워 어느 순간 잠에서 깨어보니 먼동이 터오는 새벽이었다. 어머니는 일어나 정신을 차리고 능선 어딘가에 있을 사오랑고개를 찾아 나섰다. 그러나 전날 길을 잃었을 때처럼 능선 역시도 여기가 거기 같았고 거기가 여기 같아 찾아가야 할 사오랑고개는 어디서도 찾을 길이 없었다. 굽은 등허리, 뼛골 다 삭아 빠진 다리로 이 능선 저 능선을 찾아다니다가 결국 어머니는 탈진했고 가까스로 주말 등산객에게 발견되어 119구급차에 실려 온 거였다.

어머니의 정신은 내가 우려했던 것과는 달리 평상시처럼 온전해 보였다. 얼마 전까지 불안과 수심으로 가득했던 가족들의 표정도 밝아졌다. 그런 들뜬 기분 때문이었을까, 매형은 퇴직한 행정가의 기지와 노련미를 이곳에서도 유감없이 발휘했다. 휴게

실과 접수처를 오가며 어머니를 태워 온 119구급대와 품걸리, 그리고 어머니를 최초로 발견한 등산객의 연락처까지 알아내 일일이 감사의 전화를 걸고 있었던 것이다.

병원에 입원한 뒤 기력이 회복되면 이참에 치매 검사까지 받아보자는 자식들의 바람을 어머니는 한사코 거부했다. 링거나 다 맞고 곧장 집으로 돌아가겠다고 고집을 부렸다. 하지만 무엇보다 어머니의 치매 상태를 확인하는 일이 중요했다. 의사의 입원 권유와 가족들의 성화를 뿌리치지 못한 어머니는 당일로 귀가하겠다는 고집을 접고 6인실 입원실로 이동했다.

며칠 뒤 어머니는 신경과 의사로부터 경도인지장애라는 진단을 받았다. 건망증과 치매의 중간단계이나 연로한 노인이어서 언제든 중증 치매로 악화될 수 있다는 의사 소견도 있었다. 항치매약물 복용을 통해 치매의 진행 속도를 어느 정도 늦출 수는 있지만 무엇보다 가족들의 각별한 관찰과 보살핌이 필요하다는 의사의 설명을 들은 뒤 어머니는 입원 나흘 만에 병원에서 퇴원했다.

퇴원 당일 어머니와 가족들을 실은 차가 품걸리를 향해 달려 나갔다. 매형이 운전대를 잡았고 어머니가 조수석에 탔다. 나와 누님, 큰조카가 뒷좌석에 나란히 타고 오는 길은 어머니가 사라졌다는 소식을 듣고 아내와 함께 달려오던 느낌과는 사뭇 달랐다. 오던 길에 동부시장에 들러 마을회관에 건넬 떡과 과일, 술 등을 사 트렁크에 넣는 것도 잊지 않았다. 느랏재를 넘고 상걸리 학교길 모퉁이를 돌 때부터는 다시 1차선의 좁은 콘크리트 포장길이었다. 지당골에서 아름드리 잣나무가 숲을 이룬 굽은 산길을 돌아 오르자 아찔한 벼랑길 옆으로 사방을 조망할 수 있는 널찍한 전망대가 나타났다. 새해 첫날 품걸리 부녀회에서 주관하는 해돋이 행사가 열리는 곳이기도 했다. 우리는 누가 먼저랄 것도 없이 바람이라도 쏘이자며 차에서 내려 앞서거니 뒤서거니 전망대로 올라섰다. 더는 높은 산이 보이지 않는 시선 끝자락 한가운데 우쭐하게 솟은 삼각 봉우리 하나가 유독 우리의 시선을 잡아끌었다. 주변의 모든 능선을 어깨 아래로 거느리고 있는 가리산 주봉이었다. 가리산 등줄기 밑으로 흘러내린 능선들은 마치 역발산기개세의 힘을 가진 장사가 가리산 봉우리보다 날카로운 괭이를 가져와 벅벅 골을 째 놓은 것처럼 깊고 가지런했다.

우리가 서 있는 전망대 아래 낭떠러지 끝에는 소양댐 상류의 푸른 물머리와 그 곁에 비탈진 귀퉁이를 차지하고 앉은 외딴 마을이 아찔하게 내려다보였다. 신이리 연엽골 촌락이었다. 댐이 생기기 전 이 골짜기 저 골짜기마다 터를 잡고 살던 사람들이 수몰과 함께 대부분 떠나가고 몇 가구만 상류에 외딸게 남아 마을을 지키고 있었다. 품걸리도 다르지 않았다. 중심을 이루는 마을이 통째로 수몰되어 물이 들어오지 않는 골짜기 상류 몇 가구만 남은 게 지금의 품걸리였다. 전망대 바로 앞에 사오랑골과 맞닿은 큰 능선이 자리를 차지하고 있어 품걸리가 눈에 들어오지는 않았다. 하지만 웬일일까. 눈에 보이는 모든 골짜기가 품걸리처럼 상처를 입은 듯 애련했고 눈앞에 보이는 골짜기들이 다정한 이웃을 잃어 더없이 외로워 보였다. 어디서 시작되었는지 어디가 끝인지 모를 크고 작은 능선들이 어깨를 얽은 채 진을 친 모습은 그나마 예전 어릴 때 느꼈던 숙연하고 아득한 모습 그대로였다. 산이 제아무리 높고 골짜기가 제아무리 깊어도 물이 흐르고 호락질할 땅뙈기만 있으면 어김없이 사람들이 들어가 터를 잡았다. 그리고 어딘가로 오가느라 집 앞을 가로막은 높은 산 고갯길을 수도 없이 오르내렸다. 험준한 산을 낀 고을마다 태를 묻고 자라 어른이 되고 그곳에서 늙어 훗날 능선 한 귀퉁이 차지하고 묻힐 때까지 그들이 한평생 오르내렸을 고개가 몇 고개였을까.

몇 해 전 TV에서 보았던 〈차마고도〉란 프로가 언뜻 떠올랐다. 중국과 인도 벵골, 티베트로 이어진 깎아지른 듯한 고원 준령에도 실올 같은 고갯길이 나 있었다. 한 고개를 넘으면 안돌잇길이었다가 또 한 고개를 넘으면 지돌잇길이었다가 구불구불 끝도 없이 이어진 등굽잇길로 사람과 말들이 넘어 다니고 있었다. 맨몸으로 오르기에도 벅찬 고갯길을 등에 소금 자루를 실은 말들이 넘다가 지쳐 쓰러지고 구르곤 했다. 척박한 오지에서 태어나고 자란 현지인들이 한평생 고개를 오르내려야만 하는 고달프고 힘겨운 삶이 결코 먼 남의 나라 사람들만의 일상이 아닌 듯해 오랫동안 여운이 가라앉지 않았다.

품걸리를 드나들던 어린 시절 나는 간혹 아버지 어머니가 넘던 고개의 의미를 생각하곤 했었다. 도대체 이 외진 벽촌에서 무슨 생각으로 무슨 희망을 품고 살았을지, 벗어나면 뛰어도 좋을 너른 벌판, 걷기에 편한 동네들이 지천인데도 숨어 살 듯 산골에 터를 잡고는 굳이 고개를 넘어 다녀야 했는지 도무지 이해하기 어려웠다.

내가 중학생일 무렵 아버지와 함께 사오랑고개를 넘은 적이 있었다. 아버지야 사흘이 멀다 않고 넘던 익숙한 길이어서 한 시간쯤 걸으면 상걸리요 또 그만한 시간을 걸으면 춘천까지 갈 수 있었을 테지만 평탄한 학교길이나 걷던 내겐 이제 막 팔다리에 근육이 붙기 시작하는 나이여서 긴 골짜기와 가파른 고개 마루턱까지 바동거리며 오르기가 여간 벅찬 게 아니었다. 얼마를 걷다가 남은 고갯길을 올려다보면 여전히 그 자리였고 또 얼마를 걷다가 올려다보면 비탈진 굽잇길이 아직 아마득해 스스로 절망에 빠져들곤 했었다. 숨이 목까지 차오를 때쯤 사오랑고개 능선까지 올라왔는데 우리가 내려가야 할 굽잇길과 그 아래 다시 올라야 할 긴 골짜기, 골짜기 위로 치솟은 가파른 또 하나의 큰 갑둔이고개가 우리 앞을 아뜩하게 막아서고 있는 거였다. 나는 한숨을 쏟아내면서 아버지가 들어보란 듯 투덜거렸다.

"가도 가도 그 자리, 내가 개미처럼 작아 보여요. 힘들게 올라왔는데 저 하늘 끝 높은 앞산을 또 올라야 한다니 자꾸만 한숨이 나요."

내 눈에 그렁그렁 고인 눈물을 바라보고는 아버지가 물었다.

"심드냐?"

"올 때마다 고개 또 고개, 갈 때마다 고개 또 고개. 고개 오를 때마다 다리에 알이 배기고 눈앞이 캄캄해지고 자꾸만 한숨이 나요."

아버지가 슬그머니 다가와 내게 등을 내밀었다. 나는 이미 중학생이어서 아버지께 업히는 걸 달가워할 리 없었다. 굳이 엉치를 빼고 뻗댔지만 나무토막처럼 억센 손이 내 엉덩이를 추키는가 싶었는데 어느 순간 커다란 등판에 내 몸뚱이가 철석 얹히고 말았다. 그렇게 널따란 등에 업혀 언덕을 얼마나 내려갔을까, 잠깐 걸음을 멈춘 아버지가 내 엉덩이를 받치고 있던 손을 풀어 이마에 흥건히 번진 땀을 쓰윽 씻어내고는 갈지자로 구부러진 내리막길을 조심조심 내려서며 내게 말했다.

"니가 안적 어려 고개의 참맛을 모르는구나. 너른 벌판길이든 험한 고갯길이든 사람 지나댕기는 그저 길일뿐이니라. 고개가 될수록 잰걸음으로 숨차게 걷지 말고 몸이 고되더라도 고생길이라 여기지 말고 그저 집으로 돌아가는 길이라 생각하고 시적시적 걷거라. 자고로 고개란 오른 만큼 내리막도 있게 마련이고 오른 만큼 평지 길도 나타나게 마련인 것이다."

아버지가 된 숨을 몰아쉬는 사이 내가 토를 달았다.

"그래도 좁고 비탈진 길보다 시내 넓고 평평한 길이 편하고 좋아요. 시내로 이사 가 살았으면 좋겠어요."

아버지가 허리 밑으로 쳐진 내 궁둥이를 다시 바트게 치켜 업었다.

"느덜은 우리 집이 산골짜구니 구석빼기에 백혀 있어 같잖게 생각할지 모르나 나는 시내보다 첩첩산골인 내가 사는 마을이 좋고 고래 등 같은 기와집보다 비록 외주물집일망정 내 집이 더 좋다. 네가 이담에 크거든 시내 사람들이 으떻게 살아가는지 직접 느껴봐라. 이 애비 눈엔 시내 사람들 모두 너나없이 가진 사람들헌테 매여 사는 종살이 처지더라. 태산만 한 고개 열 개가 아니라 백 개가 가로막고 있다 해도 내 집 내 땅이 있으면 넘어야지. 아무리 고갯길 넘어댕기기가 심에 부치기로서니 남의 집 종살이만 못허겄냐. 가는 고갯길이 실타래처럼 제아무리 꾸불꾸불 질어터져도, 오르는 마루턱이 어질어질한 바위너설투배기 안돌잇길이라 해도 펜안히 누울 내 집 방구들 떠올리며 걷다 보면 구름 위를 걷듯 걸음걸이가 가뿐할 것이다. 니가 증이나 살기 고되거든 예로부터 개천에서 용 난다 했으니 핵교공부 다부지게 해 이담에 고등고시라도 패스하거라. 판검사가 되든 군수 영감이 되든 니 심으루 출세해 팔자 고치문 이 애비두 늙어 자석 덕 좀 볼 게 아니더냐."

당시엔 고갯길에 대한 짧은 예찬이나 고등고시라도 패스하라는 당부의 말이 그다지 가슴에 와닿지 않았다. 다만 아버지에겐 이 험한 오지 산골이 종살이처럼 매여 살지 않기 위해 정주한 자유의 땅이었음을 그때 알았다. 하지만 아버지에겐 품걸리란 산골 마을이 천국처럼 편안했을지 몰라도 식구들은 아니었다. 두 개의 큰 산마루로 굽이굽이 이어진 된비알 고갯길을 오르내리노라면 한 걸음 뗄 때마다 시름과 한숨이 깊어지고 겨우 한 고개 넘어 또 한 고개를 오르는 초입에 서면 아마득한 고개를 또 올라야 한다는 아찔함에 절로 진저리가 쳐지는 절망의 땅이었다.

어머니의 고개는 더 가혹했다. 우리 3남매가 성인으로 자랄 수 있었던 건 고비 때마다 밤낮을 가리지 않고 고개를 넘어 다닌 어머니 덕분이었다. 우리 3남매는 자라면서 저마다 몇 차례 죽을 고비를 넘겨야 했다. 형님은 일곱 살 무렵 학질에 걸려 죽음 문턱까지 갔고 누님은 젖먹이 시절 잦은 경기로 여러 차례 어머니 애간장을 태웠다. 나도 초등학교 입학을 전후해 횟배를 앓아 툭하면 가슴팍을 끌어안고 방바닥을 구르곤 했었다. 유별나게도 아버지가 집을 비운 날 우리 세 남매에게 일이 터지곤 했던 일이 아마 우연은 아니었을 것이다. 어머니는 일이 터질 때마다 땅이 꺼져라, 한숨을 쏟아내며 궁시렁거렸다.

"느 아부진 실복마처럼 허우대가 다부져 평생 가도 고뿔 한 번 앓은 적이 없구만 느덜은 으째서 노상 잔병치레냐. 내가 애를 낳은 건지 병추기들만 낳은 건지…… 어디 가 씨도둑 해 온 것도 아닌데 대체 뭔 조화인가 모르겠다."

그러고는 연신 사오랑고개 마루턱을 올려다보는 것이다. 혹이나 불쑥 아버지가 고개 마루턱에 나타나 집을 향해 터덜터덜 걸어 내려올 수도 있으리란 믿음을 희미하게나마 가져보았던 모양이다. 그러나 어느 한 번도 그 절박한 순간에 기적처럼 아버지가 어머니 앞에 불쑥 나타난 적은 없었다. 감당하기 힘겨운 시련과 고통과 절망을 고스란히 가슴 속 응어리로 키우다가 결국엔 어머니의 발걸음이 비탈지고 굽이진 사오랑고개로 향하는 거였다. 돌아오지 않을 아버지를 마냥 기다리고 있을 처지가 아니었기에 아픈 자식을 업거나 혹은 방바닥에 누인 채 부랴부랴 시내 병원과 약국을 찾아갔다. 그때 아버지를 향한 원망은 서늘하다 못해 가슴 깊이 사무쳤을 것이다. 빛 한 줄기 내리지 않은 칠흑 같은 밤길 어느 골짜기 어느 굽이에서 금방 산짐승이 튀어나와 목을 물어뜯을 것 같은 공포가 일기도 했을 테고 짙은 밤 음침한 상걸리 성황당 앞을 지날 적엔 진을 치고 있던 뜬것들이 행여 발목이라도 잡지는 않을까 불쑥불쑥 다가서는 두려움에 기진맥진 땅바닥에 주저앉아 섧게 울기도 했을 것이다. 그럼에도 어머니는 홀로 고개를 넘어야 했고 밤이건 낮이건 때를 가리지 않았다. 내가 좀 자라 중학생이 되었을 때 어머니와 함께 찾은 약사동 수녀병원(성골롬반의원) 의사와 간호사들은 하나같이 어머니를 알아보고 있었다. 심지어 누나와 내 이름까지 기억하는 의사가 아직 남아 있을 정도였다. 그건 누가 뭐래도 자식들을 살려보겠다고 발바닥에 굳은살이 박이도록 눈물이 떨어져 길바닥을 흥건히 적시도록 사오랑고개와 갑둔이고개를 넘어 다닌 확실한 징표일 터였다.

"할머닌 지금까지 살아오시는 동안 언제가 가장 행복하셨어
요?"

차가 막 전망대를 돌아갈 즈음 큰조카가 뜬금없이 어머니께
물었다.

"그야 느 아범 공무원 시험 합격했을 때지."

"그때가 그렇게나 기쁘셨어요?"

"기쁘다마다. 느 할아부지가 반공일마다 불러들여 노상 잔소
리 해쌓는 통에 핵교서 제대루 공부할 시간도 읎었을 텐데 고
등핵교 졸업한 뒤 공무원 시험에 턱하니 합격해 군세기루 출근
한대니 이 할미 맴이 을마나 흐뭇했겠니. 더 이상 이 산골짜기
들락날락하며 쇠똥 안쳐도 되구 손바닥에 쟁기자루 안 잡고 발
바닥에 흙 안 묻히고도 살 수 있게 됐으니 그때 기분을 으떻게
말로 다 하니. 내가 을마나 속이 후련했던지 실성한 여편네처럼
밭고랑에서 덩실덩실 춤까지 췄단다."

"그 담으로 좋았을 때는요."

"벨 오도깨비 같은 걸 왜 자꾸 물어쌓냐."

어머니가 큰손자에게 퉁명스레 대꾸했지만 누님이 큰조카 편
에 섰다.

"엄마, 장손이 듣고 싶어 하는 데 뭘 망설여요. 이담에 엄마
돌아가시면 자손들한테 들려줄 요긴한 얘깃거리잖아요. 나도
엄마한테 직접 듣고 싶어요. 두 번째로 좋았을 때가 언제였어
요. 아빠 따라 시집올 때였어요?"

우리가 소리 내어 웃었고 어머니도 따라 웃다가 이내 대답했다.

"시집 얘기하니깐 생각나는데 증말 니 시집갈 때가 그 담으로 좋았다."

의외의 대답이었다. 누님이 그깟 면서기한테 시집간 게 뭐가 좋은 일이냐며 반문하고는 운전 중인 매형의 얼굴을 흘끗 쳐다봤다. 매형과 누님이 빙그레 웃고 있을 때 어머니가 다시 입을 열었다.

"느 오래비가 공무원 되고 난 뒤 사우를 소개했잖니. 니 처녀 적 생각 좀 해봐라. 느 오래비 아니었음 으침한 산골 구석빼기에서 으떻게 점잖은 공무원 신랑을 만났겠어. 짜장 천운이 따랐지. 이 골짜구서 농사꾼 서방 만났드라문 에미처럼 펭생 밭고랑에 엎드려 매대기 칠 거 아니겠냐. 자석들 멕여 살릴라구 오금패기 부서져라 한펭생 험한 고갯길 오르내릴 테고. 니 시집가구 나니 빈자리 허전하거나 서운하기는크녕 입이 함지박만 해져 여물 끓이다 말고 웃고, 장뚜가리 덮다가도 웃고, 밥하다가도 웃고, 밭고랑에 나가 바랭이풀 뜯다가도 웃고…… 낭중엔 뒤깐에 가서두 실실 혼자 웃게 되드라."

"작은아버지 때문에 좋은 기억은 없으셨어요?"

큰조카 녀석이 이번엔 날 걸고 넘어졌다.

"느 작은애빈 할아부지헌테 막내랍시구 홀로 귀염받고 자란데다 고생 안 하구 커 벨루 기쁠 게 읎다만 그래두 교육대학 나와 핵교 선상 시작했을 때 이젠 지 앞가림은 하겠다 싶어 맴이 놓이더구나."

그렇게 시작된 큰조카와 어머니의 대화는 어머니가 살아오면서 가장 슬펐을 때로 이어졌다. 큰조카는 할머니가 살아오며 겪었을 굵직한 희로애락쯤은 의당 장손인 자신이 알아 두어야 할 과제라고 인식했음인지 작심한 듯 물었다.

"질 기뻤을 때도 느 아범 일이구 질 슬펐을 때두 느 아범 일이구나. 느 아범 단명으루 떠났을 때 내 오장육부가 으스러지구 끊어지는 것 같드라. 반공일마다 집에 쪼르르 달려와 느 할아부지 대신 화전밭에 나가 쇠떡심츠럼 뻣뻣한 억새풀뿌럭지 뽑구 칡덩굴이며 아들메기며 밭뚝방 수풀 잔뜩 우거진 데 가 쇠꼴 베어 오구 요골 안막까지 겨올라가 땔낭구까정 해오구, 심쓰는 일은 은제나 느 아범 차지였다. 을마나 심에 겨웠든지 어느 날 제녁엔 콧구녕에서 추녀끝으로 장맛비 떨어지듯 시뻘건 핏뎅이가 쉴 새 읎이 쏟아지는데 내 속이 으떻게나 쓰리고 애리든지……. 지금 와 생각해두 부모 잘못 만나 그때 골벵 들어 몸땡이가 상하는 바람에 일찍 세상 뜬 게 아닌가 싶다."

말끝엔 어머니의 긴 한숨이 새었다. 자식 먼저 보낸 부모의 마음이 오죽했으랴. 어머니의 눈시울이 붉어질 찰나 큰조카가 얼른 그다음 슬펐던 일이 무엇이냐 재촉했다. 잠시 망설이던 어머니가 기억을 더듬은 뒤 우리에게 들려준 두 가지는 모두 아버지 이야기였다. 간암 진단을 받고 두 달 만에 아버지가 세상을 떴을 때 그 허전함이 어찌나 크던지 땅을 밟으면 천길만길 벼랑 끝으로 떨어질 것 같았고 하늘을 바라보면 금방 무너져 내릴 것 같아 오랫동안 가슴앓이를 해왔었다는 거였다. 아버지가 술집 여자를 집에 들여 보따리 싸들고 사오랑고개까지 올랐던 일화도 빼놓을 수 없는 큰 서글픔이었단 사실도 그때 알았다.

집에 도착해 어머니를 방 안에서 쉬게 하고 나는 매형과 함께 일일이 동네 한 바퀴를 돌면서 고맙다는 인사를 건네고 왔다. 누님이 이미 어머니께 미음을 끓여 드린 뒤였다.

누운 어머니 곁에 앉았다가 팔다리를 연신 주무르고 있던 누님이 도대체 무엇 때문에 고개를 오른 것이냐며 따지듯 묻고 나섰다.

"벨것 아니다."

궁금한 건 나중에 여쭤도 되는 게 아니냐며 매형이 나섰지만 누님은 물러서지 않았다.

"그 소나무 밑에 자식들한테 줄 머리통만 한 금덩이라도 숨겨 두셨수?"

"금뎅일 묻었음 살아생전 느 아부지가 캐다 노름을 했어두 골백번은 했겠지 온전히 냉겨 뒀겠냐."

"그럼 자식들에게 줄 보물단지도 아니고, 대체 뭘 묻어 놨기에 폭삭 삭은 몸 이끌고 염소 이마빡 같은 언덕배길 올랐단 말이에요."

"그냥 내가 젊었을 적 뻔질나게 오르내리며 고생헌 고개라놔서 그 고개가 친구 같기도 하고 친정 같기도 해 죽기 전 꼭 한 번 오르고 싶었다."

그러나 누님은 믿지 않았다. 예전 어머니로부터 아버지와 함께 고개를 오르다 무언가를 묻어뒀다는 이야기를 분명 들은 바 있었고 특히나 어머니가 고개를 오르기 전 호미를 들고 있었다는 마을 사람들의 말을 들었기 때문이었다. 결국 어머니가 벨것도 아니란 그 벨것의 정체를 어렴풋한 기억을 살려내며 들려줬다.

"오래전 느 아부지랑 기르던 소 두 바리를 팔러 같이 우전에 나간 적이 있었다. 용케 흥정이 잘 돼 일찌감치 소가 팔렸는데 느 아부진 마누랄 장바닥에 세워둔 채 술청에 들어가 여자들허고 술에만 정신을 팔고 있드라. 꿔다 논 보리자루마냥 장바닥에 주저앉아 입때 저때 지달리다 지쳐 느 아부지 들어간 술청을 지웃거리며 찾아가 보니깐 젓가락 두들기며 쳐대는 장단에 맞춰 쇠도 녹일 것 같은 가시내의 노랫가락이 간들간들 새어나오는데 거기 느 아부지가 소리 잘하는 이쁘장한 여시헌테 정신이 팰려 도끼 자루 썩는 줄 모르구 앉았더구나. 가시낼 무르팍에 앉혀 놓구설랑 얼굴 비벼대고 마주 보면서 희희덕거리는 꼬락서니가 벌써 만리장성이라도 쌓은 사이처럼 미쳐 환장한 모습 같드라."

"엄만 배알도 없으셨수? 그걸 직접 눈으로 지켜보고도 가만 있었단 말이에요? 단박에 달려가 그년의 머리끄덩일 확 뽑아버렸어야지."

누님이 얼굴에 핏대를 세웠다.

"그걸 지켜본 내 심정이 오죽했겠냐. 금방 가슴팍이 철렁하문서 불뎅이 같은 게 치밀드니 눈에선 닭똥 같은 눈물이 뚝뚝 떨어지드라. 뼛골 빠지게 고생허는 마누랄 옆에 냅두고 딴 가시낼 끼고 노는 게 하도 서럽고 원통해 댓바람에 혼자 돌아서서 고개를 넘는데 느 아부지가 어느 틈엔가 눈치를 챘던 모양이다. 갑둔이 고개 넘어 상걸리를 지나 지당골로 올라오자니깐 저 아래서 느 아부지가 부리나케 뒤쫓더니만 고개를 채 넘기 전에 따라붙더라. 그때 그 역시 같은 가시내의 눈웃음과 간드러진 노랫가락에 잠깐 홀려 정신줄을 놨다구 용서를 빌드구나. 그날 사오랑고개에 올라 사람 안 댕기는 언덕배기 소낭구 울창한 곳에 날 델구 가더니 세경 하나와 참빗 하날 건네줬다."

"그 참에 아예 먼 곳으로 내빼지 어디 갈 데가 없어 품걸릴 다시 들어오셨수. 그리고 그깟 놈의 세경과 참빗이 눈에 들어옵디까? 아버지 보는 앞에서 세경을 아작아작 짓밟아 으깨버리지 그랬어요."

누님은 마치 자신이 당한 일처럼 불퉁거렸다.

"안적 노여움이 가시지 않아 손에 쥐여주는 세경허구 참빗을 소 닭 보듯 하니까 느 아부지가 느닷없이 소낭구 둥치 밑으로 내려가더니 실성한 사람츠럼 구뎅일 냅다 파내고는 시내서 사들고 왔다는 쇠불알만 한 사기 사발 하날 집어넣더구나. 그 안에다가 내게 줄려구 샀다는 금가락지와 천 원짜리 지폐 몇 장을 집어넣구선 신주단지 모시듯 정성스럽게 파묻고는 손을 툭툭 털고 허는 말이 인제부터 서방이 참지 못하게 속 썩이거들랑 응어리 냉겨 뒀다가 홧벵 지르지 말구 여기루 와 묻어둔 노잣돈 챙겨 어디든 가고픈 곳 가라는 게다. 막내가 안적 뱃속에 들었을 때 얘기니 쉰다섯 해 전 일이구나. 세월 지나면서 그동안 까맣게 잊고 지냈었는데 느 아부지 암 걸려 돌아가기 얼마 전 갑자기 날 불러 앉혀 놓쿠선 옛날 사오랑고개 소낭구 밑에 묻었던 사발이 생각나냐 묻더라. 그 약조를 일찍 지키지 못하고 고생시켜 미안하다면서 덥썩 손을 감싸 잡더니 혹여 못난 서방 먼저 시상 떠나가 외롭거나 자식들 속썩여 살기 심겁거든 은제든지 거길 찾아가 보라는 거였다. 내가 이젠 노망기가 있어 자꾸 정신이 아뜩아뜩해지구 금방 들은 말두 돌아서면 까맣게 잊어뻐리곤 한다. 몹쓸 놈의 벵 더 깊어져 그 소낭구가 머릿속에서 몽지리 지워지기 전에 하루라도 빨리 찾아봐야 했다."

소나무 밑에 묻었다는 가락지 하나와 천 원짜리 지폐 몇 장은 요즘 돈으로 치면 자식들이 어쩌다 건네는 용돈만큼도 되지 않을 보잘것없는 액수겠지만 어머니와 우리 가족들에겐 돈으로 산출하기 어려운 가치가 있어 보였다. 어쩌면 그것은 집안의 크고 작은 대소사가 있을 때마다 가족들이 두고두고 추억할 마음속 사진첩이 될 것이기도 했다.

다음 날 우리는 어머니와 함께 사오랑고개를 오르기로 했다.

며칠 전 어머니가 들고 나섰던 호미보다 땅을 파내기에 훨씬 수월한 괭이를 찾아 차에 싣고는 사오랑골 진입로로 차를 몰았다. 마지막 민가를 벗어나 자작나무숲 우거진 사방댐 바로 위까지 차를 들이댔다. 차가 오를 수 있는 길은 여기까지였다. 이제부터는 식구들이 어머니를 번갈아 부축하며 오를 숲이었다. 좁고 가파른 사오랑고개는 얼핏 바라보기엔 비록 고갯마루까지 경사가 심해 보여도 길만 뚫려 있다면 그런대로 오를 만해 보였다. 삼태기처럼 우묵한 골 안막까지가 그러했다. 그러나 거동 불편한 노인과 거동 불편한 노인을 부축하고 올라야 할 우리에겐 거대한 장벽임이 분명했다. 차에서 내려 두둑 붉어진 언덕길 하나를 오르는데 벌써 가족들은 기진맥진 지쳐갔다. 우리가 생각했던 고갯길이 아니었다. 예전엔 보행자들이 끊이질 않아 길바닥이 학교 마룻바닥처럼 빤빤했지만 도로가 생겨나고 뱃길이 열린 뒤로는 제멋대로 우거진 수풀이 그 자리를 차지한 채 누구도 진입을 허락할 기세가 아니었다. 흔적이라도 남아 있을 줄 알았던 고갯길은 긴 세월이 흐르는 동안 장마철 급류에 쓸리고 울창한 수풀에 가리고 쌓인 낙엽에 숨어 오래전 기억을 들춰내며 더듬거리는 우리 가족에게 탄식과 절망감만을 안겨 줬다.

"세상에나, 이런 가시덤불을 헤치고 노인네가 고개까지 올랐단 게 말이 돼?"

더는 들어오지 말라고 마치 가시철망을 쳐놓은 듯 우리 앞을 막아선 억센 넝쿨 더미를 바라보며 누님이 혀를 찼다. 무성한 가시덤불뿐인 가파른 골짜기를, 여기가 길이었다는 흔적조차 남아 있지 않은 된비알을 그것도 팔십 중반의 안노인네가 성치 않은 몸으로 뛰어들었다고 생각하니 기가 찰 노릇이었다. 가시덤불이 얼굴을 할퀴는 고통쯤이야 오르다 한두 번 넘어지는 시련쯤이야 살아온 인생의 고비들에 비하면 하찮은 일인 건 분명하지만 길이 지워진 수풀을 오르는 동안 얼마나 숨이 찼을 것이며 허리 다리가 얼마나 고통스러웠을 것이며 얼마나 아득했을까, 어쩌면 경도인지장애라는 치매기가 어머니의 기억뿐 아니라 순간의 고통까지 잊게 했는지도 모를 일이었다.

"나도 산꼭대기꺼정 으떻게 올랐는지 당최 모르겠다. 질바닥두 어딘가로 숨어 뻐려 여기가 거기 같구 거기가 여기 같은 게 도통 어디가 어딘지 구분도 못 하겠드라. 그냥 삼태기처럼 우묵한 골짝 안막까지 겨오르믄 거기가 사오랑고개겠거니 어림잡고 설랑 기를 쓰고 오르는데 눈에 뵈키는 건 전에 없던 허연 자작낭구들뿐이고 연방 찾아도 질이 보이질 않아 헤매고 있자니 심도 빠지고 낭중엔 정신줄까지 빠져나가 그만 질을 잃고 말았다. 요행으루 산마루터기꺼정은 올랐다만 여기저기 눈 씻구 찾아댕겨두 사오랑고개랑 아장구 우거진 소낭구는 당최 찾을 수가 읎드라."

아마 어머닌 정 반대 방향의 풍천리 쪽으로 뻗어 나간 능선을 탔던 모양이었다. 어머니가 탄 능선은 춘천과 홍천 경계점이기도 해 홍천 풍천리 뒤편의 능선을 계속 타고 가면 내가 아내와 어머니를 찾아 나섰던 늘목고개로 이어지고 거기서도 더 깊이 오르면 가리산 정상으로 연결되는 등산로가 나 있었다.

큰조카가 어머니를 때론 등에 업고 때론 나와 누님이 부축하면서 몇 걸음씩 더 오르기는 했지만 거동 불편한 노인과 함께 몸을 움직이는 건 아무래도 무리였다. 오를수록 수풀은 더욱 우거졌고 좁다랗지만 사람 통행이 빈번해 기름을 칠한 듯 매끈하던 옛적 자드락고갯길은 지우개로 지운 글씨만큼의 흔적조차 남아 있지 않았다. 예전엔 거칠 것 없이 웃자란 수풀 사이로 인적 오간 발자국들이 찰지게 다져져 매일 아침 동자승이 정성 들여 쓸어 낸 절간 마당처럼 반반했던 길이었다. 어머니가 길을 잃은 것은 결코 우연이 아니었던 것이다. 골짜기 깊은 곳으로 아마도 상걸리나 춘천까지 연결되었을 굵은 전선 몇 줄이 전봇대를 부여잡고 늘어져 있었다. 전봇대와 전선을 줄곧 따라가다 보면 능선까지는 찾아갈 수 있을 테지만 전선이 지나간 자리 역시도 우리가 오를 수 없는 아찔한 경사도였고 우거진 숲이었다.

결국 우리는 오르는 길을 포기해야 했다. 그때 큰조카가 다른 길을 생각해 냈다. 이곳 지리를 대충 익힌 큰조카가 가을 무렵 종종 버섯을 따러 산에 오르곤 했는데 사오랑고개 너머로 임도가 뚫려 있다는 거였다. 전날 우리가 넘어온 전망대 가까이에 임도로 향하는 갈림길이 나 있다는 조카의 말을 믿고 우리는 산에서 내려와 다시 차에 올랐다. 조카의 말대로 전망대 못 미쳐 산으로 오르는 임도가 뚫려 있었다. 산불 발생 빈도가 높은 봄가을엔 임도 진입로를 차단하는 모양인 듯 잠금 시설이 되어 있었지만 다행스럽게도 도로는 열려 있었다. 정상까지는 가파른 비포장 길이어서 차가 오르기엔 다소 버거워 보였으나 가까스로 올라선 정상에서부터는 순탄한 비포장 길이 이어졌다. 이렇게 접근하기 쉬운 길이 뚫려 있다는 사실을 모른 채 사오랑 골짜기를 타기로 했던 우리는 스스로 무지와 미련함을 탓했다. 더불어 사오랑고개에 쉽게 다가갈 수 있게 되었다는 안도감에 취해 차 안에서 한바탕 웃음을 토해내기까지 했다.

그러나 자동차와 임도 덕분에 쉽게 능선 턱 밑까지는 올라와 있었으나 정작 사오랑고개의 위치를 정확히 찾아내는 게 문제였다. 아슬아슬한 임도 위로 한참을 벗어나니 멀리 느랏재에서 상걸리로 내려오는 도로가 내려다보였고 그 옛적 내가 사오랑고개에서 아버지를 향해 너무 아득해 보여 눈앞이 캄캄하다고 투덜거렸던 갑둔이고개도 까마득히 건너다보였다. 여기 어디쯤에 우리가 찾아 나선 사오랑고개가 있을 터였다. 그러나 임도 굽이마다 옛 외움길의 흔적은 어디에서도 찾을 길이 없었다. 아래쪽 상걸리 지당골이 바로 저 밑에 어질어질 내려다보이고 있었는데 어머니 말대로 여기가 거기 같고 거기가 여기 같아 아무리 눈을 씻고 찾아봐도 옛 고갯길 흔적은 보이지 않았다. 차에서 내려 두리번두리번 길을 찾아보아도 옛날 우리가 걷던 길은 이미 우리가 까맣게 잊고 있었던 기억처럼 모두 지워져 있었다. 사실은 우리가 여기까지 오르는 데 결정적 편의를 제공해 준 임도가 오히려 우리의 발목을 잡고 있기도 했다. 임도 개설과 더불어 산사태 방지 차원에서 포클레인을 동원해 도로 한참 윗부분까지 깎아내다 보니 기름을 칠한 듯 반질반질했던 옛길이 아예 짐승조차 다니지 못하게 막혀있었고 웃자란 숲이 고갯길의 흔적을 모두 지운 뒤였다. 그렇게 한참을 헤매다가 얼마 전 품걸리 사오랑골짜기에서 보았던 전봇대가 이쪽 영 너머까지 이어진 것을 발견했다. 이 주변 어딘가에 사오랑고개가 있을 거란 짐작으로 우묵한 골짜기 안에 차를 세웠다. 차에서 나와 오래전 우리가 넘어 다녔던 고갯길을 이리저리 찾아보았지만 옛길의 흔적은 어디서도 보이지 않았다. 가파르고 구불구불하고 아득하고 좁다란 기억 속의 그 옛길은 이미 오래전 우거진 수풀에 점령당한 뒤여서 오로지 우리 기억 속에만 아련히 남아 있을 뿐이었다.

다행스럽게도 임도에서 능선까지의 거리가 그리 멀게 느껴지지 않았다. 산을 자주 오르는 큰조카가 숲으로 뛰어들어 길을 텄다. 우리는 어머니를 부축해 가면서 역시 가시덤불 우거진 산을 조심조심 오르기 시작했다. 잣나무 숲 사이에서는 자작나무, 가래나무들이 누가 높게 자라나 키 경쟁을 하는 중이었고 그 아래에서는 가시 많은 산딸기 넝쿨이 한창 섶을 키우고 있었다. 능선 가까이에 오를 즈음 무덕지게 피어난 철쭉꽃 몇 무더기를 본 어머니가 아이처럼 반가워하며 소리쳤다.

"제대루 찾아온 모양이다."

그러나 어디를 보아도 예전 내가 넘어 다녔던 사오랑고개는 아니었다. 펑퍼짐한 고개 마루턱에서 내가 숨을 고르며 지친 몸을 추스르고 앉아 쉬었던 자그마한 바윗돌도 보이지 않았거니와 품걸리로 이어졌던 밭고랑처럼 움푹 파인 옛 고갯길도 전혀 눈에 들어오지 않았다. 내 기억으론 이곳이 사오랑고개일 리가 없었다. 하지만 어머니는 당신이 찾아 나섰던 장소가 분명하다고 확신하고 있었다. 정상엔 크고 작은 졸참나무와 굴참나무들이 울창하게 자라 있었고 웃자란 참나무 가지 끝에 까치둥지만 한 겨우살이들도 더러 보였다.

"엄마, 여긴 사오랑고개가 아니에요."

누님 역시도 과거 자신이 넘어 다녔던 사오랑고개를 어렴풋이 떠올려 가며 제대로 찾아왔다는 어머니의 말을 믿으려 들지 않았다. 그런 누님의 말에 나 역시 동조하며 고개를 주억거렸다.

"내가 아무리 치매 걸린 늙은이래두 느덜 정신머리보단 낫다."

우리는 철쭉꽃이 흐드러지게 핀 산 능선에 주저앉아 잠시 쉬고 있었다. 유별나게 우쭐한 갓머리 하나가 아득히 건너다보였다. 수많은 능선과 수많은 고개, 수많은 골짜기를 거느린 가리산이었다. 가리산 맞은편으론 차일을 쳐놓은 듯 휘영청 늘어진 또 다른 능선과 올망졸망 솟구친 멧부리들이 그들먹했다. 더 먼 뒤편으론 하늘 끝과 맞닿은 산마루들이 가물가물 눈을 어지럽혔다.

"그때 하루하루가 을마나 심들었든지 안적도 숨이 모강지 끝까지 턱턱 차오르는 된 고개를 종짓굽이 닳도록 넘어 댕기는 꿈을 꾼단다. 느 아부지 원망도 지겹게 했고 날 여기루 시집 보낸 느 외할아부지헌테 쌓인 노여움도 산데미만치 컸다. 그런데 지금까지 여기저기 사람 사는 곳 다 댕겨 봐도 고개 넘으면 어딜 가나 또 고개가 나타나고 그 고갤 걸어 넘으면 영락없이 또 고개가 발길 앞을 턱 가로막더구나. 사람 한펭생 사는 게 고개와 똑같드라. 여편네 팔잔 뒤웅박 팔자라구 나도 느 아부지 곁 떠나가 뒤웅박처럼 뒹굴뒹굴 굴러댕기다가 부자 서방이라도 만나 문 베란간 팔자 펴 죽을 때까정 호강하면서 살 수도 있었겠지만 눈앞에 나타날 고개가 증말 야트막한 민고갤지, 태산만 한 된고갤지 누가 알겠니."

그러면서 어머니는 철쭉꽃 흠뻑 피어난 능선 너머 우거진 숲 한가운데를 가리켰다. 그곳에 커다란 소나무 몇 그루가 보였다. 어머니가 한숨을 쏟아내고는 차분한 목소리로 예전에 겪었던 일화 한 토막을 들춰냈다.

"느덜이 어렜을 적 소 팔러 나간 느 아부지가 작은마누랄 달구 들어왔드라. 을마나 가슴이 찢어지든지 아예 집 나갈 작정까지 하고 어린 느덜 앞세워 사오랑고개를 올랐잖냐. 여기까정 와 저 소낭구 밑에서 진죙일 서성였다. 저 아장구 울창한 소낭구 밑에 느 아부지가 파묻어 논 가락지와 멫 푼 노잣돈이 있어 그걸 파내 떠날까 말까 을마를 망설이다 보니깐 느덜은 지쳐 잠들고 이미 뉘엿뉘엿 해가 지드라."

그제야 나도 누나도 어머니가 말한 아장구 울창한 그 소나무의 존재를 알아챘다. 고개 바로 너머 무성한 굴참나무 이파리 사이로 유독 푸르고 훤칠한 키의 큰 소나무 한 그루가 꿋꿋하고 청청한 자태로 치솟아 있었던 것이다. 나도 누님도 어머니와 동행했던 그 하루 아리고 가슴 시렸던 일을 어찌 잊을 수 있었으랴. 소나무와 능선 사이를 서성이며 진종일 갈등과 번뇌의 시간을 보낸 어머니의 그 하루야말로 인생에서 가장 진중한 선택의 기로였을 것이다. 그럼에도 어머니는 결국 아버지가 묻었다는 가락지와 노잣돈을 꺼내기 위해 소나무 둥치 밑을 파헤치지 않았다. 그 선택이 옳았는지의 판단은 어디까지나 어머니의 몫이었다.

"세상에나! 여기가 정말 그때 우리가 왔다 간 고개턱이라고?"

"그때나 입때나 저 소낭구 잎사기 하나는 참 올차구나."

어머니는 대답 대신 소나무를 뚫어져라 바라보고 있었다. 우리는 어머니를 언덕 너머의 가지 울창한 소나무 가까이로 부축해 갔다. 의외로 소나무는 꽤 가파른 곳에 자리 잡고 있었다. 어린아이의 눈으로 보였던 예전의 소나무는 하늘을 찌를 듯이 높았고 몇 가달로 뻗어 오른 곁가지는 성이 난 짐승처럼 우락부락해 보이기까지 했었다. 어릴 때 내가 본 우람한 모습과 50년이란 긴 세월을 감안해 보면 소나무는 쉬 크지도 늙지도 않음을 보여주고 있었다.

얼핏 나무를 올려다보던 나는 자연이 빚어낸 황금비율이 떠올랐다. 본가지를 중심으로 수려하지 않으나 그렇다고 초라하지도 않은 곁가지들이 소나무가 중심을 잡을 수 있도록 촘촘히 뻗어 있는데 저마다 최적의 비율로 안정감을 유지한 채 온전히 그 자리를 지키고 있는 거였다.

"어머니가 그날 보따리 싸 들고 여기까지 왔다 간 사실을 아버지도 알고 계셨어요?"

거칠고 두꺼운 소나무 겉껍질을 어루만지고 있는 어머니를 향해 내가 물었다.

"알다마다. 사람 만나 한 번 정들믄 흔 신짝 내뿌리듯 떨궈내기가 쉬운 일이 아닐 텐데 그래두 느 아부진 내가 느덜 델구 여기까정 왔다 간 사실을 곧이곧대로 털어놓으니깐 발등어리에 잉걸불이라도 떨어진 듯 번쩍 정신을 채리고는 다음 날루 작은 마누랄 뚝 떼뻐리드구나."

"그렇게 속 썩이시던 할아버지께서 어느 날 갑자기 새사람이 되셨다면서요."

괭이를 든 조카가 소나무 밑동을 향해 돌아가다가 묻는 소리였다. 그 이야기는 이미 나도 오래전 아버지로부터 직접 들은 바 있었다.

아버지의 건달 생활은 내가 스물다섯 먹을 때까지도 계속되었다. 한 달에도 몇 차례씩 춘천에 나가 술판을 벌이다가 장이 서지 않는 무싯날에는 돈 많은 청과물 상인들이 노름하는 동부

시장으로 가 어깨를 들이밀곤 했다.

그날도 남춘천 우시장에 소 두 마리를 내다 팔았다. 때마침 입심 좋은 흥정꾼을 만나 쉽사리 매매가 성사되었고 만족스럽게 계약이 끝나자 걸판지게 성애술이 오갔다. 소가 팔렸다 해서 냉큼 집으로 돌아올 아버지가 아니었다. 저녁 무렵엔 자주 어울리던 소 장수끼리 우시장 근방 주점 뒷방에 모여 앉아 노름판을 벌였다. 처음엔 허리춤에 차고 있던 전대를 풀어 그중 절반을 노름 밑천으로 꺼내 놓고 도리짓고땡을 시작했다. 노름은 도깨비 살림이랬다고 초저녁엔 패를 쥘 때마다 끗발이 올라 금방 소 두어 마리 살 돈을 쥐게 되었다. 무르팍 밑에 돈푼이나 들어왔다고 초저녁에 자리 털고 일어나는 약아빠진 좁쌀 노름꾼이었다면 아버지는 애당초 그 자리에 앉지도 않았을 것이다. 초저녁 기세가 새벽녘까지 이어져 소 장수들의 전대를 탈탈 털게 되는 날에는 품걸리에 기름진 논밭 여러 마지기를 사들이거나 남춘천 우시장과 샘밭장을 오가며 목매기부터 하릅송아지까지 모개흥정을 붙여 수십여 마리의 송아지 고삐를 끌고 집에 돌아갈 수 있다고 여겼다. 수십여 마리의 송아지들을 두어 해 잘 먹이면 집으로 끌고 올 때 망아지처럼 제멋대로 길을 벗어나 배알을 뒤집어 놓던 녀석들의 이마에 어느덧 관솔옹이 같은 뿔이 불끈 솟은 어엿한 큰 소로 자라나 있을 터였다. 비탈진 사오랑고개와 갑둔이고개를 넘는 길이 비록 험하기는 해도 이태 동안 먹여 벌써 어스럭송아지 티를 벗어난 다 자란 소를 여러 마리씩이나 몰고 우시장으로 팔러 나가는 발걸음은 구름 위를 걷듯 달뜨게 마련이었다. 굳이 매주 발품 팔아 가며 장에 나와 기웃거리지 않고도 손에 큰돈을 쥘 수 있을 터인즉 초반 끗발이 새벽녘까지 이어지기를 고대할 뿐이었다. 하지만 그런 신바람과 달콤한 환상은 보름달이 초승달로 기우는 것과 같았다. 밤이 이슥해지면서 초반 끗발의 기운이 스멀스멀 기울어 무르팍 앞에 수북이 쌓였던 지폐가 손떠퀴 좋은 건너편 사내에게로 죄다 옮겨 갔다. 나중에는 전대에 남아 있던 돈까지 몽땅 풀어 노름을 이어 갔지만 초반의 기세가 다시 돌아오지는 못했다. 결국 처자식이 열심히 먹여 키운 두 마리 소를 판 돈은 아버지의 하룻저녁 노름돈으로 날아갔고 늦은 밤 겨우 개평으로 받아낸 몇 푼의 피천을 쥐고 사오랑고개를 넘게 되었다. 그날 저녁 처량한 심정을 몇 잔 술기운으로 달래며 찰지게 다져진 어둠을 손전등 하나에 의지한 채 주척주척 산길을 넘어올 때 상걸리 지당골 안막부터 달갑지 않은 소낙비를 만났다. 처음엔 먼 곳에서 번개와 천둥이 오가더니 사오랑고개 마루턱에 당도할 무렵엔 세찬 산돌림이 막 정수리를 지나치고 있었다. 거센 빗줄기와 함께 바로 눈앞 떡갈나무에 벼락이 떨어졌다. 전신이 물초가 된 몸으로 고갯마루에서 어리둥절하다가 어깨를 옹크리고 있자니까 하늘이 깨어지는 듯 산이 무너지는 듯 요란한 천둥이 머리맡으로 떨어졌다. 정신줄을 놓고 머뭇머뭇하던 아버지는 빨리 산을 벗어나야겠다는 생각에 내리막 고갯길을 두리번거리며 찾아보았다. 하지만 길이 보이지 않았고 별안간 눈앞에서 벼락이 떨어지는 떡갈나무 정수리를 바라보게 되었다. 얼굴이 하얗게 질리고 몸이 떨려 윗니 아랫니까지 달달 떨렸다. 퍼렇게 날 선 번갯불에 아름드리 떡갈나무 정수리가 뚜걱 꺾이는가 싶더니 이제껏 들어본 적 없던 산을 으깨버릴 듯한 천둥소리와 함께 굵다란 나뭇가지가 바닥으로 와자작 떨어졌다. 아버지는 미처 피신조차 하지 못한 채 그 자리에서 털썩 주저앉아 설설 기고 말았다. 그날 밤 아버지는 당신이 맞아야 할 벼락을 떡갈나무가 대신 맞은 거라 믿었다. 떡갈나무가 뭔 큰 죄를 지었다고 하늘의 노여움을 사 아닌 밤중 벼락을 맞겠냐는 거였다. 정작 벼락 맞을 대상은 주색과 노름에 한평생 정신이 팔려 처 속 썩이고 올망졸망 딸린 자식들 고생시킨 당신 자신이라 여겼고 진노한 하늘이 본때를 보인 거라 확신했다. 그렇게 한밤중 사오랑고개 마루턱에서 벼락 맞는 떡갈나무를 지켜보다 정신을 차린 아버지는 그해 가을 추석 무렵부터 매주 밟듯 장거리를 누비던 걸음을 뚝 끊고 동네 다른 아버지들처럼 들일을 시작했다. 장에 나가는 일을 멀리하다 보니 소 장수끼리 즐기던 술추렴도 노름도 아버지의 일상에서 점차 잊혀 갔다.

"추석 메칠 앞둔 어느 날 느 아부지가 소 두 바리를 끌고 우시장에 나가더니 느덜 옷가지 몇 벌하고 내 흰 고무신 한 켤레만 달랑 사 갖고 오셨드라. 나머지 돈은 대체 으쩌셨수 물으니까 평생 갚지 못할 빚을 진 은인이 있었는데 베르고 베르다가 소 두 바리 팔아 갖고 왔다는 게다. 그게 대관절 누구냐고 물었드니 젤 가까운 사람이라문서 얼렁뚱땅 얼버무릴 뿐 영 대답을 않더구나. 헌데 으쩐 일인지 그날부터 느 아부지가 영판 딴사람이 되더구나. 노상 술타령에 논다니 찾아댕기며 바람이나 피워 쌓고 술추렴에 노름판이나 지웃거리던 양반이 으쩐 일인지 생전 손꾸락에 풀물 들어 본 적이 읎었구만 밭고랑에 나가 뿌럭지 억센 바랭일 다 뽑구 쇠꼴에 작두질에 직접 쇠죽서껀 끓여 주다가 낭중엔 어깨에 지게 밀삐까지 걸머메구 산비탈에 올라 땔낭구까정 해 오드라. 더 이상 소 장수 한답시고 우전에 나가설랑 메칠썩 자고 온 적두 이후론 읎었다. 먼저 가실라고 그랬었나, 그렇게 멫 해 단단히 가장 노릇 흐다가 느덜까지 장성해 그럭저럭 살 만흐니깐 벵 들어 가뿌리시더구나."

아버지가 전혀 다른 사람이 되었던 그날을 회상하던 어머니는 조심조심 소나무 밑으로 돌아내려가 둘러선 가족들에게 사발이 묻힌 장소를 가리켰다. 조카가 자리를 틀고 앉아 소나무 둥치 바로 밑에 수북 쌓인 낙엽 부스러기들을 걷어냈다. 그 손끝의 움직임은 고고학자들이 흙더미 속에서 고대 유물을 발굴하는 과정보다 더 진중하고 조심스러웠다. 쟁기로 땅을 파낸다기보다는 얹혀 있던 흙을 한 줌씩 걷어내는 과정이기도 했다. 조카의 섬세하면서도 신중한 손놀림은 한동안 계속되었다. 다행히도 아버지가 사발을 되묻는 과정에서 흙을 야무지게 다지지는 않았던 모양이었다. 흙을 걷어낼 때 굳이 쟁기 끝을 들이

대지 않아도 좋을 만큼 토질이 부드러웠다. 흙을 한 줌 한 줌씩 파내 움이 깊어질수록 옆에서 지켜보는 가족들의 가슴도 뜨겁게 달아올랐다. 대략 한 뼘 정도의 깊이로 움을 파 내려갔을 때 흙 속에 묻혔던 희끗한 물체가 언뜻 속살을 드러냈다. 얼핏 보기에도 사기 밥사발이 분명했다. 조카는 서두르지 않았다. 얼추 모습이 드러났지만 두 손으로 냉큼 꺼내 들다가 혹여 사발을 훼손하지는 않을까 싶었던지 주변 흙을 더 넓고 깊게 파 내려갔다.

이윽고 작업이 마무리되자 소나무 아래 묻혔던 흰 사발 하나가 뚜껑이 덮인 온전한 형태로 모습을 드러냈다. 50년 이상 땅속에 묻혔던 사발은 흠집이 나 깨지거나 색이 바래지 않은 원래의 모습 그대로를 유지하고 있었다. 조카의 손이 나뭇잎처럼 파르르 떨리는 것을 목격한 나는 어느 순간 머리털이 쭈뼛 섰다. 정수리에서 시작된 찌릿한 전율이 목과 어깨를 타고 발바닥까지 내리 뻗쳤다. 어머니는 아예 눈을 감고 있었다. 주변 흙을 모두 걷어 내고 조심조심 사발을 들어 올린 조카의 얼굴도 꽤 상기되어 있었다. 경외심이 불쑥 밀려든 탓일까, 두 손으로 받쳐 든 사발을 감히 어쩌지 못하고 머뭇거리고만 있는 조카를 향해 어머니가 재촉했다.

"꾸물대지 말고 어여 열어봐라."

그러나 조카는 경솔하게 사발단지를 냉큼 열어젖히지 않았다.

"이건 할머니께서 직접 열어보시는 게 좋을 것 같아요."

장손 태도다웠다. 조카가 두 손으로 받쳐 든 사발을 어머니 앞으로 가져다 내밀었다. 그리고 어머니의 손에 의해 마침내 반백 년 이상 땅속에 묻혀 있었을 사발 뚜껑이 열렸다. 안에 빛바랜 가락지와 천 원짜리 지폐 몇 장이 들어 있을 거란 말을 믿고 빛바랜 가락지 하나와 지금은 아이들 용돈으로 줘도 받기를 꺼리는 천 원짜리 지폐 몇 장 이외엔 아무것도 없을 거란 우리의 예상은 그러나 뚜껑이 열리는 순간 여지없이 빗나갔다. 만 원권 지폐 두 묶음과 금반지 하나, 그리고 접힌 창호지에 쓴 편지 한 장이 들어있었던 것이다. 편지는 내가 꺼내 들었다. 연필로 꾹꾹 눌러 쓴 삐뚤삐뚤한 아버지의 필체가 고스란히 드러났다. 나는 삭은 편지지가 혹 어설픈 손길에 훼손되거나 먼지처럼 부서질 수 있다는 생각에 마른 솔잎 몇 개를 주워 가까스로 펼치고는 식구들 앞에서 떠듬떠듬 읽어 내려갔다.

소 두 바리 파라 추석에 입힐 애들 옷가지허구 임자 고무신 한 컬레 사고 남은 돈 여기 아장구 우거진 소낭구 밑에 무더 두네. 소 두 바리 파라 한펭생 임자헌테 진 빚 갚겠다고 여기다 파묻네만 턱업씨 적은 금이라 노여워 마시게.

임자 환갑 때까정 우리가 해로한다면 둘이 창겡원 귀경 삼아 가는 길에 노잣돈으로도 캐서 쓸까 하네만 살다가 내가 안적 정신 못채리구 투전판 지웃대거나 난봉질에 미쳐 짐승매냥

속쎄기거든 숯껌뎅이처럼 탄 속으로 예까지 왔따 다시 집에 돌아가지 말구 여기 파무든 노잣돈 챙겨 임자 가고시픈 곳 후월후월 떠나가시게.

"에구, 내 손 거친 소가 수백여 바린 족히 될 텐데 게우 소두 바리 팔아 빚 갚는답시구 묻어두셨구나. 노름하구 싶어 노상 궁딩이가 근질거리고 오금패기가 쑤셨을 게구만, 그 좋아하던 노름 뚝 끊고 소 판 목돈까지 파묻다니. 식구들헌테 큰 부주 하셨다."

어머니의 눈이 금방 축축해졌다. 조카가 얼른 나섰다.

"우와! 우리 할아버지, 정말 멋진 로맨티스트셨다! 이런 깜짝 이벤트를 준비해 두셨다니, 살아생전 할아버지께서 속 썩여 맺혔던 우리 할머니 가슴속 응어리가 오늘 이 순간부터 봄눈 녹 듯 싹 녹아버리겠네요."

이 사오랑고개 어디쯤에서 한밤중 참나무에 벼락이 떨어지는 그 아찔한 광경을 목격한 뒤로 아버지는 평생 건달로 살아온 자신의 삶을 돌아봤을 터였다. 어떤 초자연적인 힘이 작용해 아버지의 삶을 변화시켰는지는 알 수 없지만 그 일이 있은 후 아버지가 건달의 삶을 깨끗이 정리하고 새로운 삶을 살기 시작한 것은 분명한 사실이었다. 어떻게 살겠노라 작심하고 그 의지를 끝까지 실천한다는 게 어디 쉬운 일이겠는가. 때론 시도 때도 없이 분 바른 얼굴 고운 여인네들이 눈앞에 어른거렸을 것

이며 누울 때마다 집 천장에서 어질어질 오가는 화투패가 수도
없이 유혹의 손짓을 보내왔을 것이었다. 여인네 입술같이 단 꽃
바람이 슬쩍슬쩍 불어오는 봄날에나, 뜨거운 여름 햇살에 몸이
지쳐갈 무렵, 붉은 저녁놀이 한바탕 능선을 훑고 와 가슴 언저
리까지 단풍 물을 지져놓을 때, 첩첩산중 골짜기의 긴 겨울밤
이 끝도 없이 지루할 때마다 아버지의 마음은 수천수만 번 춘
천으로 달려갔을 터였다. 그런 고비를 아슬아슬 넘기게 해 주었
던 게 어쩌면 소 두 마리 판 돈을 단지 속에 묻으면서 입술 깨
물고 자신과 한 굳은 약속 때문이었을 것이었다.

"맴이 애려 느덜이 이 돈을 으떻게 쓰겠냐. 끄내 뒀다가 담에
나 벵 들어 죽거들랑 느 아부지 곁에 나란히 합장하고 비석이라
도 맹글어 세울 때 요긴히 쓰거라."

그렇게 한참을 앉아 멍하니 생각에 잠겼던 어머니가 앞에 가
져온 사발단지를 조심조심 어루만졌다. 어느 순간 눈에 괴었던
눈물이 주름진 얼굴을 타고 미끄러졌다.

"지금 내가 소지한 게 이 가락지 하나뿐이니 죽어서두 느 아
부지랑 붙어 있겠단 징표루 그 사발단지 안에 집어넣구 남들 눈
안 띄게 잘 묻어둬라."

어머니가 삭정이 같은 거칠거칠한 손가락에 끼고 있던 반지
를 뽑아내 앞에 내밀었다. 돌아가신 형님이 칠순 잔치 때 해 드
린 서 돈짜리 금반지였다.

사발단지를 파내기 시작할 때부터 어머나 세상에! 어마나 세

상에! 감탄을 연거푸 쏟아내던 누님도 어머니 말이 채 끝나기가 무섭게 한마디 했다.

"세상에나! 우리 아버지 심지가 바닷속보다 깊으셨네. 아마 세상 어디에도 이런 심지 깊은 보험은 없을 거야. 당신은 날 위해 어떤 보험을 들어 두셨수."

매형은 기다렸다는 듯이 얼른 통장이라고 답했고 누님은 까르르 웃었다.

이번엔 내가 사발을 묻기 시작했다. 가지 무성한 소나무 둥치 밑 그 옛날 아버지가 땅을 파내고 묻었던 자리에 나는 어머니가 아버지 곁으로 돌아가겠다는 약조의 표시로 남긴 서 돈짜리 금가락지를 집어넣고 조카가 한 줌 한 줌 떠냈던 흙을 되덮었다.

소나무 밑에서 언제 구덩이를 팠나 싶게 깔끔히 뒷수습을 마친 우리가 정상으로 올라섰을 때 상걸리 지당골에서 무리 지은 바람 한 패거리가 제법 세차게 불어닥쳤다. 참나무 너른 잎새들이 자지러들듯 몸을 떨었고 금방 우리를 떠나보냈던 가지 울창한 언덕 바로 밑 소나무도 바람을 피하지 못했다. 하지만 기품 있게 뻗어 올라간 우듬지마다 몇 아름씩 품고 있는 청솔가지들이 바람을 받아들일 때의 몸짓은 다른 나무들과는 사뭇 달랐다. 아버지가 젊었던 시절 이미 가장귀 우거진 성목으로 자라 있던 소나무는 그 후로도 50년 이상의 세월이 흐르는 동안 분배와 균형, 역할과 조화라는 생존 비율로 살아가는 방식을 나름 터득하고 있었던 모양이었다. 잎이 흔들려도 곁가지들의 움직임은 가볍거나 오만함이 없이 찬찬하고 일사불란했다. 바람을 있는 그대로 받아들이되 어긋나지 않고 꿋꿋이 중심을 잡아주고 있는 원가지의 위용 또한 그 수려하고 빼어난 용모만큼이나 미덥고 우아해 보이는 것이었다.

장손의 부축을 받아 겨우 허리를 세운 어머니의 시선도 언덕 밑 소나무에 고정되어 있었다. 바람이 잦아들어 원가지 푸른 솔가지가 평온을 찾을 때야 어머니가 시선을 거두고 등을 돌렸다.

"해 떨어짐 또 질 잊어뿌릴라. 어여들 내려가자."

어머니가 장조카와 함께 산비탈을 앞서 내려갔다. 어머니의 흰 머리숱 너머 저 멀리 서편 하늘 끝자락에 빨랫줄처럼 늘어진 긴 능선 하나가 까마득 건너다 보였다. 어머니처럼 늙거나 혹은 아버지처럼 세상을 뜬 이들이 저마다 가슴속에 진한 사연을 품고 넘어 다녔던 고개 너머 또 고개 춘천 가는 갑둔이고개였다.

운두령

"느 성이 말이다. 이번엔……."

휴대폰을 꺼내 들자마자 들려온 어머니의 목소리는 태산만한 근심덩이를 홀로 떠메고 사는 노인네처럼 어둡고 무거웠다. 뭔가 불길한 예감에 통화 버튼을 누르기가 꺼림칙했다. 하지만 칠순을 넘긴 어머니 전화였다. 행여 마을회관을 오가다 발이라도 헛디뎌 고관절을 다치시지는 않을지, 부지불식간에 노환이 찾아와 병상에 누우시지는 않을지, 긴장의 끈을 놓을 수 없어 이른 아침부터 걸려 온 전화를 가벼이 여기고 다른 일에 한눈을 팔 여유가 없었다.

하지만 휴대폰에서 흘러나온 어머니의 그늘 진 목소리는 또형 웅삼의 이야기로 시작되고 있었다.

"형이 이번엔 또 뭐예요."

내 목소리는 스스로 생각해도 퍽 퉁명스러웠다.

"느 성이 요즘 실성을 했는지 메칠간 하루도 거르지 않고 술통 속에 빠져 산다. 저 꼴 그냥 내뻐려 뒀다간 을마 못 버팅기고 저승 갈 것 같다."

나는 짧게 한숨을 내쉬었다. 그 소리가 어머니 귀에까지 들리지는 않았던 모양이었다. 내 한숨이 채 꺼지기도 전에 어머니의 탄식이 이어졌다.

"저 노릇을 대관절 으떻게 하면 좋냐. 멀쩡한 차는 마당 구석빼기에 내팽개쳐 두고 맨날 오도바일 타고 싸돌아댕기믄서 제녁마다 고주망태로 돌아오는 게 벌써 이레째다. 엊제녁엔 뭔 큰 변고라도 생겼던 모양인지 다리빼길 찔뚝거리믄서 겨들어 왔는데 상판대기가 무슨 짐승 가죽 벳겨 논 것모냥 피투배기더라. 꽁꽁 언 아수빨트 질바닥에서 대패질 당한 것츠럼 멘상이 냅다 씰린 모양이다. 얼굴판대기 보는 순간 을마나 놀랬든지 가슴이 방맹이질 치고 오금패기가 후둘거려 하마터면 내가 씨러질 뻔했다."

어머니가 잠시 숨을 몰아쉬었다.

"형 좀 바꿔주세요."

욱하고 화가 치밀어 나는 입술을 잘근잘근 깨물고 있었다.

"집에 읎다. 아침나절에 벵원부터 가랬드니 대꾸도 읎이 봉충걸음으로 또 싸질러 나갔는데 이 민츰한 것이 조석전부터 또 술청에 가 퍼질러 앉았는지 모르겠다. 대관절 저 노릇을 으쩜 좋냐. 그냥 내뻐려 뒀다간 필경 겨울 가기 전 질바닥에 엎어져 객사하거나 또 역마살이 도져 어딘가로 내뺄 거 같은데……. 당최 먼 곡절인지 모르겠다. 바쁘더라도 니가 잠깐 내려와 성이 머에 환장해 맨날 술독에 빠져 사는지 자분자분 얘기라도 들어

보고 감 안 되겠냐?"

나도 모르겠다고, 술독에 빠져 죽든, 눈밭에 고꾸라져 죽어 언 송장으로 장사를 치르든, 또다시 역마살이 도져 집을 나가 든 그냥 내버려 두시라고 한 마디 툭 던지고 싶은 걸 노인네가 오죽이나 속이 탔으면 이른 아침에 전화를 걸었을까 싶어 잠시 머뭇거리다가 알겠다고 답하고는 전화를 끊었다.

그게 이틀 전 일이었다. 나는 주말 오후 아내에게 어머니로부 터 받은 전화 내용을 대략 설명하고 외출 준비를 서둘렀다. 중 학교 졸업을 앞둔 외동딸은 TV 앞에서 말똥말똥한 눈으로 〈서 프라이즈〉를 보고 있었다. 〈서프라이즈〉가 딸아이의 뇌신경을 잡아끌 만큼 그렇게 흥미로운 프로일까, 아니면 집안일에 무신 경한 걸까. 나는 넋을 놓고 TV에 빠져 있는 딸아이를 잠깐 바 라본 뒤 넌지시 아내의 표정을 살폈다. 아내 역시 특별한 움직 임이 없었다. 동행할 생각이었다면 외출복을 찾아 입거나 화장 대에 걸터앉아 콜드크림을 찍어 바르거나 달리 부산한 움직임 을 보였어야 했지만 어쩐 일인지 아내는 식탁 의자에 다리를 꼬 고 앉아 커피만 홀짝이고 있었다.

당신 참 여유롭군. 나는 아내 등 뒤에 대고 퉁명스럽게 한마 디 하고 싶은 걸 애써 참았다. 내심 아내가 함께 가주었으면 하 고 바란 건 사실이었다. 그러나 내가 방 안을 서성이며 흘깃흘 깃 눈치를 살피고 있음에도 아내는 내내 시큰둥했다. 한동안 머뭇거리던 나는 현관 앞에 가 구두를 찾아 신은 뒤 안에다 대고 한마디 던졌다.

"당신은……."

"다음 달이 생신이잖아. 그리고 난 그 동네 드나들 때마다 낯 뜨겁고 불편해."

의사를 타진하려고 건성으로 물었던 말인데 아내는 그래, 그 말을 기다렸지, 하는 투로 한마디 내뱉고는 화장실로 들어가 문을 닫았다. 아내의 뒷모습에서 한겨울 운두골에 몰아치는 매운 골바람만큼이나 서늘한 냉갈령이 느껴졌다. 시청 여성복지계장에서 얼마 전 징수계장으로 옮겨 앉은 아내는 직장 내에서 건명태로 불린다고 했다. 어쩌다 아내와 같은 직장에 근무하는 친구 녀석과 번잡한 길거리에서 마주친 적이 있었다. 예전부터 앞뒤 가리지 않고 아무 곳에서나 누구 앞에서나 체수없이 나서 입방정을 떨어대곤 해서 물덤벙술덤벙으로 불리던 녀석이었다. 그런 녀석이 길거리에서 나와 마주치자마자 배꼽 친구라도 만난 양 손아귀를 잡아 흔들어 댔다.

"너 성격 무던한 거 다 안다, 집에서 좀 피곤하지?"

손아귀를 잡아 흔들던 녀석이 악수한 손을 놓으면서 내 어깨를 툭 쳤다.

"뭔 뚱딴지같은 소리야."

그냥 무시하고 지나가도 될 일이었다. 뭔 뚱딴지같은 소리냐고 되묻지 않고 나도 그처럼 유들유들 웃어 주고 지나치면 그만일 터였는데 녀석이 그럴 여유를 주지 않고 지껄였다.

"제수씨 등 뒤 이름을 알려줄까?"

등 뒤 이름이라니, 갑작스런 녀석의 넋두리에 내가 눈을 휘둥 그레 치뜨고 어리둥절해하자 그는 주변 시선은 아랑곳하지 않은 채 입방정을 떨어대는 거였다.

"네 집사람 말이야. 직원들이 뒤에서 부르는 이름이 따로 있단 말이다. 성은 건 씨고 이름은 명태 씨. 명태가 딱뺏인 거 너도 알지? 딱딱하고 **뻣뻣**하단 뜻이야."

거리낌 없이 그렇게 툭 내뱉은 녀석이 두꺼운 낯판에 느끼한 웃음을 지어 보이고는 뒤돌아서서 인파 속으로 휘휘 사라졌다. 생게망게한 표정으로 녀석을 바라보던 나는 그게 무슨 뜻이냐고 뒤따라가 따져 묻고 싶었지만 그는 벌써 북적이는 인파 숲 어딘가로 사라진 뒤였다. 그제야 뒤따라가 녀석의 뒷덜미를 다부지게 한방 쥐어박지 못한 것이 후회가 되었다. 아내가 대가 센 여자인 것은 맞지만 직장에서까지 **뻣뻣**하고 억센 건명태로 불릴 줄은 생각지 못했었다.

그땐 그때고. 아내의 뒷모습을 바라보던 나는 목구멍까지 달싹 기어 나오는 말을 겨우 삭였다. 그땐 그때고, 지금은 가면 왜 안 되는데. 낯 뜨겁고 불편하다고? 형 일인데 얼굴 뜨거울 일 불편할 일 뭐가 있겠어. 늙은 시어머니 얼굴 마주치지 않으려는 의도겠지. 입에서 튀는 대로 툭툭 내뱉고 싶은 말이 계속 입안에 맴도는 걸 나는 눌러 참았다. 근자에 아내의 심기는 퍽 언짢고 불편해 보였다. 입에서 튀어나오는 대로 한두 마디 대꾸했다간 시아주버니 문제로 촉발된 불만이 고스란히 내게 비수로 날아와 꽂힐 것만 같았다.

　얼마 전 나는 부하직원의 공금횡령 사건에 간접 연루되어 공직생활 이후 처음 대기발령이라는 중징계를 받고 말았다. 아내의 심기를 건드린 결정적 동기는 이 사건으로 받은 내 징계 사유 때문이었다. 공금횡령 여직원이 몇 달 전 내게 구두 한 켤레와 속옷을 선물한 적이 있었다. 혹여 오해를 살 수도 있겠단 생각에 선물제공자의 신원을 여직원이 아닌 같은 부서의 남자 직원이라고 둘러댄 것이다. 일이 묘하게 꼬였다. 위아래 모나지 않게 성실하고 상냥했던 회계 담당 여직원이 어느 날 갑자기 출근하지 않은 채 잠적했다. 사흘이 지나서야 회계부서에 비상이 걸렸고 그녀가 관리해 왔던 장부에서 의심 가는 정황들이 속속 드러났다. 행정 조직상 절대 일어날 수도 일어나서도 안 될 충격적인 공금횡령 사건이 발생했다. 직속상관인 내겐 마른하늘에서 떨어진 날벼락이었고 믿는 도끼에 발등이 찍힌 꼴이었다. 하늘이 노래졌다. 초비상이 걸린 사무실에서는 급히 대책반을 꾸려 진상파악에 나섰다. 주도면밀하게 여러 차례로 나누어 빼내간 공금 액수가 무려 11억이었다. 사무실에서는 하루 이틀 쉬쉬하며 내부적으로 수습할 수 있는 해결책을 찾아보았지만 워낙에 충격적인 사건인 데다 액수마저 거액이어서 달리 손 쓸 방도가 없었다. 금방 외부로 소문이 퍼져나갔고 며칠 뒤 지역 일간지 사회면에 〈간 큰 공무원 거액 혈세 꿀꺽〉이란 제하의 대문

짝만 한 기사까지 떴다. 닷새 뒤 경찰서로 잡혀 온 여직원은 주식투자 손실을 만회코자 공금에 손을 댔노라 자백했다. 같은 부서 직원 중 공범이 있는지, 상관에게 뇌물을 공여한 사실이 있는지, 경찰 조사와 함께 철저한 자체감사가 진행되었다. 이 과정에서 몇 달 전 여직원이 내게 선물한 구두 한 켤레와 속옷이 문제가 되었다. 나는 구두와 속옷이 직장동료 사이에 주고받는 작은 선물 이상으론 달리 생각지 않았다. 그녀의 근무태도가 불량한 적이 없었고 허술해 보인 적이 없었기에 그걸 불순하다 미리 짐작하고 경계할 상황이 아니었다.

어느 날 퇴근 무렵 그녀가 청사 지하주차장까지 내려와 내 차 앞을 가로막았다.

"늘 같은 구두만 신고 다니시잖아요."

사글사글한 웃음과 함께 미리 준비해 들고 있던 쇼핑백 하나를 건네는데 그 앞에서 정색하고 안에 든 내용물이 무엇이냐, 저의가 무엇이냐 꼬치꼬치 묻고 따질 수는 없는 노릇이었다. 정말 나는 몇 달째 같은 구두를 신고 다녔기 때문에 그녀를 의심하기는커녕 눈썰미가 꽤 뛰어나다고 속으로 감탄하기까지 했다. 하지만 세상의 모든 사건사고는 흉측한 모습을 드러낸 뒤에야 전에 있었던 예사롭지 않았던 움직임들이 불길한 징조였음을 알게 되는 것처럼 나 역시 일이 터진 뒤에야 눈앞이 아뜩해지면서 그녀의 수상쩍었던 행동 하나하나를 되짚어 보게 되는 거였다.

나는 그녀가 경찰서에 잡혀가 심문을 받는 몇 주 동안 내내 불안했다. 무슨 기념식이나 연말 포상 시 그녀는 다른 여직원보다 자주 단상 앞에 나가 상을 받곤 했다. 참다운 공직자상을 그녀가 다 보여주고 있는 것 같았다. 그런 그녀가 어느 날 직원 회식자리에서 과음을 하는가 싶었는데 아마도 그날은 자신이 보유했던 기업의 주가가 폭락한 날이었을지도 모르겠다. 주식투자 손실액이 눈덩이처럼 커지면서 공황 상태의 정신을 추스르지 못하고 스스로 무너지기로 작정한 날인지도 모르겠다. 어쨌거나 그날 그녀는 3차까지 간 노래방에서 굳이 나를 선택해 같이 춤추자고 청했고 홍당무처럼 발그레 상기된 볼을 내 귓가에 들이밀며 속삭였다. 느끼한 음악과 직원들의 요란한 잡담에 섞여 내 귀에 들어온 말은 꽤 충격적이었다.

"계장님, 저 오늘 좀 이상하죠? 오늘 밤 바람나기로 작심했어요. 기왕이면 상대가 아무 남자가 아니었으면 좋겠어요."

평소의 그녀 이미지로 볼 때 조금 이상한 게 아니라 술이 확 깰 정도로 별난 일이었다. 나는 집에 뭔 일이 생긴 거냐고 물었고 그녀는 아무 일도 없다는 듯이 고개를 저었다. 그러나 짐작건대 그녀 신변에 무슨 일이 벌어진 건 분명해 보였다. 아무리 만취했다 한들 이렇게 한순간 흐트러질 여자가 아니었다. 3년 남짓 같은 부서에서 일해 온 동안 그녀의 이런 돌발행동을 아직 본 적이 없었기 때문이었다. 대체 뭔 일이 생긴 것일까. 남편이 바람이라도 피운 걸까? 남편 사업이 위기라도 맞은 걸까? 흠뻑 취했던 나는 하룻밤 바람나기로 작심했다는, 아무 남자가 아니기를 바란다는 그녀를 이리들이 우글거리는 거친 밤거리에서 홀로 방황하도록 내버려 둘 생각이 없었다. 무슨 헛소리냐고 일갈하면서 그녀의 손목을 잡아 비틀어서라도 얼른 택시에 태워 집으로 돌려보내는 게 상사 된 도리일 터였다. 그러나 나는 아직 건강한 사내였고 어지간히 취한 상태였다. 게다가 그녀는 얼마 전 내게 구두와 속옷까지 선물하지 않았던가. 어쩌면 오래전부터 나를 연모하고 있었는지도 모른다는 생각이 그때 불현듯 들었다. 춤추는 동안 품에 안긴 그녀의 눈이 그렇게 깊고 슬퍼 보이긴 처음이었다. 그 큰 눈에 괸 눈물이 다 흘러내리면 금방 술잔 하나를 그들먹 채우고도 남을 것 같았다. 나는 그녀의 해사한 얼굴과 촉촉한 두 눈을 한동안 바라보다가 하룻밤 일탈하기로 작심한 거라면 내가 손을 내밀어도 되겠냐고 물었고 그녀는 망설임 없이 고개를 끄덕였다. 나는 속물과 광기를 숨기지 못한 채 그녀의 귀에 입술을 가져가 한마디 속삭였다.

"나 오늘 로또 맞은 거야?"

어쨌든 그날 나는 예기치 않게 그녀와 동침하게 되었다. 한 남자의 아내였고 한 유치원생의 엄마로 가정을 갖고 있었던 그녀는, 한 아내의 남편이자 한 여자아이의 아빠로 엄연히 가장이기도 한 나와 그날 저녁 한적한 호숫가의 모텔에 들어가 몸을 섞었다. 자꾸 아내와 비교가 되는 건 어쩔 수 없었다. 아내보다 훨씬 젊었고 아내보다 예뻤고 직장에서 건명태란 이름을 달고 산다는 아내보다 훨씬 나긋나긋했다. 그녀의 입에서 솔솔 솟구치던 술내조차 햇자두를 깨물었을 때처럼 상큼한 느낌으로 다가왔으니 말이다. 어찐 일인지 결혼 후 처음 불륜을 저질렀다는 자괴감보다는 딱딱하고 뻣뻣한 아내와 해사한 그녀의 얼굴이 교차하면서 언뜻언뜻 비교되는 거였다. 이 순간 나는 스스로를 통제할 능력이 없는 오로지 수컷의 본능만 꿈틀거리는 짐승으로 변해 있었다. 침대에 눕기가 무섭게 우리는 누가 먼저랄 것도 없이 서로의 몸을 단단히 얽고 쾌락의 파도가 너울거리는 각자의 바다를 마음껏 유영했다.

며칠 후 사무실에서 단둘이 있을 때 그녀가 내게 다가와 메모지를 건넸다. 내심 서먹해진 관계를 빨리 정리하고 싶었으리라, 그렇게 추측하고 꼬깃꼬깃 접힌 쪽지를 펼쳐 드니 갈댓잎처럼 날려 쓴 그녀의 필체가 눈을 잡아끌었다. '죄송합니다'로 시작된 글귀는 요즘 복잡한 개인 사정이 있어 하룻밤 일탈했지만 후회하고 있으며, 하룻밤 바람피우기로 작정해 그렇게 했듯 그날 밤 일을 기억에서 깨끗이 지우기로 작심했고 그렇게 할 것이라는 내용이었다. 추측건대 그건 내가 혹간 수컷의 본능에 사로잡혀 접근할 생각이 있더라도 섣불리 다가오지 말아 달라는 당부이자 경고로 이해됐다.

그러나 어찌 그날 밤 일을 기억 속에서 깨끗이 지울 수 있단 말인가. 그녀가 눈앞에서 사라진 뒤 내 눈에는 그날 밤 둘 사이의 그 깊고 숨 가빴던 정사 장면들이 불쑥불쑥 떠오르곤 했다.

눈을 감을 때마다 안구 속의 깊고 너른 화면에 사글사글하고 단아했던 그녀의 얼굴과 차고 뻣뻣한 아내의 얼굴이 어질어질 떠다녔다. 나도 그녀처럼 내 의식 속에 남아 있던 혼란스런 기억들을 모두 제거하고 싶었지만 특별했던 그날 밤의 정사는 좀처럼 쉽게 지워지지 않았다.

나는 그녀의 직속상관으로서 직원을 제대로 관리 감독하지 못한 책임을 피할 수 없었다. 입이 열 개 백 개가 있어도 이 사건에서 떳떳하다고 말할 수 없었다. 궁지에 몰린 나는 다만 공금횡령을 사전에 인지했거나 방조했거나 공조한 사실이 없다는 점을 일관되게 주장했다.

다행히도 모든 게 그녀 홀로 저지른 단독 범행이었다는 사실이 알려지기까지는 그리 오랜 시간이 걸리지 않았다. 그녀의 주식계좌를 샅샅이 뒤져 입출금 내역과 투자손실금을 확인해 본 결과 주식투자로 입은 손실액과 횡령액이 얼추 맞아떨어진 모양이었다. 덕분에 선의의 선물로 받아들였다고 일관되게 주장해 왔던 나의 진술은 그런대로 사정당국에 받아들여졌다.

그나마 천만다행이었다. 감사와 수사를 받는 동안 나는 한시도 편안할 수 없었다. 아침에 눈 떠 잠자리에 들 때까지 무엇에 쫓기는 사람처럼 전전긍긍했다. 내가 이 범죄와 연루되지 않았다는 사실을 소명하는 것은 어렵지 않았지만 그날 저녁에 있었던 은밀한 관계만큼은 내 선에서 해결이 불가능했기 때문이었다. 그녀의 마음먹기에 따라 사건이 좀 더 복잡해질 여지가 남아 있는 것이었다.

만일 그녀가 직속상관인 나를 지목해 모텔에 함께 들어간 사실을 토설하거나 수사에 혼선을 줄 의도로 둘의 관계에 의심이 갈만한 정황들을 지어내 억지 진술이라도 했더라면 위기에 직면한 내게 더 큰 곤욕과 시련을 주고도 남았을 일이었다. 사건의 진위야 어떻든 이 사건이 치정에 얽힌 사례로 포장되어 오랜 시간 공직사회에 회자되고도 남을 일이었다. 생각만으로도 등골이 시릴 만큼 아찔하고 끔찍한 일이었다. 무엇보다 그동안 어설프게나마 지켜온 가정이 위기에 직면할 것이다. 상대의 부정을 너그러이 용인해 줄 만큼 우리 부부 사이의 애정온도가 뜨겁거나 믿음이 두터웠다면 어렵게라도 고비를 넘길 수 있으리라. 그러나 붕괴되는 것이 어디 허술한 건축물뿐이겠는가. 건명태 아내는 무너진 가정의 울타리를 박차고 나가 그녀의 의식 속에 남아 있던 남편이란 존재를 모두 지워내는 결단이 그리 어렵지 않을 것이다.

하지만 다행히도 그녀는 내가 덮고 싶었던 그날 밤 일을 일절 입 밖에 꺼내지 않았다. 그녀도 남편과 아이들, 주변의 따가운 시선을 짐작하고도 남을 일이었기에 어디까지가 자존감을 지켜내는 마지막 임계점인지를 미리 계산하고 그 선을 넘지 않은 게 확실했다.

"자그마치 11억이야, 11억. 대학에서 회계를 전공하고 7급 공채로 공직에 들어가 15년 이상 녹을 먹어 온 당신이 천만 원도 아니고 1억도 아니고 무려 11억이란 거액이 사라지도록 까맣게 모르고 있었다니 그게 말이 돼? 당신네 부서는 말석부터 상사들까지 모두 당달봉사였던 거야?"

아내는 심문하던 경찰관과 똑같이 물었다. 당신 똑바로 답해. 솔직히 그 직원이랑 무슨 일이 있었던 거야. 11억을 빼내 쓰면서 직속상관인 당신한테 정말 속옷과 구두 이외엔 아무것도 건네지 않았단 거야? 아마 아내는 그렇게 직설적으로 묻고 싶었는지도 모를 일이다.

"참 이상한 조직이었네. 대체 그동안 당신은 뭐하고 있었어. 업무도 직원 관리도 제대로 못할 만큼 한심하고 무능한 상관이었단 말야?"

아내의 이 질문에 나는 어설픈 변명을 늘어놓고 있었다.

"그래, 나도 무능했고 더불어 시스템 문제도 심각했지. 설악산을 관통한 미시령 터널만큼 큰 구멍이 뚫렸는데도 작동하지 않는 시스템 말이야."

실제 나는 수사관과 감사담당관들에게 수십 번을 그렇게 주장했고 그 말은 그들에게 상당 부분 어필되어 파면 대신 3개월 정직과 더불어 총무과 대기발령의 징계가 떨어졌다.

근무처가 총무과이긴 해도 보직이 없는 자리였다. 이 중징계는 사실상 스스로 옷 벗고 나가달라는 무언의 압력이기도 했다. 그러나 나는 퇴직 대신 성찰이라는 명분을 앞세워 매일 출근하고 있었고 명예회복의 기회가 주어지길 막연히 기다리는 중이었다.

나는 집 앞 마트에 나가 어머니께 가져갈 국거리용 소고기 두 근을 사 들고 홍천의 가장 깊은 땅 내면을 향해 차를 몰았다. 1월의 차창 밖은 회색 화선지에 그려진 겨울 풍경의 산수화처럼 칙칙했다. 끄느름하고 음산해 보이는 하늘은 꼬질꼬질 때가 탄 낡은 광목 보따리 같았다. 세상을 짓누르고 있던 거대한 보따리는 금방이라도 어딘가가 툭 타지면서 안에 들었던 내용물을 꾸역꾸역 토해낼 기세였다.

서석을 지나 민가가 끊긴 비교적 평탄한 도로를 10여 분 내달리자 곧바로 구렁이 등짝처럼 휘어진 가파른 산 굽잇길이 모습을 드러냈다. 구절양장이란 말이 딱 들어맞는 굽잇길이다.

어느 해 겨울 주말을 맞아 어머니를 뵈러 갔다 돌아오는 길에 하뱃재에서 사고를 당한 적이 있었다. 다음 날 출근해야겠기에 기상청의 대설경보를 무시하고 집으로 돌아오는 길이었다. 강원 산간 내륙에 폭설이 내릴 거란 기상예보는 어긋나지 않았다. 서두르기는 했지만 집을 나설 무렵부터 눈발이 보이기 시작했다. 한두 번 오간 길이 아니었기에 월동장구까지 갖추었겠다, 나름 과신하고 상뱃재를 지나는데 벌써 사방천지가 눈구덩이였다. 조심조심 내려가면 눈에 익을 대로 익은 길인 만큼 무탈하리라 믿고 계속 차를 몰아갔다. 상뱃재까지는 눈길을 뚫고 용케 잘 내려왔다. 그러나 강원 산간 내륙에 폭설이 내릴 거란 기상예보가 교통사고에 대비하라는 강력한 경고라는 사실을 어리석게도 나는 사고가 터진 이후에야 알았다. 무슨 배짱이고 무슨 혈기였을까, 발목까지 내려 쌓인 눈길을 뚫고 하뱃재 내리막 굽잇길로 들어서기는 했으나 한 굽이를 아슬아슬 돌아나가 두 굽이째를 지날 무렵 차가 제멋대로 미끄럼을 타기 시작했다. 나는 놀라 쩔쩔매다가 본능적으로 브레이크를 밟고 말았다. 어, 어 하는 순간 차가 눈길을 슬슬 미끄러지기 시작했고 가드레일을 밀쳐내는가 싶더니 언덕 밑으로 한 바퀴 구른 뒤 수풀 속에 벌러덩 나가떨어졌다. 사고 후 자동차는 레커차에 끌려 폐차장으로 직행했다. 나는 목이 뻐근해 며칠 병원 신세를 지긴 했지만 그나마 에어백이 제 기능을 톡톡히 해준 덕분에 치명적 사고는 면할 수 있었다.

대개 비탈진 에움길을 몇 굽 돌고 돌아 턱진 언덕배기에 다다를 즈음엔 하늘을 찌를 듯 솟구친 산마루가 도도하게 서 있거나 아찔한 천 길 낭떠러지기가 더 이상은 다가설 수 없다고 길을 가로막게 마련인데 서석에서 창촌으로 가는 길목 하뱃재 굽잇길은 고개마루턱에 막 올라서는 순간 전혀 예상치 못한 풍경과 마주하게 되는 거였다. 초행길에 이 고갯마루를 오른 사람이라면 열에 아홉은 움찔 놀라기 십상이었다. 단층으로 지어진 기다란 초등학교 건물이 느닷없이 길을 막고 서 있는 데다 학교 주변 사방으론 분지 형태의 꽤나 널찍한 마을이 활짝 가슴을 열고 누워 있기 때문이다. 강원도 산길, 구절양장 고갯길 올라서면 기껏해야 쉼터 하나쯤 자리를 틀고 앉았거나 구매농사로 입에 풀칠이나 하는 빈농 서너 채쯤 눈에 드는 게 예사일 거라고 미리 추측한 이는 어림없이 빗나간 예측에 절로 탄성을 지르게 마련이었다.

학교를 앞에 두고 T자로 갈라지는 삼거리에서 우측으로 차를 몰아가자 허름한 건물의 여인숙과 식당, 중국집, 치킨집 등이 차창 밖으로 휙 스쳐 지나갔다. 이런 외진 곳에 웬 여인숙과 식당, 치킨집이 자리 잡고 있을까 의아하기도 할 것이나, 분지 형태의 너른 마을엔 가가호호 수천 평 이상의 농지를 소유한 부농들이 대부분이어서 농번기 때마다 턱없이 일손이 부족했다. 때문에 평소 한적하기만 하던 마을엔 농번기 때마다 외지에서 품을 팔러 온 사람들로 붐볐다. 씨앗을 파종하는 이른 봄부터 가을걷이가 마무리되는 늦가을까지 타관에서 온 일꾼들은 여인숙에 달세를 내고 숙식을 해결하면서 근처 중국집과 치킨집을 들락거리곤 했다.

여기부터가 내겐 너무나도 친숙한 홍천 땅 내면이다. 내가 태어나 유년기와 학창 시절을 보낸 곳이기 때문이다. 이곳에서 상뱃재를 넘어 내면 중심지인 창촌을 지나면 오대산 북쪽 등줄기인 구룡령이 앞을 가로막고 창촌 진입 직전 구룡령과 반대쪽으로 돌아나가 실타래처럼 굽은 고갯길을 올라서면 계방산 어깨로 알려진 구름머릿재 운두령이다. 운두령을 넘기 직전 스무 채 정도의 농가가 오밀조밀 들어선 하늘 아래 첫 동네가 내가 나고 자란 운두골이었다.

율전초등학교부터 운두골까지는 깊은 산골마을답게 고개와

굽잇길이 반복되지만 지루할 겨를 없이 여기저기가 정겹고 반가 웠다. 가장 먼저 겨울이 들고 가장 늦게 봄이 찾는 마을이기도 하다. 얼추 보이는 마을 풍경은 다른 지역보다 아직 훨씬 깊은 겨울이었다. 두텁게 눈 덮인 대지가 그랬고 햇빛 한 점 들지 않 는 북향 음지에서 금방이라도 가지가 꺾일 듯 눈을 한 짐 가득 지고 서 있는 소나무들이 그랬다. 눈이 많고 바람과 추위가 사 납다는 점에서는 율전리나 운두골이나 엇비슷했다. 두 지역의 유사점을 굳이 따지자면 한 가지가 더 있다. 이 나라 사람 사 는 그 어느 골짜기든 터가 있으면 대개 논이 있게 마련이다. 들 판 너른 소도시야 그렇다 쳐도 두메산골 사람 사는 마을엔 천 둥지기 다랑논일지언정 논 몇 마지기쯤은 일궈져 있게 마련인데 율전리부터 창촌리까지 펑퍼짐한 터 어디에도 질척하게 물을 댄 논배미를 찾아보기 어려웠다. 지대가 높아 행여 가뭄으로 한 해 농사를 망칠세라 논농사를 피한 탓도 있기는 할 터이나 어릴 적 어른들로부터 들은 이야기로는 이곳 토질이 워낙 사토 성분 이 강해 물을 한곳에 가두기가 어렵다는 거였다. 논에 물을 대 도 고이지 않고 땅 밑으로 술술 빠져나가는 통에 토질과 논농 사의 궁합이 맞지 않는다는 것이다. 때문에 창촌과 서석 장거리 에 들어선 미곡상들은 사시사철 집집이 밭농사로 지은 잡곡을 쌀로 바꿔 가느라 늘 북적이곤 했다.

상뱃재 너머로 산발치를 휘돌아 나가는 내리막길을 한참 달 리다가 양수교 앞 삼거리에서 나는 곧바로 운두골 집으로 갈 것인지, 창촌 장거리에 가 형을 찾아내 함께 들어갈 것인지를 고민했다. 창촌은 내가 중·고등학교를 나온 곳이기도 해서 세월이 여러 해나 지났음에도 옛 모습 그대로인 거리는 눈감고도 맘먹은 곳 어디나 찾아갈 수 있을 만큼 눈에 익었다.

결국 나는 창촌으로 차를 몰았다. 짐작대로라면 아마 형은 오늘도 분명 창촌 어느 술청에 쭈그리고 앉아 대낮부터 술을 푸고 있거나 침침한 다방에 들어가 여종업원들과 시간 가는 줄 모른 채 노닥거리고 있을 터였다. 이 작은 마을에서 형의 동선을 추리해 내고 정확한 위치를 찾는 일쯤은 탐문하고 자시고 할 일도 아니었다. 깊은 골짜기 안에 오밀조밀 들어선 상가들이 처음 이곳을 찾는 이들에겐 꽤 번잡한 장거리처럼 느껴지기도 할 테지만 내겐 손금보듯 뻔한 거리였다. 굳이 여기저기 쑤시고 다닐 필요 없이 짐작 가는 한두 곳 기웃거려 보거나 길목에서 장맞이하면 금방 형을 찾을 수 있는 지역이었다. 하지만 내 예상은 보기 좋게 빗나갔다. 내면의 명동으로 불리는 창촌 상가를 오가며 형이 가 있을 만한 주점과 다방을 몇 군데 둘러봤지만 요 며칠 형을 보았다는 사람은 아무도 없었다. 마트를 찾아가 묻자 며칠 전 어둑어둑해질 무렵 형이 소주 한 상자를 구매해 오토바이 뒤에 싣고 운두골로 달려가더란 답을 들었을 뿐이었다. 나는 잠시 난감했다. 창촌에 없다면 장이 서는 서석이나 읍내로 나간 걸까? 그럴 수도 있겠다고 생각했다. 형이 걸어온 길을 알만한 사람들은 다 아는 좁은 동네이기에 돌아서면 수군거리는 창촌보다는 술 한 잔을 푸더라도 서석이나 읍내에 나가 마시는 게 속 편할 수도 있었으리라. 나는 무심결에 서석을 그냥 지나쳐 온 걸 후회했다. 그러나 다시 돌아가 서석을 뒤지고 다니기엔 이미 아득한 거리였고 늦은 시간이었다. 집에 가 기다리면 저녁 무렵 돌아오겠지 싶어 나는 차를 몰고 운두골로 향했다.

지나온 저 아랫동네보다 운두골은 온통 눈밭이었다. 둑으로 경계가 그어진 크고 작은 농지마다 그동안 내린 눈이 두텁게 쌓인 풍경은 금방 칼을 들이대고 곧게 잘라다 먹거나 팔아도 될 두부판 같았다.

운두령 초입 오밀조밀 들어선 마을 한편에 몇 해 전 새로 지은 노모의 단층 콘크리트 집이 눈앞에 나타났다. 형이 집을 나간 뒤 내 명의로 농협에 얼마간 융자를 받아 구옥을 헐어내고 아담하게 새로 지은 집이었다. 아내는 노인네가 돌아가시면 누가 그 벽촌에 들어가 살겠냐며 빈집으로 방치될 경우 결국 헛돈 쓰는 일이라고 강하게 반대했었다.

"그러면 당신이 우리 집에 모셔 와 삼시 세끼 밥 지어드리고 따뜻한 방에서 주무시게 할 거야?"

그 물음에 아내는 속 시원한 대답을 내놓지 못했고 더 이상 반대하지도 않았다. 단 하루라도 빨리 따뜻한 부엌, 따뜻한 온돌방에서 겨울을 날 수 있게 해 드리는 게 자식 된 도리라고 여겨 고집 부려가며 무리다 싶은 비용을 들인 새집은 이후 집 나갔던 형이 몇 해 만에 돌아와 홀어머니를 모시고 살게 되면서 방치될 것이라던 아내의 우려를 말끔히 씻어 주었다.

자동차 소리를 들었던지 대문을 채 들어서기도 전에 어머니가 현관문을 열고 밖으로 나와 나를 반겼다.

"형은 아직 안 들어왔어요?"

"오는 길에 창촌 장거리 좀 들려 오지 그랬냐. 이것이 덜렁수 캐처럼 새벽동자 참에 겨나갔는데 입때까지 깜깜무소식이다. 어딜 가 처백혀 있는지 원……."

발대처럼 주름 간 어머니 얼굴엔 수심이 가득했다.

"창촌에서 형을 봤다는 사람이 없던데요."

"벨 일이 다 있다. 눈만 뜸 겨나가는 사람이 창촌 아님 어딜 하루도 거르지 않고 나댕긴단 말이냐……. 성은 성이고 날씨 춘데 어여 안에 들어라."

어머니는 나를 앞세우고는 뒤따라 방에 들었다. 나는 차에서 꺼내 온 국거리용 소고기를 냉장고 안에 채워 넣은 뒤 웃옷을 벗어 바람벽에 걸고 자리에 앉았다.

"왜 에민 같이 안 왔냐."

"국거리 두어 근 사 왔어요. 무 썰어 넣고 푹 끓여 드세요."

"에민?"

"다음 달이 생신이잖아요."

나는 아내가 내게 했던 말을 그대로 따라 하고 있었다.

"내가 전활 걸었드니만 즈 시아주버니 때매 낮이 화끈거려 이 동네 나댕기지 못하겠다드라. 지도 챙피시러워 안 따라나섰겠지."

"집사람이 그렇게 말했어요?"

"지난번 설 때 창촌 농협 마트에 가 물건 사가지고 나오는데 웬 에펜네들이 옆에 서 있다가 헤죽거리문서 저 여자가 그 여시 같은 유부녀랑 야반도주한 웅삼이 지수라고 쑤근거리드란다."

이웅삼, 어머니의 태몽에서 비롯된 이름이었다. 어머니는 우리가 어릴 적부터 종종 꿈 이야기를 들려주곤 했었다.

"세 번씩이나 꿈에 곰이 나타났다고?"

아버지가 꿈 이야기를 듣자마자 황소처럼 두 눈을 껌벅이며 관심을 갖더란 거였다.

사람들은 아버지를 한량이라고 했다. 내게 아버지는 아직도 소리 잘하고 여자 좋아하고 손끝 하나 까딱 않고 놀기만 하는 사람으로 기억된다. 어머니는 술 좋아하는 남편을 위해 사철 밀주를 담가 단지에 술이 마를 날이 없게 준비했다. 술을 빚을 때 어머니의 손끝엔 정성과 간절함이 배어 있었다. 시루에 고들고들하게 찌어낸 술밥을 깨끗이 빨아 말린 광목보자기에 넣어 식혀낼 무렵 어머니는 가까이서 지켜보고 있는 우리 형제에게 미리 다짐을 주는 것이었다.

"술밥에 함부로 손대면 부정 탄다."

하지만 형은 어머니의 눈을 피해 한 움큼 술밥을 집어 잽싸게 입안에 욱여넣은 뒤 또 한 줌을 쥐어다 내 입에 넣어 주기까지 했다. 형과 내 입술 언저리에 미처 떼어먹지 못한 밥알 몇 개가 붙어 있는 줄 모르고 있던 우리는 여지없이 어머니로부터 호된 꾸지람을 들어야 했다.

"어른 음식에 먼저 손을 대는 건 비렁뱅이나 하는 짓이다."

어머니는 식은 고두밥을 양푼에 옮겨 담고는 그 위에 잘 띄워 절구에 빻아 두었던 누룩가루와 보리를 손수 말려 맷돌에 갈아낸 엿기름을 넣어 고루 섞었다. 뒤이어 금방 우물에서 퍼 온 맑은 샘물을 적당히 부어 걸쭉하게 버무린 뒤 미리 씻어 윗방 아랫목에 가져다 놓은 독에 담았다. 찬 기운이 들지 않게 두꺼운 이불을 감아 둔 독에서는 사나흘 뒤 보글보글 술 익는 소리가 들렸다. 정작 술은 입에도 대지 못하던 어머니였으니 누룩을 빚고 질금을 내어 술을 빚어내는 번거로운 손길이야말로 오로지 아버지만을 위한 지극정성인 셈이었다. 그건 짐작건대 남편이 제발 밖으로 떠돌지 않기를 염원하는 간절한 기도이자 엄숙한 종교의식이었을 것이다. 지성이면 감천이라지만 아버지는 그런 어머니의 마음을 헤아리지 못했다. 집에 들어와 어머니가 빚은 술이 최고라고 엄지를 척 치켜세우면서도 다음 날이면 어김없이 집을 나섰다. 집에 잠시 머물 때도 아버지는 소리와 술을 달고 사는 편이었다. 탁배기 한 대접을 벌컥벌컥 들이키고는 댓돌에 앉아 18번이기도 한 태평가 한 곡조를 걸쭉히 뽑아 올리는 거였다.

짜증을 내어서언 무엇흐나 성화를 받치어허 무엇흐나 소옥

상한 일들이 하도마아느니 노올기도 하문서어 살어어 보세~

태평가 한 소절쯤은 어린 나이의 우리 형제도 무시로 흥얼거
릴 정도였으니 그 소리가 아버지의 18번이었던 것은 분명한 사
실이었다. 그렇게 태평가 한 곡조를 능숙하게 뽑아 올린 아버지
가 옆자리에 내려놓았던 막걸릿잔을 어머니 무르팍에 불쑥 내
미는 것이다. 아직 성에 차지 않는다는 뜻이었고 어머니는 군소
리 없이 얼른 부엌에 들어가 미리 채로 걸러내 담아두었던 양푼
에서 옥수수막걸리 한 중발을 퍼다 아버지 앞에 내밀었다.

"태평가는 말이여 요기조기 남도 사투리가 들어가야 감칠맛
을 더하는 벱이지. 강원도 사람들은 대개 짜증은 내어서 무엇허
나 하고 부르지만 무엇흐나 하고 불러야 제맛이란 말이여."

"어쨌든지간에 속상한 일이 하도 많아 놀아가문서 살잔 말
은 귓구녕에 쏙 들어오우."

"허허, 허구한 날 일밖에 모르던 우리 임자께서 이제야 소릿
귀가 열렸구려. 그래! 임자도 세상 짐 혼자 짊어진 것처럼 노냥
성화만 부려쌓지 말구 슬슬 놀아가문서 살아보라구. 허허허."

"증말 태평시런 양반이요. 어여 탁배기 마저 자시고 해 달궈
지기 전에 짐이나 매러 나갑시다."

그러나 언제나 그렇듯 아버지가 어머니와 함께 밭에 나간 적
은 없었다. 어머니는 아버지 면전에서만큼은 군소리 한 마디 없
다가도 홀로 집 밖을 나설 때서야 구시렁구시렁 푸념을 쏟아내

는 것이었다. 아무리 무심한 한량이기로서니 마음 한구석 어머니에게로 향한 측은지심이 없지는 않았을 터인데 아버지는 밭에 나간 어머니를 뒤로하고 창촌 주막거리나 홍천 읍내로 나가 몇 날을 보낸 뒤에야 집에 돌아오기를 반복했다.

"이게 먼 조화래요. 똑같은 꿈을 시 번씩이나 꾸다니. 곰이 운두령을 어실렁어실렁 기어 올라가는데 시상에! 숯뎅이츠럼 검은 궁둥짝이 우리 장항아리보담 실합디다."

"돼지가 아니고 증말 곰이라고?"

"내가 곰하고 돼지도 구별하지 못하겠수."

한량인 아버지는 처음엔 복권을 살까 망설이다가 어머니의 입덧이 시작되면서 태몽이라 확신했다. 꿈이 사실이라면 집안에 큰 인물이 나올 수도 있겠다는 생각에 맏이 이름을 곰 웅(熊) 자에 석 삼(三) 자를 써 웅삼이로 지었다. 하지만 계방산 산신령이 내린 현몽이라 여기고 장차 큰 인물로 자라기를 바랐던 형은 이름값은커녕 내내 사고뭉치였다. 일곱 살 무렵엔가 아궁이 앞에서 불붙은 부지깽이를 가지고 놀던 형이 처마에 불을 붙여 집 한 채를 몽땅 태워 먹었다. 한참 춘궁기의 이른 봄이었다. 형이 낸 불로 졸지에 온 식구들이 알거지로 나앉을 판이었다. 아직 연기가 뭉실뭉실 피어오르는 잿더미 옆에서 나는 어머니가 쭈그리고 앉아 대성통곡하는 모습을 지켜보았다. 불을 지른 뒤 놀래 울던 형의 오른손엔 아직 꺼지지 않고 모락모락 연기를 내뿜고 있는 부지깽이가 들려 있었다. 어머니가 형에게 달려가 엉덩이 몇 대를 쥐어박았지만 이미 깨어진 독이었고 엎질러진 물이었다. 옷가지며 이불은 고사하고 당장 먹어야 할 끼닛거리와 밥그릇, 수저까지 모두 타버려 무엇 하나 온전한 게 없었다. 그나마 형과 세 살 터울인 내가 방 안에서 제 발로 뛰쳐나온 덕분에 목숨을 건진 것이 이때의 유일한 위안거리였다. 한량으로 툭하면 집을 비웠던 아버지는 그날도 저녁 무렵에야 돌아와 불에 타 잿더미로 주저앉은 집을 바라보고는 식구들이 모두 살아 있음을 확인한 뒤에야 안도의 숨을 내쉬었다. 한동안 넋을 놓고 땅이 꺼질 듯 한숨을 쏟아내던 한량은 놀란 식구들을 안심시키고는 이웃집 사랑채를 며칠간 빌려 식구들을 몰아넣었다. 날이 어둡기 전 창촌으로 나가 다음 날 점심때가 되어 갈 무렵 여러 명의 거추꾼을 앞세우고 돌아온 아버지의 어깨에는 쌀 두어 말과 식기들이 주렁주렁 매달려 있었다. 아버지를 따라온 장정들은 두어 패로 나뉘어 한패는 불난 집을 정리하기 시작했고 한패는 뒷산에 가 목재로 쓸 나무들을 베어 왔다. 이웃들도 집집마다 어른들이 찾아와 내 일처럼 잔일을 거들었다. 숯덩이 반 잿더미 반으로 무너져 내렸던 집은 얼추 정리되었고 뒤이어 새집이 지어지기 시작해 보름쯤 지난 뒤엔 식구들이 새로 지은 집에 들어가 잠을 잘 수 있었다.

형은 어려서부터 또래 아이들보다 몸집이 두어 해 앞서 컸다. 중학생이 되고부터는 친구들로부터 곰으로 불릴 정도로 허우대가 우람하고 힘도 셌다. 이 무렵부터 성격도 급변해 창촌 장거리 뒷골목에서 누가 싸웠다 하면 형 이름이 오르내렸다. 그 덩치로 제 또래 아이들을 툭하면 두들겨 패 어머니가 학교로 불려 가기 일쑤였고 맞은 아이가 병원에 입원까지 해 병원비며 합의금까지 물어낸 적도 몇 차례 됐다. 그런 형이 학교 씨름부에 들어가 몇 달 단련하더니 도 대항 씨름대회에 출전해 4강에 들기까지 했다. 그러나 더는 진전이 없었다. 이따금 전국대회에 출전했지만 이렇다 할 성적을 내지는 못했다. 창촌 좁은 동네에서야 꺽지고 씨억씨억한 기대주였지만 큰 대회에 나가서는 기량과 체력이 그렇게 특출하지는 않았던 모양이었다. 형은 그저 친구들보다 덩치가 큰 보통내기일 뿐이었다. 그런 형이 어느 때부터 주먹 패거리들과 어울리는가 싶더니 고등학교를 졸업한 뒤 객지로 나가 떠돌다가 깡패가 되었다는 소식까지 들려왔다. 형은 몇 차례 교도소를 드나들었고 그때마다 어머니는 태몽이 믿을 게 못 된다며 한숨을 쏟아내곤 했다.

아버지가 간암으로 쓰러져 운명하기 직전 특별히 형을 불러 부탁한 말이 있었다.

"내 체면이 이제 땅바닥에 떨어져 애비 피 물려받은 자식헌테 애비처럼 살지 말란 당부를 하게 되는구나. 넌 나처럼 살지 말거라. 지나고 보니 집이 천당이고 식구가 보배더라. 애비의 마지막 부탁이다. 한평생 속 썩고 산 네 엄마 더는 속 썩지 않게 잘 모시고 살거라."

아버지가 유언으로 남긴 그 부탁이 효험이 있었던지 형은 더 이상 밖으로 나돌지 않았다. 서석이나 창촌에 나가 곤드레만드레 취한 몸으로 돌아오는 적은 간혹 있었지만 나름 정신을 차리고 어머니와 함께 3천 평 남짓한 밭에 고랭지채소를 심고 가꿨다.

그런 우락부락한 형이 어려서부터 나에게만은 늘 고분고분했다. 형에 비하면 나는 동네에서나 학교에서 머리 좋은 아이로 소문나 있었다. 학교에서 주는 상이란 상은 거의 다 거머쥐었을 정도였다. 그런 나를 형은 수재처럼 떠받들며 챙겨줬다. 비록 세 살 터울이었으나 체구가 유달리 왜소하고 공부에만 매달려 사는 내가 안쓰러웠던지 친구들에게 빼앗은 돈으로 과자를 한 아름 사다가 내 앞에 던져 주곤 했다. 형의 덕을 본 게 과자뿐만이 아니었다. 또래 중에 학교 뒷산에 올라 보란 듯 담배를 피우거나 음습한 뒷골목에 모여 거들먹거리는 패거리 몇이 있었다. 듣기론 또래 친구 중에 뒷골목에서 당하지 않은 아이들이 없을 정도였지만 유독 나만큼은 예외였다. 패거리들이 형을 마치 영웅처럼 떠받들며 따랐기 때문이었다. 반면 형을 눈엣가시로 여기는 이들도 적잖았다. 한번은 상가 골목으로 형이 지나가는 것을 본 적이 있었다. 골목 어귀에서 담배를 피우던 동네 사람 몇이 수군거리고 있었다. 한 사람이 저 개새끼 싹수가 노랗구먼, 했고 다른 한 명도 꼭 소도적놈처럼 생겨 처먹은 놈이 하는 짓도 양아치라고 맞받았다. 다른 한 명도 고개를 끄덕이며 맞장구를 치고는 담벼락에 침을 탁 뱉었다.

형은 스물일곱에 집으로 돌아와 아버지의 유언을 받들고 나름대로 농사일에 적응하려 애썼다. 그러나 서울에 가 거친 주먹 세계에 빠져 살던 혈기 왕성한 젊은이가 산골 구석빼기에 돌아와 마음잡고 온전히 농사일에만 매진할 거라 믿을 사람은 아무도 없었다. 아버지의 피를 물려받은 형은 아버지가 그러했듯 툭하면 창촌이나 서석, 홍천 읍내로 나가 고주망태가 되어 돌아오곤 했고 술집 여자나 다방 여종업원들과 자주 어울린다는 소문이 돌았다.

　　그 무렵 어려서부터 제법 수재로 통했던 내가 대학 졸업 후 고시를 포기하고 7급 공채에 합격하자 주변 사람들은 꽤 아쉬워했다. 예전의 장원급제 격인 행시나 사시에 합격한 몸으로 금의환향해 마을의 명예를 드높여 줄 것으로 기대했던 이들에게는 다소 아쉬운 결과였던 모양이었다. 하지만 관공서에서 공직의 길을 걷게 된 나는 동네에서 건달로 낙인이 찍힌 형과는 확연히 다른 평가를 받고 있었다. 그런 우리 형제를 두고 마을 사람들이 팔팔결이 따로 없다며 혀를 차는 모습이 내 눈에도 몇 차례 목격됐으니 말이다. 어머니는 두 형제 모두가 외가의 피를 물려받지 못한 것을 못내 아쉬워했다. 내가 외탁을 해 비교적 머리에 글 깨우치는 재주를 타고난 반면 형은 여자와 술 좋아하는 아버지의 피를 그대로 물려받았다는 거였다. 이웃들 역시도 우리 집이 화제에 오르면 으레 형 이야기를 끄집어내고는 피는 속이지 못한다며 그게 부전자전 아니겠냐고 한량이었던 아버지까지 들먹였다.

형의 나이 막 마흔 줄에 들어설 무렵이었다. 형은 예전 아버지가 그러했듯 술이 과하면 창촌 다방을 들락거렸고 얼굴 반반한 종업원들과 종종 어울렸다. 따르던 여종업원 한 명을 집에 데려와 두어 달 함께 살기도 했다. 그러나 여자가 텃밭을 팔아 도시로 나가자는 제안을 했을 때 형은 여자의 속셈을 알아채고 흠씬 두들겨 팬 뒤 내쫓아 버렸다. 여자는 이가 부러졌다고 악을 써대다가 즉시 지서로 나가 고소했다. 형이 합의금 마련을 고민하다가 내게 전화했다. 현금 1천만 원을 배상해 주지 못하면 콩밥을 먹게 된다는 거였다. 나는 합의금이 결코 아깝지 않았다. 다방 여종업원의 약삭빠른 간계에 빠져들지 않고 한동안 같이 지내며 쌓았던 인연을 뚝 끊어내면서까지 어머니의 텃밭을 지켜내려 한 형이 어리석기보단 오히려 믿음직스러웠다. 합의금 1천만 원을 송금해 준 나는 전화에 대고 형 힘내라며 응원까지 했었다.

저녁 무렵이 다 되어도 형은 돌아오지 않았다. 내가 도착한 직후부터 어머니는 자라처럼 목을 길게 빼내면서 나오지도 않는 트림을 굳이 하려고 애썼다. 나는 어머니의 몸이 정상이 아님을 단박 알아차렸다.

"어디 불편하세요?"

어머니가 아랫배에 힘을 주며 입술을 물었다. 고통을 참고 있는 게 분명했다.

"엊저녁 뜨데깃국을 끓여 먹은 게 모강지에 걸렸는지 속이 매시꺼우면서 자꾸 보깬다."

나는 미리 응급용으로 사다 냉장고에 넣어 두었던 까스명수 한 병을 꺼내 마개를 따고 어머니께 건넸다. 까스명수를 서너 모 금으로 나눠 마신 어머니가 배를 움켜쥐고 주방으로 향했다.

"뭐하시게요."

"시장헐 텐데 얼요기라도 해야 할 거 아니냐."

나는 이미 창촌에서 간단히 먹고 왔다고 둘러대며 어머니의 발길을 돌려세웠다.

방바닥은 삼청냉돌이었다. 노인네가 기름을 아낄 생각으로 보일러를 외출로 맞춰 둔 채 겨울을 날 모양이었다. 훈훈하게 겨울나시라고 그렇게나 부탁했건만 왜 보일러를 약하게 틀어놨 냐고 다그치는 나를 향해 어머니가 얼굴을 찌푸리며 답했다.

"야만인인가 멋인가 흐는 사우디 섹유상이 죽었는지 살았는 지 통 테레비에 나오질 않더니만 요즈막엔 오페크란 사내가 텔 레비에 나와설랑 섹유 값이 오르네 마네 떠들어쌓터라. 눈만 뜨 면 테레비서 지름값 뛴다고 걱정해쌓튼데 니 지갑에서 두 집 지 름값 다 댈라믄 뼛골 빠질 거 아니냐. 내라도 애껴 때야지."

"우리 어머니 텔레비전 덕분에 많이 유식해지셨네. 헌데 오페 크는 사람 이름이 아니라 석유 파는 나라끼리 뭉친 단체에요. 그리고 병나 입원하시면 하루 병원비가 한 해 겨울 기름값보다 많이 나와요. 기름 아낄 생각 아예 마시고 방바닥 항상 뜨끈뜨끈 달궈놓고 겨울나세요."

어머니는 자리에 누워서도 배에다 손을 얹고는 이리저리 몸을 뒤척였다. 어머니의 몸 상태가 정상이 아닌 것만은 확실했다. 형의 걱정보다도 오히려 빨리 어머니를 병원으로 모셔야 하는 게 아닐까 슬금슬금 불안감이 덮쳐 왔다.

"병원에 갈까요? 어디가 아픈지 자세히 말씀해 보세요."

어머니가 펄쩍 뛰었다.

"성가시게 벵원은 무신 놈의 벵원. 까스맹수 마셨으니 금방 내려가겠지."

나는 예전에 아버지가 그랬듯이 바늘을 찾다 어머니의 손가락을 따기로 했다. 어머니는 그것만은 흔쾌히 받아들였다. 바늘을 머리카락에 몇 차례 문지른 뒤 어머니의 오래 닳은 꺼끌꺼끌한 손을 잡아 쥐고는 바늘 끝으로 손톱 밑을 땄다. 수수알같은 검붉은 피멍울이 뭉글 솟아올랐다.

"느 아부지 손끝츠럼 바늘침 한번 야무지다."

어머니가 얼굴을 한 번 찡그리곤 손가락을 들여다봤다.

"굴뚝새 눈깔츠럼 피멍울이 시까만 걸 보니깐 뭣에 얹혀도 단단히 얹혔나 분데 인제 손꾸락 땄으니 목구녕에 얹혔던 체기가 쑥 내려갈 모양이다."

어머니는 목을 길게 빼면서 또다시 억지트림을 하려고 애썼다. 나는 바람벽에 붙은 보일러 온도조절기를 강으로 돌려놓고 아랫목에 어머니를 눕힌 뒤 솜이불을 꺼내 덮어드렸다.

"그나저나 아까 테레비서 대설겡본가 뭔가 발령됐다고 볶아대던데 느 성은 왜 안적 안 들어오나 모르겠다. 천년 묵은 매구보다 무서운 게 눈구뎅이에 홀리는 건데. 사방팔방 눈구뎅이 되기 전 얼릉 돌아오지 않고설라무네."

"대설경보라고요?"

"하늘에 밑구녕이 뚫렸는지 흐렸다 싶으면 눈이다. 올겨울도 조엥히 지나가긴 틀렸나 부다."

눈, 이곳의 눈은 도시에 내리는 눈과는 차원이 다르다. 자고 깨어나 밖에 나갔을 때 허리춤까지 쌓인 눈을 목격하는 게 흔한 일이어서 기상청 예보대로 오늘 저녁 큰 눈이 내리기라도 하는 날엔 계획대로 내일 제때 집에 돌아갈 수 있을지 장담하기 어려운 일이었다. 이곳 폭설이 때론 고립을 의미하기 때문이다. 예전에 하뱃재에서 당한 미끄럼 사고를 굳이 떠올리지 않더라도 발목까지 쌓인 눈길 위로 월동장구조차 장착하지 않은 차를 끌고 상뱃재와 하뱃재를 넘는다는 건 거의 자해행위와 같은 일이었다. 그렇다고 더 많은 눈이 쌓인 더 험한 운두령을 넘어 속사인터체인지에서 고속도로로 진입해 춘천까지 돌아가는 길은 더욱 선택하기 어려운 일이었다.

답답한 마음에 나는 밖으로 나왔다. 어머니가 들은 일기예보대로 눈은 벌써 시작되고 있었다. 입자가 자잘한 싸락눈이 비틀비틀 허공을 날아 내려와 마당에 쌓여 갔다. 초반에 이렇듯 자잘한 싸락눈이 내리는 경우는 큰 눈이 올 징후라는 것을 이 마을 사람들이라면 삼척동자도 알 수 있는 진리였다.

나는 무심코 옥상으로 올라갔다. 저물기 직전의 마을은 이미 뿌얀 눈발에 갇혀 가시거리가 멀지 않았다.

추석 즈음 해 질 무렵 옥상에 올라 사방을 둘러보면 서쪽 하늘에 번지는 노을은 언제고 가슴을 먹먹하게 했다. 낱낱의 구름 띠마다 선홍색 결이 어찌나 조화로운지, 어찌나 황홀하고 부신지, 그 경이로움에 때론 숨이 막힐 정도로 빠져들곤 했다. 언젠가 딸아이가 옥상에 올라와 하늘을 올려다보고는 울음이라도 터뜨릴 듯 말했다.

"하늘에서 빨강 피가 많이 나."

점입가경이랄까, 아내가 아이에게 다가가 건넨 말이 더 신선하게 들려왔다.

"저건 피가 아니라 하늘과 태양이 그린 구름단풍이란다."

피가 난다고 하는 아이의 표현보다 아내의 그 비유가 더 놀라웠던 건 아마도 지금껏 아내에게서 느끼지 못한 따뜻함이나 정겨운 언어, 숨은 감성을 내가 채 읽어 내지 못했던 것은 아닐까 하는 의구심 때문이었을 것이다. 그러나 간혹 눈앞에서 예기치 못했던 기이한 현상이 펼쳐질 때 누구든 깊이 잠자고 있던 감성이 깨어날 때가 있게 마련이다. 형의 일로 우리 부부 사이가 서먹해져 있던 무렵 천문현상으로 유성우가 빈발한 밤하늘을 바라보던 딸아이가 엄마, 별들도 번지점프를 해? 하고 물었을 때 아내가 번뜩 떠올린 답을 떠 올릴 필요가 있겠다. 별빛만큼이나 호기심으로 빛나던 아이의 눈망울을 애써 외면한 채 아내가 들려준 말은 별들도 사람들처럼 이웃이나 가족과 살다 다투거나 사이가 멀어질 땐 다른 곳으로 아주 멀리 이사를 간다는 답이었다.

아이와 아내의 상황인식을 떠나 운두골의 자연은 다가온 이에게 감성을 자극해 주는 특별한 동네임엔 분명했다. 내가 막 초등학교 4학년이 되었을 때의 일로 기억된다. 학교에는 개학과 더불어 타 지역에서 전근 온 선생님이 몇 있었는데 우리 담임도 그중 한 분이었다. 담임선생님은 당시 문예지를 통해 등단까지 했던 여류 시인이기도 했다. 어느 날 담임선생님과 함께 운두령에 올라 계방산을 다녀온 적이 있었다. 몸이 약해빠진 나는 산 중턱을 채 오르기도 전에 다리가 아프고 입술이 타들어 갔지만 그때마다 선생님은 탄성을 지르며 손가락을 가리켰다.

"용진아, 저 산 아래 구름 좀 봐라. 저건 분명 용무구나!"

"용무가 뭐예요?"

"용이 선녀처럼 우아하게 춤추는 거지. 저 아래 산봉우리들을 감싼 채 골짜기를 휘돌아 나가는 구름의 기개를 좀 봐라. 하늘로 승천하기 직전 여의주를 입에 문 용이 수백수천 골짜기를 휘감은 뒤 산 능선을 박차고 날아오르는 모습과 흡사하지 않니?"

선생님이 가리킨 손가락 끝에는 웬만한 산봉우리 하나쯤 되는 허연 용이 여의주를 입에 물고 깊은 골짜기를 누비다가 거대한 몸통을 들썩이며 막 허공을 향해 날아오르는 형상으로 바뀌고 있었다. 지켜볼수록 진기하고 놀라웠다. 그렇게 한참 동안 산 아래로 떠다니는 구름을 구경하던 나는 시시각각 변하는 운무를 지켜보다가 잠깐 사이에 거대한 호수로 변해 있는 모습을 선생님께 고했다.

"용이 승천했나 봐요. 이젠 용은 간데없고 구름이 강이 되어 흘러요. 좀 더 큰 산을 덮으면 구름바다가 될 것 같아요."

"정말 그렇구나. 너도 시인의 눈을 가졌다."

선생님은 또 얼마간 산을 오르다가 숲 여기저기를 돌아보면서 탄성을 지르는 거였다.

"세상에, 여기 올라오니 우리가 신선이 된 것 같구나. 어머나! 저 험한 산자락 깊숙이 뿌리를 박은 고목 좀 봐라. 살려고 얼마나 아등바등 애를 쓰는지 눈물이 날 지경이네. 거칠고 암팡진 뿌리 모양새가 흡사 우리 엄마 손등 같구나."

그러다가 이번엔 촘촘한 잡목 숲을 들여다보며 연신 경탄했다.

"이곳에도 정말 겨울이 왔었을까? 정말 폭설이 덮이고 세찬 바람이 몰아쳤을까? 몰아친 눈보라가 녹아 뿌리를 얼리고 세찬 바람이 가지마다 매를 때리는 그때부터가 오늘 같은 아름다움의 시작이었구나. 나무들은 나른할 겨를이 없었겠다. 끈덕지게 동해를 이겨낸 졸가리들이 벌써 배시시 움을 틔우고 있네. 어쩜

저렇게 하나같이 고울까. 보송보송한 이파리가 저마다 갓난아기 손바닥 같구나. 저 여린 이파리들이 막 솜털을 털어 내고 납작 납작 모양새를 갖추기 시작하면 벌써 바람과 맞서는 법을 익힐 테지. 아니 맞선다는 표현은 좀 과하구나. 이파리들은 그걸 고통으로 받아들이기보다는 마치 음악으로 알고 춤추는 법을 익힐 거야. 산굽이마다 능선마다 골짜기마다 흐르는 음악이 있고 너울거리는 춤이 있으니 말이다."

선생님의 그 자지러질 듯한 감동과 탄성은 계방산 정상을 오르는 동안 계속되었다. 나는 파김치가 되었지만 이따금씩 들려주는 선생님의 말 한마디 한마디는 훗날 내가 생각해도 구구절절 시였고 음악이었다.

눈발이 점점 거칠어졌다. 기상청 예보는 빗나가지 않았다. 이미 반 뼘 족히 쌓여 갔지만 얼마나 더 내려 쌓일지 전혀 예측하기 어려웠다. 바람까지 휘몰아치자 집 뒤편 소나무들이 자지러지게 울어댔다. 형은 여전히 들어오지 않았고 까스명수를 마시고 바늘침을 맞으면 금방 내려갈 거라고 믿었던 어머니의 병세는 나아질 기미가 전혀 보이지 않았다. 막 자정이 되어 갈 무렵 방바닥에 누운 채 이리저리 뒤척이던 어머니는 끙끙 앓는 소리까지 쏟아내며 괴로워했다. 더 늦기 전에 병원으로 모시고 가야 할 것 같았다. 나는 어머니께 증상을 소상히 묻고는 얼마 전 서울에서 개인 병원을 연 친구에게 전화를 걸었다.

"우리 노인네가 말이야. 첨엔 무엇에 얹힌 듯 소화가 안 된다고 하시더니 복부를 만지면서 많이 불편해하시네. 여기가 운두 골이라 눈까지 내려 급히 병원엘 모시고 가기도 글렀고, 내가 달리 손 쓸 방도가 없네."

친구는 어머니를 방 안에 바로 눕히고 손으로 복부 곳곳을 압박해 보라고 시켰다.

"내가 누르라고 하면 눌러 봐라. 우선 명치끝에서 배꼽을 따 라 내려가면서 지그시 눌러. 다음엔 배꼽 오른쪽도 눌러 보고."

나는 친구가 시키는 대로 어머니를 바르게 누이고는 오른손 을 쭈글쭈글한 뱃가죽 위에 얹은 뒤 지그시 눌러 내려갔다. 누 운 어머니의 뱃가죽이 내 손끝 마디에 눌릴 때마다 바람 빠진 공처럼 축 늘어졌다. 내 손이 배꼽을 지나 우측으로 옮겨 갈 때 어머니의 미간이 일그러지면서 입에서 작은 신음이 흘렀다.

"우하복부, 배꼽 근방 오른편을 누르니까 불편해하시네."

"혹시 열도 나시고 속이 매스껍다고 안 하시더냐?"

"열도 있고 까스명수 드시면서 속이 매스껍다고도 하셨네."

"이 미련한 친구야. 니는 충수염도 모르나?"

"충수염?"

"맹장 말이다. 전에 맹장 앓으신 적 없지?"

내 기억 속에 어머니는 지금껏 몸이 아파 병원에 입원한 적 이 없었다. 어머니께 직접 물을 필요도 없이 나는 친구에게 맹 장염을 앓은 적이 없다고 확인해 주었다.

"노인네들이 충수염을 소화불량이라 생각하고 방치하다가

오히려 병을 키운다. 그거 오래가면 복막염 되니까 119를 불러서라도 빨리 병원으로 모셔."

나는 적지 않게 당황했다. 이 눈바람을 헤치고 병원을 가기도 막막했지만 특히 월동장비를 갖추지 않은 내 차로 발목까지 내려 쌓인 상뱃재 하뱃재 눈길을 넘기가 불가능했던 것이다. 냉정해지려고 애쓰면서도 몸과 마음은 따로 움직였다. 정말 119를 불러야 할까 고민하는데 밖에서 인기척이 들리는가 싶더니 탁탁 발 구르는 소리가 들렸다. 신발과 옷에 엉기어 붙은 눈을 털어 내는 소리였다. 나는 얼른 일어나 문을 열어젖혔다.

"왔냐?"

고개를 내밀고 밖을 내다보는 나를 향해 몸통에 하얗게 눈을 지고 나타난 형이 건성으로 던진 인사말이었다. 형을 보는 순간 내 몸속 어딘가에 켜켜이 쌓여 있던 울화가 욱하고 치밀어 올랐다. 어머니를 당장 병원으로 모셔야 할 다급한 상황인 데다 배를 싸쥐고 누워 있는 노모 앞에서 형과 다툴 여유가 없었음에도 나는 대뜸 핏대를 올렸다.

"대체 형은 뭐 하는 사람이야."

나는 너무 태연하고 무심한 형의 모습에 더 화가 치밀었다. 엊그제 휴대폰으로 전해 들은 어머니의 표현처럼 짐승 가죽을 벗겨 놓은 듯한 얼굴은 만신창이가 되어 있었다. 콧잔등과 오른쪽 볼의 쓸린 상처가 끔찍해 보일 만큼 깊은데도 약국에 가 흔한 연고조차 사 바르지 않은 채 그대로 방치한 얼굴이었다.

"왜 오랜만에 나타나 언성을 높이냐."

"얼굴 꼴하곤…… 이제껏 태평스럽게 어디에 가 있었던 거야. 요즘 정신 줄 놓고 술독에 빠져 산다며?"

형은 얼굴 맞대기가 무섭게 달구치는 나를 무시하듯 말이 없었다. 살짝 문뱃내를 풍기는 것으로 보아 이제껏 어디에 가 술판을 벌인 모양이었다. 인사불성의 모주망태가 아닌 게 다행이었지만 얼근히 올랐던 취기가 채 가시지 않아 보였다. 여기에 얼굴빛은 술기운에 익은 것인지 추위에 동상을 입은 것인지 쓸린 상처까지 겹쳐 구분하기 어려울 정도였다.

"난 뒷방에 들어가 쉴게. 늦었으니 너도 성내지 말고 일찍 자라."

막 돌아서려는 형을 향해 내가 버럭 소리를 질렀다.

"어머니가 안중에도 없는 걸 보니 또다시 역마살이 도지는 모양이지? 어머니가 지금 아프시단 말야. 당장 병원 모시고 가야 해."

직수긋하게 물러서던 형이 놀란 눈으로 내 얼굴을 올려다보았다.

"편찮으시다고?"

그런 형을 향해 나는 거의 폭발할 것처럼 대들었다.

"형은 대체 뭐야. 살면서 눈곱만큼도 도움이 안 돼. 뭔 인생이 그렇게 불성실해."

"너 왜 그래. 어머니가 편찮으시다며……."

"형이야말로 왜 그러는데. 이젠 형 인생을 돌아볼 때가 됐잖아. 기억나지 않아? 그럼 내가 돌아봐 줄까? 일곱 살에 집에 불 싸질러 우리 집 한때 알거지로 만들어 놨지. 동네 애들 시도 때도 없이 두들겨 패 어머니가 수도 없이 돈 물어 주고 허리 굽실거리며 사과하러 다녔지. 깡패 짓까지 해 교도소를 내 집처럼 드나들었지. 이 동네 사람들 형 지나가면 저 새끼 덩칫값도 못 하는 양아치 새끼라고 욕하는 거 본인은 모르지? 게다가 유부녀인지 과부인지랑 놀아나기까지 하고……."

그때 더 이상은 참을 수 없었던지 형이 성큼 내 앞으로 다가와 멱살을 틀어쥐었다.

"너 이 자식……. 그만 해라."

하지만 잠깐뿐이었다. 손을 푼 형이 어깨를 축 늘어뜨리고는 다시 한발 물러섰다. 나는 형의 면전에서 한 번 더 하고 싶었던 말을 씹어 뱉었다.

"왜. 내 말이 틀렸어? 당신 제수가 이 동네 발 들여놓기 싫대. 왠지 알아? 면전에서 알은체하던 사람들이 뒤돌아서면 웅삼이 제수라고 죄다 쑤군거리는 통에 낯 뜨거워서 못 오겠대. 웅삼이 인생 참 꼴 조오타."

"너 요즘 꽤 힘들구나."

양아치 새끼라고 욕하던 예전의 마을 사람들 말대로라면 형 어딘가에 건달기가 아직 남아 있을 터였다. 이 대목에서는 경솔하게 입을 놀리는 내게 솥뚜껑 같은 손바닥이나 주먹세례가 날아올 법도 한데 형은 오히려 무던히 참아냈다. 내 앞에 우뚝 다가섰던 형이 어깨를 축 늘어뜨린 채 뒤돌아섰다. 순간 곰 등짝 같은 큰 체구임에도 그답지 않게 늘어진 어깨가 왠지 쓸쓸해 보였다. 나는 체수없이 총알을 퍼붓듯 주워 담을 수 없게 쏘아붙인 말들이 한순간 낯 뜨겁고 민망했다.

어머니가 아픈 몸을 이끌고 문을 연 것은 그때였다.

"밖에서 웬 소란들이냐. 오밤중에 개 쌈 난 것 같아 볼썽사납다. 얼릉덜 들어와라."

나는 방으로 들어가는 형의 등 뒤에다 대고 소리쳤다.

"어머니가 급성 맹장염이래. 빨리 병원으로 모시지 않으면 복막염 된다고."

"맹장염?"

형이 성큼 방으로 들어가 어머니께 몇 마디 묻고는 어딘가로 다급히 전화를 걸었다. 아마 119를 부르는 모양이었다.

"곡기 끊고 진종일 술만 푸고 댕기느라 속이 허출할 텐데 간단히 얼요기라도 챙겨 먹고 누워라."

어머니는 굶고 다니는 큰아들이 꽤 측은했던지 아픈 몸을 일으켜 부엌으로 걸음을 떼려다가 나의 저지로 겨우 물러섰다.

눈은 벌써 발목이 잠길 정도로 쌓여 있었다. 문 밖에 켜 둔 은은한 전등 불빛 사이로 차고 흰 눈발이 무수히 날아내리고 있었다. 마당에 세워 둔 내 승용차와 형의 사륜구동 더블캡 화물차 위에도 그동안 내린 눈이 무덕지게 쌓여 갔다. 나는 밖에 나와 하염없이 쏟아지고 있는 눈을 고스란히 맞으며 담배 한 대를 피웠고 형은 그사이 자기 방과 어머니 방을 바삐 오갔다. 내가 형 앞에서 이렇게 모진 독설을 토해내긴 이제껏 처음이었다. 생각해 보니 형이 그렇게 모진 욕 세례를 당하고도 무던히 참아낼 줄은 미처 생각지 못한 일이었다. 쇠도 세월이 가면 녹이 나고 잉걸불도 시간이 지나면 잿불로 사위듯 형의 거칠기만 했던 성격도 어느덧 흐르는 세월 앞에 무너지고 있었던 것일까? 거칠고 사나운 성깔에 취기까지 남아 있어 불같이 성을 낼 수도 있었건만 욱하고 치미는 화를 애써 참아내며 내게로부터 눈길을 거두어 버리는 모습은 흡사 이기기를 포기하고 물러서는 싸움소 같았다. 우리 사이가 형은 형대로 나는 나대로 각자의 길을 가면서도 만나면 얼굴 한 번 붉힌 적이 없었던, 이웃이나 어머니가 보기에도 우애가 각별하고 형제애가 돈독한 사이였던 건 확실했다. 비록 마을 사람들이 돌아서서 욕하거나 침을 뱉더라도 나는 형이 언젠가는 어머니의 태몽 값을 하고 살 인물이라 믿어 주었다. 물론 지금은 그 기대가 걷힌 지 꽤 되었지만.

6년 전 우리 집과 개울을 마주한 곳에 어떤 돈 많은 노부부가 들어와 전원주택을 짓고 살았다. 공기가 좋고 경관이 빼어나 노후를 보낼 계획으로 지어진 집은 그리 호화롭지는 않았지만 그림 같이 예쁜 집이었다. 동네 사람들이 그 집을 서울 사장네라 불렀다. 두 부부가 내려와 사는 몇 달 동안 노부부의 삶은 뭇 마을 사람들로부터 부러움의 대상이었다. 그러나 서울 사장이란 노인네가 고령으로 병원에 가는 일이 잦아들더니 언제부턴가 이 전원주택은 한동안 빈집으로 방치되고 있었다. 소문에는 바깥노인네가 암으로 죽었다고도 했고 집이 다른 사람에게 팔렸다고도 했다. 몇 달 지난 뒤 웬 젊은 부부가 그 집에 이사 와 살기 시작했다. 건장한 체구의 남편과는 달리 여자는 몸매가 가늘고 얼굴이 해사했다. 젊은 부부는 자주 다퉜다. 아니 다툼이라기보다는 남편의 일방적인 폭력이 사흘이 멀다 않게 이어졌다. 소문엔 남편이 사업하다 망한 뒤부터 분노 조절 장애란 병을 얻어 시도 때도 없이 아내를 구타한다는 거였다. 그러나 남편의 구타가 오랜 세월 이어지지는 않았다. 남편이 심장마비로 쓰러진 뒤 아내의 신고를 받고 도착한 119구급차가 강릉의료원 응급실로 이송했으나 이미 골든 타임을 놓친 뒤였다. 남편은 그날 저녁 구급차에 실려 간 뒤 영영 집으로 돌아오지 못했고 아내는 남편을 장사 지내고 난 뒤에야 홀로 돌아와 살았다. 남편과 사별한 여자는 몇 달간 전원주택에 틀어박혀 집 밖에 나오지 않았다. 사람들은 여자가 집에서 매일 술을 마시며 울고 있다거나 미친병에 걸렸다고 수군거렸다.

형이 남편을 심장마비로 잃은 미망인 집을 드나든다는 소문이 돌기 시작한 것도 이 무렵부터였다. 어머니는 나이 마흔을 넘기도록 노총각 신세를 면치 못한 채 촌구석에 묻혀 살고 있는 형의 처지를 꽤 안쓰러워했다. 그러나 형이 시도 때도 없이 이웃 과붓집을 들락거린다는 사실을 알고는 노발대발했다. 아무리 여자가 귀하기로서니 죽은 서방 무덤에 떼가 퍼지기도 전에 암고양이처럼 보쟁이려고 하는 여자를 어떻게 믿고 맏며느리로 들이겠냐며 눈에 흙 들어가기 전엔 그 꼴 못 보겠노라 형 앞에서 대못을 쳐 두었다.

그 여자와 형이 마을에서 동시에 사라진 것은 그해 여름이 막 시작될 즈음이었다. 두 사람이 사라진 다음 날 이웃집 노인의 목격담이 안개처럼 마을 안팎으로 퍼져나갔다. 두 사람은 미리 택시를 부른 모양이었다. 아침 일찍 택시 한 대가 운두골로 들어와 여자의 집 대문 앞에 잠깐 멈추더니 두 사람을 태우고는 쏜살같이 운두령을 넘더란 거였다. 그리고 이후 형과 여자는 운두골에 일절 모습을 드러내지 않았다. 1년 넘게 어디에서 어떻게 살고 있는지 편지 한 장, 전화 한 통 걸려 오지 않았다. 형이 일언반구도 없이 갑자기 종적을 감춘 뒤 어머니의 근심은 늘 집 나간 큰아들로 채워졌다. 어머니는 이웃 사람들이 입방아를 찧고 다니거나 말거나 맏며느리가 옆집 과부이거나 말거나 둘이 외로운 처지에 잘 만났다고 보듬어 주지 못한 것을 두고두고 후회했다.

"늘그막에 그 잘난 체면치레 한답시구 아들놈 내쫓구선 펜안히 안방 차지나 하고 앉았으니 내가 참 밴댕이 소갈머리였구나. 둘이 그렇게 찰떡궁합인 줄 알았더라면 슬그머니 구메혼인이라도 시켜주고 땅뙈기라도 팔아 손에 돈 몇 푼 쥐여줄걸."

형이 여자와 함께 사라진 동안 어머니는 밥을 먹을 때나 밭에 나가 일할 때나 잠잘 때나 늘 큰아들 걱정뿐이었다. 두 사람을 둘러싼 심상찮은 소문까지 떠돌면서 어머니의 속은 더 타들어 갔다. 죽은 전원주택 사내의 사인이 심장병이 아니라 어쩌면 타살일 수도 있다는 소문이었다. 형과 여자가 작당을 쳐 위장살인을 저지르고 함께 야반도주한 살인사건일 가능성도 있다는 거였다. 심지어는 경찰이 이들 두 사람을 쫓고 있다는 괴소문까지 나도는 지경이었다.

"젊어선 난봉꾼 서방이 주야장천 시앗 끼고 댕기며 속을 썩이더니만 늘그막엔 자식까정 지집 문제로 속을 썩이는구나. 남세시러워설라무네 어디다 대고 하소연할 수도 읎구, 이 노릇을 대체 으쩜 좋냐."

어머니의 근심이 깊어지면서 나는 이 소문의 진위를 확인하기 위해 전원주택 남자가 죽던 날 출동했던 119 대원을 찾아가 직접 만나보기까지 했다. 소방대원은 그날 저녁 병원에서 벌어졌던 일들을 비교적 소상히 기억하고 있었다. 소방대원은 당일 구급차에 실려 병원으로 옮긴 사내의 사인이 심장마비사였다고 답해줬다. 신고를 받고 119 대원들이 도착했을 때 여자는 남편 가슴을 압박하며 숨 가쁘게 심폐소생술을 시도하고 있더라는 급박한 상황도 들려줬다. 평소에도 심장이 좋지 않아 약을 끼고 살았던 남자는 쓰러지기 직전 증세를 미리 감지하고 여자에게 과산화수소를 달래 혓바닥 밑에 밀어 넣는 자가 응급조치를 취했고 그럼에도 진전이 없자 여자가 울면서 119를 불렀던 것이다. 강릉의료원에 도착하자 여자는 당일 밤 남자가 심장 발작을 일으키던 순간부터 구급대가 도착하기 전까지의 과정을 담당 의사에게 소상히 들려주었다. 하지만 이미 때는 늦어 있었다. 구급차 안에서부터 시작된 심폐소생술과 병원에 도착해 자동 심장 충격기를 들이대는 조치까지 취했으나 남자는 끝내 깨어나지 못했다. 그의 사인이 의심할 필요도 없이 심장마비라는 119 소방대원의 설명으로 보아 적어도 형이 사람들 입에 흉흉하게 오르내리던 끔찍한 살인범이나 사건에 연루된 공범이 아니란 사실 만큼은 확실히 밝혀졌다.

형이 내 사무실로 전화를 해온 건 여자와 사라지고 1년 반쯤이 지난 뒤였다.

"거기 대체 어디야."

"……."

"형, 아무 일 없는 거야? 거기가 대체 어디냐고 묻고 있잖아." 형은 송수화기에 대고 한숨을 푹 내쉰 뒤 내 이름을 불렀다.

"용진아…… 사연이 길으니 이유는 묻지 말고 부탁 좀 하자."

"뭘 부탁…… 돈? 지금 돈이 필요해?"

"그래. 염치없지만 돈이 좀 급하게 필요해서 연락했다."

"얼마나 필요한데?"

"한…… 천만 원쯤."

꽤 급했군, 나는 속으로 그렇게 되뇌면서도 그 처지가 안쓰럽기도 해 형의 부탁대로 더 이상 이유를 캐묻지 않았다.

"좋아. 이유는 묻지 않을 테니까 지금 당장 살아 있다고 어머니한테 전화부터 해. 내가 필히 확인하고 오후에 부쳐 줄게."

형은 알았다고 대답하고는 계좌번호를 불러주었다. 나중에 확인된 사실이지만 형은 나와 통화 직후 어머니께 잘 있다는 전화를 걸어 어머니를 안심시켰다.

그 일이 있고 한 해가 되지 않아 집안에 큰 사달이 났다. 형이 어머니 명의로 되어 있는 텃밭 3천 평을 담보로 잡히고 창촌농협에서 3천만 원의 대출을 받아 간 것이다. 게다가 대출이자를 수개월째 연체해 농협 직원으로 있는 동네 후배가 내게로 전화를 걸어왔다. 어머니 앞으로 독촉장을 여러 차례 발송했음에도 원금은 고사하고 이자조차 갚지 않아 이대로 방치했다가는 자칫 경매로 넘어갈 수 있다는 통보였다. 어머니께 이 사실을 확인해 보니 형이 6개월 전쯤 찾아와 숨넘어가는 소리로 통사정해 별수 없이 농협에 가 대출받은 돈을 넘겨주었다는 거였다. 사정이야 어떻든 어머니가 형제를 키우며 평생을 일궈 온 텃밭이 경매로 넘어가는 것을 지켜볼 수 없었던 나는 아내에게 이 사실을 숨김없이 털어놨다. 당연히 아내는 남의 일처럼 받아들였다. 책임질 사람들이 따로 있는데 왜 우리가 뒷일까지 떠안아야 하는지, 오히려 이미 몇 달 전 내가 부쳐 주었다는 돈까지 받아내야 하는 게 아니냐며 아예 내 입에 혹을 붙이려 들었다. 말이 통하지 않았다. 고민 끝에 나는 아내 의견을 무시하고 공무원 공제조합에 달려가 3천5백의 대출을 신청해 밀린 이자와 원금을 갚아 버렸다. 월급날 이 사실을 알게 된 아내의 얼굴은 건명태가 아니라 얼음덩이로 변해 버렸다. 두어 주 후 곰살궂은 딸아이가 중재를 놓은 덕에 겨우 위기를 벗어날 수는 있었다. 하지만 이후 아내는 집에 돌아와 어머니를 모시고 사는 시아주버니와 일면식도 없는 사이처럼 말 한마디 섞으려 하지 않았고 거의 눈길조차 마주치려 하지 않았다.

형이 집에 돌아온 건 지난해 겨울이었다. 오랜 타관생활에 지쳐 파김치가 되어 돌아온 형은 얼마간 식음을 전폐하고 앓아 누웠다. 그런 형을 두고 아내는 왜 당신이 돈 들여 지은 집에 형이 들어와 사느냐, 그 땅이 어머니 명의로 되어 있지만 언제 어머니가 형 명의로 돌려놓을지 모르니 빨리 당신 이름으로 등기 이전을 해 두라고 닦달했다. 그러나 형은 내가 개축한 집에서 그대로 눌러살았고 아내 말을 무시하는 못된 남편인 나는 어머니 명의의 텃밭을 내 이름으로 바꾸라는 아내의 의견을 끝끝내 무시하고 있었다.

갑자기 밖으로 나온 형이 부산을 떨기 시작했다. 오랜 기간 방치하고 있었던 사륜구동 봉고 트럭에 올라 시동을 걸기 위해 키를 돌리고 액셀러레이터를 밟았다. 차는 잠시 엉덩이로 연기를 뿜는가 싶더니 엔진작동까지 이어지지 못한 채 풀썩 주저앉았다. 키를 돌리고 액셀러레이터를 밟고 연이어 같은 동작을 해 보았으나 웬일인지 시동은 쉽게 걸리지 않았다. 아마도 장기간 방치했던 탓에 배터리가 방전된 모양이었다. 형은 그래도 멈추지 않았다. 키를 돌리고 액셀러레이터를 밟고 키를 돌리고 액셀러레이터를 밟고 또 꽂은 키를 돌리고 액셀러레이터를 밟고……. 결국 한참 더 키를 붙들고 씨름하다가 스스로 포기하고는 트럭에서 내려 담장과 붙어 있는 창고로 들어가 어디서 주워 온 듯싶은 고물 배터리 하나를 들어다 놓고 교체를 시도했다. 둘 사이의 서먹한 분위기를 깨뜨리며 내가 다가가 말을 걸었다.

"방금 119에 전화했던 거 아냐?"

"응."

"119에서 출동이 어렵대?"

"창촌에 급한 환자가 있어 춘천으로 이송 중이라 언제 출동할지 장담할 수 없댄다."

"서석엔 구급차가 없을까?"

어머니를 병원으로 모시기 위한 준비가 시작되자 우리는 언제 다퉜냐는 듯 진지해졌다.

"지금 대설경보가 떨어져 하뱃재 상뱃재 오르기가 쉽지 않대. 별수 있냐, 운두령을 넘어 강릉으로 모시는 길밖에."

"운두령은 경사가 더 심하고 눈도 배로 쌓였을 텐데 가능하겠어?"

"운두령을 넘기만 하면 춘천이나 원주로 모시는 것보다는 빠르겠지."

"게다가 반고주망태의 음주운전인데."

"좀 지쳤을 뿐 술은 많이 마시지 않았다."

"눈에서 술이 뚝뚝 떨어지는 것 같은데."

"사실 초저녁에 소주 두 병 마셨다. 거의 깰 시간이니 믿어 봐라."

형이 배터리를 교체하는 동안 나는 119에 전화를 걸었다. 사실 나는 상뱃재 하뱃재를 지나는 눈길이 예전에 사고를 당했던 길이기도 해 내키지 않았던 게 사실이었다. 그때의 트라우마가 아직 머릿속에서 지워지지 않아 험한 운두령을 넘겠다는 형의 결단이 오히려 옳은 선택이라고 믿어버렸다.

홍천 내면에서 환자를 태우고 운두령 고갯길을 넘을 테니 30분쯤 지나 노동리 방면으로 그러니까 속사에서 운두령 쪽으로 구급차를 보내줄 수 있는지를 알아봤다. 119 측에서는 영 너머에도 현재 30센티 이상 폭설이 내린 데다 아직 2, 30센티 추가 폭설이 예고되어 있어 확답을 주기 어렵다고 했다. 그러나 현재 폭설이 내린 국도와 지방도에 관, 군 합동으로 긴급 제설 작업이 진행되고 있는데 작업 진척 상황을 확인한 뒤 빠른 시간 내로 구급차를 보내주겠다며 최대한 나를 이해시키려 애썼다. 그 말은 영 너머에서 제설작업 진척이 늦어지기라도 하는 날엔 우리 스스로 운두령을 넘어 속사까지 가야 하는 일이 발생할 수도 있다는 얘기였고 상황이 더 악화될 경우엔 속사인터 체인지에서 직접 영동고속도로로 차를 몰아 강릉까지 가야 할 상황임을 암시하는 말이기도 했다.

배터리를 교체한 사륜구동 봉고 트럭은 다행히 시동이 걸렸다. 하지만 트럭이 뺨 가웃이나 쌓인 눈길을 헤치고 무사히 운두령을 넘을 수 있을지, 가다가 혹 산기슭에라도 처박혀 오도 가도 못한 채 밤새도록 구조대를 기다리게 되지는 않을지, 아예 운두령 쪽보다는 상뱃재와 하뱃재로 내려가 춘천의 큰 병원으로 향하는 게 현명한 판단이 아닐지, 짧은 시간 고민이 깊어졌다. 그만큼 운두령길은 거리상 짧은 길이긴 하나 아찔한 모험이 있고 무리가 따랐다. 하나 이런 비탈길 운행을 위해 제작된 사륜구동 봉고 트럭인 데다 더는 대안이 없었기에 취기가 아직 가시지 않은 음주운전의 위험을 무릅쓰고라도 나는 형의 판단을 믿고 따를 수밖에 없었다.

형은 방 안에 들어가 장롱 속에서 어머니의 겨울옷 몇 벌을 꺼내왔다. 계절이 바뀔 때마다 아내와 내가 사 온 옷가지들이었지만 대부분 한 번도 입지 않고 걸어 둔 새 옷들이었다. 그중 몇 벌을 어머니께 덧입혀 드리고는 몸을 부축해 트럭 안으로 모셨다. 형 역시 옷장에서 여러 벌의 겨울옷을 꺼내 내 앞에 내밀며 잔뜩 껴입을 것을 재촉했다.

"만일을 대비해 동태 되지 않게 든든히 껴입어라."

만일을 대비하라는 의미심장한 말에서 형의 단단한 각오와 비장한 도전 의지가 엿보였다. 형도 나도 산수털벙거지를 쓴 응달포수처럼 몸뚱이를 꽁꽁 싸맨 뒤 신발장에서 등산화까지 단단히 챙겨 신었다. 형은 창고에 다시 들어가 둘둘 말아 두었던 가느다란 새끼 타래와 낫까지 찾아다 차의 짐칸에 실었다.

형이 운전을 했고 어머니가 가운데 자리에, 내가 우측 자리를 차지하고 앉았다. 마침내 차가 집 마당을 떠나 운두령 길로 접어들었다.

차는 진입로에서 잠깐 멈춰 섰다. 폭설이 내릴 때마다 고개 어딘가에서 발생하는 미끄럼 사고를 사전 차단키 위해 으레 내 면지서에서 경찰관이 배치되는 곳이었다. 경찰관은 마침 형 후 배였다. 월동장비도 갖추지 않은 채 고개를 넘는 건 턱도 없는 일이라며 우리 차를 가로막았다. 형이 차에서 내려 차가 미끄러지든 뒤집히든 자신이 다 책임지겠다고 큰소리치면서 삼각 통제 표지판을 냅다 걷어차고 들어왔다. 가속페달을 몇 차례 밟아 엉덩이로 검은 연기를 쿠렁쿠렁 뽑아내곤 위험하다고 길을 막아선 경찰관을 향해 쥐어박을 것처럼 으름장을 놓아 댓 걸음 물러서게 한 뒤 운두령 고갯길로 차를 몰아갔다.

종아리 높이까지 쌓인 눈은 내리는 기세로 보아 단시간에 그칠 조짐이 아닌 게 확실했다. 윈도브러시가 연신 자동차의 앞 유리를 닦아내었고 닦아낸 유리 위로 눈보라가 쉬지 않고 날아들었다. 다시 윈도브러시가 유리를 씻고 지나가면 그 위에 조팝꽃잎 같은 눈보라가 여지없이 날아와 앉았다. 가운데 자리에 몸을 웅크리고 앉은 어머니는 병원 가는 길을 영 탐탁지 않게 생각하는 모양이었다.

"벵원 안 가겠다는데 왜 이리 여러 사람 성가시게 해쌓냐."

그러면서도 연신 복부를 감싸 안은 채 이맛살을 찌푸렸다.

"어머닌 병원 가는 걸 왜 그토록 마다하시는 거예요. 주삿바늘이 무서우세요?"

"벵원 들어가기만 허면 나올 때꺼정 늙은이들 팔뚝 까고 피 뽑는 것만 뵈키드라. 북어 대가리처럼 말라비틀어진 늙은이 몸속에 먼 피가 그리 많다고 몇 종지씩 뽑아가냔 말이다. 덕두원 영식 엄마두 멀쩡히 걸어서 벵원 가 맨날 피 뽑히구 매가리 없다 하소연하드니 겔국 송장 돼 돌아왔잖냐."

나는 그런 어머니를 향해 슬쩍 웃어 보이고는 삭정이 같은 노인네 오른손을 잡아 꾹꾹 주물렀다.

"어머닌 왜 진작 이 동넬 못 뜨셨어요. 아파도 제때에 병원도 못 가는 이 산골이 뭐가 그리 좋아서."

어머니가 흘낏 내 얼굴을 쳐다봤다. 나는 커가면서 그게 늘 궁금했다. 여자로서 남편이 집에 있는 날보다 밖에 나도는 날이 태반이고 대들보처럼 든든히 떠받쳐 줘야 할 아버지는 가장 역할은 고사하고 밖에 나가 항상 여자들을 끼고 살았거늘. 어머니 말대로라면 아버지 옆에 붙어 있던 여자들이 몇 꾸러미나 된다고 했으니, 어머니의 젊은 날은 꾸러미가 늘어날 때마다 창자가 숯덩이처럼 타들어 갔을 테고 가슴에 맺힌 응어리도 꾸러미 숫자만큼 덕지덕지 엉겨 있을 터였다. 내가 여기저기서 듣기로도 아버지에 관한 소문은 오로지 여자와 관련된 이야기뿐이었다. 가는 곳마다 시앗을 거느리고 있다는 소식과 함께 항상 떠도는 얘기가 도대체 아버지에게 뭔 특별한 재주가 있기에 그토록 많은 여자들이 따르는지 의문을 갖는 거였다. 어떤 이들은 아버지가 몸 어딘가에 숫나비부적을 지니고 있을 거라 했고 어떤 이들은 젊어서 물개의 생식기를 고아 먹은 덕에 저녁심이 좋아 여자들이 꼬인다고 했다. 그런 아버지를 남편으로 둔 어머니는 무수한 나날 속절없이 남편 돌아오기만을 기다리며 눈물로 베갯잇을 적셔야 했을 것이다. 게다가 3천 평이나 되는 밭농사를 지으며 우리 두 형제 뒷바라지까지 홀로 도맡아야 했으니 그 속이 오죽 탔으랴. 남편에 대한 질투를 떠나 여자로서 가슴 치미는 분노가 왜 없었겠으며 희망도 없는 지긋지긋한 노동의 고된 짐을 속 시원히 벗어던지고 어디론가 훨훨 날아가고픈 생각 또한 왜 없었으랴.

"여잔 매여 사는 벱이다. 시집와서는 느 아부지한테 매여 살다가 세월 좀 지난 뒤엔 느덜한테 매이고 그담엔 몸뚱이가 늙어가니까 여기 운두골에 매이게 되드라. 이젠 어디 타관에 가 하룻밤만 묵어도 정신이 온통 운두골에 백혀설랑 얼릉 집에 돌아가고픈 생각뿐이니 이곳 귀신 다 됐지."

"이제 그만 병원 가까운 춘천에 가 사실래요?"

나는 건성으로 묻고 있었다.

"객쩍은 소리 집어쳐라."

내 말은 객쩍은 소리가 확실했다. 만약 어머니가 아무런 답도 주지 않은 채 머뭇머뭇했거나 덜컥 수긍이라도 했더라면 내 입장은 꽤 난처해질 뻔했다. 어느 모로나 집에 어머니를 모실 형편이 아니었기 때문이다.

"여기가 어때서 그러냐. 봄엔 산속 골짝마다 몸에 좋다는 오만가지 약초서껀 산나물이 지천으로 널렸고 여름엔 밭일이야 심들어도 자고 남 쑥쑥 커가는 낟알 지켜보는 재미가 세상 시름 다 잊게 해 주고 가을겨울엔 눈에 드는 것마다 무릉도원 풍치가 아니냐. 운두령 에움길 오르다가 동네방네 겨댕기는 안개라도 볼라치문 금강산 만물상이 따로 없드라. 골짜기마다 안개 덩이들이 설설 겨댕기문서 재주를 부려쌓는데 느 아부지 얼굴 보고 싶다고 떠올리문 골째기를 뭉글뭉글 겨 댕기던 안개가 영락없이 느 아부지 얼굴을 맹글어 주더라."

속을 썩일 대로 썩이다가 돌아가신 아버지를 지금은 어떻게 생각하고 있는지 어머니의 의중이 나는 늘 궁금했다.

"아버지가 그리우세요?"

어머니가 할기시 나를 바라보곤 숨을 몰아쉬었다.

"혹이라도 내가 중뱅 들어 곡기마저 끊고 오늘 낼 하다가 베란간에 허리잔등이가 처쳐 방바닥에 쩍 달라붙거나 이마에 접혔던 주름이 대리미질한 것츠럼 뻣뻣이 펴지거들랑 얼릉 집 안방에 데려다 눕히거라. 내 집 안방에서 죽어야 펜안히 눈을 감을 거 아니냐. 다시 말하지만 난 운두골에서 죽을란다. 비록 버커리로 늙은 몸이 처량허긴 해도 그 많던 시앗 다 내뿌리고 이

때나 저때나 나 올 날만 지달리며 홀로 누워 있을 느 아부지 생각허면 마지막 가는 길이 마냥 섧지만은 않을 것이다."

아랫배의 통증을 참아내느라 간간이 미간을 찌푸리면서 이어지던 어머니의 이야기 끝은 결국 아버지였다. 처음엔 아버지가 꼼짝 못 하게 발을 묶고 다음엔 우리가 그리고 나중엔 운두골이 묶어 사방팔방 어딜 봐도 오로지 산뿐이고 어딜 봐도 오로지 골짜기뿐인 이 외진 운두골을 떠날 수 없었다니, 그나마 노후엔 준령들이 겹겹 장막을 친 운두골이 갑갑하기보다 집 안방 같다는 말에 나는 차가 운두령 가장 가파른 언덕을 막 벗어났을 때처럼 조금은 안도할 수 있었다.

사륜구동이라는 강점을 지닌 봉고 트럭이 아무도 지나지 않은 희디흰 눈길을 뚫고 오르는 길은 내내 오금이 저릴 정도로 불안하고 아슬아슬했다. 기어를 1단에 놓은 뒤 최대한 속도를 줄인 채 비탈지고 굽은 도로를 오르는데 다행스럽게도 맞은편에서 내려오는 차량이 없어 중간에 멈춰서는 일은 벌어지지 않았다. 다만 갑자기 꺾인 굽잇길을 돌아 오를 때면 차가 조금씩 움찔거리면서 미끄러지는 느낌이 들기는 하였다. 아직 취기가 말끔히 가시지는 않았지만 형의 운전은 그런대로 믿을만했다. 언덕길을 잘 오르도록 제작된 트럭인 데다 오랜 세월 수도 없이 오르내려 눈에 익을 대로 익은 길이었기에 가파른 언덕에서 멈춰 서지만 않는다면 정상까지는 무난히 오를 것 같았다. 형은 꿋꿋하고 의연했다. 숨이 막힐 것같이 퍼붓는 눈 폭탄에 몇 번쯤 찜부럭을 부리거나 취기가 가실 무렵 은근히 찾아오는 졸음에 하품이라도 쏟아낼 법한데 형은 내 우려를 비웃듯 내내 진중했다. 난폭하게 차를 몰지도 않았고 단 한 번도 투덜거리거나 하품을 쏟아내지도 않았다.

10여 분 눈길을 오른 끝에 차는 해발 1천 미터라고 쓴 표지판이 서 있는 고개 마루턱까지 오르게 되었다. 자동차의 헤드라이트로 드러나는 도로 양옆의 산허리엔 늙은 굴참나무와 신갈나무, 자작나무들이 언뜻언뜻 스쳐 지나갔다. 겨울을 이겨내기 위해 저마다 툽상스러워 보일 만큼 두껍고 딴딴한 껍질로 중무장한 나무들이었다. 계방산 등줄기에서 드센 재넘이라도 합세했다면 내리는 눈이 나뭇가지에 얹힐 여유가 없겠으나 다행히 바람은 잠시 어딘가에 머물러 있는 모양이었던지 산비탈 고목 우듬지와 자잘한 졸가리 등짝마다 가만히 눈을 지고 서 있는 나무들이 차창으로 설핏설핏 스쳐 지나갔다.

정상 가까이까지 진입하면서 도로 위에는 쌓인 눈이 더 무덕졌고 이제는 함박눈으로 농익어 떨어지는 눈발도 더 기운찼다. 그러나 이 지점에서 정상까지는 비교적 평탄한 길이어서 형도 나도 가파른 언덕을 오를 때 등에서 식은땀이 쏟아질 것 같은 긴장감에서 다소 벗어났다. 더 이상은 뒤나 옆 벼랑길로 차가 미끄럼을 탈 일이 없었고 이제부터 정상까지는 안도해도 무방한 길이었기 때문이다. 그 시간이야말로 긴장감을 헤치고 올라온 우리에게 주어진 보상이자 아주 짧은 기쁨이었다. 간단

한 음식과 차(茶)를 파는 정상 휴게소까지는 그랬다. 그러나 정작 긴장해야 할 위험 구간은 이제부터였다. 고개마루턱까지 올라오는 과정에서는 네 바퀴가 고루 힘을 쓰는 사륜구동형 트럭의 성능이 유감없이 발휘되었으나 문제는 내리막길이었다. 정상에서 내리막길에 들어서자마자 차는 사륜구동형의 기능이나 운전 기술이 무용지물임을 여지없이 보여주고 있었다. 바퀴와 눈의 마찰력이 급속히 감소되면서 트럭이 자주 미끄럼을 타기 시작했던 것이다. 사실상 우리 가족의 안전과 트럭의 운명이 오로지 도로의 경사도에 따라 뒤바뀔 수 있는 처지이기도 했다. 정상부터 노동리까지의 내리막길은 어린이 놀이터에 설치된 미끄럼틀처럼 꽤나 가파른 지형이 몇 곳 도사리고 있었다. 그 몇 곳 가파른 내리막길이 이제 막 시작된 것이다. 기어가듯이 저속으로 언덕을 내려가는 동안 트럭은 두어 걸음씩 미끄러지기를 반복하다가 가까스로 균형을 잡곤 했다. 형은 차가 가드레일 쪽으로 쏠리면서 벼랑으로 굴러떨어지는 위급한 상황을 피해 가기 위해 중앙선을 기준 삼아 방어 운전에 주력했다. 불곰 등짝같이 우람한 어깨를 잔뜩 구부리고는 운전대에 두 손을 단단히 감아쥔 채 윈도브러시가 닦아 주는 전방에서 한순간도 눈을 떼지 않았다. 하지만 아무리 사륜구동이라 해도 아무리 노련한 운전이라 해도 눈이 덮여 매끄럽고 가파른 굽잇길을 무탈하게 내려갈 수는 없는 노릇이었다. 한껏 부풀어진 풍선을 끝까지 불고 있을 때처럼 우리가 우려했던 사고가 곧 벌어질 것만 같았다. 내려갈수록 점점 눈앞이 깜깜해졌다. 첫 번째 우금을 벗어나 180도로 꺾어지는 회전구간을 내려서는 순간 결국 차는 균형을 잃고 맥없이 미끄러져 내려갔다. 트럭은 가드레일을 들이받고서야 멈춰 섰다. 빠져나오려고 안간힘을 써 보았지만 바퀴는 생고무 타는 냄새를 뿜어내며 헛돌았고 잠깐 움직이는 기미를 보이다가 오히려 더 깊게 가드레일 쪽으로 기울고 말았다.

칙칙한 어둠, 그치지 않는 폭설, 가드레일로 떨어지면 벼랑으로 굴러떨어질 거란 공포가 거듭되자 나는 하뱃재에서의 공포가 떠올라 형에게 일단 차에서 내리자고 소리쳤다. 형이 시동을 끄지 않은 채 차에서 먼저 내린 뒤에야 나도 따라 내렸다. 그러나 헤드라이트가 켜진 가드레일을 제외하곤 처박힌 트럭의 주변 상황을 세세히 살피기가 어려웠다.

나는 다시 119로 전화를 걸었다. 이쪽 상황을 대략 설명해 주고 현재 구급차가 어디까지 와 있는지를 물었다. 일단 전화를 끊고 기다리면 확인 후 알려주겠다는 답이었다. 어머니를 차 안에 모셔 둔 채 세찬 눈보라를 고스란히 맞으며 10여 분을 기다린 끝에 마침내 내 주머니 속의 휴대폰이 울렸다. 영동고속도로에서 대형 연쇄 추돌 사고가 발생해 인근 구조대원들이 사고 현장으로 모두 출동한 상황이라는 거였다. 역시 폭설 때문에 일어난 대형 교통사고였다. 짐작컨대 제설작업 역시도 순탄하지 않은 모양이었다. 갑자기 생각지 못했던 큰일이 벌어지게 되면 평소 잘 대처하던 조직조차 우왕좌왕하는 게 공조직이 아니던가.

더군다나 주말이기에 도로를 관리하는 수로원이나 경찰들도 이 비상 상황을 감당하기가 꽤나 버거울 것이다. 제설 차량이 앞서 길을 내면 그 뒤를 구급대가 따라붙는 상황이라 우리가 구급차와 마주하기까지는 꽤 오랜 시간이 필요해 보였다. 상황실 직원은 그나마 운두령과 근접한 지역인 진부에서 구급차를 확보해 출동 준비 중이니 구급차가 도착할 때까지 환자를 안정시키고 차분히 기다릴 것을 주문했다. 다급한 입장으로 치면 무슨 119가 이러냐고 한바탕 불만을 쏟아낼 수도 있었겠으나 폭설로 고속도로에서 대형 연쇄 추돌 사고가 발생해 주변 구급대가 모두 출동했다는 데는 달리 누굴 탓하거나 원망할 상황이 아니었다. 오밤중 이 모진 폭설을 뚫고 진부에서 운두령까지 구급차를 보내주겠다고 약속해 주는 것만으로도 감지덕지요 만분다행이었다.

"안 되겠다. 우리가 교대로 어머닐 업고 내려가자."

형은 이미 이런 최악의 상황을 미리 예견했던 모양이었다. 집 떠나기 전 트럭 짐칸에 주섬주섬 실어 뒀던 새끼타래와 낫을 꺼내 들고는 등산화에 감발을 치는 거였다. 나 역시 형이 잘라 준 새끼줄을 등산화에 딴딴히 둘렀다.

형이 차에 올라 어머니를 출입문까지 움직이게 했다. 형은 가능할지 모르나 지금도 약골인 내가 이 눈길에 어머니를 업고 몇 발자국이나 걸을 수 있을지 나는 눈앞이 아찔하고 막막했다. 형은 그게 충분히 가능한 일이라 믿고 있는 듯했다. 나는 당황스러웠지만 차가 노변 가드레일을 들이받고 꼼짝할 수 없는 상태인 데다 구급차도 언제 도착할지 모르는 막다른 상황이라 형의 주장을 에둘러 막아서기가 어려웠다. 어머니는 활명수나 마시고 방 안에 누워 있으면 저절로 나을 체기인데 왜 자꾸 성가시게 구냐며 짐짓 아들 등짝에 업히는 걸 거부했지만 형의 힘 앞에서는 맥없이 무너졌다. 그렇게 형은 첫 주자로 어머니를 업었고 나는 미리 준비해 온 담요로 어머니 등을 감쌌다.

"등에 매달리기 힘들어도 좀 참으세요."

"업은 니가 심들지 업혀가는 내가 뭔 심이 드냐."

형이 앞서가며 등 뒤에 대고 말했고 어머니가 형 등에 머리를 기대었다.

형은 아직 옛적 씨름선수다운 힘이 남아 있었다. 과연 무르팍까지 쌓인 눈길을 몇 발자국이나 걸어갈 수 있을까, 일말의 기대감보다 절망이 앞섰던 나였지만 맥없이 미끄러져 가드레일에 처박힌 봉고 트럭이 시야에서 점차 멀어지자 어쩌면 구급차가 올라오기 힘겨운 가파른 굽잇길 끝까지 우리 힘으로 어머니를 모시고 가야 하는 건 아닐지, 슬슬 불안감이 밀려왔다.

사방 눈으로 덮인 도로는 어디가 길이고 어디가 허방인지조차 구분하기 어려웠다. 한참 거리마다 희뿌연 불빛을 내뿜고 있는 가로등 한가운데가 도로이거니 짐작할 따름이었다.

어머니를 업은 형이 구불구불 굽은 내리막길을 300여 미터나 걸었다. 나는 이후부터 매 50여 미터쯤 걸을 때마다 이쯤서 교대를 하자고 말했고 조금 더 조금 더 하던 형이 근 500여 미터를 걸은 뒤에야 내 등에 어머니를 옮겨 업혔다. 하지만 나는 역시 약골이었다. 내 등에서 느껴지는 어머니의 무게는 상상 그 이상이었다. 나는 늙은 어머니가 가벼울 거란 고정관념에 사로잡혀 있었다. 나는 내 체구가 사시랑이처럼 약골인 것을 무시한 채 도대체 늙은 어머니가 이렇게까지 무거운 이유가 무엇인가를 생각했다. 문득 젊은 시절의 어머니 모습이 한 컷의 영상처럼 떠올랐다.

아버지가 집을 비우고 달포쯤 소식이 없던 어느 날이었다. 외삼촌이 어머니를 찾아와 노발대발했다.

"당장 보따리 싸라. 네 서방이란 작자가 춘천 소양로란 곳에서 지집들 껴안고 농탕질 치는 모습을 내 두 눈으로 똑똑히 보고 왔다. 아무리 못된 난봉종자라 쳐도 분수가 있는 법이거늘 하늘 밑 첫 동네 오지 구석빼기에다 마누라와 자식새끼들 내팽개쳐 두고 허구한 날 사방객지 싸댕기면서 오입질이라니, 더는 눈 뜨고 볼 수가 없다. 숨이 턱 막히는 이 두메산골에서 더 이상 생고생하지 말고 어서 나랑 여길 떠나자."

외삼촌이 어머니를 꼼짝 못 하게 다그치며 우리 형제의 손을 잡아끌고는 먼저 운두령 오름길로 접어들었다. 어머니는 주저주저하다가 맨몸으로 우리 뒤를 따랐다. 그렇게 한참 운두령 길을 따라 오르던 어머니가 외삼촌을 불러 세웠다.

"이게 내 팔자려니 하구 살게요."

"뭣이라고? 그놈이 가을다람쥐처럼 눈 먼 지집 얻어 제 잇속 챙기는 것도 아니고 노상 사방객지 떠돌아댕기며 첩질에 미쳐 사는 놈인데 그런 난봉꾼을 어떻게 서방이라 믿고 한평생 이 골짜기에 갇혀 살겠다는 거냐. 첩년이 큰방 차지한다는 말도 있다. 어느 날 갑자기 꿰차고 온 시앗이 서방 알랑거려 본처인 널 쫓아내면 네 처지는 짜장 개밥의 도토리요 낙동강 오리알 신세가 되고 말 거다. 그때 가서 뒤늦게 가슴 쥐어뜯으며 후회하지 말고 어서 여길 떠나자."

하지만 어머니는 물러서지 않았다.

"평생을 까막과부로 수절하며 사는 여인네도 있잖아요. 살아도 내 낭군, 죽어서도 내 낭군이라는데 비록 난봉꾼일망정 안적 눈 시퍼렇게 뜨고 돌아댕기는 서방을 둔 아낙네가 가긴 어딜 가요. 눈 질끈 감고 몇 해 살다 보면 애들 아부지도 정신 채릴 테죠. 집 앞에 먹고살 만한 땅뙈기도 있어 부지런 떨믄 애들 밥 굶기는 일은 없을 테니 내 팔자려니 생각하고 여기 눌러앉아 살게요."

어머니가 우리 형제의 팔을 낚아채 가파른 등굽잇길로 내리몰았다. 외삼촌이 혀를 차곤 점점 멀어지는 어머니를 향해 소리쳤다.

"넌 배알도 없냐? 저런 빙충맞은 것 같으니라고. 이게 감옥살이지 어디 사람 사는 거냐? 메뚜기 이마빡 같은 이 망할 놈의 고개만 넘으면 이곳 정나미가 뚝 떨어지고 말 것인데 이깟

두메산골이 뭐가 대수라고 주저앉겠다는 거냐. 여긴 앞뒤로 천 길도 넘는 악산이 첩첩 둘러싸인 감옥이고 지옥이다. 여북하면 백주에 공비꺼정 떼거리로 나타나 세상을 발칵 뒤집어 놨겠냐고. 네가 여기서 지내는 하루하루는 가새주리와도 같은 고문이고 형벌이여 이 못난 것아."

어머니는 등 뒤에서 바윗덩이처럼 굴러떨어지는 외삼촌의 목소리를 흘려보낸 채 우리 형제를 데리고 집으로 돌아왔다.

그날 어머니가 우리와 함께 외삼촌을 따라 운두령을 넘었더라면 세상 사람들이 말하는 어머니의 팔자는 뒤웅박처럼 바뀌었을지도 모를 일이었다. 이후 나는 종종 운두령을 넘는 꿈을 꾸곤 했었다. 외삼촌의 사는 형편이 우리보다는 훨씬 나은 편이어서 그때 외삼촌을 따라 운두령을 넘었더라면 고개를 넘는 그 순간부터 어머니와 우리 형제가 걸었을 길이 평탄하고 순탄한 꽃길은 아니었을지 짐작해 보는 거였다. 이후에도 아버지의 난봉이 멈추지 않았음은 물론이다. 커서도 나는 어머니께 그날 왜 외삼촌을 따라가지 않았느냐고 차마 묻지 못했다. 아버지가 집을 비운 무수한 날 잠자리에서 베갯잇을 적시었던 날이 하루 이틀이 아니었을 터인데, 그날 외삼촌을 따라 운두령을 넘었더라면 하고 후회한 적이 없지는 않았을 것이다. 그런 어머니에게 운두령 가파른 고갯길은 혹간 불쑥 넘어 보고도 싶은 고개였을 테지만 이후로도 속이 숯덩이처럼 타들어 가 응어리를 키웠을 일들이 수도 없이 반복되었음에도 어머니는 스스로 운두령 고개를 넘지 않았던 것이다.

내 등과 다리에 느껴지는 어머니의 육중한 무게가 허약한 체질 탓만이 결코 아니란 생각이 그때 문득 들었다. 난봉꾼 남편을 섬기고 산 여인네 속이 오죽 탔으랴. 매일 역겹고 매일 치욕스럽고 매일 울화가 치밀어 가슴에 맺힌 응어리가 시렁에 매인 메주덩이보다 더 컸을 테고 매일 이글거리는 속이 숯가마보다 더 검게 타들어 갔을 것이다. 여기에 자식들 때문에 엉긴 근심 덩이도 응어리 언저리마다 주렁주렁 매여 내가 감당할 수 없을 만큼의 큰 무게로 내 등짝과 다리를 내리누르고 있다고 생각되었다. 사람들은 이미 늙거나 점점 야위어 가는 어머니의 앙상한 모습을 지켜보면서 잎 다 떨어져 나가고 추위에 떨고 있는 겨울나무 같은 모습에서, 지방질이 다 빠져나가 흐늘거리는 살가죽과 살가죽 속에 겨우 붙어 있는 뼈마디조차 이제는 삭아 금방이라도 폭삭 무너져 내릴 것 같은 처연한 모습에서 이 세상 어머니들의 무게를 저울질하고 그 무게야말로 공기처럼 가볍다며 눈물짓는다. 그러나 내 등에 업힌 어머니는 무쇠덩이처럼 무거웠고 결국 나는 금방 주저앉을 것 같아 몇 발자국 더 걷지 못한 채 뒤따르는 형에게 애원하듯 구원을 청했다.

"교대해 줘. 더는 못 걷겠어."

나는 거의 울먹이고 있었다. 업힌 어머니는 육신의 무게도 무게려니와 평생 살아오며 가슴에 쌓이고 엉기었을 응어리의 무게까지 더해지는 느낌이었다. 울컥하고 목구멍에서 치미는 무언가가 있었고 금방 내 눈시울이 젖어 들었다. 돌아보니 쉰 걸음이나 걸었을까, 아주 짧은 거리였다.

뜨뜻해진 몸이 채 식기도 전에 형이 다가와 어머니를 받아 업었다. 내가 한발 물러서며

"아까 떠나기 전에 형 주먹이 부르르 떨던데, 내 턱에 한 방 먹이고 싶었지?"

퉁명스레 물었다. 어머니를 업은 채 다시 앞서 걷는 형은 말이 없었다.

"얼굴 판대기 보는 순간 얼마나 열불이 치솟던지, 형이 내 동생이었다면 아마 내 손바닥이 형 뺨으로 몇 차례 날아갔을걸."

"미안하구나."

"왜 사람이 그렇게 미련해. 당장 병원에 달려가 얼굴에 난 상처부터 치료받았어야지, 얼굴이 그게 뭐냐고."

힘이 들어서였을까, 형은 가타부타 말이 없었다.

"형은 어머니가 무겁지 않수?"

"가벼워."

"왜 가볍다고 생각해. 난 다리뼈가 부러질 것처럼 무겁던데."

"어머니가 무거운 게 아니라 네가 약골인 거겠지."

형의 등에 업혀 한차례 짧게 신음을 토해낸 어머니가 짜증 섞인 음성으로 내게 핀잔을 주었다.

"성 심들 텐데 뒤에서 자꾸 지껄이지 말거라."

형은 괜찮다고 했다. 나는 다시 말을 이어갔다.

"형은 어머니가 가볍지?"

"그래."

"난 쇳덩이처럼 무겁기만 하던데. 우리가 어머니 가슴에 친 못의 무게만 해도 아마 한 짐은 될걸. 거기에 난봉꾼 남편 잘못 만나 평생 맺혔을 가슴속 응어리 무게까지 더해 봐. 어머니가 매였다는 그 질긴 끈 생각도 해야지. 꼼짝 못 하게 발목을 묶었던 끈이야말로 평생 끊을 수 없는 쇠사슬이었으니 그 무게만 해도 천 근은 넘을걸. 그런데도 형은 어머니가 가벼워?"

"너 금방 울먹인 거 다 안다. 나도 요즘 무척 힘들어."

"뭐가 힘든데?"

"……"

"뭐가 그렇게 힘드냐고 물었잖아."

형은 여전히 말이 없었다. 숨이 거칠어지면서 내가 단 몇 발자국이라도 모시겠다고 우겼고 형은 다시 어머니를 내 등에 양보했다. 그러나 이번에도 몇 발자국 가지 못하고 금방 혓바닥이라도 빼물 것처럼 캑캑거렸다. 형이 보고만 있지 않았다. 얼른 내 발걸음을 막아서고는 다시 곰처럼 넓은 등을 들이밀고 어머니를 업었다. 꽤 안됐던지 어머니가 혀를 끌끌 찼다.

"정은 에미가 삼시세끼 진잎죽만 쒀 멕이드냐? 사내 등때기가 개미 등때기처럼 비쩍 말라비틀어졌으니 당최 심이 읎지. 이르케 매가리가 읎어 갖고 어뜩게 가장 노릇 헐꼬. 사시랑이 몸땡이에 다리빼기두 황새다리빼기처럼 배싹 말라비틀어져설랑 된바람이라도 몰아치면 십 리 밖에 날아가 떨어지겠다."

나도 지지 않고 어머니 말끝에 토를 달았다.

"내가 아버지를 안 닮고 외탁했다고 좋아하셨잖아요."

"시끄럽다. 집에 돌아가거들랑 허투루 돈 쓰지 말고 니 몸땡이부텀 잘 간수하고 댕겨라. 하다못해 개장국이라도 푹 과서 몇 달 장복하면 죽을 벵든 사람마냥 골골대진 않을 텐데. 쯧쯧쯧. 내 속으루 나왔지만 알심장사인 지 애빌 안 닮고 누굴 닮았는지 당최 모르겠다. 오죽했으면 꾸레미처럼 나래비를 서 따라 댕기던 논다니들이 느 아부지를 가리켜 산도 끌고 갈 차붓소라 했다잖냐."

"어머닌 배는 아파도 입은 하나도 안 아프신가 보네. 저도 개장국 장복해서 펄펄 기운 나면 아버지처럼 논다니들 꾸레미루 사 허구한 날 밖으로 나돌까요?"

같잖다는 듯 어머니가 나를 향해 피식 웃었다.

"남자가 오죽 못났으면 지 주머니서 해웃값 내주면서까지 난봉을 피울까. 꽃 좋음 벌나비 지절로 날아드는 법이다."

나는 어머니의 말에 쿡쿡 웃었고 등에 어머니를 업은 형은 묵묵히 걷고만 있었다. 눈발이 계속 흩날려 앞을 가로막았다. 이미 형의 머리 위에는 두터운 눈더뎅이가 허옇게 얹혀 있었다. 등에서 느끼는 무게와 발길에 차이는 눈으로 인해 우리의 걸음은 점점 느려졌다. 자꾸 침침한 길 끝을 쳐다보며 눈앞에 구급차가 나타나기를 바라고 있었지만 곧 떠날 거라고 한 119 측의

답변과 폭설이 뒤덮은 도로 상황을 고려하면 아직 구급차가 도착하기엔 지나치게 이른 시간이었다.

나는 묵묵히 앞을 향해 걷기만 하는 형을 뒤따르며 다시 채근하기 시작했다. 이렇게 형과 말을 섞는 게 얼마 만이던가. 이따금 명절 때라도 집에 내려오면 우리 가족은 어머니와 몇 마디 나누고는 되돌아가는 게 고작이었다. 형은 가족들 볼 낯이 없었던지 주위를 베돌다가 우리가 돌아갈 때쯤 돼서야 슬그머니 모습을 드러내곤 했다. 형이 돌아온 뒤로 형제간의 다감한 대화는 사실상 나누지 못한 상태여서 서로 얼굴 대하기가 설면하기까지 했었다.

"요즘 뭐가 그리 힘드냐고 내가 물었잖아."

형은 내 말에 별 반응을 보이지 않은 채 계속 걸었다. 그러다가 힘에 겨웠던지 잠시 제자리에 서서 어머니 엉덩이를 추켜 자세를 안정시키고는 다시 걸음을 재촉했다. 몇 발자국 걷던 형이 조금은 숨을 가쁘게 몰아쉬며 또박또박 말했다.

"그 여자가 요즘 같은 겨울에 갔거든. 자꾸 생각나고 그리워져 미치겠다."

"그 여자? 그 여자가 누군데."

같이 야반도주했던 과부냐는 말이 목구멍 초입까지 기어 나오는 걸 가까스로 참아내며 나는 짐짓 그 여자가 누구냐고 되물었다.

"네가 생각하는 그 여자."

"그 여자를 사랑했어?"

"그래. 미치게 사랑했지. 늘 눈앞에 있는 것처럼 어른거리고 함께했던 기억들이 오늘 일처럼 생생한데 정작 그녀는 내 앞에 없구나. 이렇게 하염없이 퍼붓는 눈처럼 여운과 그리움만 자꾸 자꾸 쌓여가고."

"그 여자 뭐 하는 여자였대."

"나이트클럽 가수. 어떤 노래든 기막히게 잘 부르는 타고난 미성의 여가수였지."

"그런 여자가 뭐 하러 이곳 산골까지 들어왔대."

"죽은 남편이 나이트클럽 사장이었대. 여자는 거기서 밤무대 가수로 노랠 불렀고. 사장 눈에 들어 얼떨결에 결혼까지 하게 됐는데 남편이 돈 욕심이 꽤 있었나 봐. 여기저기 사업을 크게 확장했다가 부도가 터졌고 병까지 얻어 쫓기듯 이곳에 왔대."

"그런데 어딜 갔다는 거야. 도망쳤다는 거야. 죽기라도 했다는 거야."

"후자."

형이 길게 한숨을 뿜어냈다. 나는 형의 여자가 죽어 안됐다기보다는 형이 입을 연 것이 반가웠다. 그동안 식구 누구에게도 말하지 않았던 아니 말할 수 없었던 이야기가 형 입을 통해 흘러나오기 시작한 것이다.

"형도 그동안 꽤 쓸쓸했겠네."

"아니. 행복하고 슬퍼 쓸쓸할 겨를이 없었다."

"그 여자 때문에?"

"응."

"그 여자 어디서 만났어."

"운두령 초입에서."

"그 여자 이름이 뭐야."

"연희."

"이름은 가수답네. 힘들지만 계속 얘기해 봐."

"어느 날 그 여자가 밧줄 하나를 들고 자기 집에서 나와 정신 없이 산엘 오르더라. 그 발걸음이 하도 수상쩍어 먼발치에서 어슬렁어슬렁 뒤따라갔지. 한참 오르더니 나무에 밧줄을 매고 목을 감는 거야. 설마설마하면서 더 지켜보는데 정말 일고의 망설임도 없이 나무에 목을 매고는 바둥거리더라. 촌각을 다투는 시간이라 더 지켜볼 필요도 없이 뛰어가 여자를 끌어안고 겨우 밧줄을 풀었더니 가까스로 정신을 차리고는 왜 살려줬냐고 섧게 우는 거야. 한데 참 희한한 일이지. 내가 무슨 정신병이 있는 놈도 아닌데 죽음 문턱까지 와 있던 그 여자가 내 눈엔 왜 그리도 가련하고 아름답게 보이던지. 그날 그 순간 난 세상에 태어나 그토록 아름다운 여자를 보기는 처음이었다. 눈물로 범벅이 된 눈, 이미 희망의 끈을 놓아 버려 삶의 의욕이라곤 찾아볼 수 없었을 눈이 내겐 가장 선한 여인의 눈으로 보였으니……. 어디서 그런 용기가 솟았는지 모르겠다. 내 눈 어디에 그렇게나 많은 눈물이 고여 있었는지 모르겠다. 나도 같이 따라 울며 기왕이면 지금까지 인생은 버렸다 치고 이제부터 남은 인생 나와 같이하면 안 되겠냐고, 내가 보살펴 주면 안 되겠냐고, 당신을 보는 순간 내 가슴에 뜨거운 불덩이가 들어온 것 같다고 고백을 해 버렸어."

"그날 죽음 앞에서 첨 만났는데?"

"나도 믿을 수 없는 일이었다. 비극적 상황에 직면한 여자한테 뜬금없이 고백이라니. 한데 누가 뭐라든 난 정말 진심이었거든. 여자를 보는 순간 내 심장이 얼마나 뜨겁고 얼마나 두근거리던지……. 전에 한 번도 느끼지 못했던 뜨거운 불덩어리가 가슴속에서 활활 타올라 도무지 정신을 차릴 수 없더라. 연희는 목숨 살려 줘 고맙다는 인사도 없이 운두령 초입 자욱길을 비틀비틀 걸어 내려갔어. 하지만 그날 내 눈에서 진실을 보았던 모양이다. 차츰 우리는 가까워지는 사이가 됐다. 우린 남들 눈에 띄지 않게 이따금 이곳 운두령과 계방산을 몇 차례 올랐다. 그렇게 만나면서 사랑이 무르익게 됐고 봄꽃 흐드러지게 핀 계방산 중턱에서 꿀맛 같은 사랑도 나눴다. 이곳에서 오래 살고 싶었는데, 젠장! 죽은 남편 쪽 사람들이 툭하면 찾아와 사인을 이실직고하라고 생떼를 쓰더라. 하도 기가 막혀 오기로 얼마간은 버텼다만 나중엔 죽은 이의 동생이란 자가 나타나 형 빚보증을 잘못 서 거덜 나게 생겼으니 제발 집이라도 넘겨 달라고 애걸복걸하기에 우린 결국 결단을 내렸다. 운명 같은 사랑 하나에 전부를 걸고 우리 둘만의 보금자리를 찾아 미련 없이 운두골을 떠나기로 한 거야."

휴, 하고 형이 가쁜 숨을 몰아쉬었다. 잠깐이긴 했지만 다시 내가 어머니를 업었고 쉰 걸음쯤 지날 무렵 성가셔 죽겠다는 어머니를 형이 또 업었다.

예전부터 사람들은 운두령까지 오르는 굽이가 얼추 마흔은 족히 되고 영 너머 산자락 초입 민가까지 내려가는 굽이도 서른 굽은 될 거라 했다. 우리는 아직 구불구불한 굽잇길을 몇 굽 더 걸어 내려가야 마을 초입에 다다를 수 있었다. 활등처럼 휜 도로를 여러 굽이나 더 돌아내려 가면 그때부터 도로는 차츰 경사도가 원만해지고 거기서도 얼마를 더 내려가야 노동리와 이승복기념관까지 다다를 수 있었다. 이 가파른 굽잇길만 내려서면 그때부터는 평탄한 도로여서 아무리 눈이 많이 내렸어도 설령 더 내린다거나 제설작업이 더디게 진행된다 해도 구급차가 오도가도 못 하는 일은 없을 터였다.

눈은 한순간도 멈추거나 잦아드는 기색 없이 줄기차게 퍼부어댔다. 장딴지까지 덮인 눈은 그나마 얼어붙거나 찰지지 않아 발길을 무겁게 막아서지 않는 게 다행이었다.

"그래서 그 여자랑 어디 가서 뭔 일을 하고 살았어."

"인천에 가 나는 닥치는 대로 일했다. 연희도 다시 밤업소 두어 곳을 돌며 노래를 불렀고. 나는 연희가 가수로 정식 데뷔해서 TV에도 나오고 전국 순회공연도 다녔으면 해서 나름대로 열심히 뒷바라지했다. 연희도 나도 그냥 행복하고 좋았어. 힘든 줄 몰랐고 시간이 가는 줄도 모르겠더라. 그런데 그런 행복이 우리 뜻대로 오랜 기간 지속되는 게 아니더라. 사람이 할 수 있는 일이 있고 사람으로서 도저히 할 수 없는 일이 있더라고. 어느 날 연희가 밤업소에서 노랠 부르다가 갑자기 쓰러진 거야. 병원에 가 몇 가지 검사를 해 봤더니 우라질, 뇌종양 말기라나. 청천벽력에 갑자기 하늘이 노래지면서 눈앞이 깜깜해지더라. 그때부터 연희를 살려보려고 오랫동안 별별 짓을 다 했다."

"그래서 돈이 필요했던 거야?"

"어디 손 벌릴 곳이 있어야지. 배운 게 도둑질이라고 주먹세계에라도 들어가려 했지만 연희가 거기 발 담그기만 하면 다시 목매달겠대. 별수 있니. 너한테 빌리고 어머니 밭 담보대출 받아다 때웠지."

"그럼 악착같이 살아야지 죽긴 왜 죽어."

"운명을 결정하는 건 역시 사람 몫이 아니더라고. 결국 한계에 봉착했고 우린 오로지 신의 가호만 믿게 됐지. 죽음을 앞둔 연희가 병원 침대에 누워 내 손을 꼭 잡고 묻더라. 나 이뻐?/ 응. 무진장 이뻐./ 나 밉지?/ 아냐. 나에게 넌 어제도 이뻤고 오늘도 이쁘고 내일도 여전히 이쁠 거야./ 나 자기랑 첨 갔던 운두령 계방산에 데려다줘./ 당신도 운두령이 그리워?/ 응. 간혹 기억하기 싫은 한 남자의 얼굴이 불쑥 떠올려지긴 해도 거기서 처음 운명처럼 자기를 만났고 태어나 처음 사랑이 뭔지, 행복이 뭔지를 안 곳이잖아./ 우리 지금 당장 갈까?/ 당장 데려갈 것처럼 그렇게 진지하게 물었더니 대답 대신 고개를 젓더라./ 아니. 나 죽거든./ 그때 절망과 함께 잠깐 빛났던 눈빛을 영영 잊을 수가 없다.”

형은 연희란 그 여자와 나눴던 대화를 조각조각 꿰맞추어 들려주고 있었다. 벌써 꽤 많은 거리를 걸어온 탓에 형은 가빠오는 숨을 휴, 내쉬고는 다시 말을 이어갔다.

“연희가 애원했다./ 운두령이든 계방산 중턱이든 당신이 데려다주는 곳이라면 어디든 다 좋아. 아마 거기가 운두령 어디쯤이거나 당신과 함께 갔었던 물푸레나무 군락지이거나 등산객들이 오르내리다 쉬어가는 자드락길 한 모퉁이어도 난 다 좋아. 거기 데려다줄 거지?/ 아직은 아니지. 당신은 늘 내 옆에 있어줘야 해./ 고마워. 내가 떠나도 당신은 늘 내 옆에 있을 거라고 믿어. 그래서 미안하고 슬프고 미워./ 미안하고 슬프고 미우면 오래오래 나랑 함께 있으면 되잖아./ 정말 미안해. 나중에 꼭 그곳에 데려다줘. 나 거기서 봄꽃으로 피어나고 싶어. 우리가 사랑을 나눴던 그 화사한 봄날의 계방산 기억나지?/ 기억나고 말고./ 당신도 기억하고 있었구나. 콧속에 스며들던 은은한 꽃향기, 막 돋아난 나뭇잎에선 코를 아리게 할 만큼 풋풋한 향기가 솟았는데. 마치 갓난아기 배냇냄새 같았지. 무덕지게 피었지만 왠지 슬퍼 보였던 철쭉들, 바람에 길을 내주려고 누워 크는 팥배나무들, 범접할 수 없는 신성한 경외감에 끌려 보자마자 우리도 살아 천년 죽어 천년 사랑의 연을 이어달라고 기도했던 주목……. 아! 너무도 생생해. 나 태어나 처음 행복을 알게 해 준 그곳, 거기라면 내가 무엇이 되어도 좋을 거야. 무엇이든지. 여름이나 가을엔 안개나 구름이나 고운 단풍이 되어도 좋고 비가 되어도 좋을 거야. 그리고 겨울이면 당신이 늘 보고 싶어 했던 꽃, 아름답다 못해 가슴 벅차올라 숨이 멎을 것 같다는 계방산 순백의 눈꽃으로 피어날 수도 있을 거야. 생각만 해도 가슴이 두근두근 설레. 기대해 봐. 당신은 거기서 꼭 나를 다시 만나게 될 테니. 나를 거기에 데려다주면 무슨 수를 써서라도 내가 눈꽃으로 피어날게./ 연희야, 당신 가면 나도 따라가 거기서 꽃이 되고 구름이 되고 나무마다 하얗게 피어난 상고대가 되어줄게./ 그랬으면 좋겠지만 아마 당신은 꽃보다는 이름처럼 곰이 될 거야. 그래서 걱정이 돼. 계방산에서 날 찾아다니다 사냥꾼 총에 맞지나 않을까, 올무에 걸리지나 않을까……./ 그리고 연희는 사흘 뒤 눈을 감고 영영 내 곁을 떠나갔다. 금방 깨어날 것만 같던 연희는 그러나 깨어나지 못했고 그 초롱초롱하던 눈동자도, 사흘 전까지도 조곤조곤 속삭이던 입술도 더 이상은 열리지 않더라. 그렇게 허무하게 떠나다니……. 지난해 화장한 연희 유골을 안고 와 계방산 곳곳에 뿌렸다. 요즘 난 매일 소주 몇 병 사 들고 계방산엘 오른다. 거기 아무 데서나 넋 놓고 앉아 연희 얼굴 지켜보는 게 하루 일과란다. 정상에 피어난 서리꽃은 영락없이 연희의 해사한 얼굴이더라. 죽어서도 꼭 눈꽃으로 피어난다더니, 꽃으로 피어 내가 볼 수 있게 한다더니, 거기 정말 연희가 흰 상고대 눈꽃으로 다시 피어났더라. 여리다 못해 시리고 곱다 못해 슬프고 맑다 못해 부신 꽃이 지천으로 피어 천지가 그녀의 입술이고 그녀의 속살이고 품속이고 향기더라. 어찌나 반갑던지, 그간 얼마나 그리웠던지, 내 가슴속에 엉겨 있던 아직 식지 않은 사랑 덩어리가 울컥울컥 쏟아져 나와 순백의 피부로 변한 그녀의 살결과 눈빛과 목소리와 웃음과 노래가 뒤엉켜 내가 연희가 되고 연희가 내가 되더라. 연희가 다시 내 앞에 나타나 줘서 행복했지만, 그러나 그것이 아직 우리의 영원한 만남이 아니라는 사실을 깨닫게 될 때 그리움이 너무 사무쳐 울부짖게 되더라. 보고 싶다, 사랑한다, 함께 있고 싶다, 서로에게 달려가고픈 애절함이 밤새 안개로 바람으로 피어올라 나뭇가지마다 눈물로 송이송이 엉긴 서글픈 꽃, 거기서 연희가 들려주는 속삭임을 들으면서 연희가 불러 주는 애절한 노랠 들으면서 입술을 부비며 사랑을 나누면서 웃고 울고 하다 보면 어느새 내 한 몸도 발끝부터 머리카락 한 올 한 올까지, 아니 심장과 혈관 속 피 한 방울까지 눈꽃으로 하얗게 피어나더라."

형 이야기를 듣다 말고 내 머리에 떠오른 건 두 여자의 얼굴이었다. 늘 마주하지만 나이 들수록 멀어져 보이는 건명태 아내와 아내보다 젊은 여자이면서 잠시 내겐 봉산참배와도 같았던 지금은 교도소에 가 있는 한 여인이었다. 아내가 떠오른 것은 내가 형처럼 그런 운명 같은 사랑을 단 하루, 단 한 번이라도 해 봤던가에 대한 자문인 셈이었다. 또 다른 한 여자, 비록 한 번으로 그치기는 했지만 모텔까지 들어가 몸을 얽은 한순간의 일탈은 어쩌면 그녀도 나도 너무 허술해서 언젠간 무너지고 말 성처럼 균열된 삶을 살아왔던 게 아닐까 돌아보게 되는 것이다. 과연 나와 아내 두 사람 사이의 간극은 얼마나 될지, 두 사람이 얼마나 멀리 떨어져 있는 건지, 애초에 서로를 불사를 수 있는 뜨거움이 준비되어 있기는 했던 건지, 우리 부부간의 현재와 형의 그 짧지만 더웠던 사랑이 비교되었다. 우리 부부가 그동안 부부의 연을 맺은 뒤 서로의 힘으로 쌓아 올린 성이 존재했었다면 처음부터 날림으로 설계되어 있었거나 미완의 구조물로 남아 방치되어 있어 좀 더 시간이 흐른 뒤 절로 무너지고 말 허접한 구조물이 아닌지를 돌아보게 되는 거였다. 나는 형처럼 이제껏 뜨거운 가슴으로 누군가를 그렇게 사랑해 본 적이 없었다. 건명태와 봉산참배라는 이중적 잣대를 가슴에 품고 살아왔던 것이다.

형이 잠깐 걸음을 멈추고 휴, 심호흡을 내쉴 때 주머니에 넣었던 내 휴대폰이 울렸다. 언 손으로 주머니를 뒤져 통화버튼을 누르자 구급대원이 우리 위치를 묻고 있었다. 이승복기념관을 지나 산장 앞까지 와 있다는 거였다. 우리는 어느새 마을 초입에 와 있었다. 구급대와는 그리 먼 거리가 아니었다.

얼마 후엔 마침내 눈에 보이지는 않았지만 까마득 먼 곳에서 삐응삐응 앰뷸런스 소리가 들려왔다. 형이 얼마간은 더 걷더니 평탄길에 다다르자 걸음을 멈추었다. 내가 다시 어머니를 업고 몇 걸음 걷는데 뒤따르던 형이 말했다.

"너 요즘 힘들지? 얼마 전 창촌 나갔다가 지방신문에 난 네 기사 봤다. 정 힘들거든 퇴직하고 돌아와 군의원 선거라도 출마해라. 넌 어릴 때부터 개천에서 난 용이라고 창촌바닥에 소문이 자자했으니 돌아와 서너 달만 바닥 훑고 다지면 당선은 따 논 당상일 거야."

"살다 별소릴 다 듣겠네. 내 걱정 말고 형이나 잘 살아요. 빨리 병원에 가 얼굴 치료부터 하고."

"너도 한약방에 가 보약이라도 몇 첩 지어먹어라."

형은 다시 교대를 한 뒤 쉰 걸음쯤 더 걷다가 나를 불러 등을 대라 했다.

"난 이쯤서 돌아가련다. 금방 앰뷸런스가 도착할 거라니 이제부턴 네가 강릉까지 모시고 가."

형은 어머니를 내 등에 업힌 뒤 우두커니 멈춰 섰다.

"어머니, 맹장은 병도 아니래요. 용진이가 꼭 낫게 해드릴 테니 병원 잘 다녀오세요."

그리고 형은 이후의 모든 일들을 내게 맡기고 뒤돌아서 오던 길을 걸어 올라가기 시작했다. 이 추운 골짜기 눈길을 다시 걸어 운두령을 넘는다는 게 말이 되냐고, 내가 형의 등 뒤에 대고 목청을 높였지만 형은 막무가내였다. 멀어져 가는 형을 향해 나는 위험하니 차는 눈 녹은 뒤에 가져가거나 견인차를 부르라고 소리쳤다. 형은 뒤돌아보지 않은 채 오른손을 한 번 쳐들고는 내려오던 길을 다시 걸어 오르기 시작했다. 나는 뒤돌아선 채 물끄러미 형의 뒷모습을 지켜보고 있었다. 눈발 사이로 형의 모습이 점점 멀어져 갔다. 아마도 형은 꼭두새벽 다시 연희라는 그 여자를 만나러 계방산에 오를 모양이었다. 오늘같이 폭설이 내린 계방산은 사무친 형의 생채기를 보듬어 주기에 충분할 것이다. 계방산 넓은 등허리엔 그리움에 사무친 한 여자의 눈물이 입자마다 아리고 시린 눈꽃으로 피어나 한 남자의 뜨거운 입술을 기다리고 있을 것이다.

다시 복통이 시작되었던지 짧게 신음을 쏟아낸 어머니가 길게 한숨을 몰아쉬었다. 나는 조금만 참으시라고 곧 앰뷸런스가 도착할 거라고 어머니를 안심시키면서 엉거주춤 서 있었다. 그때 어머니는 곧 도착하게 될 앰뷸런스보다 다시 운두령을 향해 오르는 형의 뒷모습을 지켜보고 있었다.

"내가 뭘 메누리 덕을 크게 보겠다고 자식 가슴팍에 못을 박았나 모르겠다. 남볼썽 사납더라도 즈덜 좋아 연분 났을 때 얼른 장갤 보냈어야 했는데."

주척주척 눈길을 걸어 올라가는 형의 뒷모습은 영락없는 한 마리 큰 곰이었다. 어머니의 꿈에 나타나 어슬렁어슬렁 운두령 숲속으로 오르더란 엉덩짝이 된장 항아리보다 실팍했다던 그 곰이었다.

"형 등이 훨씬 편안하셨죠?"

어머니는 내리는 눈발 속으로 어슴푸레 사라져 가는 형에게

서 눈을 떼지 못하고 있었다.

"느 성 등때긴 꼭 곰등짝 같드구나. 엡혀 오는 동안 내내 곰
등때기를 타고 오는 줄 알았다."

그때 저만치서 요란한 앰뷸런스 소리와 함께 환한 구급차의
라이트가 우리 앞으로 쏟아져 들어왔다. 구급차의 라이트가 번
쩍일 때마다 조팝꽃잎 같은 야들야들한 눈 입자들이 저마다 춤
사위를 펼치며 사뿐사뿐 날아내리고 있었다.

박제 가족

　푸르게 날 선 섬광이 사랑채 유리문을 예리하게 휘두르곤 이내 사라졌다. 곧바로 산허리를 갈라놓기라도 할 듯 모질게 천둥이 쳤고 뒷산 어딘가로 벼락이 떨어졌다.

　더위를 피해 잠시 눈이라도 붙여야겠다 싶어 방바닥에 벌러덩 누웠던 달군 씨는 벼락 떨어지는 소리가 하도 사나워 엉겁결에 자리에서 벌떡 일어나 앉았다. 산을 때리는 천둥소리가 어찌나 기괴하던지 숨이 턱 막혀왔다. 오십 중반 살아오는 동안 이처럼 모질고 그악한 천둥소리를 듣기는 처음이었다. 또다시 푸른 번갯불이 창문을 아자작 긋고 지나갔다. 뒷산 늙은 소나무 정수리를 갈기갈기 찢어놓을 것처럼 쳐대던 천둥이 이젠 달군 씨네 집 지붕 위까지 다가오고 있었다. 이윽고 지붕 위로 떨어지는 천둥소리가 지축을 흔들었다.

　고양이 몇 마리만 지나가도 절로 무너져 내릴 듯한 낡은 슬레이트 지붕이었다. 몇 차례만 더 천둥이 이어졌다간 삭은 지붕이 거품 꺼지듯 풀썩 내려앉을 것만 같았다. 천둥 번개에 기댄 굵은 장대비가 슬레이트 지붕의 골을 타고 내려와 처마 밑으로 줄줄 흘러내렸다. 그저 잠깐 몰아치고 사라지는 소낙비가 아니었다. 천둥이 시작된 지 십여 분은 족히 지났건만 빗줄기도 번갯불도 천둥소리도 수그러들기는커녕 물어뜯으려 달려드는 짐승처럼 하나같이 사납기만 했다. 딱히 큰 죄를 지은 적 없는 달군씨였지만 지붕 위에서 울리는 천둥소리야말로 눈 퍼렇게 뜨고 내려다본 하늘이 오만한 생명체에게 내리는 무서운 형벌인 것만 같아 허둥거리는 것도 모자라 방 안을 설설 기었다.

아이고 하느님….

살다가 행여 중죄라도 지은 게 있었다면 단박 엎드려 이실직고하고는 하느님께 고두백배 용서를 빌고도 남을 일이었다. 달군 씨는 뭔 큰 죄라도 지은 게 있나 싶어 엉겁결에 지난 과거를 돌아보았으나 딱히 떠오르지 않았다.

엎친 데 덮친다고 가뜩이나 주눅 든 몰골로 엎드려 있는데 안방에서 며느리의 가느다란 흐느낌까지 새어 나왔다. 들어붓듯 떨어지는 빗소리, 걸리적거리는 건 무엇이든 쓰러뜨리고 날려버릴 듯한 바람 소리, 세상 생명체들을 모조리 징벌하려는 듯 울어대는 천둥소리 그리고 노여운 하늘의 눈빛처럼 창문을 긋는 예리한 번갯불에 간이 콩알만 해진 달군 씨는 어깨를 움츠리곤 안방에 귀를 기울였다. 며느리의 자지러지는 흐느낌이 빗소리에 섞여 들려왔다.

–저 어린 것이 천둥소리에 질겁을 했구나. 불쌍한 것.

달군 씨가 꾸물꾸물 자리에서 일어나 앉았다. 또다시 고막을 찢는 굉음에 놀라 바닥을 기던 달군 씨는 윗목 구석에 개어 두었던 이불에 얼른 머리를 처박고 말았다. 오십 넘은 사내도 이지경으로 혼비백산인데 여리고 여린 며느리야 오죽할까, 오들오들 떨다가 속옷에 오줌을 지리고도 남을 일이었다. 하지만 여기서 끝이 아니었다. 거푸 헛기침만 쏟아내며 며느리 방에 귀를 기울이고 있자니까 서슬 퍼런 번개가 창문을 휘젓고 지나갔다. 뒷일은 달군 씨가 상상한 그대로였다. 이번에도 달군 씨는 방바닥에 엎드린 채 귀를 틀어막고 이불 속으로 얼굴을 들이밀었다. 귀를 막기는 하였으나 집채만 한 바윗덩이가 가파른 산허리를 쿠르릉쿠르릉 구르는 듯싶더니 갑자기 지붕 위로 떨어지는 듯 쿵 하는 소리가 들려왔다. 귀를 찢는 것도 모자라 온몸을 가루로 으깨버릴 듯한 굉음이었다. 가슴이 달달 떨리면서 오장육부가 바짝 쪼그라들었던 달군 씨는 가까스로 정신을 차리고 혼자 방에서 떨고 있을 며느리를 생각했다. 지금쯤 얼굴이 사색이 되어 이불을 뒤집어쓴 채 방 구석빼기에 쪼그리고 앉아 흐느끼고 있을 며느리가 더없이 안쓰러웠다. 아니나 다를까, 그동안 끄억 끄억 흐느끼기만 하던 며느리가 어느 순간, 목 비틀다 놓친 장닭처럼 비명을 지르며 울음을 터뜨리는 거였다.

달군 씨는 더 머뭇거릴 여유가 없었다. 문을 박차고 나와 며느리 방으로 뛰어들었다. 짐작했던 그대로였다. 이불을 뒤집어쓴 며느리가 방 한구석에 쪼그리고 앉아 경기 난 아이처럼 파랗게 질린 입술을 달싹이며 울고 있었다. 달군 씨가 다가가 며느리의 어깨를 감싸 안았다.

"괜찮다 아가야. 소낙비라 천둥도 번개도 금방 지나갈 거다. 놀라지 말거라."

이불 속에 머리를 파묻고 흐느끼던 며느리가 겁에 질려 축 늘어진 어깨를 일으켜 세우고는 시아버지의 얼굴을 겨우 올려다보았다. 얼굴은 박속처럼 하얬으나 둥그런 눈에서는 샘솟듯 흐른 눈물이 흥건히 볼을 적시고 있었다. 안도감에서였을까, 며느리는 망설이거나 멈칫거리는 기색조차 없이 냉큼 시아버지의 가슴팍을 파고들었다. 달군 씨는 한 손으로 며느리의 어깨를 감싼 뒤 다른 한 손으로는 눈물로 범벅이 된 얼굴을 쓸어내렸다. 시아버지 품으로 바짝 파고드는 며느리 몸뚱이를 끌어안은 달군 씨는 안쓰러움에 혀를 찼다. 옹송그리고 앉은 야리야리한 몸이 응달에서 햇빛 한 점 받지 못하고 피어난 가녀린 꽃대 같았다. 며느리부터 살려야겠다는 생각에 안방으로 허겁지겁 뛰어든 달군 씨는 순식간에 벌어진 일이 좀 유별나단 생각에 얼굴이 화끈거렸다. 너무 엉겁결에 벌어진 일이긴 해도 품에 며느리를 끼고 있다는 게 해괴하고 망측스러웠다. 검불처럼 푸시시한 며느리의 머리칼을 내려다보며 달군 씨는 어서 비와 낙뢰가 그치기만을 초조하게 기다리고 있었다. 하지만 그때 또다시 푸른 섬광이 방 안을 갈랐고 잠시 뒤, 머리 위에서 고막을 떼어낼 듯한 천둥소리가 들려왔다. 며느리가 다시 비명을 지르며 두 팔로 달군 씨 가슴을 암팡지게 끌어안았다. 마치 무엇에 놀란 병아리가 암탉 품속으로 뛰어들듯 며느리는 시아버지 가슴팍 안으로 머리를 들이밀었다. 달군 씨도 며느리의 작은 얼굴을 가슴 한가득 모아 안았다. 며느리 머리카락에서는 꿀처럼 단 칡꽃 냄새가 솟았다. 이 가녀린 며느리도 여자라고 과거 젊은 시절 이불속에서 맡았던 아내의 그 달달한 살냄새가 언뜻 풍겼다. 홀아비의 베갯잇에서 문득문득 갈망해 왔던 풋풋한 살냄새가 아니던가. 그는 잠시 며느리를 품은 채로 칡꽃처럼 단 살냄새를 맡았다. 며느리 방에 이렇듯 앉아 있는 것이 가시방석에 앉은 것처럼 불편하기도 했지만 오랜만에 맡게 된 칡꽃 향기 때문일까, 죽은 아내의 얼굴이 불현듯 떠오르면서 금방 파고든 며느리의 어깨를 조심스레 뜯어냈다.

그와 동시에 뭔가 주변의 낌새가 수상쩍단 느낌이 와닿았다. 급한 마음에 며느리 방으로 뛰어드느라 활짝 열어젖혔던 문을 닫지 못하고 그대로 방치한 상태였다. 무의식중에 달군 씨는 머리카락이 천장 위로 쭈뼛 솟으면서 등골이 서늘해졌다. 문밖으로 시선을 돌리는 순간 달군 씨는 울 뒤에서 벼락이 떨어질 때보다 더 소스라치게 놀라고 말았다. 경을 칠 일이었다. 비를 흠뻑 맞은 안노인네가 마당에 우두커니 서서 방 안을 쭈뼛쭈뼛 들여다보고 있었던 것이다. 화들짝 놀란 달군 씨가 엉겁결에 뒤로 몸을 뻬었고 품 안에서 빠져나온 며느리도 문밖을 내다보다가는 질겁하여 방 한구석으로 숨어들었다.

홀로 사는 옆집 내면댁이었다. 멀뚱멀뚱 방 안을 들여다보던 내면댁이 황급히 마당 밖으로 목을 돌리며 소리쳤다.

"상우 아부지야, 우리 집 마당이 소낙비에 시방 다 떠내려갈 판이다. 뒤란 담벼락이 무너지고 아궁지로 장독대로 고랑물이 겨내려와 시방 집 안팎이 오방 난장인데 저 노릇을 대체 어쩌면 좋냐."

내면댁은 달군 씨가 네댓 살 무렵 빈농 집안으로 시집와 이제껏 옆집에 눌러살았다. 남편은 외지에 나가 공사장 십장을 하여 돈을 모았고 내면댁은 집안에서 소 돼지를 길렀다. 애면글면 불린 돈으로 집터 주변에 펑퍼짐하게 누운 텃밭을 장만해 밥술이나 먹고 살 즈음 남편이 폐병을 얻어 비영비영 앓다가 일찍 세상을 떴다. 그나마 두 아들이 장성한 뒤여서 자식들 뒷바라지나 장가보내는 일 등 굵직한 가정사를 도맡지 않아도 되었다. 자식들이 타관으로 가 가정을 꾸리고 사는 바람에 홀로 집을 지키며 살아가는 신세였지만 한때는 과수댁으로 지내는 애달픔을 달래기 힘겨웠던지 남정네들 앞을 지날 때마다 할미새처럼 궁둥이를 배쓱거리며 걸었다. 엉덩이를 실룩거리다가 동네 남자들 몇과 정분이 났다는 소문이 돌았는데 그 무렵 붙여진 별명이 배쓱이였다. 하지만 그건 아마득한 예전 일이었고 요즘엔 아침나절 노인정에 나가 점심을 먹고 비슷한 처지의 마을 안노인들과 진종일 잘 어울려 지내다가 해가 질 무렵이나 되어야 돌아오곤 했다. 달군 씨와는 자식 연대와 엇비슷해 막말이나 하대가 익숙했다. 그렇게 거리낌 없는 앞뒷집 사이기는 했으나 마을 회관을 자기 집 안방처럼 드나들며 입방아꾼으로 소일하는 내면댁에게 며느리와 시아버지가 끌어안고 있는 모습을 들켜버렸으니 달군 씨는 눈앞이 깜깜했다. 환히 열린 문을 통해 시아버지와 며느리가 한 방에 들어앉아 서로 부둥켜안고 있는 모습을 고스란히 지켜본 내면댁이 난 아무것도 본 게 없다고 대문 빗장을 걸어 잠그듯 무겁게 입을 닫고 있을 리 없었다. 눈앞 정황만 놓고 보면 음기 서린 방 안에서 시아비와 며느리가 색정에 눈이 멀어 문이 열린 줄도 모르고 서로 끌어안고 뒹군 것이나 다름없었다. 시아버지와 며느리가 이웃 사람들 눈을 속인 채 이미 오래전부터 연분을 맺어온 사이가 아니었냐고 반문해도 딱히 변명할 여지가 없는 일이었다. 달군 씨는 하도 황망하여 심장이 두근거리고 팔다리까지 후들거렸다. 천둥이 칠 때보다, 번갯불이 창문을 지질 때보다 마음이 더 심란하고 꺼림칙했다. 달군 씨는 잠깐 우두망찰하고 앉았다가 자리에서 발딱 일어나 담장 하나 사이인 내면댁 집으로 잔달음을 쳤다. 빗물이 흘러들어 벌창이 된 집 안팎은 내면댁의 가슴이 오그라들 만했다. 집 마당과 맞닿은 뒤꼍 텃밭 담장 한 귀퉁이가 와르르 무너져 있었고 밭고랑을 째고 흘러내린 벌건 흙탕물이 마당인지 연못인지 구분이 어려울 정도로 가득 고여있었다. 천지를 뒤흔드는 천둥 번개는 집 울 뒤에서 몇 걸음 물러서는 기색이었으나 여전히 지척이었고 요란한 장대비는 담장에 기대어 자란 감나무의 무성한 잎을 사정없이 두들겼다. 달군 씨는 농기구들을 모아둔 창고에 가 삽 하나를 들고나왔다. 무릎까지 차오르는 흙탕물을 가로질러 밭둑 위로 성큼 올라섰다. 뒤란 경사진 밭에서 고랑을 할퀴며 흘러내린 물줄기가 내면댁의 집 담장까지 무너뜨리며 사정없이 쏟아져 내리는 중이었다. 며느리 방에서 허겁지겁 뛰쳐나온 터여서 가슴이 벌렁벌렁하였고 당장 어디서부터 손을 써야할지 난감했다. 빗발은 여전히 거셌고 잠깐 물러선 천둥 번개도 금방 목덜미로 날아들 것 같았다. 가까스로 정신을 차린 달군 씨는 몸으로 날아와 떨어지는 거센 빗줄기를 쫄딱 맞으며 밭두렁의 흙을 퍼다 도랑을 막고 겨우 물꼬를 돌려놓았다. 비록 몸은 비에 흠뻑 젖어 물에 빠진 생쥐 꼴이었으나 애써 도랑을 튼 덕에 내면댁 안마당으로 흘러들던 흙탕물이 밭둑 옆 골창으로 방향을 틀었다.

"그만하면 됐네."

비를 맞아 더 늙고 오종종해 보이는 내면댁이 대문을 열고 안으로 사라졌다. 달군 씨는 당장 내면댁을 뒤따라가고 싶었다. 하지만 체면이 말이 아닐 정도로 민망했다. 내면댁 뒤를 쪼르르 따라 들어가 이러니저러니 구실을 늘어놓기가 면괴스러웠다. 천둥소리에 놀라 자지러질 듯 울부짖는 며느리를 진정시키기 위해 잠깐 며느리 방에 들었었다고 소상히 전후 사정을 이야기한들 끝까지 사분사분 들어줄 노인네도 아니었고 속 깊은 노인네도 아니었다. 어디에 가 하소연할 입장도 못 되고 그렇다고 맥 놓고 앉았기엔 내면댁의 입이 너무 가볍고, 이러지도 저러지도 못한 채 빗속에서 한동안 머뭇머뭇하던 달군 씨는 콧구멍을

쿵쿵거리며 집에 돌아와 젖은 옷을 갈아입었다. 무엇에 얹힌 듯 속이 답답해 사랑채 문을 확 열어젖히곤 담배 한 대로 가슴 한 가득 밀려온 근심을 애써 삭였다. 온 마을을 흥건히 적신 빗줄기 덕에 바깥 공기가 시원하기는 했으나 속이 바짝바짝 타는 통에 안마당 수돗가로 나가 꼭지에 입을 대곤 한 바가지 족히 냉수를 들이켰다. 방 안에 들어가 벌렁 누워 천장을 바라봐도, 밖에 나와 넋을 놓고 허공을 바라봐도 백주에 문짝까지 열어젖힌 채 암팡지게 가슴팍으로 파고드는 며느리와 그런 두 사람의 낯 뜨거운 행동거지를 어처구니가 없다는 듯 들여다보던 내면댁의 석연치 않은 얼굴이 연이어 머릿속을 휘젓고 있었다. 이 노릇을 어찌해야 하나, 내면댁을 찾아가 자초지종 설명하자니 구질구질한 변명 같았고 씨알이 먹힐 리도 없을 듯싶었다. 그렇다고 방구석에 들어앉아 두 손 놓고 있자니 마을에 금방 괴소문이 떠돌 것은 명약관화였다. 골을 싸매고 내면댁의 입을 틀어막을 궁리를 해 보았지만 쉽게 묘책이 떠오르지 않았다.

하지만 사나흘이 무탈하게 넘어가자 달군 씨는 남들 보기에 민망하고 낯 뜨거웠던 그날의 기억이 점차 머릿속에서 지워졌다. 어디 하소연할 데도 마땅찮아 이틀 밤이나 방 안에 틀어박혀 뜬눈으로 밤을 새우다시피 한 달군 씨는 사나흘이 지나도록 마을이 고요하자 그동안의 우려가 기우려니 생각하고 안도했다.

그 일이 있고 스무날쯤 지났을까, 쇠뿔도 녹인다는 늦더위가 기승을 부리는 날이었다. 마을 외골짝 끝머리에 사는 친구 박이 집 앞을 지나다가 털레털레 달군 씨네 집 대문을 들어섰다. 찌는 더위를 이기지 못한 달군 씨는 웃옷을 벗어 방구석에 아무렇게나 내던지고 사랑채에 누워 잠깐 눈을 붙일 요량이었다. 나름 볕볕을 가린답시고 자식들이 쓰던 LA다저스 모자를 눌러 쓴 채 장독소래기처럼 검붉게 타들어 간 얼굴로 성큼 안마당에 들어온 박이 다급하게 달군 씨를 불렀다.

"어이, 달군이 집에 있는가?"

잠깐 붙였던 눈을 떼고 얼결에 안마당을 내다보던 달군 씨가 아무렇게나 벗어 던졌던 겉옷을 찾아 입고는 처마 밑으로 고개를 삐쭉 내밀었다.

"이 사람이 더위를 먹고 싶어 환장했나. 그 얼굴 조금만 더 타면 누가 베트콩이라고 우기겠다."

"베트콩이고 강낭콩이고 시방 동네가 시끌시끌한데 태평스럽게 방구석에 처박혀 낮잠을 자고 있단 말이냐?"

아닌 밤중에 웬 홍두깨인가 싶어 달군 씨는 박의 얼굴을 흘끔 쳐다봤다.

"갑자기 인민군이 쳐들어오기라도 했냐. 쥐 죽은 듯 괴괴하던 동네가 왜 별안간 시끄럽다더냐."

작달막한 체구를 반쯤 구부려 안채를 기웃거리던 박이 처마 밑 댓돌 위에 엉덩짝을 붙이고 앉았다. 체신이 작달막하고 가벼워서였는지 빠릿빠릿하고 달랑거리는 행동거지만큼은 어딜 가

든 티를 내는 박이었다. 댓돌에 앉기는 하였으나 한시도 가만 있지를 못하고 종다래끼만 한 궁둥짝을 할미새처럼 붙였다 떼었다 하면서 달군 씨 귓가에 입을 가져와 속삭이듯 주절거리는 거였다.

"시방 마을에 망측한 소문이 왜자하던데 그게 정말이냐?"

"고약한 소문이라니……."

"그게 사실이면 일 났다. 동네 망신당하고 애들 교육에도 안 좋고… 이 노릇을 어쩜 좋냐."

달군 씨는 불현듯 집히는 게 있어 얼굴이 불에 덴 것처럼 금방 화끈거렸다.

"당체 뭔 소린지 모르겠다. 뭔 소문이 그리 왜자하다는 거냐."

"네가 메누리와 합방했다며? 그게 사실이냐? 내 귀가 의심스러워 소문 듣자마자 한걸음에 달려왔다."

"뭣이 어째? 누가 그따위 벼락 맞을 헛소릴 지껄이고 다닌단 말이냐."

"야, 이 빌어먹을 놈아. 아무리 홀애비로 지새는 밤이 길어 터지고 아랫도리가 우꾼거리기로서니 어디 여자가 없어 자기 메누릴 덮치냐."

"이런 씨부럴 놈. 내가 굶은 독수리냐, 덮치긴 뭘 덮쳐."

방 안에서 벼락같이 뛰어나온 달군 씨가 댓돌에 앉아 있는 박에게 튀어나와 팻대를 세우며 멱살을 잡아 흔들었다.

"이놈이 만만한 싹을 봤나. 왜 나한테 지랄 염병이야. 니가 메누리랑 그렇고 그런 사이라고 시방 동네방네 안개처럼 소문이 쫙 퍼졌단 말이다."

달군 씨는 하늘이 무너지고 땅이 꺼지는 듯 정신이 아찔했다. 어찌할 바를 몰라 몸뚱이가 사시나무처럼 떨려왔다.

"이 미친놈이, 개뿔도 모르면서 입 찢어졌다고 아가리 함부로 지껄이고 있네. 니가 두 눈깔로 봤냐?"

"지랄발광하네. 불 안 땐 굴뚝에서 연기 나더냐? 불지 않은 나팔에서 소리가 나더냐. 니가 메누리랑 구들방에서 엉겨 붙어 있는 걸 두 눈으로 똑똑히 본 사람이 있다던데 왜 닭 잡아먹고 오리발이야."

"이런 후레자식 같으니. 어디서 발쇠꾼 농 짓거릴 듣고 와 애먼 사람 속에 불을 지르냐."

"그 소문이 필경 사실이라면 얼른 몸뚱이부터 피해라. 동네 사람들 떼거리로 몰려와 너한텐 무릿매 먹이고 메누리한텐 조리돌림을 시킬 것이니, 그 수모를 어찌 당해내냔 말이다. 화를 면하려거든 야반도주라도 하고 봐야지."

"오냐, 네 놈이 내 불알친군 줄 알았더니 등 뒤에서 이빨 벌리고 달려드는 승냥이 새끼였구나. 어디 오늘 내 손에 뒈져봐라."

화를 참지 못한 달군 씨가 벼락같이 박에게 달려들었다. 단박에 멱살을 잡아 오둠지진상을 하고는 집안이 떠나가도록 고래고래 소리쳤다.

작은 체구의 박이 달군 씨의 울끈불끈한 팔뚝에 매달려 손발을 바동거리고 숨을 할딱거렸다. 얼굴에 핏기가 사라지고 하얀 눈자위가 눈꺼풀 속으로 사라지기 직전에서야 달군 씨가 박을 내려놓고 멱살 잡은 손을 풀어주었다. 잠깐 저승 문턱까지 갔다 온 박이 목을 감아쥔 채 캑캑거리며 달군 씨 집을 나섰다.

"육시랄 놈. 네가 며느리 분가루에 취해 제정신이 아닌 모양이구나. 어차피 네가 싼 똥이니 동네에 똥물 튀지 않게 물찌똥이건 된똥이건 네 손으로 직접 치워라."

달군 씨는 박의 뒷모습을 넋 나간 듯 바라보다가 문지방에 털썩 주저앉고 말았다. 하늘도 참 무심했다. 아닌 밤중에 홍두깨라더니 이 무슨 마른하늘에 날벼락이란 말인가. 아들 녀석의 휴가가 낼모렌데 큰일도 보통 큰일이 아니었다. 분명 소문은 내면댁의 입에서 시작됐을 터였다. 그날 밤에라도 내면댁을 찾아가 입 단도리 잘하라고 당조짐 해 둘 것을 창피하고 민망해 어물쩍 넘어갔던 게 화근이었다. 노인네가 아무리 입이 깃털 같아도 할 소리 못할 소리쯤은 가려주겠거니 믿었는데 설마가 사람 잡게 생겼다 싶었다.

달군 씨는 부리나케 옆집 내면댁부터 찾아갔다. 마침 내면댁이 집에 있었다. 마을회관에서 차려주는 점심을 먹고 와서는 마루에 모로 누워 덜컹거리며 돌아가는 선풍기 바람을 쐬다가 잠이 들었던 모양이었다. 인기척을 듣고 일어나 앉은 내면댁이 푸석한 눈을 껌벅이다가 달군 씨의 눈과 마주치자 달갑잖은 듯 외면하며 얼굴을 찌푸렸다. 달군 씨는 내면댁을 보자마자 가살스런 모습에 부아가 끓어올랐다. 홧김에 내면댁이 앉아 있는 마루로 성큼 다가서며 언성을 높였다.

"아니 노인네가 노망이 드셨소. 아님 전생에 나랑 웬수를 지셨소. 이웃끼리 할 얘기 못 할 얘기 구별도 못 하고 쓸데없는 말재기로 동네를 발칵 뒤집어 놓는 거요."

선잠에서 깨어난 내면댁이 수더분한 머리카락을 매만지다가 팩 돌아앉았다.

"뭔 소릴 들었기에 댓바람 찾아와 늙은일 달구치는가."

"그날 마을에 벼락 떨어지는 소리 귀가 어두워 못 들으셨소? 메누리가 천둥소리에 놀라 경기를 하기에 방에 들어가 다독여 주었기로서니 그게 무슨 큰 흉이라고 실성한 노인네처럼 없는 소릴 엮어 여기저기 헛소문을 퍼뜨리냔 말이요."

내면댁이 처음엔 움찔하더니 달군 씨가 따지고 묻자 콧방귀를 뀌며 대꾸했다.

"그럼 내가 허깨비를 보았단 말인가? 메누리가 갓난애도 아닌데 뭔 그깐 천둥 좀 친다고 경기여. 내가 이 두 눈으로 두 사람 하는 짓거릴 똑똑히 봤구만."

"이런 경을 칠, 보긴 뭘 봤다는 거요. 내가 메누리한테 지분거리는 걸 보셨소. 알몸땡이루 메누리랑 뒤엉키는 걸 보셨소. 대체 뭘 봤다고 자꾸 몽짜를 부리시오."

"세상 사람 다 구경하란 듯이 방문까지 활짝 열어 놓구선 시애비와 메누리가 방구들에 들앉아 서로 끌어안았잖아. 그 정도면 갈 데까정 다 간 거지. 꼭 발가벗고 나딩굴어야 합방인가?"

"허허, 이 노인네가 실성을 단단히 하셨네. 그날 머리 위로 떨어지는 천둥소리 귀가 어두워 못 들으셨소? 벼락 때리는 소리가 하도 끔찍해 기절초풍한 며느리 달래주려고 한걸음에 달려가 안심시켜준 것이 뭔 큰 흉이라고 용심 품고 여기저기 댕기면서 쏘개질을 하냔 말이요. 하늘이 무섭지도 않소?"

내면댁이 허웃음을 쳤다.

"그 말은 내가 할 소리지. 하늘이 눈 시퍼렇게 뜨고 내려다보는데 아들 군대 보내놓고 어떻게 애비란 자가 벌건 대낮에 방안에서 메누릴 껴안고 나딩구냔 말이야. 아이구 남새시러워. 군대 간 상우만 불쌍허지."

"딩굴다뇨. 이 노인네가 정말 노망이 드셨네. 죽어 천당 가시겠다고 예배당까지 다니면서 내 집 일 아니라고 주워 담지도 못할 말 함부로 떠들고 나다니니. 노인네가 나잇살이나 자셨으면 제발 좀 곱게 늙으시요."

"아따, 방기 뀐 놈이 승 낸다더니, 손바닥에서 불이 붙도록 빌어도 모자랄 판에 군대 간 자식 에펜네 뺏어 살 맛본 사내가 뭘 잘했다고 뻔뻔시럽게 큰소리야."

내면댁은 한 마디도 지지 않고 되받아쳤다.

달군 씨는 속이 시꺼멓게 타들어 갔다. 그날 억수로 쏟아지는 장대비를 맞으며 허겁지겁 달려가 마당으로 쏟아지는 흙탕물의 물꼬를 틀어주지 않았더라면 울 뒤에서 흙더미가 쏟아져 내려와 집 안방까지 덮쳤을지도 모를 일이었다. 그런 공치사를 바란 건 아니었다. 이웃이기에, 안노인이기에 내 집 일처럼 달려가 물길을 돌려주었건만 고마워하기는커녕 마을회관에 나가 입에 담지 못할 음탕한 괴설이나 퍼뜨리다니, 노여움도 노여움이지만 당장 어떻게 뒷감당을 해야 할지 딱히 방도가 떠오르지 않았다.

"어쨌든 한 번 내뱉은 말을 주워 담지는 못하겠지만 노인네가 헛소문을 퍼뜨리셨으니 뒷감당을 책임지시요."

달군 씨가 겁을 줄 생각에 으름장을 놓았다.

"책임을 지라구? 알콩달콩 재미보다 들통나니까 후환이 두려운 게로군. 책임은 즈덜이 져야지, 왜 애먼 사람한테 찾아와 큰소리야."

"노인네가 망령이 나도 곱게 나야잖소."

달군 씨가 더는 참을 수 없어 핏대를 세운 뒤 내면댁 집 안마당에 침을 한입 모아 모질게 뱉었다. 안노인네를 힘으로 어떻게 할 수 없는 노릇이고 뭔 꼬투리를 잡아 혼돌림이라도 내줘야 요변이 멈출 것 같았다. 하지만 달군 씨가 한마디 하면 되로 주고 말로 받듯 내면댁의 입에서 튀어나온 말이 독화살처럼 달군 씨의 가슴에 날아와 박혔다.

"입술에 지름을 발랐나, 낯짝 뜨거운 줄 모르고 언죽번죽 말은 참 잘하네. 메누리랑 동네 사람들 다 보란 듯이 집 안팎에서 대놓고 그 짓거리 한 것이 어디 한두 번이야?"

"뭐라구요?"

"마을 사람들 다 지켜보는 벌건 대낮에 밭머리에 앉아 제누리 먹다 말고 부둥켜안고 낯짝 비벼대질 않나, 부엌문 닫아걸고 같이 목간을 하지 않나. 두 사람이 그렇게 찰떡처럼 죽기 살기로 붙어 있을 거면 절간처럼 조용한 마을 들쑤셔 놓지 말구 차라리 사람 눈에 띄지 않는 먼 산골 구석빼기라도 겨들어가 쥐도 새도 모르게 부부연을 맺든 진종일 끌어안고 품방아를 찧든 하고 싶은 대로 실컷 하고 살란 말야. 이미 다 아는 사실 손바닥으로 하늘을 가리겠단 심보로 아득바득 용쓰지 말구."

내면댁 얘기를 들어보니 야밤에 무덤을 노리는 매구처럼 남의 집이나 엿보는 무서운 염알이꾼이나 다름없었었다. 달군 씨는 울컥 화가 치밀어 안마당 한구석에 뒤집혀 있는 개밥그릇을 냅다 걷어차면서 복장을 쳤다.

"개 눈엔 뭣만 보인다고 내가 메누리와 가까이 있으면 그게 다 끌어안는 것처럼 보입디까."

"흥, 남의 집 개밥그릇까지 모질게 걷어차는 걸 보니 메누리와 밤일하고도 근력이 남아도는 모양일세."

당장 달려들어 수챗구멍 같은 노인네 입을 틀어막고 싶었다. 고개를 절레절레 흔들다가 버럭 소리라도 질러 기부터 꺾어 놓는 게 어떨까 싶었다.

"지렁이도 밟으면 꿈틀한다고 자꾸 헛소리하고 다닌다면 나도 가만있지 않을 거요. 아시겠소?"

"아이고, 가만있지 않음 지가 으쩔 건데. 야마리 없는 놈이 이젠 하다 하다 늙은이한테 수제비태껸까지 하고 난리네. 옛날 같았으면 메누린 벌써 발뒤꿈치가 뎅겅 잘려 나갔을 테고 시애빈 동네 사람들이 사내 구실 다신 못하게 무릿매를 쳐 마을 밖으로 쫓아냈을 것이야."

달군 씨가 입에 거품을 물었지만 혹 떼러 왔다 오히려 붙이는 꼴이었다. 달군 씨는 가슴이 숯덩이처럼 시꺼멓게 타들어 갔다. 내면댁 앞에서 가슴을 쥐어뜯으며 복장거리를 해서라도 결백을 밝혀내고 싶었지만 쇠 귀에 경 읽기였다.

여자가 한을 품으면 오뉴월에도 서리가 내린다더니 그동안 가슴에 묻고 삭였던 노여움이 한순간 서릿발처럼 들고 일어나 날을 세우는 모양이었다. 벌써 십 년도 훨씬 지난 일이었다. 상우가 수학여행을 떠나고 며칠 홀로 지내던 한밤중이었다. 달군 씨 집 대문 열리는 쇳소리가 들리는가 싶더니 안마당에서 잔기침하는 인기척이 있었다.

"그새 잠이 들었나?"

거의 한밤중이라 부시시 잠에서 깨어난 달군 씨가 미닫이문을 열고 밖을 내다보니 문밖에 내면댁이 와 쭈뼛거리고 있었다.

"날세. 깊이 잠들었던 모양인데 깨워서 어쩌나."

내면댁이 배를 움켜쥐곤 앓는 소리를 내었다.

"웬일이세요. 이 밤중에. 뭐 급한 일이라도 있으세요?"

"내가 저녁에 음식을 잘못 먹었는지 속이 보깨고 메슥거려 통 잠을 이룰 수가 없네. 자네가 내 손꾸락에 바늘침을 놔줄 수 있겠나?"

달군 씨는 홀아비라 바늘이 어느 구석에 가 박혀 있는지 찾기도 난감하여 잠시 머뭇머뭇하였다.

"우리 집에 바늘서껀 다 준비해 뒀으니 잠깐 건너와 내 손 좀 따주게. 오밤중이라 병원 갈 형편도 못되고 천상 자네 손을 좀 빌려야겠어."

이렇게 해서 달군 씨는 옆집인 내면댁 안방으로 들어서게 되었다. 환하게 전등불이 켜진 안방 한가운데 실타래가 담긴 반짇고리가 놓여있었다. 내면댁은 이미 방에 들어와 풀어헤친 머리를 수습하고는 저고리를 벗어 윗목에 개어 밀어놓았다. 달군 씨가 방에 들어섰을 땐 처진 앞가슴이 훤히 들여다보이는 민소매 하나만 달랑 걸친 채 달군 씨를 향해 다소곳이 돌아앉는 것이었다. 아내 생전에 병색이 짙어 자주 맥을 짚고 손가락을 따주었던 기억을 살려가며 달군 씨가 내면댁 앞으로 바짝 들어앉아 손목부터 잡았다. 맥은 팔딱팔딱 고르게 잘 뛰었다. 그래도 바늘에 꿰인 실로 양쪽 엄지손가락을 묶어 바늘을 찔렀다. 빨간 피 한 방울이 몽글 솟았다.

"아이고, 시원하다. 가슴에 막혔던 주먹만 한 덩어리가 갑자기 쑥 내려가는 기분이다."

그러고는 거칠거칠한 손으로 달군 씨의 손목을 덥석 움켜잡았다. 손이 숯불처럼 뜨거웠다. 고개를 돌려 달군 씨를 바라보는 여인네 눈빛이 화끈 달아올랐다. 그 눈빛이 어찌나 간절하고 애절하던지 달군 씨는 갑자기 눈앞이 어질거렸다.

"홀아비 맘 과부가 잘 안다고 자네나 나나 허구한 날 홀로 긴 밤 지내기가 오죽하겠는가. 내 무얼 먹고 얹힌 게 아니라 영감 가고 난 뒤 사내 품이 하도 그리워 병이 들었다. 오늘 일은 무덤까지 갖고 갈 테니 내 가슴에 얹힌 응어리 좀 제발 풀어주게나."

맨가슴을 밀착시키며 어깨를 조여오는 내면댁의 팔뚝이 억세고 야무졌다. 눈을 질끈 감고 달군 씨 목을 휘어잡아 방바닥에 누운 내면댁은 온몸에 경련을 일으키며 신음을 터뜨렸다. 너무 황망하여 어찌할 바를 모른 채 쩔쩔매던 달군 씨가 덜컹거리는 가슴을 애써 수습하고 자리에서 벌떡 일어섰다.

"내일 저녁이 마누라 제삿날이오."

때마침 마누라 제삿날 하루 전에 벌어진 일이라 둘러대고 방을 빠져나오기가 어렵지 않았다. 짧은 순간 죽은 아내 얼굴이 번득 떠올랐고 쭈글쭈글 처진 내면댁의 검은 목주름이 별나게도 추해 보여 가까이 다가가고픈 마음이 티끌만큼도 없었다. 사실 방을 뛰쳐나오기 전 죽은 마누라 생각에 함께할 수 없다고, 오늘 저녁 일은 없던 일로 묻고 변함없이 이웃으로 살갑게 잘 지내자며 조곤조곤 인사말이라도 속삭여 주고 나왔어야 했다.

내면댁이 홀로 삭여야만 했을 수치심이나 노여움까지는 미처 생각지 못했던 달군 씨였다. 이후부터 달군 씨는 내면댁을 볼 때마다 낯이 뜨거웠고 내면댁도 달군 씨를 보면 낯선 사람 대하듯 데면데면했다.

아마도 내면댁은 그날 밤 자신을 박대하고 달아난 달군 씨가 한이 서리도록 노여워 무수한 날을 벼르고 벼르다가 이번 일을 빌미 삼아 앙갚음하는 것일 수도 있었다. 그날 밤에 있었던 일을 달군 씨는 마을 사람 누구에게도 털어놓지 않았고 입이 나비 날개처럼 가벼운 내면댁도 이날 저녁 일 만큼은 함구했다.

논두렁에서 기승밥 먹던 중 며느리를 끌어안았단 말도 부엌에서 둘이 목간까지 했다는 말도 하나같이 망측하고 해괴했다. 말투는 비록 어눌해도 말벗 상대가 될 듯싶어 밭에 며느리를 데리고 나가 김을 맨 적이 있었다. 제누리 때가 되어 밭둑 모퉁이에 나란히 앉아 준비해 간 새참을 먹으려는데 며느리가 눈에 낀 티끌을 옷소매로 닦고 손등으로 후비며 생고생을 하고 있었다. 핏발 선 눈을 보다 못해 달군 씨가 다가가 눈꺼풀을 뒤집고는 후후 입김을 불어 티끌을 빼준 것이 전부였다. 이런 일들을 멀리서 훔쳐본 사람이 내면댁 말고 또 누가 있으랴 싶었다.

달군 씨는 그날 밤 일이 떠오르자 이판사판이다 싶어 내면댁 앞으로 불쑥 나섰다.

"정말 자꾸 이러시면 내 그동안 입 꾹 닫고 있었던 그날 밤 일을 동네 사람들한테 낱낱이 토설할 거요."

내면댁이 눈을 휘둥그레 뜨고는 달군 씨를 쏘아보았다.

"그날 밤 얘기라고? 그게 뭔 소리란 말이냐. 얼마든지 발설해봐라. 자네 말을 누가 믿어."

"오래전 일이라고 벌써 잊으셨소? 그날 밤 바늘침 놔달라고 불러들여 거머리처럼 엉겨 붙던 노인네가 대체 누구요."

"아이구머니, 내가 그 말 왜 안 나오나 여태껏 기다리고 있었다. 어디 수캐처럼 동네방네 돌아댕기며 짖어대든 나팔을 불든 맘대로 떠벌려 봐라. 그날 오밤중에 자네가 혼자 사는 과부라고 남의 방에 뛰어 들어와 겁탈하려 했던 게 아니냐? 누가 자네 말을 믿을지 어디 실컷 떠들고 다녀봐."

도무지 입으로는 내면댁을 당해낼 재간이 없었다. 팔팔 뛰고 윽박지르고 별별 짓을 다 해도 콩을 팥이라 우겨대는 판국이어서 왕배덕배 잘잘못 가릴 처지가 못 되었다. 이 노릇을 어찌해야 좋단 말인가. 군대 간 상우가 낼 모레 휴가와 마을에 떠도는 추잡스런 소문이라도 듣게 되는 날엔 여지없이 큰 사달이 날 터였다. 천인공노할 일이었고 지나가던 개돼지도 웃을 일이었다. 저 노인네가 차라리 노망이라도 들었더라면 이 동네 저 동네 나 돌아다니며 제아무리 흉을 떨어댄대도 망측한 괴설이려니 싶어 그냥저냥 묻힐 수도 있으련만, 아직 정신이 여물어진 데다 감칠맛 돌게 찧어대는 입방아도 한 번 시작되면 해 지는 줄 모르게 쏟아내는 노인네였다. 달군 씨가 마을 사람들 앞에 나가 지금 마을에 떠도는 괴이란 소문이 말짱 헛소문이라 강변한들 믿어

줄 사람이 과연 몇이나 될지 그저 막막할 따름이었다.

　두 해 전 외아들 상우의 군 입대를 앞두고 달군 씨는 급히 혼사를 서둘렀다. 자식 군대 가면 홀로 근심하며 하루하루 날밤 지새우는 날이 두렵기도 하였다. 차라리 군대 가기 전에 떡 두꺼비 같은 손주라도 생겨 금이야 옥이야 품에 안아 기르다 보면 자식 제대할 때까지 기다리는 게 수삼 년처럼 지루하지만은 않을 터였다. 손주 보는 재미 끝에 군대 간 자식 돌아와 도란도란 함께 사는 것이 세상 살아가는 낙이요, 늘그막 복이라 생각했다. 모처럼 시장에 나가 아는 사람을 만날 때마다 체면 가리지 않고 아들 혼처 좀 알아봐 달라고 부탁했다. 사람들이 아직 장가들기엔 너무 어린 나이 아니냐고 고개를 내저었지만 달군 씨는 옛적 TV에서 유행했던 꼬마 신랑도 못 봤냐며 스물 넘겨 장가보내겠다는데 어리다는 말이 웬 말이냐고 따져 물었다. 내친김에 소문난 중매쟁이도 몇 찾아갔다. 자식이 고등학교 졸업하고 대학 갈 형편이 못되어 아랫말 농공단지에 취업해 1년을 막 채워 갈 무렵이었다. 차를 몰고 이 마을 저 마을 사방객지 떠돌며 온갖 물건들을 팔러 다니는 잡화상으로부터 마땅한 혼처가 있다는 소식을 들었다. 쇠뿔도 단김에 빼랬다고 주저할 필요가 없었다. 뜨악해하는 아들 녀석을 겨우 달래고 꼬여 잡화상이 알려준 마을을 찾아갔는데 벽촌도 그런 벽촌이 있나 싶게 외진 산골이었다. 시외버스를 타고 두어 시간을 가고도 마을버스를 갈아타고 또 얼마를 들어가야 했다. 그뿐이 아니었다.

마을이 끝나는 버스 종점에서 내려 비포장 신작로 길을 또 10리쯤 걸어야 갈 수 있는 산골짜기 외딴집이었다. 주변 밭뙈기로 보아 두 내외가 호락질로 구메농사를 지어 목에 거미줄이나 치지 않게 근근이 살아가는 모양새였다. 누런 황토벽에 낡은 슬레이트가 얹힌 산골 집은 돌개바람이라도 한바탕 몰아치면 털썩 무너져 내릴 것처럼 허술해 보였다. 방 두 칸에 부엌이 붙어 있었고 마당 어귀에 겨우 몸이나 가릴 정도로 돌담을 치고 거적을 덮은 잿간이 붙어 있었다. 마당에 두 부자의 발길이 머물자 집 울 뒤 비탈진 콩밭에서 김을 매던 노부부가 개 짖는 소릴 듣고는 어정어정 집으로 걸어 내려왔다. 외진 곳에서 평생 농사만 짓고 산 사람처럼 두 노인네의 행색은 호졸근하고 궁상스러워 보였다. 하나 두 낯선 사람이 예고 없이 집안에 불쑥 찾아들었음에도 손을 대하는 태도만큼은 제법 깍듯하였다. 노부부는 손녀를 데리고 있었지만 그중 하나는 이미 시집을 보낸 뒤였다. 얼굴 곱상한 처자 하나가 방에 앉아 배시시 웃으며 낯선 두 사람을 할끔할끔 바라보았다. 처음 보는 사이에다 일이 잘 풀리면 사돈지간이 될 사이인지라 달군 씨는 예를 갖춰 인사를 나누고 이래저래 왔노라 자초지종을 설명하였다. 벽촌에 살기는 하여도 노부부의 태도가 공손하여 그런대로 마음이 놓였다. 외진 곳까지 걸어오느라 목이 클클하리라 여겼던지 안사돈 될 노인네가 얼른 옆 샘물가로 가 종구라기에 퍼 온 냉수를 내밀었다. 금방 밭일하다 내려온 터여서 오종종한 안노인네의 얼굴에는 지렁이가 지나간 듯 고랑 진 주름을 타고 흐른 마른 땀자국이 선명했다. 멍석 크기만 한 봉당에 자리를 잡고 앉아 초면 인사치레로 이런저런 이야기를 나눈 끝에 바깥노인이 땅이 꺼져라, 한숨을 내쉰 뒤 저간의 사정을 이야기하였다.

"우리 대에서 그만 손이 끊겼지유. 도회지 나가 살던 자식 놈이 딸 둘을 두고 차 사고로 일찍 가는 바람에 집안이 풍비박산이 났구만유. 서방이 죽자 메누리가 초상도 치르기 전에 젖멕이 둘을 냉겨두고 떠나간 걸 우리 두 늙은이가 데려다 질렀지유. 헌데 애가 흠이 좀 있어유. 얼굴서껀 맘씨는 춘향이 뺨치게 반반하고 고운데 저것이 그만 어렸을 적에 된통 경기를 앓은 뒤론 가끔씩 정신 줄을 놓지유. 겨우 세 끼 밥은 지 손으루 짓는데 들일을 하거나 장에 나가 변변히 셈을 치르고 물건을 사 오지는 못하쥬. 에미애비 읎이 자란 애라 가엾기도 하고 몸도 불편시러워 차라리 우리가 될구 살았음 살았지 고생시킬 자리는 지들두 싫구먼유. 그저 누구든 고생 안 시키구 몸 성히 델구 살문서 밥시끼 안 굶기면 되겠구먼유."

몸이 성치 않은 게 영 꺼림칙하였지만 얼굴 하나만큼은 해사하고 고왔다. 미리 흠이 좀 있다고 언질을 주지 않았더라면 잠시 외양만 보고 덜컥 결정을 내릴 뻔했다. 달군 씨는 딱한 처지를 생각해 냉큼 자리를 뜨기가 면구스러웠다. 얼굴은 좀 시답잖더라도 정신만 말짱하다면야 곁눈질 한 번이라도 더 주겠건만, 이 여식은 우리 식솔 될 연이 아니다 싶었다. 입맛만 쩝쩝 다시고 앉았자니 엉덩이에 좀이 쑤실 지경이었다. 그래도 발딱 몸을 일으키지 못했던 것은 문지방 너머로 빼꼼히 고개를 내밀고는 낯선 이들의 모습을 훔쳐보는 처자의 얼굴이 유난히 고왔기 때문이었다. 설명한 치마 끝으로 드러난 종아릿살도 금방 뽑아 온 왜무처럼 매끈하였다. 씻긴 뒤 진솔로 단장시키고 얼굴에 분까지 찍어 바르면 바깥노인 말처럼 춘향이 뺨치게 어여쁜 처자임엔 분명했다.

안노인네가 아이를 데려와 달군 씨 앞에 세우고는 인사를 시켰다. 이따금 정신 줄을 놓는다고 했지만 두 사람 앞에 조용히 다가와 머리를 조아리는 동안 특별히 눈에 거슬리는 행동은 보이지 않았다. 오히려 오이씨같이 하얀 치아를 드러내며 해사하게 웃는 얼굴과 대면하자 그때까지 마음속에 자리 잡고 있던 동정심이 말끔히 걷히면서 어엿한 처녀로 다가오는 것이었다. 동네에 들 때까지 데면데면하고 딴전을 부리던 아들놈 역시 배시시 웃는 처자를 보고는 관심이 있어 보였다. 흘낏흘낏 곁눈질을 치다가 서로 눈이 마주칠 땐 웃음을 섞기까지 했다. 처자의 집을 나서 돌아오는 길에 아들의 속을 물었다.

"거참. 어렸을 적 경기만 앓지 않았어도 부잣집 규숫감으로 손색이 없었을 텐데. 어째 그런 몹쓸 병이 찾아왔나 모르겠다. 네가 보기엔 어떻더냐. 배필감으로 성에 차긴 하던?"

아들은 좀 부끄러운 기색을 보이다가 이내 제 속내를 털어놨다.

"아버지, 저 걔랑 살게요."

달군 씨는 처음엔 펄쩍 뛰었다. 명색 외아들에 허우대도 멀쩡한 사내놈이 뭐가 답답해 흠 있는 여식과 연을 맺는단 말인가. 기왕이면 살림 잘하는 똑똑한 며느리, 아이 쑥쑥 잘 낳는 튼튼한 여자였으면 좋겠다 싶었다.

"네가 어디가 못나 그런 어리보기와 혼례를 치른다는 거냐. 어림도 없다."

"저 걔 보는 순간 첫눈에 홀딱 반했어요. 요즘 도시 여자애들보다 훨씬 이쁘고 착해 보여요. 나도 아버지도 속 썩지 않고 살려면 오히려 걔처럼 좀 어리버리한 여자와 사는 게 속 편해요."

"아서라, 이놈아. 좀 어리버리한 게 아니더라. 아무나 보고 뱅싯뱅싯 웃는 데다 시장에 나가 셈도 못 한다잖니. 겨우 밥이나 끓일 줄 아는 애를 얼굴만 보고 데려왔다간 경치고 만다."

달군 씨가 눈알을 부라리며 말렸지만 아들은 공장이 쉬는 날마다 그 아이를 만나기 위해 먼 산골을 다녀왔다. 자식 이기는 부모 없다지만 이미 마음이 기운 자식놈의 혼사를 치르기 전 그래도 궁합은 알아봐야겠다 싶어 며느릿감의 태어난 해와 월 일 시를 물어오라 일렀더니 상우가 예비 처가에 다녀오자마자 적어 온 쪽지를 달군 씨 앞에 대령했다. 그길로 용하다는 시내 점집에 가 궁합을 맞춰본즉 음양의 기운이 물과 나무의 사이처럼 상생하는 관계인 데다 넉넉한 쪽에서 부족한 쪽을 채워주는 찰떡궁합이란 답을 듣게 되자 달군 씨는 더 이상 좌고우면할 필요 없겠단 생각에 지난해 가을 조촐하게 둘의 혼례를 치러주었다. 새색시 단장을 하고 시집온 며느리의 미색은 양귀비 뺨치게 곱고 예뻤다. 말투가 어눌하고 눈빛이 맑지 않은 데다 이따금 입에 거품을 물고 쓰러지는 게 흠이라면 흠이었다. 야물지는 못해도 그나마 하루 밥 세 끼 짓고 살아가는 데는 크게 지장이 없었다. 아담한 키, 계란 같은 이마, 선한 눈, 오뚝 솟은 콧등, 도톰하면서도 배시시 웃을 때 드러나는 꽃잎 같은 입술과 흰 치아, 자라처럼 긴 목에 분 바르고 새물내 솔솔 풍기는 옷 단장을 하고 나면 며느리는 어느 모로 보나 옛 양반집 규수 못지않은 새색시였다. 새색시의 미색에 푹 빠져든 아들 상우는 공장에서 돌아오기가 무섭게 신혼방에 들어 이튿날 출근 전까지 문밖에 나올 줄 몰랐다. 그렇게 깨가 쏟아지는 신혼을 보내던 아들에게 어느 날 입대를 알리는 영장이 날아들었다. 사랑하는 사람을 남겨 두고 멀리 떠나야만 하는 가슴이 찢어지듯 아렸던지 상우의 발걸음이 떨어질 줄 몰랐다. 버스정류장까지 배웅나온 처의 손을 잠시도 놓지 못하다가 헤어질 무렵에는 눈물까지 뚝뚝 떨구었다.

달군 씨는 아들이 군대 가기 전에 얼른 손자 소식이 있었으면 하고 바랐다. 그러나 군대 간 뒤 몇 달 만에 첫 휴가를 다녀가도록 며느리에겐 아직 태기가 없어 보였다. 아들은 이제 두 번째 휴가를 앞두고 있었다.

군대 간 아들이 마침내 휴가를 얻어 집에 돌아왔다. 저녁 무렵 무당개구리 등가죽처럼 푸릇푸릇한 군복을 입고 마당 안으로 불쑥 들어선 아들이 아버지 달군 씨에겐 건성으로 저 왔어요, 한마디 내뱉고는 군화 끈을 풀자마자 제 방으로 뛰어들었다. 그리움이 깊고 길었던 만큼 재회의 기쁨 역시 달고 뜨거웠던 모양이었다. 몇 달 만에 얼굴 마주한 둘은 서로 부둥켜안고 울고불고하다가 저녁상을 앞에 두고는 뜨는 둥 마는 둥 시늉만 내곤 뜨거운 눈길로 서로의 얼굴만 바라보았다. 잠자리에 든 뒤에도 밤이 늦도록 웃음소리가 그칠 줄 몰랐다.

그 밤이 탈 없이 지나가고 이튿날 친구를 만난다고 일찍 나간 아들이 오후가 되어도 돌아오지 않았다. 달군 씨는 가시방석에 앉은 것처럼 마음이 편치 않았다. 집 안마당을 하염없이 서성이다가 어둠이 짙어질 무렵에는 마을회관 앞까지 나가 아들이 나타나기를 기다렸다. 요 며칠 마을 분위기가 심상치 않았다. 어쩌다 달군 씨와 눈이라도 마주칠 땐 얼른 시선을 거두었고 설령 눈이 마주쳐도 데면데면하고 곁을 두려고 하지 않았다. 두엇이나 서넛씩 모였다가도 달군 씨가 먼발치에서 나타나면 가까이 오기도 전에 뿔뿔이 흩어지거나 뒤돌아서서 딴전을 피웠다. 달군 씨 체면이 말이 아니었다. 제아무리 손바닥 뒤집듯 조석으로 뒤바뀌는 게 사람의 마음이라 해도 그동안 한동네 살면서 인심 잃지 않고 살아온 달군 씨였다. 마을에서 남들 하는 만큼은 다했다. 동네 상갓집도 환갑에 칠순 잔치도, 혼사도 빠짐없이 챙기며 이웃의 도리를 다해왔던 그였다. 뿌린 대로 거두는 게 세상 이치거늘 자초지종 따져보지도 않은 채 채신머리없는 할망구의 쏘개질에 맞장구까지 치며 놀아나다니, 달군 씨는 그런 마을 사람들이 어리석게만 보였고 모두에게 노엽고 서운했다. 회관에 모인 노인네들에게 퍼렇게 날 선 칼이라도 품고 들어가 정 못 믿겠으면 모두가 보는 앞에서 배라도 열겠노라 으름장을 놓고 싶었다. 울컥 치솟는 그 비분한 감정을 억누르며 예배당 앞을 지날 때 높이 솟은 교회의 벌건 십자가가 달군 씨의 눈길을 잡아끌었다. 마을에서 가장 높은 예배당의 저 십자가가 그날 벌어진 일들을 잘 알고 있을 터였다. 그때나 지금이나 눈 시퍼렇게 뜨고 있던 하늘 아니던가. 사람들의 억측이 얼마나 해괴한 것인지, 달군 씨가 얼마나 억울한 처지인지 원통한 마음을 누구보다 잘 알고 있을 터였다. 하늘까지 무심하단 생각에 달군 씨는 주먹으로 두어 차례 복장을 쳤다.

그러나 벌어진 일은 이미 깨어진 독이었고 엎질러진 물이었다. 장닭이 홰를 치기도 전인 어둑새벽 아들 상우가 고주망태의 몸을 이끌고 안마당에 들어선 것이다. 밤늦도록 잠을 설치며 신경을 곤두세우다 보니 배곯은 들고양이가 대문간에 내놓은 쓰레기봉투 할퀴는 소리에도 놀라 가슴이 두근거렸던 달군 씨였다. 달군 씨는 그만 자리에서 벌떡 일어나 마당 밖으로 뛰쳐나갔다. 아직 어둠이 가시지 않은 터여서 이놈이 아들놈인지 낯선 떠꺼머리인지 알아보기조차 어려웠다. 부엌 입구로 어정어정 다가가 집 기둥에 부착된 전원 스위치를 켰다. 안마당에 환한 전 깃불이 켜지자 그제야 흙강아지 몰골로 맹수처럼 서 있는 아들의 모습이 드러났다. 진창길에서 넉장거리로 나뒹굴다 온 아이처럼 온몸이 흙투성이였다.

"새벽부터 그 꼴이 대체 뭐냐. 어디서 쌈박질이라도 한 거냐? 몸뚱이 하나 간수도 못 하면서 뭔 술을 밤새도록 퍼마시고 다녀."

마뜩잖은 투로 아들을 어설프게 꾸짖고는 곁에 다가가 옷을 털어주려고 손을 뻗는데 녀석이 불에 데기라도 한 것처럼 달군 씨의 손을 홱 뿌리쳤다.

"어이구 이 뻔뻔한 양반, 당신이 내 아버지 맞소? 정말 아버지가 맞냔 말요."

버럭 고성을 내지르고는 비척걸음으로 안마당 여기저기를 헤집고 다니며 빗자루를 내던지고 수돗가에 놓인 빨래판, 비눗갑할 것 없이 닥치는 대로 내동댕이치고 걷어찼다.

"이 빌어먹을 놈. 이게 애비 앞에서 발간 상것처럼 무슨 버르장머리냐."

안마당은 금방 오방난장판이 되었다. 별안간 옥신각신 집안이 떠나갈 듯 아수라장이 되자 안방에서 자고 있던 며느리가 게슴츠레한 눈을 쓸면서 문밖으로 기어 나왔다.

"애비 좋아하시네. 당신이 무슨 애비야. 하고많은 여자 중에 어디 건드릴 여자가 없어 자기 며느릴 건드려. 짐승만도 못한 영감태기. 오늘 당신 죽고 나 죽자고."

그제야 달군 씨는 아들이 이렇듯 광분하는 이유를 알아챘다. 밤새도록 걱정하고 신경을 곤두세웠던 일이 마침내 눈앞에서 벌어지고 만 것이었다. 하지만 아들놈이라면 그래도 애비 심경을 헤아려 주리라 믿었는데, 떠도는 잡상스런 소문에 귀 기울이기보다는 자초지종을 살필 줄 알았는데 그게 아니었다. 미쳐 날뛰는 꼴이 숫제 놓아 기른 망아지 꼴이었다. 예견하고는 있었지만 정작 눈앞에서 일이 터지고 나니 달군 씨는 번갯불에 지짐을 당한 듯 몸이 뻣뻣이 굳고 다리가 풀려버렸다.

"대체 누구한테 뭔 헛소릴 듣고 와 눈이 훌떡 뒤집혀 지랄이냐."

"아이고 시침 떼지 마시오. 귀에 말뚝이 박힌 것도 아닌데 이 동네 저 동네 이 집구석 소문이 파다한 판에 혼자만 아닌 척 딴청이요?"

"뭔 헛소릴 듣고 와 이 꼭두새벽에 미쳐 날뛰냔 말이다."

"당신하고 저년하고 벌써 갈 데까지 다 간 사이라면서요. 나 군대 간 뒤 동네 사람들 보란 듯 대낮에 문까지 활짝 열어놓고 그 짓을 했다면서요. 아, 이런 더럽고 추악한 집구석이 세상에 어디에 있냐구요."

이런 벼락을 맞을 놈들……. 달군 씨는 기가 막혀 아들 앞에서 차마 무어라 변명을 늘어놓을 수조차 없었다. 눈앞이 노래지면서 가슴이 천 길 벼랑으로 떨어지듯 철렁 내려앉았다. 다리가 사시나무처럼 후들거리고 손이 부르르 떨렸다.

"상우야. 절대 그런 일 없다. 내가 아무리 못 배우고 경우 없이 세상을 막살았어도 동네 사람들 지껄이는 것처럼 며느리한테 색념 품고 짐승처럼 몹쓸 짓 한 적 없다. 천부당만부당한 일이고 천벌 받을 소리다. 이 애비 심성이 어떤지는 네가 더 잘 알 것 아니냐."

"애비고 나발이고 다 필요 없소. 이제 우리 집 끝장났소. 모두 같이 죽자고요. 이런 개 집구석 같은 집에서 뭔 낙으로 살아요."

"이놈아. 니 에미 죽은 뒤로 이 애비가 여자 뒤꽁무니 따라다니며 추근거리는 짓을 단 한 번이라도 본 적이 있었냐? 네가 정신 멀쩡한 놈이라면 누가 뒷구멍에서 애빌 험담해도 우리 아버지가 그런 음탕한 사람이 절대 아니라고 게거품을 물어도 시원찮을 판에 동네 사람들 지껄이는 괴소문만 듣고 와 미쳐 날뛰다니, 너 하나 기다리며 견뎌 온 애비나 네 안사람이 뭔 죄라고 술 처먹고 꼭 두새벽에 겨들어와 생사람 달구치냔 말이다."

"상피붙은 쌍것들이라고 음탕한 족속들이라고 마을 사람들이 한목소리로 떠들고 수군거리는데 혼자만 아니라고요? 난 이런 집에서 더는 못 살겠소. 얼굴 철면피인 당신이나 잘사시오. 난 나가 죽겠소."

"이놈아, 네가 죽긴 왜 죽어. 경망한 망아지 새끼처럼 날뛰지만 말고 제발 진정해라. 동네 사람들끼리 떠드는 소리 절대 믿으면 안 된다. 내 하늘에 대고 맹세하마. 우리 두 사람 아무 일 없었다."

아무리 어르고 달래도 막무가내였다. 이미 눈자위가 뒤집혀 앞에 뵈는 게 없는 모양이었다. 상우는 달군 씨를 내동댕이치듯 안마당에 밀쳐냈다. 그마저도 분이 풀리지 않았던지 잠시 씩씩거리다 부엌으로 뛰어 들어갔다. 부엌에서 나온 상우의 손에는 달군 씨가 지난봄 대장간에 가 사 온 부엌칼이 쥐여 있었다.

"이 화냥년, 나 없는 사이 시아버지랑 대체 뭔 짓을 한 거냐. 솔직히 털어놔라."

상우의 손에 들린 번득이는 칼이 자신에게로 향하고 있음을 직감한 며느리가 어미 품속으로 숨어드는 병아리처럼 한걸음에 달군 씨 품으로 달려와 매달렸다. 제 딴에는 지난번 천둥 칠 때 보듬어 주었던 기억이 선연했던 모양이었다. 목숨 끄나풀 지켜줄 유일한 피난처가 오로지 시아버지밖에 없다고 뒷일 생각 없이 뛰어들기는 하였으나 상우에게는 더 확신을 심어주고 불난 가슴에 기름을 끼얹는 꼴이었다.

"이런 우라질 것. 이젠 겁도 없이 남편 보는 앞에서 보란 듯이 시애비 품에 가 안기는구나. 에이, 이 더러운 탕녀 같으니. 어떻게 이런 개족보가 된 것이냐. 시아비가 홀아비로 늙는 게 불쌍해 살보시라도 했던 거냐?"

상우가 성큼성큼 달군 씨 앞에 다가와 떨어지지 않으려고 발버둥 쳐대는 제 처의 몸뚱이를 사정없이 낚아챈 뒤 사랑채 부억 구석빼기로 몰아넣었다. 고슴도치처럼 몸을 옹송그린 채 바들바들 몸을 떠는 며느리는 금방 경기를 일으킬 것만 같았다. 달군 씨는 상우 앞을 가로막고 며느리에게 보호막을 쳐줄까도 생각했다. 그러나 그런 달군 씨의 며느리 사랑이 오히려 화를 키울세라 가슴을 졸이며 지켜볼 따름이었다.

"잘못했어유. 다신 안 그럴께유."

며느리는 앞뒤 가릴 경황이 없어 오로지 잘못했다는 말로 위기를 벗어나려 애썼다. 뺨을 얻어맞을 때도 칼끝을 눈가로 겨눌 때도 욕지거리와 고함이 사정없이 날아들 때도 오직 그 소리뿐이었다.

"잘못한 게 많지?"

"예에."

"그럼 뭘 잘못했는지 곧이곧대로 털어놔라."

"몰라유."

"이 음탕한 것, 아무리 얼뜨기고 푼수데기라 해도 독수공방 견디는 게 그리 어렵더냐?"

아들 상우가 금방이라도 며느리의 목을 딸 것처럼 칼을 겨누었다. 막무가내 미쳐 날뛰는 아들의 퍼런 서슬에 질린 달군 씨도 잠시 어찌할 바를 모른 채 허둥대다가 가까스로 후들거리는 다리를 겨우 일으켜 아들 곁으로 쭈뼛쭈뼛 다가갔다.

"상우야. 동네 사람들도 너도 모두 오해하고 있다. 얼마 전 천둥 번개가 어떻게나 무섭게 쳐대던지 네 처가 놀래 방 안에서 비명을 지르며 울고 있더라. 네 처의 울음소리가 하도 처량하고 딱해 진정시키려고 방에 들어가 감싸주었을 뿐인데 얄망궂은 옆집 에펜네가 그 모양을 훔쳐보고는 흉허물이랍시고 동네방네 돌아다니며 입방정을 떨어댄 것뿐이다. 애비도 네 처도 아무 죄 없다. 이놈아 제발 정신 차려라."

"그걸 핑계라고 둘러대는 거요? 그 말을 내가 믿으란 말이오? 콩으로 메주를 쑨대도 당신 말은 못 믿겠소."

달군 씨 말에 상우는 더 울화가 치민 모양이었다. 쥐고 있던 부엌칼을 사랑채 부뚜막에 내동댕이쳤다. 닥치는 대로 찌르고 벨 것 같던 식칼이 상우의 손아귀에서 벗어나자 달군 씨 입에서 안도의 숨이 새어 나왔다. 식칼을 내동댕이친 상우가 짐승처럼 고래고래 악을 썼다. 반은 고함이었고 반은 울부짖음이었다. 그에겐 치솟는 분노를 풀 대상이 오로지 한 사람뿐이었다. 제 처의 턱을 들어 올리고 육두문자로 거친 욕지거릴 내뱉으며 철썩철썩 뺨을 후려쳤다. 그러고는 실성한 아이처럼 비척거리는 걸음으로 다시 집을 나가버렸다. 집을 나서는 아들의 뒷모습이 처연했다. 억울한 마음을 왜 모르랴. 하늘이 무너지고 땅이 꺼지는 절망감을 어찌 모르랴. 달군 씨는 아들에게로 달려가 부둥켜안고 같이 울어주고 싶었다.

아들이 사라진 집은 다시 쥐 죽은 듯 괴괴했다. 달군 씨는 마치 악몽을 꾸다 깬 사람처럼 정신이 혼미했다. 이 새벽의 난리가 차라리 꿈이었으면 싶었다.

달군 씨는 축 처진 채 울고 있는 며느리에게 다가가 손을 내밀었다.

"괜찮다 아가야. 너나 나나 뉘한테도 책잡힐 짓 한 적 없다. 맘 가라앉히고 방에 들어가 쉬거라."

머리칼은 산발이 되었고 매운 손바닥이 휩쓸고 간 양쪽 볼은 퉁퉁 부어올라 실금이 간 사기 주발처럼 금방 짜개질 것만 같았다.

며느리를 방 안에 들여보낸 달군 씨는 밖으로 나와 아들이 사라진 동구 쪽으로 맥없이 걸어갔다. 막 동이 트는 중이었다. 일찍 잠을 깬 마을 사람 몇이 새벽기도를 오느라 교회 쪽으로 걸어오는 게 보였다.

그중 하나는 마을 이장네 안식구였다. 이태 전 마을 일을 보던 이장이 늙어 더는 버텨내기 힘겹다고 자리를 내놓자 이번엔 팔팔한 젊은이가 이장이 되는 게 낫겠다 하여 동네 사람들이 너도나도 추대해 뽑은 이장이었다. 내 일 내팽개쳐 두고 동네일 본다는 게 쉽지 않은 일이건만 새로 뽑힌 이장네 내외는 안팎으로 오지랖이 넓고 바지런을 떨면서 살았다. 한때 마을 부녀회장까지 맡았던 이장네 처는 세상 보는 안목이 넓은 축이었고 성격도 쾌활했다. 길을 걷다 누구를 보아도 웃는 얼굴에 얼음이라도 녹일 듯 목소리가 따뜻하고 살가웠다. 달군 씨는 아무라도 붙들고 억울한 속사정을 털어놔야 직성이 풀릴 것 같았다. 바쁘게 걸어가는 이장네 안식구에게 다가가 평소대로 말을 걸었다.

"교회 가시우?"

"예. 아저씬 새벽부터 어딜 가세요."

마을에서 무슨 소문이 도는지 모를 리 없는 이장네가 아니던가. 다른 사람들 같았으면 먼발치부터 고개를 돌리고 제 갈 길 가면 그만일 터인데 이장네 안식구는 달군 씨의 기대를 저버리지 않았다. 입가에 잔잔한 웃음까지 보여주며 되묻는 것이다.

"부녀회장님 내 누명 좀 벗겨 주시오. 하도 억울해 속에서 열불이 나고 살이 떨려요."

"……."

"어제 우리 상우가 군대 갔다 휴가를 왔는데 동네에 떠도는 해괴망측한 소문을 듣고 와서는 눈이 홀렁 뒤집혔수. 말 같지도 않은 헛소문에 집안이 벌집 쑤셔놓은 듯 온통 쑥대밭이 됐단 말이오. 아무렴 내가 마을 사람들 생각하는 대로 그런 짐승만도 못한 짓을 저질렀겠수?"

입 떨어지기 무섭게 이장네 안식구의 표정이 일그러졌다.

"죄송해요. 새벽예배 늦겠어요."

하소연 들어줄 시간이나 누명 벗겨줄 뜻이 없다는 표정으로 느껴졌다. 길거리에서 달군 씨와 말을 섞는 것조차 부담스러워하는 눈치였다. 가재는 게 편이라고 서글서글한 부녀회장도 달군 씨 말에 귀 기울이기보다는 같은 교회 신도인 내면댁 말을 철석같이 믿고 있구나, 미루어 짐작하며 달군 씨는 고개를 떨구었다. 수치심에 맥을 놓고 있는데 이번에는 버스정류장 뒷집 정가가 운동복 차림으로 뒤뚱뒤뚱 걸어오는 게 보였다. 몇 해 전 경운기를 타고 가다 개천으로 굴러떨어져 허리를 심하게 다쳤던 정가였다. 석 달 동안 병원 신세를 지고 가까스로 퇴원했지만 사고 후유증이 심해 오리처럼 팔자걸음을 걷는 신세가 되었다. 달군 씨보다는 예닐곱이나 연배가 높아 어릴 적부터 동네 선후 배로 지내온 사이였다.

"운동 가시요?"

막 눈앞으로 지나치는 사람을 모른 체 할 수 없어 달군 씨가 건성으로 물었다.

"의사가 하루도 거르지 말고 운동하라잖아."

달군 씨는 인사치레 끝나기가 무섭게 좀 전에 이장네 안식구 에게 한 말을 다시 건넸다. 정가는 더 가관이었다.

"이 사람 얼굴에 구들을 깔았나, 면상 참 두껍네. 얘기 들어 보니 메누리랑 합방하는 걸 본 사람이 한둘이 아니더구먼. 옛 날 같았으면 벌써 형방에서 잡아다가 가새주리를 틀었을 것이 네."

말을 꺼내기가 무섭게 다짜고짜 퉁명스레 쏘아붙이는 정가 의 말에 달군 씨는 말문이 막혔다. 전후 사정도 모르고 몰아치 는 정가가 고깝고 아니꼬웠다.

"뭐요? 형님은 내가 그 짓거리 하는 걸 한 번이라도 보신 적 이 있소. 어째서 다른 사람 말은 믿고 내 말은 못 믿는단 말이 요."

"자네를 생각해서 하는 말이니 곡해 말고 들어보게. 자네가 비록 홀애비이긴 하나 예전부터 힘 하나는 뉘한테도 빠지지 않는 알심장사 아닌가. 메누리도 신랑 군대 보내놓고 허구한 날 독수공방하는 처진데 아무리 시애비 메누리 사이라지만 노상 한 집에 붙어 있음 뭔 일이든 일어날 수 있는 법이지. 여북하면 내가 그전부터 동넷분들한테 말했잖은가. 차라리 상우가 군대를 가면 메누릴 친정에 보냈어야 했다고 말이야. 아무리 시아버지와 메누리 사이라 해도 서로 감정이 있는 남자와 여자이거늘 어떻게 두 남녀가 같은 집에 붙어살면서 얼음덩이처럼 냉랭하게 떨어져만 있겠냐고. 아플 때 냉수라도 떠다 주면서 살 마주칠 때 있을 것이고 삼시 세끼 밥 먹으면서 눈 마주칠 때도 있을 텐데 어떻게 허구한 날 격 지키면서 살 수 있겠냔 말이야."

"됐수. 나란 사람을 알고 지낸 지 수십 해 건만 고작 한다는 말이 내가 며느리랑 그렇고 그런 사이라는 게 맞다 그 말 아니요?"

"이 사람아, 어물전 망신 꼴뚜기가 시키고 올챙이 한 마리가 우물 흐린단 말 못 들었는가. 애들 보기도 민망하고. 다른 마을로 소문 퍼질까 두렵네. 여기저기 돌아다니며 자네 입으로 떠들고 다니면 스스로 욕가마리 자처하는 꼴이야. 도둑이 제 발 저리다고 길거리서 만나는 사람마다 붙들고 하소연해봤자 오히려 자네 발등만 찍는 격이라고."

정가는 혀를 끌끌 차고는 팔자걸음을 떼며 가던 길을 재촉했다. 단 한 명 자신의 말을 귀담아들어 주는 이가 없었다. 매일 새벽기도를 다니며 하느님을 찾는 이도, 한동네 이웃사촌이라 여기며 정을 쌓아왔던 사람도 억울하다는 달군 씨의 말을 귓등으로 들어 넘기려고도 하지 않은 채 파렴치한으로 몰아붙이는 형국이었다.

달군 씨는 이 동네서 얼굴 들고 나다닐 수조차 없는 처지가 되어 있었다. 동네 아이들조차 달군 씨 집에 돌팔매질하며 조롱하지 않을까 걱정이 되었다. 솥뚜껑처럼 속마음을 열 수만 있다면 마을 사람들 모아놓고 결백한 가슴을 송두리째 열어 보이고 싶었다. 눈이 있거든 똑바로 봐라! 누가 헛소릴 지껄이고, 누구 속이 더 시궁창처럼 썩어 있는지, 찬물에 두 눈 깨끗이 씻고 살펴라! 진실이 무엇인지! 그동안의 울분을 토해내며 외치고 싶었다. 하지만 아무리 생각해도 밀려오는 것은 낙담뿐이었고 생각나는 것은 내면댁에 대한 분노뿐이었다.

내면댁, 이놈의 집구석, 당장 불이라도 싸지를까? 차라리 사내였더라면 목이라도 비틀어 바짓가랑이에 오줌을 지릴 만큼 혼겁을 내주거나 아갈잡이라도 해서 입막음을 할 수 있으련만, 이놈의 집구석 어떻게 대갚음을 해야 갑갑한 속이 뻥 뚫리려나. 주먹을 쥐어보고 입술을 앙다물어도 분이 풀리지 않았다. 묵은 똥오줌을 퍼다가 된장독에 가득 채워도 머리끝까지 치솟는 화가 풀릴 것 같지 않았다.

그렇게 분을 삭이지 못한 채 달군 씨는 터덜터덜 집으로 돌아오고 말았다. 집에 와서도 아들놈 걱정이 떠나지 않았다. 홧김에 또 술을 푸고 와 제 처에게 손찌검 할지 또 흉기를 들이대지는 않을지 가슴이 조마조마했다.

상우는 휴가가 거의 끝나갈 무렵까지 노다지 술로만 보냈다. 아침에 집을 나가면 새벽녘이 되어서야 집에 들어왔고 안마당에 들어서기가 무섭게 처의 머리채를 끌고 나와 도로변까지 끌고 다니며 복날 개 잡듯 팼다. 어릴 적 앓았다는 경풍기가 아직 남아 있어 길바닥에서 상우의 매질이 이어질 때마다 며느리는 눈자위가 뒤집힌 채 까무러쳤다.

이날도 집에 들어온 아들놈의 매질이 시작됐다. 달군 씨가 달려들어 술에 취해 비척거리는 아들놈의 목덜미를 잡아채 며느리를 빼앗아 겨우 안으로 들였다. 냉수를 떠다 입술에 넣어주며 정신 차리라고 뺨을 토닥이는데 아들놈이 어디서 주워 왔는지 절굿공이만 한 삭정이 하나를 들고 달군 씨를 향해 달려들었다.

"얼씨구 둘이 잘들 놀고 있네. 이 판에 다 죽자. 이놈의 집구석에서 살아 무엇해. 우리 셋 다 죽어버리자고."

달군 씨는 아들이 들고 온 삭정이를 빼앗느라 한참 동안 뒤엉켜 진땀을 뺐다.

"이 육시랄 놈의 새끼. 후레자식이 따로 없구나. 어디 술 처먹고 들어와 애비 앞에서 망나니짓이냐. 이 버르장머리라곤 눈곱만치도 없는 불상노무새끼."

"난 죽어버릴 거야. 이런 짐승 우리 같은 집구석에서 살아 무엇해. 우리 다 함께 죽자고."

아들의 눈에서는 잉걸덩이 같은 불길이 이글이글 타올랐다. 바닥에 드러누워 데굴데굴 구르는가 하면 네굽질에 복장을 치며 울부짖었다.

"철없는 놈. 제발 정신 좀 차려라. 이때까지 오매불망 너 하나만 기다려 온 네 안사람과 깨가 쏟아지게 지내도 모자랄 귀한 시간에 왜 눈깔 뒤집혀 애먼 식구들만 들들 볶아대는 게야. 언제까지 미쳐 날뛸 셈이냐. 이제 휴가도 끝나가는데 맘 다잡고 귀대 준비를 해야지."

"누구 좋으라고 돌아가. 난 차라리 죽을 거요. 당신도 죽고 저 멍청한 년도 죽고 다 같이 죽자고요."

그렇게 족히 두어 시간 집안을 난장판으로 만들어 놓고야 상우는 다시 집을 나가버리는 거였다. 하루도 거르지 않고 벌어지는 난리통으로 달군 씨는 집안이 지옥처럼 느껴졌다. 사달 뒤엔 생각나는 이가 있었다. 옆집 내면댁이었다. 곱씹을수록 울화가 치밀었다. 이 모두가 내면댁의 입방아질 때문에 벌어진 일이었다. 이판사판이다 싶어 내친김에 달려가 호되게 분탕질이라도 치려는데 늘 열려 있던 철대문이 굳게 잠긴 채로 그의 앞을 가로막고 있었다. 게다가 닫힌 대문에는 쇠갈고리 문빗장에 조롱박만 한 자물통까지 덩그러니 매달려 있었다. 상우가 돌아온 뒤부터 매일 집안이 아수라장인 걸 귀가 있고 눈이 있는 내면댁이 모를 리 없었다. 행여 화가 자신에게까지 닥칠까 싶어 겁을 먹었던지 일찌감치 문을 걸어 잠근 채 시내 아들네 집으로 줄행랑을 친 모양이었다. 눈만 뜨면 마주치는 옆집이라 사촌보다 가까운 해포이웃으로 여겼건만 이젠 원수나 다름없었다.

벼락 맞을 집구석 같으니, 세상 양경장수들은 다 어디서 무얼 하고 있나. 당장 오늘 밤에라도 달려와 이 몹쓸 놈의 집구석 세간들 다 업어가지 않고. 노망든 안늙은이 다시는 집에 돌아오지 못하게 천 리 밖으로 보쌈을 해갔으면 속이 다 후련할 것만 같았다.

하지만 이 영악한 노인네는 벌써 눈앞에 닥칠 화를 예견하고 쥐도 새도 모르게 자리를 뜬 것이다. 이글거리는 마음 같아서는 뒷일 생각지 않고 당장 처마에 불이라도 붙이고 싶었다. 내면댁이 매일 사용했을 밥주발이며 이부자리며 벽에 걸린 죽은 영감탱이 사진이며 장롱 속 옷가지로 번진 불길이 서까래로 대들보로 활활 타오르는 모습이 보고 싶었다. 그러나 아무리 가슴에 천불이 나도 아무도 없는 빈집에 들어가 불을 낼 수는 없는 노릇이었다. 달군 씨는 집 대문을 한바탕 걷어차는 것으로 화풀이하고는 털레털레 집으로 되돌아왔다. 안마당에 들어서자 까무러쳐 쓰러져 있던 며느리가 깨어나 바들바들 떨면서 물을 찾고 있었다. 불쌍한 것, 몸도 성치 않은 것이 얼마나 놀랐으면 저럴까. 애처로움에 달군 씨가 부엌으로 들어가 물 한 대접을 퍼왔다. 큰길가에 질질 끌려다니며 매질을 당한 터여서 머리카락이 수세미가 되어 있었고 드러난 살갗 여기저기마다 검은 멍 자국이 선명했다.

"네 조부모님들 눈에 띄었더라면 얼마나 놀라셨을까. 시집가 잘살고 있을 거라 믿고 계실 텐데 이 꼴을 봤더라면 대경실색하셨겠다. 불쌍한 것."

다음 날 새벽에 아들놈이 또 고주망태가 되어 들어왔다. 영락없이 이번에도 며느리를 잡아 봉당에 꿇려 앉히고는 악다구니를 써가며 달구치는 것이었다.

"이년, 이번이 마지막 기회다. 솔직히 고백해. 나 군대 간 뒤에 둘이 뭔 짓거리를 한 거야."

"……."

달군 씨가 사랑채에 누워 듣고 있자니 벌떡증이 솟구쳐 더는 참을 수가 없었다. 녀석이 휴가 나온 뒤 단 하루도 거르지 않고 똑같은 짓을 저지르고 있는 거였다. 떠도는 남의 말만 들으면 아무리 도량이 깊다 해도 눈 뒤집히지 않을 사내가 어디에 있을까 마는 이미 그날 벌어졌던 일이 시아버지의 며느리 사랑이었을 뿐 하늘에 맹세코 떳떳하다 다짐을 주었건만 아무리 밴댕이 소갈딱지라 쳐도 이건 자식 된 도리가 아니었다. 저 덩둘한 놈의 망나니짓을 맨정신으로 지켜보기 어려웠다. 이젠 같은 피 섞인 자식이 아니라 원수처럼 여겨졌다. 차라리 제 놈이 지껄인 대로 어디에 가 죽기라도 했으면 싶었다. 이번에도 또다시 힘없는 처에게 손찌검을 했다간 단박에 달려가 물고를 내리라 작심하며 안마당에 나가 아들놈 하는 꼴을 지켜보았다.

"이년아, 나 군대 간 사이 집구석에서 둘이 뭔 짓거리를 한 거냐고 묻잖아. 귓구멍 뚫리고 입 벌어졌으면 어서 말을 해."

"……."

무슨 큰 죄를 지었다고 며느리는 얼굴을 감싸 안은 채 처분만 바란다는 듯이 무릎을 조아리고 있었다. 화가 풀릴 때까지 제풀에 지칠 때까지 걷어차면 채이고 굴리면 구르고 때리면 기꺼이 맞겠단 자세였다. 그 앞에서 눈을 부라리고 있는 상우는 성마르고 철딱서니 없는 주정뱅이였다. 같은 말을 같은 투로 같은 억지를 써가며 볶아댔다.

"이게 정말 죽으려고 환장했나, 그 입 갖다 뭣에 쓰려고 말을 못 해. 사실대로 말하면 용서해 줄 테니 어서 자백하란 말이야."

아들이 발을 들어 아내의 등짝을 짓이겼다. 분을 삭이지 못한 상우가 힘없이 나뒹구는 여린 처의 머리채를 잡아 이리로 휙 저리로 휙 낚아채며 혼을 쑥 빼어놓았다. 이제는 정말 보고 있을 수만은 없었다. 몸을 부르르 떨던 달군 씨가 다가가려고 막 발걸음을 떼는 순간이었다. 상우의 서슬 퍼런 눈빛이 달군 씨에게로 옮겨왔다. 눈빛에 살기가 번득여 달군 씨는 그만 발걸음을 멈추고 말았다. 다가갔다가는 녀석이 정말 큰일을 칠 것만 같았다. 등골이 서늘하고 팔다리에 소름이 돋아 더는 다가서기가 두려웠다. 녀석은 이제 예전의 마음 착하고 눈빛 선하던 아들 상우가 아니었다.

"한 발자국만 다가오면 이년 내 손에 죽을 거요. 오늘 내 이년의 입으로 집구석에서 뭔 일이 있었는지 반드시 자백을 받고 말 테니 두고 보시요."

"귓구멍에 정말 말뚝이라도 박힌 거냐. 나도 네 처도 아무 잘못 없단 말을 도대체 몇 번이나 해야 알아먹겠냐. 애비가 대들보에 목이라도 매야 네가 우리 결백을 인정해 줄 셈이냐?"

상우는 달군 씨 말에는 아예 콧방귀도 뀌려고 하지 않았다. 그런 아들에게 달군 씨는 한 발자국 다가서며 애걸하듯 달랬다.

"이것아, 네 처가 몸은 저래도 지고지순 너 하나만 기다리며 살아왔다. 원체 문밖출입을 싫어하는 아이여서 밖에 나가 뉘한테 맨 종아리 한 번 내보인 적 없고 눈웃음 한 번 흘린 적 없이 집 안에만 들어앉아 있었다. 서방 올 날만 학수고대해 왔는데 돌아온 서방이 보듬어 주지는 못할망정 창부 취급하며 함부로 손찌검이나 해대다니, 그러고도 네가 정신 온전한 남편이란 말이냐?"

놓여난 찌러기 달래듯 차분차분 구슬려도 보고 호소도 해보았지만 역시나 쇠귀에 경 읽기였다. 채 말이 끝나기도 전에 아들은 다시 제 처의 머리채를 잡아 흔들어댔다. 얼굴이 파랗게 질린 며느리가 숨이 끊어질 듯 비명을 지르는데도 아들의 행실은 그치지 않았고 달군 씨는 방금 전 아들의 눈에서 보았던 살의에 주눅이 들어 발만 동동 굴렀다. 아들 하는 짓거리는 성한 사람 하는 짓이 아니었다. 몸속에 악귀라도 들어와 저도 모르게 한풀이를 해대는 것 같았다.

"그래도 자백을 안 할 거냐? 사실대로 말하면 용서해 줄 테니까 어서 말해보란 말이야."

저러다 정말 며느리 잡겠다 싶어 또다시 아들 녀석 앞으로 나서려는 찰나였다.

"정말 사실대로 말하면 용서할 거쥬?"

며느리가 어깨를 잔뜩 움츠리고는 겨우 고개를 쳐든 채 상우를 올려다보았다.

"그래 이년아. 그동안 이 집구석에서 뭔 일이 벌어졌는지 똑바로 말을 해보란 말이야."

"정말 말하믄 안 때릴 거쥬?"

"안 때리고 다 용서할 테니 어서 말해."

달군 씨는 저 아이가 대체 무슨 말을 하겠다는 건지 잠시 어리둥절했다.

"그럼 뭐든지 물어봐유. 다 말할게유."

"그래 이제부터 내가 물을 테니 똑바로 답해."

"알았어유."

"아버지랑 목욕도 같이 했냐?"

이건 또 뭔 해괴한 소리인가. 제 몸 다스리기도 힘겨운 며느리를 돕고자 간혹 안방 가마솥에 목욕물을 길어다 덥혀준 적이 있었다. 따뜻이 물 데워 놨으니 안방 부엌에 들어가 문 걸어 잠그고 씻으라고 일러주던 말을 염알이꾼 내면댁이 설피 주워듣고는 노인정에 나가 둘이 목욕까지 했다고 떠벌린 모양이었다. 달군 씨는 자신도 모르는 일, 무관한 일을 동네 사람들이 부풀리고 상상해 가며 수군거렸을 일을 생각하자 광기로 불타는 눈앞 자식보다 이웃들이 더 두렵게 생각됐다. 소문대로 정말 자신이 며느리와 목욕도 같이하고 몽유병에라도 걸린 사람처럼 밤마다 며느리가 누워 있는 방을 시도 때도 없이 들락거렸던 건 아닌가 싶기도 하였다.

"아니유."

며느리가 손바닥을 싹싹 빌면서 답했다.

"얼씨구 이게 늙은이와 놀아나더니 어느새 요물이 다됐구나. 금방 솔직히 말한다고 했잖아. 내가 밖에서 다 들은 얘긴데 아니긴 뭐가 아니냐."

달군 씨는 정수리까지 부아가 뻗치고 말았다.

"이 빌어먹을 놈아. 하늘이 눈 시퍼렇게 뜨고 지켜보는데 애비 앞에서 뭔 천인공노할 막말을 함부로 지껄여."

그러나 상우는 달군 씨의 말을 한쪽 귀로 그냥 흘려보낸 채 대꾸조차 하지 않았다. 손바닥이 또다시 며느리에게로 날아들었다. 얼굴을 감싸 쥐면서 며느리가 소리쳤다.

"사실대로 말하면 용서하고 안 때린다고 했잖아유."

"예라고 말해야지 이년아. 다시 물을 테니 이번엔 속 시원히 대답해라. 아버지랑 부엌에 들어가 목욕했다며?"

"예에."

"합방도 했다면서…… 둘이서 잠도 같이 잤지?"

"……"

"이 여우 같은 게 그래도 말을 안 해?"

"증말 예라고 하믄 안 때릴 거쥬?"

"그래. 둘이 같이 잤지?"

"……예에."

답을 들으면서도 상우는 울먹이는 제 처의 머리채를 잡아 흔들었다. 월궁에 산다는 항아처럼 곱던 얼굴이 온통 상처투성이였다. 연일 계속된 매운 손찌검에 얼굴은 퉁퉁 부었고 눈에 보이는 몸뚱이 곳곳마다 터지고 피멍이 들어 성한 데가 없었다.

"둘이 같이 끌어안고 잠도 잤지?"

"예에."

"정말 둘이서 같이 잤지?"

"예에."

며느리의 입에서 어눌한 대답이 새어 나오는 순간 달군 씨는 천 길 낭떠러지로 뚝 떨어지는 기분처럼 아찔했다.

─저 덩둘한 것, 서방의 매질에 정신머리까지 무너지는구나. 아무리 뒷귀가 어둡기로서니 스스로 독을 깨 물을 쏟을 줄이야.

달군 씨는 그만 고개를 떨구고 말았다. 가당찮은 선동질에 동네 사람들의 눈 귀가 멀고 매질 앞에서 진실이 묻히고 거짓이 만들어지는구나. 도대체 이 일을 어떻게 수습해야 한단 말인가. 머릿속이 온통 나뭇가지에 걸린 검불처럼 엉키어 혼란스러웠다.

상우는 마침내 제 처로부터 자신이 원하지 않던 끔찍한 답을 듣게 되자 악을 쓰며 치를 떨었다. 처와 아버지의 얼굴을 번갈아 노려보다가 천불이 났던지 홰치는 장닭처럼 두 팔을 퍼덕거리다가 윗도리를 훌러덩 벗어 안마당에 팽개쳤다. 금방 시르죽은 목소리로 비명을 지르는가 싶더니 넉장거리로 바닥에 나자빠져 한참을 울부짖었다. 주저앉아 땅을 치며 통곡했다. 녀석은 이제 온 동네에 떠돌던 소문이 명명백백한 사실인 것처럼 받아들이고 체념하는 눈치였다. 그런 아들을 바라보며 달군 씨는 자신이 지금 지옥에 와 있다고 생각됐다. 이 시간이 지옥이고 이 집이, 이 마을이 생지옥이었다. 요 며칠 그가 만났던 마을 사람들은 지옥을 떠도는 악귀들이었고 바로 목전에 보이는 상우도 지옥에서 고통스러움에 울부짖는 악귀 같았다.

얼마 뒤 제풀에 일어나 앉은 상우는 모든 것을 체념한 듯했다. 더는 처에게 가까이 다가가지 않았고 손찌검하지도 않았다. 어깨를 축 늘어뜨리고 안마당을 기신거리다가 고래고래 고함을 내지른 뒤 지척지척 집을 나가버렸다.

달군 씨는 그 자리에 털썩 주저앉고 말았다. 바로 맞은편에 며느리가 엎드려 훌쩍이고 있었다.

"이것아, 아무리 매질이 고통스럽기로서니, 아무리 서방의 닭

달질이 두렵기로서니 아닌 걸 기라 하면 뒷감당을 어쩔 셈이야.”

달군 씨는 피를 토할 듯 한숨을 쏟아내며 애꿎은 며느리만 타박했다.

상우의 휴가가 끝나기 전날이었다. 동네를 수백 년 족히 지켜 온 마을회관 옆 느티나무 가지와 도로를 따라 끝 모르게 꽂힌 전봇대를 오가며 까마귀 떼가 날아와 극악하게 짖어댔다. 교회 지붕 위를 빙빙 돌다가 십자가에도 날아가 앉고 이장네 집 담장에도 날아다니며 울었다. 동네방네로 나직나직 날며 울던 까마귀들이 달군 씨네 집에까지 날아와 울어댔다.

봉고 트럭 한 대가 달군 씨네 집으로 향하는 길목에 들어섰다. 차 소리에 놀란 까마귀들이 몇 마리는 전봇대 변압기로 날아가 앉았고 몇 마리는 마을회관 쪽으로 후루룩 날아갔다.

“소식 들으셨어요?”

차에서 내린 이장이 안마당에 들어서기 무섭게 달군 씨를 황급히 불러세우곤 물었다.

“소식이라니, 무슨 소식…….”

“이거 큰일이네요.”

쉽게 말을 꺼내지 못한 이장이 잠시 고개를 바깥으로 돌리곤 머뭇거렸다.

“뭔 얘기를 들었기에 안색이 그 모양이야.”

“큰일 났다니까요. 상우가…….”

"상우가 뭔 큰일을 냈다는 거야. 걔한테 뭔 변고라도 생겼는 가?"

"상우가 죽었다고 지서에서 연락이 왔어요."

그야말로 마른하늘에서 떨어진 날벼락이었다. 달군 씨는 그만 맨땅에 털썩 주저앉고 말았다. 귀대를 앞두고 집을 나간 뒤 들어오지 않는 게 수상쩍기는 했어도 다른 날처럼 어디에 나가 술이나 푸겠거니 생각했던 달군 씨였다. 다음 날 부대로 돌아가야 했기에 술을 마시고라도 가슴에 쌓인 울분을 삭인 뒤 집에 들어오기를 바랐다. 밤이 새도록 그날 벌어졌던 일을 조곤조곤 설명하면 부자지간, 부부지간에 얽히고설켰던 오해의 실타래가 풀릴 수도 있으리라 생각했었다. 아무리 주변에 떠도는 소문이 귓속에 쏙쏙 들어와 박혀도 마지막엔 아버지 말이 진실이었음을 깨우치리라 믿었었다. 아들이 죽다니, 하늘도 천지신명도 다 무심하고 야박스러웠다. 이장이 빨리 지서로 가보라며 손을 잡아 일으켜 세웠지만 달군 씨는 단 한 발짝도 걸음을 떼놓을 수 없었다. 달군 씨의 몸이 축 늘어졌다.

아들의 시신은 동네 입구 저수지 뒷산에서 발견되었다. 작심하고 저수지 뒷산에 올라가 소주를 두 병이나 비운 뒤 마지막에 농약 한 병을 들이마셨다. 제초제 병과 소주병이 나뒹구는 중소나무 밑 그늘 밑에서 상우는 윗도리가 벗겨진 채로 죽어 있었다. 웃옷을 벗어 던지고 집을 나가 얼마간 거리를 배회하다가 농약과 소주를 구해 저수지 뒷산으로 올라간 모양이었다. 상우는 싸리나무 가지를 잡고 고통스러워하다가 죽었다. 널브러진 시신을 먼발치에 있던 낚시꾼이 발견하고 경찰에 신고해 알려졌다. 경찰과 의사가 현장을 다녀갔다. 경찰은 구체적인 사인을 찾아내려고 달군 씨와 며느리를 불러 조사했다. 의사는 사인을 독극물(농약) 중독으로 표기했고 경찰도 독극물 음독으로 인한 사망으로 결론지었다. 다음 날엔 군인들도 달군 씨의 집을 찾아와 상우의 죽음을 조사한 뒤 돌아갔다.

상우는 병원 영안실에서 화장장으로 가 한 줌 재로 달군 씨의 손에 들어왔다. 달군 씨는 며느리와 함께 상우의 유골을 안고 화장터 인근 숲으로 가 곧게 뻗은 소나무 밑에 뿌렸다.

집에는 이제 달군 씨와 며느리 둘만 남았다. 달군 씨는 뼈마디가 녹아내린 것처럼 축 늘어졌다. 무얼 낙으로 삼고 살아야 할지 앞일이 막막했다. 깊은 동굴 속에 갇힌 사람처럼 마음이 황망하고 허허로웠다. 달군 씨는 몇 날 며칠을 방 안에서 꼼짝없이 누워 끙끙 앓았다. 고귀한 보석처럼 남의 눈에 띄지 않게 감추거나 숨긴 것도 아닌데 마음속에 존재하는 그날의 진상을 세상에 드러내기가 어찌 이리 힘겹단 말인가? 교활한 입놀림이 나비의 날갯짓처럼 바람을 일으켜 동네방네 떠돌다가 폭풍이 되어 한 집안을 풍비박산 쓸어버린 꼴이었다. 달군 씨는 마을 사람들을 생각할 때마다 소름이 돋고 진저리가 쳐졌다. 이웃 사람들이 점점 두려워졌다.

가까스로 정신을 차리고 집 밖엘 나서기라도 하는 날엔 아이부터 늙은이까지 곁을 두지 않고 슬금슬금 자리를 떴다. 옆집 내면댁은 어느새 아들 집에서 돌아와 여전히 새벽예배를 나가고 틈만 나면 마을 노인정을 들락거렸다. 마을회관엔 달군 씨 가족의 애욕사가 푸짐한 양념거리로 오르내렸다. 그 옆 예배당엔 여전히 십자가가 불을 켠 채 오가는 신도들을 맞았고 동구에 수백 년 마을을 지킨 느티나무도 아무 일도 없었다는 듯 태평스레 서 있다가 불어오는 바람에 몸을 흔들어댔다.

달군 씨네 집에서 벌어진 지난여름의 수난사가 흥미를 잃어갈 즈음 사람들의 입에서는 이제까지와는 전혀 다른 소문이 떠돌았다. 진원지가 분명 있을 터이지만 최초의 말을 만들어 낸 이가 누구인지 정확히 알 수 없는 소문이 안개처럼 마을을 덮었다. 상우의 죽음이 자살이 아니라 타살일 가능성이 농후하다는 소문이었다. 나아가 상우를 죽인 범인이 누구일까를 두고 온갖 억측이 오갔다. 상우의 죽음 이후 아직 한 집에서 동거 중인 두 사람에게로 손끝이 뻗어오는 것은 어쩔 수 없었다. 아버지가 아들을 살해했다거나 아내가 남편을 죽였다거나 아버지와 아내가 작당해 아들과 남편을 죽였을 거라는 흉측한 추측이 무성했다. 사건 이후 시아버지와 며느리의 관계가 보란 듯이 부부 관계로 발전해 밤이고 낮이고 같은 방에서 밥 먹고 같은 방에서 잠자는 사이가 됐다고 쑥덕였다.

희망이 없는 삶은 살아 있어도 죽은 삶이었다. 하나뿐인 외아들 상우가 죽은 뒤 달군 씨의 삶은 희망을 상실했고 무덤처럼 깊은 어둠 속에 갇히고 말았다. 아침이 되어도 낮이 되어도 대문 밖을 나서지 않은 채 어둠침침한 방 안에 누워 끙끙 앓았다. 밤이 깊어도 가슴에 구멍이 뚫린 듯 허허로움에 잠을 이룰 수 없어 뜬눈으로 지새워야 했다. 낮에도 잠시 눈을 붙이려고 누우면 숨이 가빠오면서 천 근도 만 근도 넘는 쇳덩이가 가슴을 내리누르는 듯 갑갑했다. 휴가를 나와 남의 소문만 듣고 곤드레만드레 취해 악을 쓸 때는 차라리 죽는 게 낫겠다고 생각했던 상우가 자꾸 눈앞에 어른거렸다. 눈을 떠도 눈을 감아도 재롱떨며 쑥쑥 자라던 아이가 무시로 떠올랐다. 언제라도 대문을 열고 집 안으로 불쑥 들어설 것만 같았다. 죽은 상우가 불쌍했다. 상우에게 죄를 지은 듯 미안했고 보고 싶고 그리웠다. 피눈물이 나고 가슴이 미어졌다. 아들을 잃은 뒤의 하루하루는 감옥살이였고 지옥이었다.

이 모두가 내면댁의 경거망동한 쏘개질이 불씨가 되어 벌어진 일이었다. 달군 씨는 이웃 사람 하나하나를 떠올릴 때마다 억장이 무너져 내렸다. 시도 때도 없이 오장육부가 부글부글 끓었다. 울분을 삭일 길이 없어 주먹으로 방바닥을 내리치고 바람벽을 쳤다. 그래도 분이 삭지 않을 땐 자반뒤집기를 하며 방바닥을 굴렀다. 당장 밖으로 뛰쳐나가 이리 떼 같은 마을 사람들을 하나하나 잡아다 사정없이 족치고 싶었다. 닥치는 대로 열

배 백 배 앙갚음해 주고 싶었다. 마을회관으로 달려가 마을 요소요소에 매달려 있는 스피커를 통해 동네방네 외치고 싶었다. 여보시오. 당신들이 생때같은 내 아들 상우를 죽였소. 당신들 입은 선동질에 이골이 나 있고 귓구멍은 뚫려있으나 사리 분별을 못 하니 차라리 막힌 귀만 못하오. 눈을 아무리 크게 떠도 하나같이 청맹과니들뿐이라 진실을 보지 못하니 당신들이 말한 것, 들은 것, 본 것들이 모두 허무맹랑한 거짓이었단 말이오. 당신들이 허무맹랑한 소리를 듣고도 꾸짖고 나무라기는커녕 북 쳐주고 나팔 불어주는 바람에 이팔청춘의 팔팔한 내 아들이 저 승으로 떠나갔소. 내 귀한 아들이 죽었단 말이오. 내 하나뿐인 아들을 어서 살려내시오. 목구멍이 터지도록 외치고 싶었다.

하지만 달군 씨는 밖으로 뛰쳐나가지 못했다. 마을회관은 고사하고 대문 밖도 선뜻 나서지 못했다. 이웃 사람들과 마주친다는 게 끔찍했다. 사람들이 우글우글 모여 수군거리는 모습이 떠오를 때마다 그들이 똥통 안에서 오물거리는 구더기처럼 혐오스럽기만 했다. 더러운 인간들이 혹이라도 찾아오지 않을까 싶어 밖에 인기척이라도 들리면 얼른 이불 속으로 들어가 몸을 웅크렸다.

달군 씨는 왜 세상을 살아가야 하는지, 살아야 할 목적이나 이유가 도무지 떠오르질 않았다. 속에서 열불이 나지만 어찌 버텨야 할지 몰라 점점 불안했다. 한 집안의 가장을 천인공노할 인간으로, 짐승만도 못한 인간으로 내몰아 멀쩡한 남의 자식까지 죽게 한 저 인간들을 눈 뜨고 어찌 볼 것이며 어찌 같은 하늘 밑에서 숨 쉬고 살아야 할지 엄두가 나지 않았다.

달군 씨는 처참히 무너지고 있었다. 몸은 기진맥진 지쳐갔고 무얼 하고 싶다는 의욕이 사라져갔다. 그런 무기력한 시간이 낮이고 밤이고 이어졌다. 단 하나, 죽음이 유일하게 달군 씨의 의식을 흔들어 깨웠다. 그래, 차라리 죽자. 눈에 넣어도 아프지 않던 귀하디귀한 자식을 잃고 무슨 낯짝으로 무슨 낙으로 목숨 부지하며 하루하루를 살아간단 말인가. 아무런 희망이 없는데 살아간들 보람이나 기쁨이 찾아올 리 없었다. 그의 인생에 남아 있는 것이라곤 오로지 어둠과 고통, 탄식과 절망뿐인 듯했다. 이 감옥 같은 삶에서 어찌 벗어난단 말인가. 남은 인생 죽는 날까지 아등바등 살아간다 한들 쭉정이뿐인 쓸모없는 삶이었다. 죽어버리자. 그래. 차라리 죽는 게 낫겠다.

날이 훤히 밝았음에도 달군 씨는 눈을 뜬 채 누웠다가 유리창을 뚫은 햇살이 방바닥까지 비집고 들어온 뒤에야 부스스 몸을 일으키고 자리에서 일어났다. 며칠 동안 겨우 화장실이나 드나든 게 전부였던 그는 꽤 수척해져 있었다. 눈은 움푹 들어가 게슴츠레했고 얼굴 피부도 푸석하고 창백했다. 몇 걸음 뗀 걸음걸이도 휘청거렸다. 이제 죽음으로 가는 길을 찾아갈 심사였다. 죽음으로 가는 길 이외엔 아무 길도 눈앞에 보이지 않았다.

달군 씨가 사랑채 방문을 열고 문밖을 나서려는데 눈앞에 뭔가가 막아서는 것이 있었다. 소반에 차려진 밥 한 그릇과 된장국, 냉수 한 대접이 담긴 밥상이었다. 밥상 앞에는 며느리가 무릎을 조아리고 앉아 있는 모습이 보였다. 아마도 달군 씨가 방 안에서 나오기만을 아침 내내 기다리고 있었던 모양이었다.

"이것이 무엇이냐?"

달군 씨가 화들짝 놀라 며느리에게 물었다.

"예. 지발 밥 좀 드셔유. 굶으면 죽어유."

"나를 위해 차린 밥상이냐?"

"예. 어서 드셔유."

나락에 떨어져 오로지 죽음만 생각해 왔던 달군 씨였다. 죽겠다는 생각으로 문밖을 나서던 달군 씨는 가슴이 철렁했다. 아직 죽을 때가 아니란 사실을 그제야 깨달았다. 비록 피붙이는 아니어도 제 앞가림조차 서툰 며느리를 남겨 두고 혼자 죽겠다니, 낯 뜨거운 일이었다.

"원한이 뼈에 사무처 몇 날 넋을 놓고 지내다가 서방 잃고 홀로 남은 네 처량한 신세를 내 미처 생각지 못했구나. 자식 잃은 내 처지나 서방 잃은 네 처지나 다를 게 무엇이냐. 가련한 것."

달군 씨가 혀를 차며 며느리에게 다가가 손을 내밀었다. 밥은 나중에 먹겠노라고, 쪼그려 앉아 있지 말고 방 안에 들어가 편히 쉬라고 조용히 일렀다. 그러나 며느리는 자리에 앉아 꼼짝도 하지 않았다.

"어여 밥 드셔유."

달군 씨는 그런 며느리가 다시 보였고 대견하고 고마웠다. 좀 어리바리하긴 해도 이렇게 속이 깊은 아이인 줄 모르고 지냈다. 혼자인 줄만 알았던 달군 씨는 죽지 말라고 손수 밥을 짓고 상을 차려준 며느리의 갸륵한 정성에 그만 눈시울이 붉어지고 말았다. 자신을 위해 따뜻한 밥 한 그릇 지어 주는 사람이 옆에 있음에도 이를 외면하고 방치한 채 열명길로 사라진다면 이는 죽음을 앞세운 도피이자 배신이었다.

오랫동안 고심하던 달군 씨가 마침내 결단을 내렸다. 끝까지 며느리를 끼고 있기보단 친정집으로 데려다주는 게 도리라 여겼다. 죽더라도 며느리를 집에 데려다주고 죽자. 나이 든 노인네들에게 누가 되고 폐를 끼치게 되어 더없이 면구스러운 일일 테지만 친정에 데려다주는 길 외엔 달군 씨로서도 딱히 방도가 떠오르지 않았다. 비록 정신이 얼떠 어리숙해 보이긴 해도 얼굴 곱상하고 앞길이 구만리 같은데 서방도 없는 시가에서 마냥 홀시아버지 집에 얹혀살 수는 없는 노릇이었다. 친정에서 얼마간 지내다가 마땅한 혼처라도 나타나 성품 온순하고 허우대 튼실한 사내라도 만나 백년해로할 길이 열린다면 달군 씨 마음도 뿌듯할 것만 같았다.

어둑새벽 달군 씨가 며느리 방 앞으로 가 문을 두드렸다. 엉겁결에 잠에서 깨어난 며느리가 눈을 껌벅거리며 방문을 열었다.

"할아버지와 할머니가 사시는 집 기억이 나느냐? 네 친정 말이다."

"예."

"지금 갈 생각이 있느냐?"

"가고 싶어유. 요즘 자꾸 꿈에 보였어유. 할아버지, 할머니가 보고 싶어유."

달군 씨는 망설이거나 머뭇거릴 필요가 없었다.

"잘 됐구나. 데려다줄 터이니 어서 일어나 떠날 채비를 서두르거라."

달리 준비할 것도 없었다. 동작이 느려터진 며느리를 채근해 수돗가에 가 겨우 얼굴이나 씻게 하고는 조반도 거른 채 평상복 차림으로 집을 나섰다. 동틀 무렵 닭장을 들썩이며 울던 새벽닭도 아직 홰에 앉아 곤히 자는 듯 고요했다. 옆집 내면댁 집 앞을 벗어나 마을회관과 교회 앞길을 지나칠 즈음엔 잡풀 우거진 길가에서 풀벌레 우는 소리가 낭랑했다. 달군 씨는 날이 밝기 전에 마을을 벗어나고 싶었다. 마을 사람 눈에 띄어 벌레 취급 당하는 꼴이 싫었다. 아니 자신을 바라보는 사람들의 눈이 두려웠다. 다행히 달군 씨네 두 식구가 버스에 오를 때까지 마을 사람들 그 누구와도 얼굴 마주치거나 먼발치서라도 눈에 띄는 일은 벌어지지 않았다.

달군 씨는 첫 버스를 타고 시내로 나갔다. 오랜만에 가는 사돈집이라 빈손으로 찾아가기엔 손이 부끄러웠다. 번잡한 노변 상가에서 사돈어른들에게 줄 과일바구니를 사 며느리에게 건넨 뒤 택시를 잡아타고 시외버스터미널로 향했다. 사돈집은 시외버스로 두 시간 이상을 가야 하는 먼 거리였다. 길 떠나기 전 각오는 단단히 하였으나 손녀가 잘살겠거니 믿고 있을 두 노인에게 뭐라고 말문을 열어야 할지 달군 씨는 한숨부터 나왔다. 자초지종을 어찌 설명해야 한단 말인가. 낯이 뜨거워 입이 떨어지기나 할지, 며느리를 떠맡기듯 떼어 버리고 돌아서는 발걸음이 가볍기는 할지, 버스를 타고 외진 산골 마을로 가는 동안 달군 씨의 표정은 내내 어두웠다. 버스는 산굽이를 끝도 없이 돌고 태산 같은 고개를 세 번이나 넘었다.

시외버스에서 내리자마자 또 얼마를 기다리다 마을버스에 올랐다.

버스에 탄 승객이라곤 달랑 달군 씨네 두 식구뿐이었다. 삼십 분쯤 지날 무렵엔 며느리가 쥐구멍만 한 입을 벌리고 까닥까닥 졸았다. 이윽고 마을 종점이 가까워지는 모양이었다. 버스 기사가 운전석 뒷좌석에 앉은 달군 씨와 며느리를 거푸 쳐다보다가 달군 씨를 향해 물었다.

"어디까지 가시게요."

그러잖아도 여기가 며느리 친정이 맞나 싶어 버스 기사에게 물어보려던 참이었다.

"이 차가 증자리까지 가는 거 맞지요?"

"여기가 증자린데요. 이 동네 누굴 찾아오신 겁니까. 이 종점 안으론 민가가 없는데요."

버스 기사가 고개를 갸우뚱했다.

"여기서 한 십리 길 떨어진 골짜기에 두 노인네가 사시는 집 한 채가 있지요."

그제야 버스 기사가 고개를 주억거렸다. 며느리를 앞세우고 막 버스에서 내려서는 달군 씨를 향해 버스 기사가 한 마디 툭 던졌다.

"그 양반들 이미 지난 가을에 두 분 다 돌아가셨잖아요."

달군 씨는 버스 기사의 말이 자다가 봉창 두드리는 소리인 줄로만 알았다. 처음엔 듣고도 시큰둥했지만 뭔가 꺼림칙하여 가슴이 철렁했다. 잘못 들은 게 아닌가 싶어 눈을 휘둥그레 치뜨고는 운전대 위의 백미러를 통해 달군 씨를 넌지시 바라보고 있는 버스 기사를 향해 되물었다.

"누가 돌아가셨다고요? 기사 양반이 그분들 소식을 어찌 아시오."

검은 선글라스를 낀 버스 기사가 백미러에서 눈을 뗀 뒤 전방 도로에 시선을 주며 답했다.

"마을버스 두어 해 몰면 여기 이 동네 뉘 집 숟가락이 몇 개인지까지도 다 알게 됩니다. 두 분 헛걸음하셨어요."

"노인네들이 돌아가다니, 그게 대관절 무슨 말씀이오."

버스 기사가 마을 사람들에게서 들었다는 두 노인의 이야기를 들려주었다.

"지난해 가을 할머니가 시름시름 앓다가 그만 세상을 뜨자 상심에 빠졌던 할아버지께서 다음 날 독극물을 자시고 할머니

뒤를 따라갔다네요. 어디 연락할 데가 없어 마을 사람들이 집 뒤에다 두 분을 합장했답니다."

청천벽력이었다. 달군 씨는 두 다리에 힘이 쭉 빠졌다. 잠자코 눈을 감고 의자에 앉았던 달군 씨가 가까스로 정신을 가다듬었다. 그래도 내친걸음이었다. 소문만 믿고 돌아가느니 직접 찾아가 두 눈으로 확인해야 직성이 풀릴 것 같았다. 달군 씨는 며느리를 앞세우고 마을버스 종점을 빠져나와 수풀이 창창 우거진 골짜기로 들어섰다. 임도로 이어지는 비포장길이라 저만치 계곡에서 들려오는 개울물 소리가 기운차고 요란했다. 길 가운데로 간혹 진창이 앞을 가로막았고 까치발을 한 며느리가 물을 튕기며 껑정껑정 건너뛰었다. 길 위아래로 삐죽 솟은 바위옹두라지에 올랐던 다람쥐가 인적에 놀라 부리나케 개울 쪽 바위너설 틈새로 몸을 감추었다. 자동차 바퀴가 닿지 않은 도로 한복판엔 치렁치렁 웃자란 수풀이 허리를 잡고 늘어졌다.

며느리는 친정 가는 길이 눈에 익었던 모양으로 발걸음이 날 듯이 가뿐하였고 모처럼 하얀 앞니를 드러내며 웃기도 하였다.

새벽에 집을 나섰건만 이미 한나절이었다. 아침도 거른 채 떠난 길이었다. 종점에서 채 오릿길도 못 가 이미 몸이 노곤해졌고 뱃구레가 축 처지면서 허기가 밀려왔다. 전신에 땀이 흥건해진 달군 씨가 개울에 너부죽이 엎드려 물을 마셨고 며느리도 개울에 앉아 손바닥으로 물을 담아 마른 목을 축였다.

얼마를 걸었을까, 비탈진 산이 첩첩 막아선 골짜기 안으로 들어서자 누런 황토벽에 낡은 슬레이트가 얹힌 산골 집이 마침 내 모습을 드러냈다. 한바탕 돌개바람이라도 몰아치면 옴팍 삭은 지붕이 가랑잎처럼 조각조각 으스러져 산비탈로 날아갈 것 같았다. 집은 사방 바람벽이 허물어진 채였고 간신히 지붕을 떠받치고 있는 기둥도 한쪽으로 어슷하게 기울어 있었다. 누가 보아도 이미 오래전 방치된 흉측한 폐가임이 분명했다. 집 안에 들기도 전에 음습한 기운이 몸을 싸고돌았다. 집 입구부터 깨어진 독과 자배기가 나뒹굴었고 좁은 안마당엔 무성한 잡초 더미 속에 호미, 절굿공이, 동강 난 지겟다리, 온갖 쓰레기들이 어질더분 흩어져 있었다. 종구라기가 걸려 있는 처마 밑엔 실타래를 풀어 놓은 듯 허연 거미줄이 치렁치렁 진을 쳤고 뭉그러진 아궁이에선 너구리 한 마리가 몸뚱이를 옹송그리며 기어 나와 두 사람 앞을 가로질러 숲속으로 사라졌다. 방 안엔 뜨거운 온돌에 그을렸던 누런 장판 쪼가리와 때에 절어 삭을 대로 삭은 이부자리가 제멋대로 나뒹굴었다.

"할아버지, 할머니, 어딨어?"

며느리가 방이란 방은 다 찾아다니며 문을 열고 기웃거렸다. 달군 씨는 다리가 노곤해졌다. 며느리에게 뭐라 설명해야 할지 말문이 막혀 채 입이 떨어지지 않았다. 달군 씨는 며느리를 데리고 수풀을 헤치며 집 뒤 언덕으로 올라갔다. 마을 사람들이 장사 지냈다는 작고 초라한 무덤 하나가 울 뒤에 남아 있었다. 봉분 하나를 만들어 합장 형식을 취한 묘지로 여겨졌다. 붕긋

하게 솟아 있어야 할 봉분마저도 멧돼지가 쑤시고 뭉개어 겨우 무덤임을 알아나 볼 정도로 펑퍼짐했다. 떼조차 심지 않은 벌건 맨무덤이었다. 여름 내내 자란 강아지풀과 엉겅퀴, 억새, 고사리가 앞다투어 자라났고 여기저기서 기어 올라온 칡덩굴도 봉분 앞을 질러나갔다.

"네 할아버지와 할머님께서 여기 잠들어 계신 모양이다."

죽음의 의미를 알기나 할지, 두리번거리며 할아버지와 할머니를 찾던 며느리가 봉분 앞에 털썩 주저앉으며 소리쳤다.

"할아버지, 할머니 죽었어?"

달군 씨가 길게 한숨을 내쏟으며 고개를 끄덕였다.

"그래. 네 할아버지와 할머님이 여기에 잠들어 계신다. 어서 엎드려 절을 올리자."

달군 씨가 풀을 뜯어 봉분 앞을 대충 정리한 뒤 선물로 가져온 과일바구니를 가져다 놓고 두 번 절을 올렸다.

"술이라도 받아다 한 잔 올릴 걸 그랬구나. 너도 공손히 절을 드리거라. 돌아가신 이에겐 두 번 절하는 법이다."

공손하거나 예를 갖춘 절이 아니었다. 며느리는 선머슴처럼 넙죽넙죽 엎드려 두 번 절을 하곤 무덤 앞에 놓인 과일바구니를 바라보며 침을 꿀떡 삼켰다.

두 사람은 과일바구니에서 붉게 익은 사과를 하나씩 꺼내 먹으며 허기를 껐다. 얼마간 그렇게 무덤가에 앉아 있자니 한숨만 더 깊어졌다. 대낮인데도 적막한 깊은 산속에서 소쩍새가 슬피

울었다.

달군 씨는 며느리를 데리고 무덤에서 내려와 잠시 집 안으로 들어섰지만 앞으로 어떻게 살아가야 할지 막막하고 길이 보이지 않았다. 설령 사돈 내외가 살아 있었다 해도 며느리를 혹 떼어놓듯 떠넘기고 돌아가는 발걸음이 가벼울 리 없었을 테지만 막상 다시 데리고 가야 한다고 생각하니 심란한 마음에 한숨만 자꾸 쏟아졌다. 그래도 어쩌겠는가. 며느리를 불러 이제 집으로 돌아가자며 집 밖을 나서는데 어쩐 일인지 방 안으로 들어간 며느리가 화롯가에 둔 엿반대기 늘어 붙듯 아랫목에 엉덩이를 쩍 붙이고 앉아 옴짝달싹도 하지 않는 거였다.

다시 집 안으로 들어가 어서 돌아가자고 재촉해도 며느리는 요지부동이었다.

"나 혼자 돌아가랴?"

며느리가 고개를 저었다.

"안 갈래유. 매 맞은 곳 다신 안 갈래유."

"그럼 어쩌란 말이냐. 여기서 살 작정이냐?"

"예. 나는 여기가 좋아유."

"이 골짜기에서 너 홀로 살겠다는 것이냐?"

며느리가 냉큼 고개를 가로저었다. 달군 씨를 바라보는 눈빛이 간절하고 애처로웠다.

"같이 있어유. 우리끼리."

달군 씨는 가슴이 미어졌다. 정신이 아뜩해지면서 눈앞이 어질어질하였다. 다 쓰러져 가는 빈집에서 눌러살겠다니, 그것도 시아비와 함께 살자 하니, 놀랍기도 하고 딱하기도 했다. 달군 씨는 그간 발을 딛지 않아 흙먼지만 희뿌옇게 내려앉은 댓돌 위에 털썩 주저앉고 말았다.

며느리를 겨우 달래어 집에 돌아온 달군 씨는 몇 날을 끙끙거리며 고민하다가 마침내 이를 악다물었다.

며느리가 살고 싶다는 산골 구석빼기 친정집으로 데려가자. 집 뒤 잡초 무성한 묵정밭 일궈 굶지 않을 만큼 끼니를 때우고 눈 뜨자마자 일어나 폐가로 버려졌던 집 구석구석 손보고 조석으로 삭정이 꺾어 아궁이에 불 지피면 거기도 사람 사는 집이 되는 게 아니더냐. 싸리문이라도 엮어 대문이랍시고 걸어 잠그고 세상과 연을 끊은 채 죽은 듯 살아가면 깊은 두메산골에 굳이 누가 찾아올 리 없을 테고 시아버지와 며느리가 함께 지낸다고 손가락질할 사람도 없을 것이다. 이 동네에서 발붙이고 살아간다는 건 해동기에 아작얼음 위를 걷는 것과 다름없었다. 매 순간이 지옥이고 저들이 머릿속에 떠오를 때마다 역겨워 구역질이 날 지경이었다.

그래. 멀리 떠나가마. 눈엣가시고 골칫덩어리인 내가 네놈들 살아가는 이놈의 동네에서 멀리멀리 사라져 주마.

달군 씨는 다음 날 아침 날이 밝기 전 남의 눈을 피해 며느리가 살던 깊은 산속으로 떠나겠다 작심했다. 시아버지와 며느리가 한밤중에 야반도주했다는 소문이 반나절도 안 돼 동네방네로 바람처럼 퍼져나갈 테지만 이젠 두렵지 않았다. 시집오기 전까지 며느리가 살았던 깊은 산골짜기 오두막으로 들어가 죽는 날까지 연을 끊지 않고 서로 의지하며 살아가리라.

달군 씨는 깜깜한 사랑방에서 오랫동안 끙끙거리다가 마침내 자리를 박차고 일어났다. 악몽에서 깨어난 듯 아직 눈앞이 흐리고 몽롱했지만 아무래도 좋았다. 오히려 담장 밖 무리들에게 목이 터져라 외치고 싶었다. 오냐! 내 삶을 제대로 구경해 봐라. 더 이상 입방아 찧으며 쑥덕거리지 말고 뚫린 눈으로 내가 사는 세상 실컷 구경해 봐라. 달군 씨는 담장 밖 입방아꾼들의 삶에 섞이기보단 꿈속 같은 자신만의 세상을 열 자신이 생겼다. 결단이 서자 오히려 마음이 평온해졌다.

달군 씨는 사랑채에서 나와 헛기침으로 인기척을 내고는 며느리가 누워 있는 안방 문을 조용히 열었다. 더 이상은 낯 뜨거움도 민망함도 생각할 필요가 없었다. 작은 설렘 탓에 가만가만 다가가는 발걸음은 오히려 구름 위를 걷는 듯 가벼웠다. 불을 끈 채 맨바닥에 누워 있는 며느리 곁으로 달군 씨가 다가갔다.

"아가야. 내가 왔다."

부스스 일어나 앉는 며느리를 그대로 누이고 그 옆에 달군 씨도 나란히 누웠다.

"놀랐다냐?"

며느리가 고개를 저었다.

"아니유."

"잠들었던 게냐?"

"예에."

달군 씨가 나긋나긋한 며느리의 어깨를 돌려 안았다.

"내일 새벽에라도 당장 네가 살던 깊은 산골짜기로 들어가 우리 둘이 함께 살자꾸나. 같이 갈 테냐?"

"예에."

어둠침침했지만 솜털처럼 뽀송한 볼살이 달군 씨의 거친 손끝에 쓸렸다. 금방이라도 벌나비가 날아와 앉을 것처럼 소담하고 향기로운 꽃이었다.

"이젠 너와 나 단 둘뿐이구나. 세상 사람들이 우리 둘을 어떤 눈으로 보는지 너도 알고 있었더냐?"

"…… 예에."

"이젠 정말 동네 사람들 지껄이는 대로 살아야겠다. 집안을 온통 쑥대밭으로 만든 것도 모자라 멀쩡한 우리 식구들 생가죽을 벗겨 박제를 만들어 놓고 구경거리로 삼는 더러운 놈들, 별별 추악한 상상을 해가면서 숙덕이고 히죽거리고 욕지거리하고 돌팔매 던지는 놈들, 어느 놈 하나 그동안 내가 알고 지내던 이웃이 아니었다. 수챗구멍에 고인 구정물처럼 썩은 내가 진동하는 자들이다. 그래! 이제부턴 동네 사람들 바람대로 구경거리가 돼보자. 박제처럼 살아보자. 놈들이 수군거리고 낄낄거리고 손가락질하고 지껄였던 대로 보란 듯 살아보자꾸나. 난 마른하늘에 날벼락이 떨어져 사지가 뒤틀려도 너 하나는 지킬 것이니 이제부턴 오밤중에 홀로 엎드려 베갯잇 적실 일 없을 것이다."

며느리는 쌕쌕 작은 숨을 내쉴 뿐 품에 안겨 미동도 하지 않았다.

"불쌍한 것, 이제 너는 내 메누리고 마누라다. 몸 성치 않은 너 건강하게 지켜주고 애지중지 아껴주고 홀아비 근력 다할 때까지 열심히 사랑해 주마. 그래도 되겠냐?"

초가을 여름밤의 농익은 어둠 속에서 며느리의 대답이 가늘게 새었다.

"예에."

꽃잎 같은 며느리의 입술 언저리에서 칡꽃 내가 그윽했다. 어느새 달군 씨의 손길이 며느리의 잘록한 허구리와 앙가슴을 훑어 지나간 뒤 한 줌 실팍한 가슴살로 옮겨갔다.

곰 발바닥

　얼마 만에 황은 눈을 떴다. 그 얼마 만이란 시간이 정확히 몇 분인지, 몇 시간인지, 며칠 혹은 그보다 훨씬 많은 여러 날인 지조차 황은 짐작하기 어려웠다. 눈을 뜨자마자 번갯불같이 뇌리에 번쩍 스치는 뭔가가 있었다. 토굴, 토굴, 토굴……. 오로지 토굴만이 기억을 지배했다. 그는 소스라치게 놀라 주변을 둘러보려 했다. 그러나 어쩐 일일까. 몸뚱이가 돌덩이처럼 굳어 있는 듯 도무지 뜻대로 움직여지질 않았다. 황은 몽롱한 상태에서 눈을 몇 번이고 떴다 감았다를 반복하다가 문득 주변을 확인하고 싶었다. 우선 몸을 비틀거나 뒤척여 보려 애를 써 보다가 자리에서 일어서려고 손발에 힘을 주어 보았다. 그러나 아무것도 그의 의지대로 움직여지질 않았다.

　매일아침 잠에서 깨어나기가 무섭게 벌떡 몸을 일으켜 화장실을 다녀오거나 TV를 켜기 위해 리모컨을 찾고 주머니를 뒤져 담배와 라이터를 찾던 부산한 움직임들이 기억 속에서만 맴돌 뿐이었다. 몸이 유연하게 움직이도록 발달되었던 손가락 마디마디, 손목, 팔뚝, 어깨죽지의 관절들이 전혀 말을 듣지 않았고 발가락과 발목, 무릎, 허리도 전혀 제 기능을 발휘하지 못하고 있는 거였다.

그제야 황은 평상시처럼 저녁잠을 자고 아침에 깨어나 마음 먹은 무언가를 할 수 있었던 일상의 몸 상태가 아니란 사실을 깨달았다. 눈을 뜬 뒤 매일 해오던 소소한 일상조차 자신의 힘으로 해낼 수 없는 달라진 처지를 직감한 것이다. 시야에 드러나는 희뿌연 사물들이 늘 아침잠에서 깨어날 때 보았던 안방의 벽면과 확연히 달랐고 흐릿하게나마 눈앞에서 어른거리는 사람의 형체도 그의 옆에서 잠들거나 익숙하게 집안을 오가던 아내의 모습이 아니었다. 황은 몸을 제대로 가눌 수도 뒤척일 수도 일어설 수도 없음을 알게 된 순간 숨이 막혀왔다. 게다가 머리는 바위에 짓눌린 듯 천근만근 무거웠고 띵한 통증이 동반했다. 무슨 일일까. 도대체 무슨 일이 일어난 걸까? 의식이 깨어날 때마다 이빨을 악물고 사지를 뒤틀면서 몸부림을 쳐보았지만 모두 부질없는 짓이었다. 도무지 몸뚱이가 말을 들어먹질 않았다. 심지어는 입술과 혓바닥조차 뜻대로 움직이지 않았다. 혓바닥이 굳어 뻣뻣했다.

이럴 수가…….

황은 다시 한번 절망했다. 황은 심하게 몸을 떨었다. 절망의 몸부림이었다.

그때 흰 가운을 입고 바쁘게 눈앞을 오가던 간호사 한 명이 다가와 황의 상태를 살폈다.

"황민구 씨. 내 말 들리세요?"

내 말 들리세요? 멘탈 체크를 위해 다가온 간호사가 똑같은 질문을 두 번 했지만 황은 무어라 대답하거나 표현할 몸 상태가 아니었다. 목구멍에서는 금방 기도가 막힐 것처럼 가래덩어리가 끓어올랐다. 캑캑거리다가 할딱이다가 숨이 잠깐 끊겼다가 다시 캑캑거리다가 할딱이다가 숨이 멎는 듯 긴박한 상황이 이어졌다. 지켜보던 간호사가 빠르게 달려와 석션으로 가래를 뽑아냈다. 기도로 호스를 집어넣을 때의 참을 수 없는 고통은 잠깐이었고 가래가 제거된 뒤엔 거칠었던 호흡이 이전보다 훨씬 가뿐해졌다. 침대 뒤쪽에 각각 설치된 이케이지 모니터에서 연신 삐이, 삐이 이명처럼 신호음들이 들려왔다. 그 일정한 소리가 갑자기 고르지 못하거나 길어지면 간호사들의 움직임이 부산했다. 황이 깨어난 뒤 벌써 몇 차례 그런 소동이 있었다.

황은 여전히 정신이 몽롱하고 어수선했다. 그런 혼돈의 상태에서 머릿속에 가장 먼저 떠오른 것이 토굴이었다. 평생 반려자인 아내도, 피를 나눈 자식들도, 이미 오래전 세상을 뜬 부모도 아닌 오로지 토굴이었다. 토굴, 토굴, 토굴······. 손발을 휘저으며 몸부림을 쳤다. 하지만 몸 상태는 역시 평상시의 그가 아니었다. 목소리가 입 밖으로 새어 나오지도 않았고 손이나 팔, 목, 다리, 신체 어느 부위도 자유롭게 움직여지지 않았다. 황은 다시 몸에 경련을 일으키다가 어느 순간 잠에 빠져들었다.

어느 때쯤 황이 다시 눈을 떴다. 안개가 잔뜩 내려앉은 것처럼 사위가 침침했다. 앞에서 어른거리는 여자가 보였다. 시야에 나타나 어른거리는 여자는 간호사였고 그가 누워 있는 곳은 병원 중환자실이었다. 언뜻 의식이 돌아온 것 같기도 하고 점점 더 깊은 혼돈 속에 빠져드는 것 같기도 했다. 혼미한 의식 속에서 잠깐씩 깨어날 때마다 머릿속이 혼란스러웠다. 마치 뒤죽박죽 엉클어진 실타래가 그의 머릿속에 들어와 요동치는 것 같았다.

잠시 깨어나 눈을 떠보면 공중에 주렁주렁 매달린 만니톨과 수액이 더디게 한 방울씩 떨어지는 모습이 보였다. 약물은 호스를 타고 내려와 황의 팔뚝에 꽂힌 주삿바늘을 타고 끊임없이 혈관 속으로 스며들었다.

수십 번을 황은 깨어났고 그러다 다시 잠들곤 했다. 깨어날 때마다 토굴을 떠올리며 목청을 높이고 몸을 뒤척였다. 그러나 깨어날 때마다 외치는 소리는 입 밖으로 튀어나오지 않았다. 스스로 뒤척이고 있다고 믿고 있었지만 몸 어느 부위도 뜻대로 움직여지지 않았다. 더군다나 눈을 감을 때마다 암흑의 세계에 홀로 버려진 것 같은 공포심이 밀려왔다. 그러다 가까스로 다시 잠들고 얼마 뒤 다시 깨어나 토굴을 떠올리며 외치고 몸을 뒤척이고 용을 써대다가 가쁜 숨을 내뿜고는 깊은 수면에 빠져들기를 반복했다.

어느 순간 면회시간이 되었는지 중환자실에 웅성웅성 사람들이 모여들었다. 황의 침대 앞에도 누군가가 나타났다. 여러 사람들의 목소리 속엔 그의 아내와 아들 목소리도 섞여 있었다. 아내는 딸의 산후조리를 해준다고 속초에 간 기억이 어렴풋났다. 아들은 식당사업을 하다 털어먹고 요즘 백수로 지내는 몸이었다. 아내가 다가와 손을 잡았다.

"여보, 정신 좀 차려 봐요. 오늘이 뇌출혈로 쓰러진 지 벌써 엿새째에요. 매일 눈만 껌벅거리지 말고 벌떡 일어나 뚜벅뚜벅 걸어보란 말예요."

'엿새라고? 매일 눈만 껌벅인다고?'

황은 산송장처럼 병실에 누워 목숨을 연명해 가는 자신의 처지를 생각하자 눈앞이 깜깜해졌다. 아내 말대로 자리에서 벌떡 일어나 이 음침한 병실을 부리나케 빠져나가고 싶었다. 병실을 벗어나 햇살 가득한 바깥 공기를 흠뻑 들이마시고 싶었다. 아니 그보다 만나는 사람마다 붙들고 이제 내가 말할 수 있다고 한바탕 떠들어대고 소리 내어 웃고 울고 싶었다. 어디 그뿐이겠는가. 생사가 오락가락하는 절체절명의 순간에도 기억에서 잊히지 않고 떠올랐던 토굴, 그 토굴이 있는 곳으로 어서 빨리 달려가고 싶었다.

황이 다시 입술을 달싹거렸다. 지켜보던 아내가 아들을 향해 중얼거렸다.

"저 양반이 무슨 하고 싶은 말이 있는가 보다. 금방 입술 언저리가 움직인 것 같다."

경직된 팔다리에 마사지를 하던 아들이 황의 옆으로 다가왔다.

"저한테 하고 싶은 말이 있으신 거예요?"

황은 눈을 바로 뜨고 아들을 바라보며 악착같이 입술을 움직여 보았다.

"토굴, 토굴."

"뭐라구요?"

"토 오 구 울."

"오줌이구라구요?"

"토 오 구 울, 토 오 구 울."

"고물이라구요?"

아들은 황의 눈과 입술을 번갈아 살피면서 떠오르는 대로 다박다박 답했지만 동문서답일 뿐이었다. 황은 바지에 똥오줌까지 지릴 정도로 용을 써대며 혓바닥을 굴렸다. 그러나 모든 것이 여의치 않았다. 입 밖으로 말 한마디 내뱉는 일이 이렇게 힘겨울 줄이야. 절망감만 커질 뿐, 그의 목소리는 목울대를 넘지 못한 채 목구멍 너머에서 주저앉고 말았다. 입안에 잔뜩 고였던 말이 불식간에 폭포수처럼 뿜어져 나올 것만 같은데 막상 입 밖으로 뱉으려니 혓바닥이 뻣뻣이 굳은 채 말을 들어 먹지 않았고 목구멍에 가득 찬 가래와 더불어 거친 숨소리만 밖으로 새었다. 그럼에도 황은 쉽게 포기하지 않았다. 정신이 오락가락하면서도 자주 절망하면서도 토굴의 정체만큼은 가족들에게 반드시 알려줘야겠단 의지가 타올랐다. 가족들에게 토굴의 실체를 알려야 죽어서도 쉽게 눈을 감을 것 같았다. 그런 황의 의지에도 불구하고 거푸 헛짚기만 하는 가족들을 보자 황은 짜증이 났다. 아들은 그렇다 쳐도 평생 같이 동고동락하며 한솥밥 먹고 한 이불 덮고 살아온 아내조차 남편이 눈앞에서 사력을 다해 떠드는 말을 알아채지 못하고 소 닭 보듯 쳐다만 보고 있는 꼴이라니, 황은 울화가 치밀었다. 대체 눈이 먼 거야, 귀가 먹은 거야, 몇 번을 말해야 알아먹겠어. 버럭 성을 내며 자리에서 벌떡 일어나 앉으려다가 또다시 아차 싶었다. 헉헉 숨 내뱉는 것 말고는 의도대로 이뤄지는 게 아무것도 없었다.

결국 아내와 아들은 잠깐의 면회를 끝내고 돌아갔다. 그렇게 사라진 두 사람이 야속했다. 면회를 왔었다고는 하지만 실제로는 가장의 끊어져 가는 명줄을 확인하기 위해 잠깐 다녀간 것처럼 생각됐다. 황은 한없이 난감하고 허망했다.

황이 쓰러지기 전날 TV에서는 장관 청문회가 한창이었다. 황은 공중파로 방송되는 청문회를 처음부터 끝까지 시청했다. 청와대의 인사시스템을 통해 미리 사전검증을 거쳤기에 장관 후보자들 대부분 청문회를 무사히 통과하리란 분위기였다. 그러나 후보자들의 과거 전력들이 언론을 통해 낱낱이 까발려지면서 분위기가 심상찮게 흘러갔다. 청문회가 개최되기도 전에 후보자들의 이력 안에 숨어 있던 크고 작은 흠결들이 봇물처럼 터져 나왔다. 여당에서는 당연히 흠집 내기라고 후보자들을 두둔하며 청문회 무용론을 들고나왔고 야당에서는 이번 장관 후보자들 중에서 청문회를 무사히 통과할 적임자가 단 한 명도 없다며 개탄스러워했다. 이번에도 후보자들을 겨눈 칼끝은 위장전입, 부동산투기 의혹, 논문표절, 과거 법조계 근무경력에서 드러난 떡값 수수와 변호사 과다수임, 병역특혜, 설화 등에 맞춰졌다. 교수, 법관, 고위공직자, 정치인들이 주류를 이룬 장관 후보자들이 저마다 후회 없는 인생을 살아왔노라 소회를 밝혔지만 국민 여론은 이미 등을 돌린 것처럼 보였다.

"뻔뻔스럽게 다 저 잘났다지. 뒷구멍에 모여 앉아 배 터지게 닭 잡아먹고도 오리발이나 내미는 놈들."

소파와 부엌을 오가며 TV를 보던 아내가 무심결에 툭 던진 말이었다. 황은 아내의 거친 말이 영 탐탁지 않았다.

"세상천지에 흠 없는 사람 어딨다고 괜한 트집이야."

"왜요, 도둑이 제 발 저리우? 당신도 저 인간들과 똑같잖아요."

황이 움찔했다. 화살이 자신에게로 날아오리란 생각을 미처 하지 못했던 그였다. 쳇, 남의 속은 쥐뿔도 모르면서……

아내의 면박을 애써 외면한 황은 주머니에서 맨 담배 한 개비를 꺼내 물었다. 불을 붙이지 않은 채 TV 화면에 시선이 모아졌다.

"어이구, 저렇게 똑똑하구 능력 있는 인물들이 국가와 국민을 위해 봉사하겠다고 납시셨으니 이제 우리나라 국민들 복 터졌네. 애들 학교 걱정, 직장 걱정, 결혼 걱정, 집 걱정, 돈 걱정, 매일 걱정 달고 산 서민들 드디어 근심 걱정에서 해방되게 생겼군."

피식, 실소를 터뜨리는 아내에게 핀잔을 주고 싶었지만 황은 참았다. 사실 국회의원의 생뚱한 질의보다 아내의 냉소가 더 자극적이고 흥미롭기는 했다. 아마도 지금 TV를 시청하고 있을 국민 다수의 감정도 아내와 다르지는 않을 것이었다.

하나 황은 후보자들보다 후보자를 몰아치는 국회의원들이 더 몰염치해 보였다. 국민 이름을 앞세워 후보자들을 마치 용전 재상 다루듯 삿대질하고 호통치는 모습이 가증스럽고 유치하고 야비해 보였다. 오물 섞인 진흙탕에서 퀴퀴한 구린내를 풍기며 살아가는 자들이 누구던가. 자신들의 허물은 까맣게 잊고 무슨 수를 써서라도 후보자를 끌어내리려고 발광하는 것만 같았다.

오히려 황은 장관 후보자들을 이해했다. 그들 역시 특별한 사람은 아닐 터였다. 과거를 떠올리면 그 힘겹던 시절 누군들 삶이 편안했으랴. 먹을 것 보이면 눈치 볼 새 없이 덥석 입에 넣었을 테고 눈앞에 오가는 재물이 보이면 빈 주머니를 채우고픈 욕심도 생겨났을 거였다. 고단한 삶을 피해 가기 위해 때론 지혜를 짜내어 쉽게 살 수 있는 길을 찾아보기도 했을 것이다. 세월이 지난 지금에서야 과거의 자잘한 일들이 용인될 수 없는 흠집일 테지만 그 무렵 당사자들은 더 빨리 고된 삶에서 벗어나고 싶었을 테고 더 빨리 목적지에 도달하려 앞만 보고 달렸을 것이다.

내가 만일 저 자리에 섰더라면 어땠을까 하는 대목에 이르자 황은 등 언저리에서 닭살 같은 소름이 돋고 머리끝이 쭈뼛 솟아올랐다. 자신의 주머니 속 먼지 더께가 불쑥 떠올랐기 때문이었다.

그날 청문회가 끝난 이후 황은 통 잠을 이룰 수 없었다. 청문회 탓도 자신의 주머니 속에 가득 들어찬 먼지 때문만도 아니었다. 무엇을 잘못 먹어 얹힌 것인지 극심한 두통과 함께 속이 메스꺼워지면서 구토가 났다. 요 근래 이런 증세가 반복되어 조만간 건강검진을 받아볼까 생각 중이기도 했다.

잠을 자는 둥 마는 둥 설친 황은 이튿날 아침을 먹기가 무섭게 화장하는 아내를 한동안 지켜보았다. 아내는 이틀 전 사내아이를 출산한 딸의 산후조리를 하러 며칠간 속초를 다녀올 참이었다. 황은 그 며칠이 결코 짧은 시간이 아니라고 여겼다. 하지만 어쩌겠는가. 딸의 산후조리를 위해 떠나는 친정어미의 첫 외출을 친정아버지 입장에서 붙잡아 앉힐 수는 없는 노릇이었다. 뭔 일이 터지려고 그랬던지 당일 아침 황은 아내가 집을 떠나지 않았으면 하는 바람이 간절했다. 그럼에도 부득불 딸네 집에 가야겠다고 일찍부터 고집을 부려온 아내여서 버럭 성을 내며 주저앉힐 입장도 아니었다. 황은 긴 시간 화장대 앞에 앉아 얼굴을 가꾸고 있는 아내의 모습이 못내 서운했다.

딸은 그동안 친정애비 앞에 얼씬도 하지 않고 살았다. 게다가 아내의 입에서 전해지는 딸의 태도는 살이 떨릴 정도로 괘씸하기까지 했다. 황이 공기업 사장 취임 후 비리 혐의로 포승줄에 묶여 재판을 받게 된 뒤부터 딸은 친정아버지인 황을 세금도둑으로 몰아붙였고 지금까지 부모 자식 간 담을 쌓고 살아왔다. 모두가 그간 고생시킨 자식들을 위한 길이었노라 자진해 고백하고 싶었지만 아직은 때가 아니었다. 언젠가는 매정한 딸도 이해할 날이 올 것이라 여겼다. 하지만 제 어미의 면전에서 세금도둑의 딸로 살고 싶지 않겠노라 절연을 선언했단 말을 떠올리면 서글픔을 넘어 끓는 분노와 함께 노여움이 북받쳤다.

'망할 년, 그런 독한 년이 애를 낳든 강아지를 낳든 뭔 상관이야.'

얼굴 곳곳에 콜드크림을 듬뿍 찍어 붙인 뒤 문지르고 두드리고 씻어내기를 반복하는 아내를 향해 한바탕 쏘아붙이고 싶었지만 황은 자신에게 돌아올 답을 미리 예상하고 있었기에 혼자 끙끙거리면서 참았다. 황이 마음 내키는 대로 한마디 했다간 애들 앞에 부끄러운 줄 알라는 아내의 찜부럭이 부메랑으로 날아올 게 뻔했다.

딸은 아들과는 사뭇 달랐다. 유신 시절 황이 민주화의 상징과도 같은 지도자를 섬기며 6월 항쟁과 직접민주제를 통한 두 차례의 대선을 치르는 동안 딸은 대학생으로 훌쩍 자라 있었다. 딸은 아버지가 걷고 있는 고독한 길이 얼마나 간절하고 의롭고 가슴 벅찬 길인가를 누구보다 깊이 이해했고 아버지를 자랑스러워했다. 얼굴은 해사한 영락없는 여자아이였지만 하는 행동은 웬만한 사내아이보다 당차고 야무졌다. 아마도 딸아이가 6월 항쟁 이전에 대학생이었다면 그 한 몸도 자유와 민주화를 요구하는 거센 물결 중심 어딘가에서 함성을 섞고도 남았을 아이였다. 그러나 때는 주군의 오랜 정치적 경쟁자였던 YS가 대통령으로 당선된 이후였고 그들이 외치던 민주화가 이 땅에 서서히 뿌리를 내리며 어느 정도 활착해 갈 무렵이어서 끝없이 이어지던 대학가에서의 시위는 어느덧 자취를 감춘 뒤였다. 다만 딸은 전설로 구전되기 시작한 서클 선배들의 후일담을 새기며 음지의 시대, 절망의 시대, 폭압의 시대에 분연히 맞서며 평생을 살아온 아버지를 응원하는 데 주저하지 않았다. 황 역시도 그런 딸이 일견 대견하고 예뻤다. 가정을 지키기 위해 단단히 울타리를 쳐 주고 자상한 아빠로 학부형으로 가장으로 살아 주지 못한 아쉬움이 컸지만 피폐해져 가는 환경 속에서도 올곧게 잘 자라 준 딸이 그저 고마울 따름이었다. 황이 교도소에 수감되기 전까지 딸은 이미 한 남자의 아내가 되어 있었음에도 총기 있는 여전히 예쁜 아이로 기억되고 있었다.

같은 씨앗과 같은 밭에서 태어났지만 아들은 좀 달랐다. 남매지간에 오빠로 태어난 아들은 추우면 추운 대로 더우면 더운 대로 잘 적응하며 불평 없이 사는 아이였다. 황은 아들이 자기 주관이 확실치 못한 것이 못난 아비 탓이라 여겼다. 아버지에게 기댈 수 없는 환경이 오래 지속되면서 아들은 나름대로 살아가는 방식을 터득한 듯했다. 여기도 기웃거려 보고 저기도 기웃거리면서 무슨 사업이건 이것저것 닥치는 대로 손을 대려 했다. 치밀하거나 신중한 구석은 어디에도 없는 모습이었다.

황이 섬기던 주군이 권좌에 오르고 5년의 임기를 마침과 동시에 이 땅에는 진정한 국민주권, 시민주권의 시대, 국민의 참여가 일상화되는 새 시대를 열겠다고 주창한 참여정부가 새로이 출범했다. 아들은 시중에서 유행을 타기 시작한 바다이야기란 게임에 관심을 갖고 게임장을 운영하기 시작했다. 처음엔 많고 많은 사업 중에서 왜 하필 도박장을 열겠다는 건지 도무지 이해가 되지 않았다. 아들을 달래도 보고 말려도 보았지만 소용없었다. 초기 사업에 투입되는 자금을 융통해 달라는 아들의 부탁을 황은 거절할 수가 없었다. 황은 여기저기 새로운 형태로 번져가는 게임장을 둘러보며 사전 답사를 해 보았다. 법망을 슬기롭게 피해 갈 경우 오락실 운영에서 얻어지는 수익금과 현금 대신 상품권을 유통시키는 과정에서 발생하는 수익금은 돈을 벌다뿐이 아니라 가마니에 쓸어 담고도 남을 노다지 사업이었다. 황은 자신의 정치입문이 아니었더라면 부유한 집에서 큰 고생 없이 자랐을 아들을 생각했다. 마음 한구석 응어리로 남았던 측은지심이 되살아났다. 결국 금전적으로나마 보상해 주는 게 아버지 된 도리라 생각돼 사업에 필요한 자금을 기꺼이 대주었다. 아들은 예상대로 돈을 잘 벌었다. 만일의 사태를 대비해 게임장에 바지사장을 앉히고 자신은 손님처럼 가장해 게임장을 드나들며 돈만 챙겼다. 1년 만에 아들은 꽤 많은 돈을 벌었다. 아들은 바다이야기란 게임이 시들해지자 이번엔 황금성이란 게임으로 갈아타 쏠쏠하게 재미를 봤다. 그러나 이후 사행성 게임이 점차 사회문제로 번져가면서 단속이 심해지자 게임장을 되팔아 일정 수익금을 챙긴 뒤 사업에서 일찍 발을 뺐다. 시간이 지나고 보니 진입 시점과 철수 시점이 절묘할 정도로 시의적절했다. 아들은 우쭐했고 세상을 다 가진 것처럼 들떴다.

오락실 사업을 정리한 아들은 몇 달 후 외식사업에 눈을 돌릴 때라며 여기저기 식당 자리를 찾아다녔다. 아들이 어느 날 사업계획서를 들고 황을 찾아왔다. 그가 사는 지역에서 가장 큰 규모로 뷔페식당을 열겠다는 사업계획서였다. 그동안 번 돈을 몽땅 투자하고도 1억 이상의 추가자금이 필요했다. 황은 아들을 도울만한 충분한 여유가 있었지만 쉽게 답을 주지 않았다.

"네가 식당 사업을 알기는 하냐?"

"지금 서울 등 대도시에선 뷔페가 대세에요. 저녁이나 주말이면 뷔페집들이 단체 손님들로 문전성시를 이룹니다. 손님들은 꾸역꾸역 밀려드는데 빈자리가 없어 그냥 돌아가는 사람들이 부지기수라구요."

아들은 벌써 재벌이 다 된 듯 들떠 있었다. 황은 그런 아들이 영 탐탁찮아 눌러 앉히려 애썼다.

"시장조사라도 해 본 거냐?"

"우리 지역엔 단체 손님들이 들어가 품위 있게 식사할 만한 장소가 변변찮아요. 가족끼리 외식을 비롯해 생일잔치, 직장인 회식, 동창회, 친목회 등 모임은 수도 없이 많은데 갈 만한 곳이라곤 흔하디흔한 고깃집뿐이잖아요. 제가 장담하는데 뷔페식당을 열기만 하면 단체 손님들로 미어터질 겁니다."

"아무래도 내가 보기엔 뜬구름 잡는 거 같다. 정이나 그 사업이 탐나거든 한 3년 정도 준비한 뒤 네 주머니 형편에 맞춰 가게를 열거라."

아무리 사업 전망이 밝아 실패 확률이 적기로서니 전 재산 쏟아붓는 것도 모자라 여기저기 손 벌리고 빚까지 내겠다는 건 무리로 생각됐다. 하여 아들이 일찌감치 포기하기를 바라는 뜻으로 면전에서 단단히 못을 쳤다.

"너도 알다시피 난 더 이상 금전적으로 누굴 도와줄 형편이 못 된다. 내 주머니 거덜 난 건 네가 더 잘 알잖니."

차마 망할 것 같은 사업에 누가 자금을 대주겠냐며 면박을 줄 수는 없는 노릇이어서 여유가 없다는 뜻으로 에둘러 표현했다.

아들은 낙담하다가 돌아갔다. 허탈해하는 아들의 뒷모습을 배웅하고 들어온 아내가 오만상을 찌푸리며 황에게로 다가왔다.

"지금 자식한테 몽니 부리는 거유? 도와줄 능력이 없으면 입

이나 닫고 있지 뭐 때문에 뜬구름 잡네 어쩌네 트집 잡으면서
애 사기를 꺾는 거유."

"제기랄, 꺾기는 뭘 꺾어. 제 나이가 몇인데 부모한테 손을
벌리냐구. 이젠 지 앞가림할 때가 됐잖아."

"돈이 있기는 한 거유?"

"없어."

황은 무 자르듯 무뚝뚝하게 잘라 말했다.

"경마장에 가 탕진할 돈은 있으면서 아들 사업하겠다고 내미
는 손 일언지하에 차 버리는 아버지라니……. 숨겨 둔 돈 남아
있음 얼른 다 내놔요."

"돈 없다고. 그리고 언제 적 얘긴데 자꾸 경마장 얘길 꺼내
속을 뒤집는 거야."

황은 자리를 차고 일어났다.

아들은 무리를 해가며 결국 뷔페식당을 개업했다. 처음 몇
달 동안은 괜찮아 보였다. 입소문을 타면서 저녁마다 빈 좌석
이 없게 손님들이 들끓었다. 그러나 이른바 개업빨이었던지 얼
마 지나지 않아 손님 수가 눈에 띄게 줄었다. 급기야 손님 수보
다 종업원 수가 많은 날들이 이어졌고 몇 달 뒤엔 더 이상 식당
문을 열기 어려운 지경에까지 이르렀다. 이미 초기에 투입된 자
금을 까먹고 건물 임대보증금을 담보 삼아 지인들에게 빚을 내
어 한 달 한 달을 연명해 가고 있었다.

이 무렵 황은 과거 자신이 사장으로 재직했던 공기업의 직원

으로부터 전화 한 통을 받았다.

"어디선가 사장님 뒷조사를 하는 것 같아요. 사무실 분위기가 뒤숭숭합니다."

공사의 내부 직원 중 누군가가 투서를 했고 검찰이 직접 내사를 벌이고 있다는 소식이었다. 아들의 사업이 망해갈 즈음 황은 비리 혐의로 검찰에 송치되었다. 아빠가 검찰에 잡혀 와 조사를 받고 그동안 저지른 부정행위들이 법정에서 낱낱이 까발려지자 딸은 실망을 넘어 극도의 분노상태로 돌변했다.

황이 1년의 징역형을 받고 수감생활을 하는 동안 딸은 단 한 차례도 면회를 다녀간 적이 없었다. 그런 서운한 감정을 면회 온 아내에게 털어놓자 팩 돌아앉은 아내가 딸에게서 들었다는 황당한 이야기를 쏟아냈다.

"아빠가 경마장 드나들며 비리 저지를 때 엄만 뭘 했냐면서 고디바 백작부인을 들먹입디다."

"고디바 부인? 그게 누군데."

"낸들 아우. 고디바 마누란지 여편넨지가 서방 버릇 고치겠다고 발가벗고 말을 탔다나 어쨌다나 지껄여 대면서 따집디다. 남편이 도둑고양이처럼 나랏돈 훔쳐 먹는 동안 곁에서 도대체 뭐 하고 살았냐, 뭐가 그렇게 바빠 수십억 세금 도둑질한 돈 싸들고 경마장 달려가 탕진하는 걸 막지 못했냐, 귀가 먹었냐, 눈이 멀었냐, 엄만 국민 혈세 도적질한 도둑놈의 마누라라며 쌍말을 합디다."

아내는 딸의 독설에 대한 노여움과 못난 남편에 대한 원망을 몇 방울의 눈물과 한풀이로 대신했다. 섭섭하고 노엽고 부아가 난 것은 황도 마찬가지였다. 면회실 안에서 눈시울 젖은 아내의 오종종한 얼굴을 바라보던 황은 들릴 듯 말 듯 한 목소리로 중얼거렸다.

"애비한테 도둑고양이라고? 망할 년."

아내가 딸의 산후조리를 해 주겠다고 떠나간 뒤에도 황의 두통은 계속됐다. 구급약통을 열어 펜잘 두 알을 까 입안에 털어 넣고 진통이 가라앉기를 바랐지만 오후 들어서는 오히려 머리가 쪼개질 것처럼 통증이 더 심해졌다. 정말 병원엘 가야겠다고, 가서 씨티라도 찍어 봐야겠다고 마음먹고 막 소파에서 일어설 때, 그는 등 뒤에서 누군가가 둔기로 사정없이 정수리를 내리친 것 같은 통증과 함께 눈앞이 깜깜해졌고 갑자기 초고압 전류라도 맞은 사람처럼 그 자리에 푹 쓰러져 몸을 떨다가 정신을 잃었다.

오전 한 번 오후 한 번, 황이 쓰러져 입원한 종합병원 중환자실의 가족 면회 시간은 그렇게 하루 두 번이었다. 전에 황도 지인들이 병원 중환자실에 누워 있다는 연락을 받고 몇 차례 면회를 다녀온 적이 있었다. 때문에 면회 시간에 맞춰 중환자실 옆 대기실에 나타난 가족 친지들이 걱정을 한 짐씩 짊어진 채 어두운 표정으로 서성이는 모습이 언뜻언뜻 눈에 그려졌다.

눈이 떠질 때마다 하루에 두 번뿐인 면회 시간을 황은 애타게 기다렸다. 옆에는 황과 비슷한 처지의 중환자들이 즐비하게 누워 있을 터였다. 실려 오고 실려 나가고 하루에도 몇 차례씩 같은 일들이 이어지는 낌새였다. 그중 몇은 죽어 나갔을 테고 몇은 병세가 호전되어 일반병실로 옮겨졌을 것이다. 그런 일들이 매일 매시간 반복되고 있다는 사실을 그는 알고 있었다. 잠에서 깨어나 덤불처럼 어지럽혀진 정신을 어렵게 추스르는 동안 병실 안에서는 많은 일들이 벌어지고 있었다. 이케이지 모니터에서 떨어지는 신호음이 한여름 숲에서 떼 지어 우는 매미울음처럼 진종일 요란했고 침대를 물리거나 들일 때마다 흰 가운을 걸친 의사와 간호사들이 총총걸음으로 황의 침대를 스쳐 지나가곤 했다. 때론 긴박하게 달려온 가족들이 울부짖는 소리도 들려왔다. 그들이 왜 울고 있는지, 중환자실에서 도대체 무슨 일이 벌어지고 있는지, 몸을 조금만이라도 뒤척일 수 있다면 눈으로 확인하고 싶었다. 하나 그런 병실 환경에 서서히 익숙해지면서 황은 굳이 몸을 움직이지 않더라도 지금 병실에서 어떤 일들이 벌어지고 있는지 대략 짐작할 수 있었다. 예컨대 간호사들이 부산하게 움직인다는 건 입원 중이던 중환자 중 누군가가 죽어 나갔거나, 죽어 나간 환자의 침상을 감쪽같이 뒷정리한 뒤 막 수술을 끝낸 또 다른 중환자를 맞이하고 있는 과정이었다. 두개골이 으스러지는 것 같은 통증과 극심한 공포에 시달리면서도 병실 안에서 벌어지는 복잡한 일들을 어렴풋 추리해 낼 수 있다는 건 어쨌든 기분 좋은 일이었다. 어쩌면 자신의 병세도 시간이 지나면서 점차 호전되고 있을 거란 믿음 때문이었다. 그런 희망이야말로 토굴의 기억을 더욱 또렷하게 떠올려 주는 의지와 힘의 원천이기도 했다. 하지만 면회 시간에 맞춰 들어온 아내가 땅이 꺼져라 한숨을 쏟거나, 그렁그렁 고인 눈물을 훔치며 낙심이 깊어지면 죽음이 자신에게 가까이 다가오고 있는 것 같아 스스로 체념했다. 가족들이 짧은 면회를 끝내고 돌아간 뒤엔 어김없이 주체하기 어려운 절망이 의식을 지배했다. 눈치 빠른 간호사들은 황의 흥분상태를 즉각 알아채고 수액이 흐르는 호스에 수면 주삿바늘을 꽂았다. 얼마 못 가 황은 깊은 수면속에 빠져들었고 그러다 흐릿하게 눈이 떠질 무렵에서야 혼미한 정신을 추슬러 다시 가족들의 면회 시간을 기다리는 거였다.

그러나 하루 두 번뿐인 면회 시간은 다시 잠에 빠져들고 깨어나기를 수차례 반복해야 찾아왔다. 눈앞에 자주 나타나지 않는 가족들이 야속했다. 방치된 듯 혼자인 긴 시간이 지루하고 쓸쓸했다. 황은 주변을 의식하지 않은 채 비몽사몽 중얼거렸다. 생각 같아선 누군가가 조용히 하라고 주의를 줄 것 같기도 했지만 그러나 늘 그러했듯 그의 목소리는 목울대를 넘기는커녕 입안에서만 맴돌 뿐이었다.

'면회 시간이 되고 잠긴 중환자실 문이 열려야 누군가가 내앞에 모습을 드러낼 테지. 내게 다가오자마자 이전과 똑같이 눈꺼풀만 껌벅이는 내 모습을 확인하고는 한숨을 몇 차례 쏟아낸 뒤 건성으로 팔다리나 주무르곤 돌아가겠군. 여기야말로 영혼과 신체를 꽁꽁 묶어 놓은 진정한 감옥이야. 감방이나 진배없는 갑갑한 이 병실에 누워 나는 잠들었다가 깨어나기를 거듭하면서 생과 사의 갈림길을 오갈 테고 내 생사를 확인하기 위해 찾아온 식구들이 토해내는 한숨의 강도를 지켜볼 테지. 아! 그나저나 내가 이 감옥과도 같은 병실에 꼼짝없이 갇히다니, 대체 내 토굴은 어쩌란 말인가?'

황은 면회 온 식구들을 볼 때마다 입술을 최대한 오므려 토굴을 외쳐 보았지만 누구도 알아듣지 못했다. 그런 날이 길어질수록 황의 토굴을 향한 외침은 관심조차 끌지 못했고 분노한 황의 숨은 가빠졌다.

그러다 황은 다시 잠에 빠져들었고 병상에서 눈이 떠지기가 무섭게 황은 주변을 둘러보기 위해 몸을 뒤척였다. 팔다리를 움직여 보려 몸부림을 쳐 보았다. 역시 결과는 한결같았다. 고개를 원하는 대로 돌려 주변을 살펴볼 수도, 몸을 뒤척이거나 팔다리를 움직일 수도 없는 처지였다. 누운 자세로 겨우 눈만 껌벅일 수 있는 반 식물인간이었다. 그는 이빨을 악다물고 아랫배에 힘을 주면서 악, 악, 괴성을 질러 보았다. 그럴 때마다 살아오면서 그가 겪었던 온갖 크고 작은 과거사들이 불쑥불쑥 떠올랐다. 때론 그의 입에서 흥얼흥얼 노랫소리도 흘러나왔다. 한때 짧게 누렸던 영화가 덧없기는 했어도 봄날의 그 따스함을 어찌 기억 속에서 깨끗이 지워낼 수 있으랴. 고관대작과 형님 동생 어울리며 거들먹거리고 한껏 권세를 누렸던 지난날들이 한 컷씩 눈에 어리었다. 하필이면 왜 느닷없이 여자가 떠오른 것일까. 접대를 거부하지 못하고 끌리듯 들어간 룸살롱에서 딸보다 어린 팔등신 미녀를 끌어안고 함께 춤추며 흥얼거리던 노래가 떠오르는 거였다. 정확히 표현하자면 딸 또래보다 앳되지만 이미 성숙미를 다 지닌 여자가 그를 안고 있었다. 그는 미녀에게 안긴 채 여자가 움직이는 스텝에 몸을 맡기고는 그녀가 간드러지게 부르고 있는 노래를 지금 병실에서 한참 따라 부르고 있는 거였다. 그러다가 불현듯 어떤 얼굴이 떠올랐다. 아내였다. 그는 오랜만에 아내의 이름을 불러보고 자식들 이름도 하나씩 떠올리며 불러 보았다. 나중에는 며느리 이름과 손자 이름까지 하나하나 기억을 더듬으며 불러 보았다. 그러나 여전히 목소리가 입 밖으로 울려 나오지 않았다.

황이 흥분상태에 빠져 몸에 미세한 변화가 나타날 땐 즉시 간호사가 다가와 몸과 의식상태를 점검했다. 코에 산소를 주입시키고 석션으로 가래를 뽑아냈다. 하루 네다섯 차례 욕창 방지를 위해 체위 변경을 해 주기도 했다.

그런 날들이 이후로도 며칠 더 이어졌다. 하루에 두 차례 누군가는 꼭 면회를 다녀갔다. 과거 어려운 시절을 함께 했던 민주화 운동의 주역들이자 지금은 동지들로 기억되는 친지들이 소식을 듣고 찾아와 위로했다. 그중 누군가가 아들과 뭔가 모를 애기를 나누는가 싶더니 황의 옆으로 걸어오며 말했다.

"아버지께서 무슨 말인가를 꼭 하려는 것 같다고?"

"예. 가족들을 볼 때마다 애를 쓰시면서 입술을 달싹달싹 움직이시는데 도무지 뭔 말씀인지 알아들을 수가 없습니다."

"너희 세대는 이해할지 모르겠다만 격변기 시대를 치열하게 살아온 아버지 세대의 어른들은 대부분 자신만의 비밀 몇 가지씩은 품고 있단다. 어떤 이는 한 보따리씩 비밀을 안고 살기도 하지. 그게 더러는 부끄러워 차마 풀어놓기 싫은 과거사일 수도 있고 더러는 자식들에게 물려주고픈 귀중한 보물단지일 수도 있다. 평생 살아오면서 간직했거나 담아뒀던 무언가를 꺼내 자식들한테 보여주고픈 게 부모 마음일 테니 아버지 입장에서 잘 생각해 봐라. 비록 말로는 시원스레 표현하지 못하지만 찬찬히 살피면 아버지 품에 든 보따리 속에 뭐가 들었는지 속 시원히 풀어낼 수 있을 게다."

그가 누군지 정확히 알 수 없지만 아들에게 들려준 몇 마디의 말이 과거 어려운 길을 함께 걸어왔던 동지답게 황의 마음을 구구절절 잘 표현해 주고 있었다. 이미 황은 저들한테 누를 끼쳐 미안하다고 정중히 사과했다. 주군과 영감께도 찾아가 죽을죄를 지었다고 사죄했고 용서를 받은 바 있었다. 그의 정치적 환경이 호남이나 수도권에 지역구를 두고 출마하기만 하면 당선되어 가슴에 금배지를 달 수 있었던 동지들과는 확연히 달랐기에 누구도 그에게 돌을 던질 수 없는 처지였던 것이다.

보따리 이야기를 건네고 동지들이 돌아가자 황은 다시 피를 토하듯 토굴, 토굴을 외쳤다. 동지가 들려준 금싸라기 같은 조언이 황의 가슴속 보따리를 풀어 줄 자그마한 단서라도 되어 주지 않을까 기대하고 있었던 것이다. 하지만 아들은 황의 주변을 오가면서도 아무 일도 없었다는 듯 여전히 데면데면하고 무관심했다.

그런 아들을 향해 어리석은 놈이라고, 청맹과니가 따로 없다고 나름 언성을 높이며 눈을 부라려 보았지만 아무리 목청을 높여도 들어주는 이가 없자 아차 싶었다. 중환자실에 누워 사경을 헤매고 있는 자신의 처지를 다시금 실감했기 때문이었다.

면회 온 사람들은 누구랄 것도 없이 현재 황의 상태나 병명 등을 설명해 주지 않았다. 눈앞에서는 빨리 회복하라거나 용기를 잃지 말라고 말하면서도 돌아서서는 저희들끼리 소곤거리고 있을 것이라 여겨졌다. 중환자실에 누워 있는 동안 황이 할 수 있는 거라곤 지난날들을 잠깐잠깐씩 회상하는 일뿐이었다. 평소 까맣게 잊고 있었지만 퍼즐조각처럼 인생의 한 페이지를 장식하고 있던 작고 소소한 일상의 단면들이 순간순간 떠올랐다. 인생에 있어 전환점이 되었던 큰 사건들도 어김없이 기억 속에서 들추어졌다.

황이 그의 주군을 처음 알게 된 건 대학 1학년 초여름 효창운동장에서였다. 박정희 대통령이 3선 개헌 의도를 드러내자 마침 대학가에서는 독재타도를 외치는 학생들의 시위가 들불처럼 번지기 시작했다. 황도 그 대열에 섞여 있었다. 젊은이들은 권력을 틀어쥔 한 정치인의 장기 독재의지에 분노하며 캠퍼스에서 의기투합해 목이 터져라 독재타도를 외쳤다. 그즈음 학생들에게는 효창운동장에서 DJ가 대중연설을 한다는 소식이 들려왔다. 그는 친구들과 어깨를 걸고 효창운동장으로 몰려갔다. 군중들이 구름처럼 모여 DJ의 강연을 청취했다. 자유의 숨결이 미치도록 그리워서였을까, 목이 말라서였을까. 무언가를 간절히 원하고 모여들었던 청중들은 DJ의 연설이 시작되자마자 열광했고 그가 목소리의 톤을 높일 때마다 손바닥이 부서져라 박수를 쳤다. 청중들의 뜨거운 열기에 놀라 어리둥절했던 황은 DJ의 연설이 채 끝나기도 전에 답답했던 가슴이 열리며 뜨거워지는 것을 느꼈다. 미친 황소를 때려잡자는 구호로부터 시작된 연설은 3선 개헌에 대한 부당성과 영구집권에 대한 강력한 경고로 이어졌다. 특히 아직도 황의 뇌리에 각인된 명연설의 대목이 있었다. 3선 개헌하지 마라. 3선 개헌했다가는 조국과 국민에 대해 말할 수 없는 죄악을 가져올 것이다. 내가 몇 월 며칠 그렇게 된다고 말하지는 못하지만 머지않아 박정희 당신이 제2의 이승만이 되고 제2의 아유브 칸이 되고 공화당이 제2의 자유당이 된다는 것만은 해가 내일 아침 동쪽에서 뜬다는 것보다 더 명백하다는 것을 경고한다는 내용이었다. 그날 운동장에 모였던 군중들은 아마도 10년 묵은 체증이 뻥 뚫리는 것 같은 개운함과 더불어 명연설의 감동에 오랫동안 취했을 것이었다. 젊디젊은 황도 이 연설을 듣고 직접 DJ를 찾아갔으니 말이다. 막 대학에 들어간 황을 본 DJ는 연설에 감동해 평생을 선생님으로 모시겠다는 황의 제의를 받고 빙그레 웃기만 하다가 정 그러하면 대학을 졸업한 뒤 그때도 지금처럼 나라 사랑하는 열정이 식지 않거든 다시 찾아오라 일렀다. 그럼에도 황은 자주 DJ를 찾아갔다. 그런 황의 충정을 높게 샀던지 DJ가 심복을 소개해 줬다. 황은 그를 영감으로 깍듯이 모셨다. 영감은 DJ로부터 두터운 신뢰를 한 몸에 받고 있는 유일한 심복이었다.

결국 대학 졸업 후 황은 정식으로 DJ를 찾아갔고 주군은 영감을 불러 황을 훌륭한 젊은이라고 치켜세운 뒤 멋진 일꾼으로 키워 보라 일렀다. 이렇게 해서 황은 위로 영감을 따르면서 평생 주군 DJ를 섬기게 되었다.

정치인 황이 사는 지역은 그가 주군으로 섬겨 온 DJ를 대통령감으로 인정하려 들지 않았다. 유신의 광기에 길들여졌던 일부 촌로들은 황의 면전에서조차 DJ를 빨갱이로 몰아세웠다. 씨알이 먹힐 리 없는 죽음의 땅에서 숱한 선거를 치르는 동안 황은 수없이 절망했고 탄식했다. 아무리 척박한 황무지라 해도 밭을 갈아 공들여 씨앗을 뿌리고 성심을 다해 가꾸면 그해 가을 수확기에는 땀의 대가를 보게 되는 것이 세상의 이치다. 그러나 황이 책임지고 있는 지역구에서는 선거가 끝나고 얻어지는 수확이라곤 한숨과 주변의 비웃음 그리고 아뜩한 절망뿐이었다. 발바닥이 부르트도록 거닐면서 허리가 버들가지처럼 휘도록 굽실거리면서 혓바닥이 끊어지도록 떠들어대면서 지역을 샅샅이 누비며 선거운동을 다녀도 결과는 일절 선거운동을 하지 않았을 때와 별반 차이가 없었다. 이미 주군을 돕기 위해 청춘을 다 바친 그로서는 허망한 선거결과물을 대할 때마다 지옥 불에 나가떨어지는 느낌이었다. 그의 주군과 영감 앞에서 얼굴을 들수 없을 정도로 민망하고 부끄러웠다. 다행스럽게도 주군과 영감은 황이 사는 지역의 특수성을 잘 이해하고 있어 선거결과를 두고 크게 책망하지는 않았다. 그도 그럴 것이, 황의 지역은 호남처럼 DJ가 지팡이만 꽂아도 당선된다는 곳이 결단코 아니었던 것이다. 험지이고 사지였다. 아예 버려도 좋을 무텅이 땅이나 천둥지기였다. 그럼에도 땅을 버리지 않고 서덜에 박힌 돌덩이들을 하나하나 줍다 보면 언젠가는 거들떠도 보지 않던 황무지가 옥토로 변할 수도 있으리라 믿는 그였다. 백번을 쓰러지면 골백번이라도 일어서겠다는 의지로 지역을 지키며 주군을 섬기는 처지였으니 주군도 영감도 그 성의를 어여삐 여기지 않을 수 없을 터였다. DJ의 시국강연회나 야외 활동 시엔 언제고 황이 경호를 자청했다. 주군을 위한 일엔 군중들로부터 돌을 맞아도 총탄을 맞아도 좋다는 혈기가 넘쳤다. 선거철마다 야당은 중앙당에서 공급해야 할 자금이 바닥나기 일쑤였다. 이때 황은 고향 선친이 물려준 토지를 아낌없이 처분해 영감에게 헌납했다. 그렇게 서너 번을 팔고 나니 남은 자산이라곤 달랑 집 한 채뿐이었다. 고향에서 수만 평 농지를 보유한 동네 최고의 부농으로 아쉬울 게 없었던 가족들은 그의 정치 이력이 깊어 갈수록 삶이 쪼그라들다 못해 나중엔 셋방살이로 내몰려 지인들로부터 비웃음을 달고 살았다. 그런 처지를 영감이 DJ에게 수시로 고했고 그런 황의 희생과 충심을 두 사람도 더없이 갸륵히 여겼다.

굽이굽이 인생살이가 도박 아닌 게 몇이나 있으랴마는 정치에 인생을 거는 모험이야말로 진정한 도박이었다. 황은 자신이 이제껏 걸어왔던 도박에서 그때까지는 완전 쪽박을 찬 셈이었다. 세간의 시선 역시 냉혹하고 차가웠다. 어느 때부터인지 그는 사람들의 시선이 거북스럽고 불편했다. 그를 바라보는 시선 하나하나마다 정치인 황이 아닌, 동정이나 바라는 비렁뱅이 선거꾼, 빨갱이 추종자, 평생을 놀고먹으며 가정을 결딴낸 정치건달이란 낙인을 달고 살아온 자신이 점점 더 부끄러워졌다. 애당초 정치에 발을 들여놓을 때 부나 명예를 바랐던 건 아니었다. 그러나 더 이상은 회복하기 어려울 정도로 축난 가산과 덧없이 흘려보낸 청춘을 생각할 때마다 스멀스멀 회한이 밀려왔다. 나이 때문일까? 자신이 품고 있었던 시간과 꿈, 도전과 열정은 어디에도 남아 있지 않았고 예전 부모로부터 물려받아 누려 왔던 풍요로움만 머릿속을 채웠다. 돌아보건대 그의 인생이란 항해는 처참히 난파되어 회한의 바다에서 상실과 좌절의 흔적만 남긴 채 떠돌고 있는 거였다. 이제는 잃어버렸던 것들을 되찾고 싶었다. 현재로선 할 수 있는 게 아무것도 없었지만 그럼에도 그간 꿈꿔 온 세상에 다가설 수 있거나 누군가가 네 인생에 대한 보상을 해 주겠다고 손을 내민다면 가장 먼저 잃어버린 풍요부터 되찾고 싶었다.

쓴 것이 다하면 단 것이 찾아오는 법, 그런 쓰라린 과거에 매여 만년 여당 불모의 땅에 정치인이 아닌 선거꾼으로 동정받아 왔던 황은 마침내 청춘을 바치며 섬겨 온 DJ가 대통령에 당선되면서 오랜 설움의 그늘에서 벗어날 수 있었다. DJ의 당선이 확정되던 날 황의 부부는 밤새껏 개표상황을 지켜보다 당선이 가시권에 들어오는 순간 서로 부둥켜안은 채 얼굴에 지도가 몇 번 그려질 정도로 오래오래 울고 웃었다. DJ의 당선은 당사자 한 사람만을 위한 축복이 아니었다. 이제껏 손가락질받으며 음지에서 그를 따르고 지지해 왔던 숨은 공로자들이 오랜 투쟁 끝에 얻어낸 감격적인 승리이자 축복이었다. 청춘을 던지고 부모가 물려 준 자산을 팔아 헌납하면서까지 따르고 섬겼던 주군과 영감은 그의 공로를 외면하지 않았다. 정부 출범 후 1년이 막 지날 즈음 황은 영감의 호출을 받았다.

"오랜 세월 참 노고가 많았네. 자네 공훈을 어찌 잊겠나. 얼마 전 S공사 사장 자리가 공석이라 대통령님께 자넬 천거했더니 기꺼이 받아 주셨네. S공사가 주무르는 한 해 예산이 수천억일세. 내가 자네의 그간 쌓아 온 공훈을 생각할 때마다 내 개인 자산이라도 남은 게 있으면 팔아 보상해 주고 싶을 정도로 큰 빚을 졌다 생각했었네. 사장에 취임한 뒤 임기 내내 월급 하나로 때우라고 한다면 과한 요구일 거야. 하지만 그동안 너무 배가 곯아 헛것이 보일 수 있을 것이니 지나친 탐욕과 혹세무민으로 자네 이름 석 자가 세간에 오르내리게 해서는 안 되네. 우리가 평생을 섬겨 온 대통령님께 누를 끼쳐서는 안 된단 말이네. 내 말을 꼭 명심하게."

그가 남긴 당부의 말속에는 복선이 깔려 있었다. 그동안 고생했으니 막대한 예산을 주무르는 공기업 수장이 되어 어느 정도 보상을 받으란 얘기였고 그러나 지나친 비리를 저질러 대통령께 누를 끼쳐서는 곤란하다는 경고이기도 했다. 어쨌든 황으로서는 잊지 않고 크게 배려해 준 영감과 주군께 황공무지하고 성은이 망극하다고 엎드려 큰절로 고마움을 표하는 데 주저할 필요가 없었다. 사실 황이 알기로도 영감의 책상서랍 속에는 이 손 저 손 거쳐 들어온 이력서가 수천 장이나 쌓여 있었다. 비록 그가 청춘을 불사르고 전 자산을 팔아 헌납한 측근 중 한 명이기는 하나 대통령으로 당선된 이후 음지에서 당선을 도왔다는 인사들의 청탁 봇물이 홍수를 이루는 현실을 옆에서 직접 지켜본 터였다. 달면 삼키고 쓰면 뱉는 추악한 정치판에서 주군과 영감이 의리를 끝까지 지켜주었다는 것은 황공무지하고 성은이 망극하다고 열 번 백 번을 되뇌어도 모자람이 없었다. 공기업 사장이란 자리가 아무에게나 주어지는 흔한 자리가 아니었다. 대개 선거에 도움을 주었던 장관이나 장성, 국회의원 출신 등 전직 고관들이 공신을 인정받아 한자리씩 차지하는 자리였다. 이전에 특별한 감투를 쓰지 못했던 황으로서는 그간의 헌신적 노고를 인정해 준 자리였기에 분에 넘치는 광영이요 크나큰 은덕이 아닐 수 없었다.

황은 S공사 사장 자리에 취임했다. 공사의 자리는 평생 야권 유력인사를 보필하는 데만 심혈을 기울여 온 그에게 과분한 자리가 확실했다. 어쨌거나 갑작스레 낙하산을 타고 특별한 조직 한가운데 뚝 떨어진 그는 전문성이나 행정이력이 전무하다는 약점을 극복하고 자신에게 주어진 새로운 삶에 적응할 필요가 있었다. 그가 사장으로 내정된 사실이 언론에 발표되자마자 그를 둘러싼 소문이 금방 퍼져 나갔다. 황이 평생 대통령을 주군으로 모신 영감의 심복이란 소문이 공사 내부까지 파다하게 퍼져 나갔던 것이다. 영악한 직원들이 앞다투어 그에게 줄서기를 자처했고 덕분에 공사의 조직을 장악하며 적응해 가는 데 긴 시간이 필요치 않았다. 그는 인사권이나 굵직한 사업의 결정권을 마음껏 휘두를 수 있었음에도 처음 얼마 동안은 제법 똑똑해 보이는 임직원들의 의견이 상당부분 반영될 수 있도록 애썼다. 반응도 좋았다. 내부 직원들로부터 두터운 신뢰를 받게 되었고 공사의 경영평가 수치도 이전 사장 재직 시보다 월등히 높아 언론사에서 수차례 특집기사로 다뤄주기까지 했다.

한 해 동안 공사의 내부 시스템을 면밀하게 관찰해 온 황은 이듬해부터 공사발주나 장비도입 등 대규모 예산이 수반되는 사업에 철저히 관여했다. 원리원칙이 빈틈없이 적용되는 조직에서는 우리 사회에서 흔히 벌어져 귀에 익숙한 무슨 전염병의 바이러스와도 같은 부패나 비리, 부조리가 함부로 침투하기 어려울 것이다. 그러나 황이 전성기를 누릴 무렵의 공기업은 그 내막을 속속들이 알아갈수록 주인 없는 뭉칫돈이 허공에 둥둥 떠다녔다. 먼저 보는 사람, 흔적 남기지 않고 낚아채는 사람이 임자인 셈이었다. 오랜 세월, 그가 잃어버린 게 어디 시간과 재물뿐이겠는가. 소유하고 있던 부동산을 팔아 빈곤을 자처했고 모욕과 수치심을 달고 살았고 수도 없이 다가오는 탄식과 좌절의 고초를 겪으며 쓴맛이 입에 밴 삶을 살아온 그였다. 굳이 금전으로 환산한 청구서가 아니더라도 그간의 희생을 보상해 준 자리가 아니던가. 그의 인생에 있어 지금은 황금기이자 결실의 계절이었다. 이것이 부패라기보단 비리라기보단 숱한 나날 인내하면서 고난의 인생을 살아온 자신에게 보이지 않는 손이 건네주는 보상이나 답례라고 생각했다. 황은 그렇게 믿어버렸다.

쓸데없는 걸태질로 직원들의 입방아에 오르내릴 필요도 없었다. 큰 구매계약 한 건을 표적으로 삼아 믿을만한 사업주체와 조화롭게 타협해 일을 잘 마무리 짓기로 했다. 이 자리에 오르기까지 얼마나 많은 시련과 절망을 겪었던가. 어둠과 너무 친숙해 있어 그의 인생에 이처럼 환한 새벽, 휘황찬란한 광명의 시간이 다가올 줄 몰랐다. 오로지 꿈과 상상으로만 그려 왔던 일들이 눈을 뜰 때마다 고개를 쳐들 때마다 엄연한 현실로 눈앞에 다가와 있었다. 하지만 황은 자신이 오를 수 있는 한계가 어

디까지인지를 잘 알고 있었다. 공기업의 사장 자리조차 그에게
는 분에 넘치는 자리였고 더 이상은 오를 곳이 없는 최고의 자
리이기도 했다. 제아무리 말년에 관운이 넘친다 한들 이제 와
장관의 자리에 오를 일도 없을 터이고 연임이 보장되는 것도 아
니었다. 공기업 수장 자리란 게 새로운 정부의 출범과 더불어
바뀐 정권의 새로운 인물이 낙하산을 타고 내려와 자리를 점령
하는 자리였던 것이다.

　황은 망설이지 않았다. 마침 공사 내부에서 고가의 장비를
구입하는 계약을 앞두고 있었다. 무려 50억씩이나 하는 고가
의 장비 열 대를 두 해에 걸쳐 구입하는 대형 구매계약 건이었
다. 황은 장비를 알선하는 중개업자들과 직접 만나 까다로운 조
건을 제시하며 차일피일 시간을 끌었다. 경쟁업체 두 곳 중에서
황에게 파격적인 조건을 제시한 업체 한 곳이 나타났다. 구매자
입장에서는 같은 가격에 계약을 하더라도 장부에 기입하지 않
는 숨어 있는 특별한 조건을 제시한 쪽 손을 들어 주는 게 인지
상정이었다. 황은 그렇게 허공에 떠다니며 유혹의 손짓을 보내
오던 주인 없는 돈을 마침내 덥석 움켜쥐었다. 장비 구입 대가
로 30억이라는 거액의 커미션을 받아 든 것이다. 극비리에 진행
된 계약은 실무부서의 한두 사람 외엔 누구도 알 수 없게 진행
되었다. 입막음으로 담당자 둘에게 각기 5억씩을 건네고 황은
20억을 챙겼다. 오랫동안 그의 가슴속에 도사리고 있던 상실의
응어리가 본능처럼 깨어나는 순간이었다.

한때 어느 시인의 절박한 외침처럼 타는 목마름으로 민주화를 열망하며 광야에서 뜨거운 함성을 쏟아냈던 황은 언제부턴가 어엿한 기득권세력의 일원이 되어 있었고 따스한 햇볕이 석양으로 기울 무렵에까지 그 자리를 지키다가 국민의 정부가 막을 내릴 즈음 임기를 마치고 자리에서 물러났다.

정작 이 문제가 불거진 것은 새로운 정부가 출범하고 2년이 막 지날 즈음이었다. 5억을 받아 챙긴 직원 중 한 명이 취중에 이 사실을 같은 부서 직원에게 털어났고 얘기를 들었던 그중 한 명이 검찰에 투서를 넣어 꼬리가 잡혔다.

황은 면회 시간에 맞춰 갑자기 병실에 나타난 딸을 보고 크게 놀랐다. 비록 면전에서 벌어진 일은 아니었지만 엄마 앞에서 아버지를 혈세도둑으로 몰아붙였다는 아이였고 황이 교도소에 들어가 1년간 수감생활을 하는 동안에도 면회 한 번 온 적이 없었던 딸이었다. 그런 딸이 황의 앞에 나타나 손목을 잡고 눈물을 보인다는 건 결코 반가운 일이 아니었다. 병원 측으로부터 절망적이라는 연락을 받은 뒤 마지못해 다가왔을 수도 있고 설령 아비의 도적질을 끝끝내 용서할 수 없더라도 부녀간 이승 마지막 작별인사를 하기 위한 걸음일 수도 있는 거였다. 딸은 출산 후유증이 채 가시지 않아 얼굴에 붓기가 남아 있었다. 서두른 걸음이 분명했던 것이다. 딸의 얼굴을 확인한 순간 황은 체념하면서 길게 한숨을 내쉬었다.

하나 그의 절망은 잠시뿐이었다. 그의 의식 속에 죽음의 공포를 벗겨 낼 또 하나의 대상이 불쑥 다가왔던 것이다. 토굴이었다. 아내이건 아들이건 혹은 딸이건 가족들 중 누군가에게 토굴의 존재를 어떻게든 알려 줘야 했다. 반드시 그래야 했다. 그는 딸을 보자마자 다시 입술을 달싹거렸다. 말짱한 몸 상태였다면 아마 그는 독한 년이라고 한바탕 욕을 퍼붓거나 쌩 돌아누워 딸을 외면했을지도 몰랐다. 하나 그는 절박한 마음으로 토굴부터 외쳤다. 딸이라고 해서 들리지 않는 목소리를 이해할 수 있는 특별한 능력을 가진 것은 아닐 터이나 자라면서 보아온 개성과 생각의 깊이로 볼 때 분명 아들보다는 희망적이리라. 황은 자신에게 남아 있던 에너지와 신경조직들을 모두 소진시켜 가면서 몸뚱이를 움직이려 애썼고 고래고래 목청을 높였다. 그러나 그가 해낸 것이라곤 미세하게 달싹이는 입술뿐이었다.

"매일 저런단다. 첨엔 꼭 뭔가 할 말이 있는 것 같아서 네 오래비가 올 때마다 귀를 쫑긋 세우고 살핀다만 새 가슴 뛰듯 입술만 달싹거리니 도무지 알아들을 수가 없잖니. 어쩌면 식구들 볼 때마다 반갑다고 하는 인사말인지도 모르겠다."

딸은 그런 엄마의 말을 무시한 채 황의 눈과 입술을 뚫어지게 쳐다봤다. 이제껏 찾아와 황의 얼굴을 들여다본 누구보다 진지하고 세심했다. 황은 이런 때를 놓치지 않으려고 더 심하게 용을 썼다.

"토굴, 토굴, 토굴."

"아빠, 보물이라고 하셨어요?"

황은 정신이 퍼뜩 들었다. 그렇지! 보물이라고 수긍하면 식구들이 관심을 가질 수도 있겠다 싶었다. 황은 수차례 눈을 껌벅였고 딸 앞에서 그가 몸으로 할 수 있는 모든 것을 보여주기 위해 허우적거렸다. 일테면 몸부림이었다. 생각 같아서는 손발이 원하는 대로 움직여 줄 것 같아 두 팔을 번쩍 들어 올려도 보았고 두 발을 허공에 휘적휘적 내저어 보기도 했다. 그러나 손발은 이전처럼 그가 의도한 대로 움직이지 않았다. 다시 자신의 신체에 치명적 장애가 발생했다는 사실을 인정하게 된 황은 전신에 힘이 쭉 빠졌다. 그럼에도 누운 아비의 침상 앞에 바짝 붙어 앉아 찬찬하고 예리한 눈으로 자신을 내려다보고 있는 딸의 눈에서 작은 희망을 보았다. 그는 딸과 소통하고 싶었다. 다행스럽게도 딸의 표정에서는 전에 제 어미가 말한 것처럼 매정하고 싸늘한 시선이 느껴지지 않았다. 오히려 딸은 황과 소통할 준비가 되어 있는 것처럼 보였다. 황은 다시 힘을 냈다. 입술의 울림과 눈빛의 명암만으로도 충분히 단서를 찾아낼 수 있을 것 같은 딸의 의중이 단박 읽혔다. 황은 연신 눈꺼풀을 껌벅거렸다.

"엄마, 아빠가 눈을 계속 깜박거려요. 보물이란 말이 맞나 봐요."

"가진 거라곤 쥐뿔도 없는 마당에 보물은 무슨 놈의 보물. 다 털어먹고 무일푼으로 쓰러져 당장 병원비 걱정이 태산이다."

아내는 자리에서 발딱 몸을 일으키고는 간호사 앞으로 걸어가 뭔 말인가를 주고받았다. 딸아이는 계속 황의 얼굴을 살폈다. 아이를 출산했을 텐데 어떻게 여기까지 왔을까. 세금도둑이라며 지금껏 담쌓고 살아왔던 생각만으로도 서늘한 냉갈령이 느껴지던 딸애의 눈빛은 분명 아니었다.

"보물이라고요? 아빠, 보물이라고 말하고 싶은 거죠?"

황은 다시 눈을 대여섯 차례 깜박였다.

"이것 봐! 아빠가 하고 싶은 말은 보물이야."

"네가 우리 집의 보물이라나 보다."

아내는 끝까지 황의 말을 믿으려 들지 않았다. 딸이 황에게 좀 더 가까이 다가와 말했다.

"아빠. 그동안 아빠가 관리로서 저지른 부정과 비리는 절대 용서가 안 되지만 과거 어두웠던 시절 이 나라 민주화를 위해 젊음을 불사른 공로는 정말 존경했어요. 오늘 내가 온 것도 그 시절의 아빠가 그리웠기 때문인데 막상 가까이서 아빠 얼굴 보니까 내 맘이 흔들리네요. 아빠, 사랑해요."

딸은 흐느끼고 있었다. 그게 아빠의 도적질을 용서하는 의미가 아니더라도 부녀간 끊었던 연을 잇고픈 화해의 울먹임은 분명해 보였다. 황의 눈에도 눈물이 고였다. 그도 딸에게 사랑한다고 말해 주고 싶었다. 하지만 교도소에 수감되어 있을 때 한 번도 찾아오지 않았던 딸이 갑자기 찾아와 흐느끼는 모습에서 황은 더 절망하게 되었다. 황이 숨지기 전 눈동자라도 껌벅이며 주변 사람을 알아볼 때 그간 가슴에 담아두었던 채 삭이지 못한 응어리를 삭이려는 의도가 아닐까 내심 불안했다.

잠시 후 딸이 황의 볼에 흘러내린 눈물을 손바닥으로 씻어내며 말했다.

"아빠의 현재 상태를 말씀드릴게요. 아빠는 집에서 쓰러진 뒤 몇 시간 만에 오빠 눈에 띄어 119 구급차로 병원에 실려 왔대요. MRI 사진을 찍은 뒤 뇌출혈 진단을 받고 즉시 수술에 들어갔대요. 머리를 열지 않고 구멍을 뚫어 도관을 삽입한 뒤 액화된 혈종을 뽑아냈는데 수술은 잘됐지만 담당의사는 며칠 더 지켜보자고 하네요. 중요한 건 아빠의 의지에요. 오늘이 입원 열흘짼데 병원 측에선 환자 의지가 강하면 더디기는 해도 점차 회복이 가능하대요. 현재 정신은 말짱하지만 언어 기능과 몸을 움직이게 하는 뇌의 일부 기능이 마비된 상태래요. 그러나 끝까지 포기하지 말고 과거 독재와 맞서 항거할 때의 투사로 돌아가 다시 싸워 보세요. 아빤 그 힘든 싸움에서도 끝내 승리했잖아요. 아빠, 이겨낼 수 있죠?"

황은 다시 눈을 껌벅였다. 매일 찾아오던 아내와 아들로부터 전혀 들어보지 못했던 말이었다. 딸로부터 자상한 설명을 듣는 순간 황은 거짓말처럼 용기가 솟구쳤다. 몸이 뜨거워지고 눈시울이 다시 붉어졌다. 면회 시간이 지났던지 딸은 아쉬운 발걸음으로 되돌아갈 준비를 했다.

"내일 또 올게요."

붉게 충혈된 눈을 훔치며 딸이 돌아갔다. 역시 딸은 아들과 다른 구석이 있었다. 딸의 격려가 식어가던 그의 심장에 불을 지폈다.

그래! 네 말대로 반드시 이겨내마. 캄캄한 암흑기에 거리에서, 유치장에서, 감옥에서 불쑥불쑥 찾아오던 절망과 탄식들이야말로 군홧발보다 총칼보다 죽음보다 두려운 존재였지만 캄캄한 암흑기를 투쟁과 저항으로 끝끝내 맞서 마침내 새벽을 연 내가 아니더냐. 미세한 먼지 입자 하나 움직일 힘만 남아 있다면 나는 불굴의 용기와 투지와 끈기로 내 심장에 다시 불을 지필 것이다. 내 의지와 결기가 이렇게 강렬하고 뜨거운데 무엇이 두렵겠는가. 반드시 일어서리라!

다음 날 아침 황은 다른 날보다 기분이 상쾌했다. 딸은 아마 어제 속초로 돌아가지 않고 집에서 제 엄마와 같이 잠을 잤을 것이다. 토방을 보물로 받아들인 예리하고 섬세한 촉으로 보아 황이 좀 더 노력을 기울인다면 토굴이란 말뜻을 아내나 아들보다는 빨리 헤아리리라 여겨졌다. 딸도 딸이려니와 황은 전날 꿈을 꾸었다. 경마장에서 보았던 명마 새강자가 홀로 트랙을 시원스럽게 달려가는 꿈이었다. 뒷발로 모래를 힘차게 차올리며 바람처럼 달려 나가는 모습은 수려하다 못해 우아하고 아름답기까지 했다. 날쌔게 트랙을 돌아 눈에 보이지 않는 코너로 뒷모습을 감추는가 싶었던 새강자가 다시 눈앞에 모습을 드러냈을 때는 그동안 볼 수 없었던 황금날개를 퍼덕이며 비상을 준비하고 있었다.

이럴 수가……. 명마 새강자의 어깻죽지에 날개가 달려 있었구나!

새강자가 금빛 날개를 서너 번 퍼덕였다. 그 육중한 몸이 허공으로 솟아올랐고 그렇게 경마장 트랙을 두어 바퀴 돌고는 황의 앞에 날아와 우뚝 멈춰 섰다. 눈이 부시게 아름다운 명마가 어서 올라타라는 듯이 황의 앞에서 입을 크게 벌려 경쾌하게 울어 젖히고는 머리를 두어 차례 주억거렸다.

새강자, 당대 최고의 인기마이자 국산마로 이 땅에 다시 태어나기 어렵다는 명마가 아니던가. 망설일 필요가 없었다. 황은 몸을 날려 안장이 장착된 말 등짝에 훌쩍 올라탔다. 잠깐 동안 세상 모든 사람들이 부러운 시선으로 바라보고 있을 거란 생각에 그는 갑자기 어깨가 우쭐했다. 아마도 사람들은 살아가는 동안 이런 우쭐한 기분을 영위하기 위해 욕심을 덜어내지 못한 채 더 높은 곳, 심지어는 끝끝내 정상까지 오르려 애쓰는 것이 아닐까. 명마 위에서 내려다보는 저 밑바닥 세상은 밑에서는 볼 수 없었던 아름다움을 느낄 여유가 충분했다. 과거 낙하산을 타고 단숨에 공기업의 최고 수장자리를 꿰찼을 때의 그 기분이었다. 그는 이 모습 그대로 세상 어디로든 달려가고 싶었다.

황은 새강자를 타고 경마장을 압도했던 이성일 기수처럼 허리를 한껏 수그리고는 앞가슴을 말 잔등에 바짝 밀착시켰다. 잠시 바람이 불어오는가 싶더니 솜털처럼 부드러운 갈기가 그의 얼굴을 쓸었다. 황은 오른손으로 새강자의 갈기를 두어 차례 보듬은 뒤 등짝을 철썩 내리치며 출발신호를 보냈다. 이름 석 자만 들어도 가슴 설레던 명마 새강자는 다시 뒷발굽으로 모래를 차올리며 쏜살같이 내달렸다. 저 멀리서 이성일 기수가 부러운 듯 그를 지켜보고 있었다. 황홀한 질주, 바람처럼 구름처럼 새강자는 좁은 트랙을 벗어나 허공중으로 날아올랐다. 황은 마치 환타지 영화의 주인공이 된 기분이었다. 새강자의 어깨에 난 수천수만 개의 깃털들이 곱게 부서져 내리는 햇살을 받아 저마다 우아하고 수려하게 빛을 뿜었다. 어린 시절 꿈속에서 가끔 하늘을 날던 기억이 새록새록 되살아났지만 이처럼 황홀한 비상은 어른이 된 이후 평생 처음 맛보는 경이로움이었다. 이렇게 새강자를 탄 채 저승까지 올라 염라대왕 앞에 서는 것은 아닐까? 그 찬란한 질주와 짜릿한 비상 와중에도 한순간 불안감이 찾아들었다. 하늘 끝까지 날아오를 것처럼 수직으로 비상하던 새강자가 갑자기 몸을 틀어 이번에는 정반대 수직으로 급강하를 시작했다. 순간 머리숱과 어깻죽지 한가운데로 찌릿한 전율이 느껴졌다. 황은 부르르 몸을 떨었다. 간호사가 흔들어 깨울 때에야 황은 꿈에서 깨어났다.

"황민구 씨, 세수 도와드릴게요."

눈을 뜨자 간호사가 다가와 따뜻한 물수건으로 얼굴을 닦았다. 간호사의 도톰하고 작은 입술이 앙증스러웠다. 옅은 화장기 때문인지 전등불 빛 때문인지, 간호사의 볼과 이마에서는 거울처럼 윤이 났다. 하루 3교대로 근무하는 간호사들은 하나같이 싹싹하고 성실해 보였다. 온갖 궂은일도 마다하지 않는 고된 일에 사람의 생사가 오락가락하는 중환자들만 상대해야 함에도 주어진 일과를 기피하거나 싫증을 내는 낌새는 찾아보기 어려웠다. 간호사는 황의 혈압이나 맥박, 호흡을 수시로 체크했고 만리톨을 주입한 후 투입량과 소변으로 배출되는 양을 면밀히 점검해 갔다. 감각기능을 확인하기 위해 발바닥을 긁는 바빈스키 반사 체크도 하루 한 번씩은 빼놓지 않았다. 간호사들은 환자들이 배설해 낸 똥오줌조차도 역겨워하거나 귀찮아하는 기색을 드러내지 않은 채 익숙하고 능숙한 손놀림으로 처리해 냈다. 간호사들의 배변간호가 시작되면 황은 쑥스러운 나머지 얼굴이 후끈 달아올랐다. 시트를 벗겨낸 뒤 황의 엉덩이를 들추고 삽 밑에 깔려 있던 기저귀를 교체할 때마다 이제는 풀이 죽어 볼품없이 축 처진 성기가 적나라하게 간호사의 눈에 드러나기 때문이었다.

이날도 여전히 간호사의 손동작에 의해 움직여지는 몸뚱이가 황의 것처럼 느껴지지 않았다. 분명 간호사는 황의 몸을 굴려 한쪽으로 쏠리게 했지만 몸뚱이가 다른 사람의 것처럼 무감각했다. 오로지 정신 하나만 온전할 뿐 몸에 살아 있어야 할 신경조직들이 상당 부분 손상되어 있음이 느껴졌다. 전날 딸이 울먹이며 건넸던 말이 떠올랐다. 과거 끝이 보이지 않을 것 같던 싸움에서 끝내 이겨냈던 것처럼 병과 싸워 이겨내라던 당부의 말은 이 싸움의 대상이 무너지지 않을 것 같던 독재의 서슬과도 비교가 되었다. 딸도 아마 아빠가 싸워야 할 대상이 무너뜨리기 힘겨운 산처럼 느껴졌으리라. 그럼에도 황은 딸의 부탁대로 거대한 권력과 맞설 때로 돌아가 그를 억압하고 있는 몹쓸 병과의 싸움을 시작하기로 작심했다. 이미 싸움에서 짜릿한 승리를 맛본 경험이 있어 오로지 이긴 자에게만 주어지는 보석과도 같은 훈장을 가슴에 달고 있는 그였기에 힘으로나 정신적으로나 상대를 제압할 비장한 각오가 준비되어 있었다. 조만간 몸을 움직이는 것은 물론이고 벌떡 자리를 털고 일어나 걷고 뛸 수 있을 것 같았다. 그는 온몸에 힘을 주면서 오랫동안 누워 있던 침상에서 일어나려 했다. 하지만 몸뚱이가 말을 듣지 않았고 신체의 어느 부위도 자신의 의지대로 움직여지지 않았다. 그런 시도가 수차례 반복되었지만 그의 손과 발은 산맥 중심부에 뿌리박힌 거대한 바윗덩이처럼 옴짝도 하지 않았다. 중추신경이 마비되었다는 사실을 잊고 있었던 그는 그의 앞을 가로막고 있는 대상이 어쩌면 젊은 날 그의 인생 앞에 거대한 장벽이었던 권력의 서슬보다 두려운 존재란 사실을 깨닫고는 금방 절망했다. 결국 그에게 있어 남은 미래란 자리보전하고 누워 모닥불이 사위어 가듯 꽃이 이울듯 자신에게 주어졌던 삶을 모두 끝내고 의미라곤 없는 여백을 채우는 아주 짧은 과정만이 남아 있는 것처럼 느껴졌다. 하지만 이렇게 남은 인생의 불꽃이 맥없이 사위어 버리고 멋들어지게 피어나려던 꽃이 쉬 이울어 버린다는 것은 대단원을 앞둔 연극이 중도에서 막을 내리는 것과 다를 바 없었다. 이럴 수는 없는 일이었다. 가슴속에서 펄떡이는 열정의 불꽃은 더 활활 타올라야 하고 아직 덜 피어난 꽃은 망울을 활짝 열고 꿀보다 진한 향기를 듬뿍듬뿍 뿜어내야 한다. 여기에서 불이 꺼지고 꽃이 이운다면 황의 인생은 완성은커녕 누구나 누릴 수 있을 법한 삶의 여운조차 향유하지 못하고 오로지 상실과 회한만을 남긴 채 쓸쓸히 퇴장하게 되는 거였다. 황이 악착같이 토굴을 외치는 이유였다. 순간순간 압박해 오는 절망과 숨통이 끊어질 것만 같은 고통 속에서도 시골집 토굴이 눈앞에 떠오르는 순간 몸도 마음도 한결 평온해졌다.

그에게 다가왔던 간호사가 때맞춰 수액을 갈아 주고 돌아가자 황은 다시 눈을 감았다. 잠들기 전 어김없이 그가 지나쳐 온 과거의 주요 장면들이 영상화되어 둥둥 머릿속을 떠다녔다.

공기업 사장이라는 체면이나 위엄을 헌신짝처럼 내팽개친 채 황은 거의 주말마다 출근하듯 경마장을 찾았다. 그가 경마를 처음 시작할 무렵 경마장에는 새로운 명마 한 필이 등장해 있었다. 혈통 좋은 외국산 경주마들이 주류를 이루던 때 국산 토종말 한 마리가 혜성처럼 등장해 경마장의 넓은 트랙을 휩쓸며 분위기를 장악했다. 1999년 그해 가장 뛰어난 말들만 출전한 그랑프리 대회에서 우승 갈기를 날린 새강자는 새로운 밀레니엄 시대에도 독야청청 위세를 떨쳤다. 우승 횟수가 늘어나면서 같은 체중을 달고 뛰는 말 중에서 더는 경쟁대상마가 나타나지 않자 결국 60킬로 이상의 부담중량을 달고 뛰게 되었다. 그럼에도 새강자의 기세는 좀처럼 수그러들 줄 몰랐다. 2000년 6월 새강자는 경마사상 처음으로 5관왕에 등극하면서 전설의 반열에 이름을 올렸다.

새강자가 위세를 떨쳐가고 있을 무렵 황은 경마장에서 정대호란 노름꾼을 만났다. 한때 30억대 자산을 소유하고 있던 그는 우연히 친구와 경마장에 발을 들여놓았다가 그만 노름에 빠져들고 말았다.

"경마에 미쳐버리니 눈깔에 뵈는 게 없더구만. 일주일을 기다리는 시간이 얼마나 지루하던지, 경마장에서 만난 사람들과 어울려 기원을 들락거리게 됐는데 거기서 몇 날 며칠 포커를 치다가 주말엔 어김없이 경마장으로 달려갔지. 포커가 성에 차지 않자 주중엔 정선과 마카오로 원정도박까지 다녀오고……. 씨벌, 3년 지나니까 30억 자산 어딘가로 다 날아가고 땡전 한 푼 없는 불알 두 쪽뿐인 알거지로 나앉게 되더라고."

경마가 끝나고 사람들이 썰물처럼 빠져나갈 때 두 사람은 종종 술집으로 갔다. 주로 정대호가 떠들었고 황은 듣는 편이었다. 정대호는 어지간히 취기가 돌아 목구멍에서 슬슬 한숨이 섞여 나오기 시작하면 자조와 더불어 스스로를 인간쓰레기라 비하했고 경마로 인생을 조진 개좆같은 인생이라며 자학했다. 그가 살아온 세상이야말로 노래의 대상이 아니라 욕먹어야 할 대상이라며 사람과 때, 장소를 가리지 않고 세상을 향해 목구멍에서 튀어나오는 대로 욕설을 쏟아냈다.

황은 그로부터 경마에 관한 전반적인 지식을 배웠다. 일테면 그는 수십억 자산가였던 정대호가 수십억 자산을 탕진하면서 취득했던 경마지식들을 단 몇만 원의 술값으로 귀동냥할 수 있었던 것이다. 그로부터 들은 경마지식이 실전에서 고배당의 수익으로 주머니에 들어오는 것은 아니었지만 황은 그런 정대호를 마치 자신이 경마계에 입문하는 데 있어 꼭 필요한 스승처럼 받들고 존중했다.

그의 입에서는 현재 최고의 인기마로 부상한 국산마 새강자로부터 쾌도난마, 해암장군, 다함께, 차돌, 풀그림, 신세대 등 명마 이름들이 술술 쏟아져 나왔다. 새강자를 타는 이성일과 인기절정의 박태종 안병기, 심태섭, 김용섭 등 당대 최고의 기수 이름들도 거침없이 토해냈고 좀 취기가 과해졌다 싶으면 경마장에서 쏟아지는 루머들을 마치 특급정보인 양 황의 귓가에 대고 속삭였다. 다음번 경주에서 어떤 말이 우승할 거라는 예측이 대부분이었다. 반은 맞는 것 같기도 하고 반은 틀리는 것 같기도 했지만 그의 예측은 흔한 유료 경마정보지 못지않은 적중률로 이어졌다.

경마가 끝난 뒤 허탈감을 뒤로 한 채 둘이 인근 술집에라도 들어가 서너 순배씩 술잔을 기울이다 보면 정대호의 입에서는 영락없이 육두문자가 튀어나왔다.

"경마가 건전한 레저라고? 말짱 좆 까는 소리야. 경마야말로 정부에서 허가 내준 도박장이란 건 세상이 다 아는 진리인데 씨알도 안 먹는 개소리로 좆퉁수 부는 꼴이라니……. 경마에 미쳐 인생 좆된 인간들한테 정부에서 그동안 깨진 돈 몽땅 돌려줄 테니 줄 서라 해 봐. 피해자들이 벌 떼처럼 몰려와 내 돈 돌려 달라고 난리 칠 테고 화병으로 죽은 시체들까지 벌떡 일어나 무덤 밖으로 뛰쳐나올걸. 아마 나라 곳간은 순식간에 거덜 나고 말겠지."

그는 황에게 경마계의 대선배로서 교훈을 주기도 했다.

"내 인생은 말이야, 경마로 치면 나이 오십까진 그런대로 질주본능을 지닌 선행마였지. 헌데 중간지점을 달리면서 한눈을 팔다가 그만 경쟁에서 낙오된 조랑말 신세로 뒤바뀌고 말았어. 내가 경마인생의 선배로서 충고하는데 아니꼽다 생각 말고 잘 새기라구. 자네는 선행마보단 추입마가 돼야 해. 경주 중반까지 내내 후미를 달리다가 결정적 순간, 지켜보던 사람들 숨을 딱 멎게 하면서 선두를 탈환하고 종착지에 이르러 2등 마를 대여섯 마신 이상 따돌리고 우승하는 그 괴력, 상상만으로도 경이롭고 즐겁지 않은가? 추입마의 황홀한 역전 질주, 우리네 굴곡 많은 인생도 늘 뒤처져 살다가 인생 막판 대역전극을 펼치게 되면 그게 감동의 인생 드라마 아니겠어. 나는 좆도 이제 틀렸지만 당신은 꼭 추입마의 역전인생을 누리시게."

술을 얻어 마시며 정대호는 황에게 그렇게 충고했지만 그가 보는 앞에서 황은 숙맥이었고 정신 나간 얼간이였다. 사실 경마장에 열광하는 사람치고 정신 온전한 사람 몇이나 될까. 당장 황을 얼간이로 취급하는 정대호 역시도 스스로 경마에 인생을 조진 미친놈이었노라 한탄하며 고백하지 않았던가. 사람들은 마권을 구입해 손에 쥔 뒤 출발 총성이 울리자마자 너나없이 광인으로 돌변했다. 달려라, 뛰어라, 난다, 긴다, 잘한다. 더 빨리 더 빨리, 조또 약 처먹었냐? 기지 말고 뛰어, 추입! 추입! 성일아, 병기야, 태종아, 씨발 채찍 똥폼으로 잡았냐? 조져! 조져!

　허공에 온갖 함성과 탄성, 욕설, 탄식들이 범벅이 되어 떠다녔다. 어느 모로 보나 정신 온전한 사람들이 내뱉는 소리는 아니었던 것이다. 사실상 상당수가 이미 미쳐 있거나 서서히 미쳐가거나 미칠 준비를 하고 있었던 것이다. 경주가 끝난 후엔 열에 아홉은 쓴웃음과 함께 거친 욕지거리를 내뱉고는 담배로 진한 아쉬움을 연기에 뿜어 날려 버리면서 구름처럼 경마장 출구를 빠져나갔다. 경마장이 정말 건전한 레저인지, 모인 사람들의 정신이 지극히 온전한 것인지를 누군가에게 단단히 묻기라도 하듯.

　황은 정대호가 들려주는 정보를 신뢰했다. 그러나 그가 찍어준 말에 돈을 거는 일은 거의 없었다. 정대호가 100%라고 확신하며 돈을 걸라 하면 씨익 웃어넘길 뿐이었다. 오히려 정대호가 확신하고 있는 말에 직접 승부할 수 있도록 1만 원짜리 한두 장을 건네준 뒤 자신은 정작 우승확률이 가장 낮은 그러니까 배당률이 가장 높은 말에 돈을 걸었다. 그것도 수십만 원씩이나.

황은 정대호에게 마권 구입을 부탁했다. 그가 보는 앞에서 줄을 선 채 마권을 구입하는 경우도 여러 차례 있기는 했지만 주로 정대호에게 돈을 건네 마권을 사 오게 하고 그 대가로 약간의 사례비를 지불했다. 황이 구입하는 마권은 대부분 배당률이 높아 경주가 끝나고 난 뒤엔 쓰레기통에 버려져 휴지 조각이 되고 마는 것들이었다. 즉 수십 혹은 수백 수천 배의 배당을 바라고 마권을 구입한다는 것은 우승확률이 거의 없는 말에 돈을 건단 뜻이었다. 때문에 황이 그런 가능성이 제로에 가까운 말에 돈을 거는 것은 바람 부는 허공에 돈을 날려버리는 것과 다름 없었고 누군가에게는 목숨과도 같은 귀한 돈을 휴지 조각처럼 내버리는 것과 다르지 않았다. 정대호는 그런 황을 처음엔 의아해하다가 나중엔 심하게 나무라기까지 했다.

"미쳤어? 이따위 돌망아지에다 수십만 원씩 베팅을 하다니. 그럴 바엔 차라리 복권을 사라구."

황은 미동도 하지 않았다. 정대호가 뭐라 말하든 자기 고집을 절대로 꺾지 않았다. 그런 과묵한 표정이 오히려 너무 진지해 보여 정대호는 더 이상 뭐라 대꾸를 하지 못한 채 그가 시키는 대로 마권을 사 왔다. 황은 정대호가 찍은 우승 예상마가 심심찮게 선착으로 달려 들어오는 광경을 씁쓸히 지켜보곤 했다. 그때마다 정대호가 기고만장한 폼으로 황의 앞에 나타나 목청을 높였다.

"거참 백 프로 들어온다니깐, 내 말 들었더라면 오 배당 먹었 잖아. 뭔 놈의 고집이 그리 황소고집인지, 천하에 둘도 없는 고 집불통에 벽창호라니."

입맛을 쩍쩍 다시는 사내를 향해 황은 빙긋 웃으며 답했다.

"이 세상에 가능성이 제로인 게임은 어디에도 없다는 거 잘 아시잖소."

황은 확률을 이야기하고 있었다. 가능성이 희박하지만 언젠 가 누군가에게는 반드시 다가오는 그 1의 주인공, 그 1이 이뤄 질 가능성이 지극히 낮음에도 모든 게임은 대박 한 방이 존재 하는 법. 정대호에겐 황의 그 대박 한 방이 무지개를 잡으려는 한없이 어리석은 탐욕으로 보였을 터였다. 머지않아 경마로 인 생을 망친 또 한 명의 피해자로 남을 거라 확신하고 있는 눈치 이기도 했다. 그럼에도 정대호가 황과 어울리는 분명한 이유 한 가지가 있었다. 가진 건 돈밖에 없는 그런 미친 사내가 자신에 게는 둘도 없는 물주라 여기기 때문일 것이었다.

황이 일이 바빠 몇 주를 건너뛴 뒤 갑자기 경마장에 모습을 드러내는 날엔 오래전부터 미리 기다리고 있었다는 듯이 경마 정보지를 손아귀에 감아쥔 정대호가 한걸음에 달려왔다.

"아우님, 그동안 뭔 일 있었어?"

황을 보자마자 덥석 손을 잡고는 흔들어 댔다.

"나도 경마중독자가 다 되었나 보오. 주말마다 말이 눈앞에 어른거려 통 다른 일을 할 수가 있어야지. 몇 주 동안 집에서 가까운 구리 장외발매소에 가 베팅을 했소."

정대호는 한주 내내 직접 발로 뛰어 우승 예상마를 뽑아냈다고 으스대면서 귀에 익은 경주마의 이름을 좔좔 읊어 나갔다. 물론 이번에도 황은 그가 알려주는 우승 예상마를 외면했고 배당이 가장 높아 꼴찌가 당연시되는 말을 선택해 정대호에게 마권을 구매해 올 것을 주문하고는 돈을 건넸다.

"십만 원짜리로 배당 젤 높은 것 다섯 장이요. 그리고 이건 정 선배 몫으로 거시요."

황은 팁으로 3만 원을 쥐여줬다. 정대호는 어리석은 황의 베팅에 눈살을 찌푸리다 신발차로 건네는 3만 원을 건네받고는 환하게 웃으며 마권 구매창구로 들어갔다. 하지만 황은 사실 경마의 결과에 그다지 관심을 두지 않았다. 그의 관심은 전혀 다른 곳에 가 있었다. 틈이 날 때마다 쓰레기로 나뒹구는 마권을 줍는 일이었다. 황은 바닥 여기저기 떨어져 나뒹구는 고액의 마권을 주웠다. 이미 승부가 끝나 어디에도 쓸모없이 버려진 마권은 말 그대로 탄식과 함께 내동댕이쳐진 쓰레기였다. 한 차례 경주가 끝나고 난 뒤 경마장을 가득 메운 사람들의 손아귀에 쥐어져 있던 마권들은 미련 없이 바닥에 뿌려졌다. 잠시 어느 사람의 손과 눈과 가슴에 수백 혹은 수천 배의 배당을 거머쥐게 할 꿈과 환상을 심어 주었던 마권은 탄식, 절망, 분노, 회한과 함께 바닥에 버려지는 거였다. 매번 황은 그런 마권을 주워 속주머니 가득 채워 돌아왔다. 남들이 쓰레기로 버린 마권을 일일이 백 장 단위로 묶어 라면박스에 모아 갔는데 2년쯤 뒤 그의 집 차고 한쪽 벽면에는 라면상자 몇 개 분량의 마권이 차곡차곡 쌓이게 되었다.

경마장을 2년여 들락거린 황은 이제 누가 보아도 노름꾼이었다. 엄연히 공기업의 사장 직위를 유지하고 있었음에도 주말에는 거의 경마에 미쳐 사는 가장이었다. 이제는 가진 자산이 거의 바닥에 이르렀다는 징표가 서서히 드러났다. 오직 한탕만을 노리고 고배당 마권에 큰돈을 걸었던 황이 어느 날부터 수척해진 얼굴로 경마장에 나타나 1만 원짜리 마권을 직접 구입하는가 하면 우승을 예상했던 말이 등외로 축 처져 들어오기라도 하는 날엔 경마장 곳곳을 떠돌며 직원들을 향해 행패를 부리기까지 했다. 때론 옆 사람한테 이유 없이 시비를 걸기도 했고 안면 익은 사람들을 만나면 돈을 빌려달라고 떼를 쓰기도 했다. 예상마를 찍어준 정대호에게도 툭하면 욕설을 퍼부어 댔다. 물론 더 이상은 정대호에게 고액의 마권을 사 오도록 부탁하지도 않았고 그와 함께 술집을 드나들 일도 없었다. 경마장 곳곳에 비치된 쓰레기통을 걷어차 실내를 쓰레기 더미로 만든 경우도 여러 차례였다. 그는 경마로 전 자산을 탕진한 추악한 노름꾼으로 전락해 있었다.

임기만료로 공기업 사장 자리에서 물러난 황은 봄꿈을 꾼 것처럼 한때의 영화가 덧없음을 피부로 느꼈다. 한때는 잘나갔던 고관대작이었고 잠깐이었지만 부귀와 영화도 맛보았던 그였다.

그가 공기업 사장이던 때의 아침은 꽤 호사스러웠다. 출근 시간에 맞춰 집 앞에는 늘 한 대의 고급 승용차가 그의 승차를 기다리고 있었고 차에 오른 뒤 기사의 등 뒤에 앉아 여기저기서 걸려 오는 청탁성 전화를 받는 모습은 누가 보아도 거드름이랄 만큼 자세가 뻣뻣하고 오만했다. 사방이 탁 트인 호화로운 사무실에 출근하자마자 여비서가 내온 차를 마시며 지금은 고위 관료나 의원 신분으로 살아가고 있는 옛 민주화 동지들과 통화하면서 점심 약속을 잡고 그들과 만나 자신들이 일군 정권의 무사안녕을 기원하는 게 부분적인 일과이기도 했다. 황으로선 누릴 만큼 누리고 즐길 만큼 즐기고 챙길 만큼 챙기게 한 더없이 호화로웠던 자리이기도 했다. 하지만 이제는 좁은 집 안에서 마누라의 잔소리에 묻혀 지내는 신세가 되어 있었다. 아내는 남편의 얼굴을 마주할 때마다 짜증을 냈다. 여유로운 삶, 편안한 노후를 기대했던 아내는 남편의 노름으로 엉망진창이 된 현실을 두려워했다. 그런 아내에게 황이 타이르듯 점잖게 말했다.

"나를 믿어. 내가 다 책임질 테니."

아내는 노름꾼 남편의 말을 믿으려 하지 않았다. 뭘 믿으란 건지, 뭘 책임진다는 건지 실체가 없는 공수표 같은 말이 황의 입에서 튀어나올 때마다 더 격한 감정을 토로했다.

"당신 목소리 들을 때마다 내 명치 끝에서 주먹만 한 불덩어리가 끓어오른다구요. 나 뒤로 자빠지는 꼴 보지 않으려거든 제발 입 닥치고 조용히 있어요."

황은 어이없어하면서 은연중 다짐을 놓듯 굳이 한마디를 더 남기는 것이다.

"내가 괜히 가장인 줄 알아?"

남편을 쏘아보는 아내의 눈빛과 말투 속에는 실망감과 배신감, 침이라도 뱉고 싶은 노여움이 뒤섞여 있었다. 그런 아내의 시선과 목소리를 황은 무시했다. 그러다가 비리 혐의로 황이 내사를 받고 있다는 사실이 알려지자 아내는 아예 드러눕기까지 했다. 결국 황은 아내가 보는 앞에서 비리 혐의로 쇠고랑을 찼다. 구속된 후 황은 수차례 검찰로 불려 갔다. 검사는 황에게 커미션으로 받아 챙긴 20억의 사용처를 집요하게 캐물었다. 계좌를 추적하고 압수수색영장을 발부받아 집 안을 샅샅이 뒤졌다. 주변 인물들을 참고인으로 소환해 여러 정황을 세세히 듣고 파헤쳤다. 황은 이미 밝혀진 대로 거액의 커미션을 수수했노라 자백했다. 받은 돈 모두를 탕진하고 지금은 달팽이처럼 공기업 사장 취임 전 아내 명의로 갖고 있던 집 한 채가 유일한 자산이라고 주장했다. 의심 많은 검사는 믿지 않았다. 어디서 얼마를 썼고 무엇에 얼마가 쓰였고 누구와 밥을 먹었고 술을 먹었는지, 식구들에게 구두 한 켤레라도 사 준 적 있는지 묻고 또 물었다. 만 원 한 장짜리까지 속속들이 추적해 20억 사용처의 의혹을 끝까지 밝혀내겠다는 의지를 내비쳤다.

검사는 공기업 사장이라는 고위직에 올라 비리를 저지른 황을 거의 벌레처럼 대했다. 때론 서슴없이 국민 혈세를 훔쳐 간

도둑놈이라고 몰아쳤다. 한때 고위직에 올랐던 관료의 예우는 고사하고 면전에서 윽박지르거나 강아지처럼 어르고 달래기까지 했다.

황은 대부분의 돈을 경마로 날렸다고 남은 건 가슴의 상처와 휴지가 된 마권뿐이었다고 털어났다.

검사는 황의 집 차고 한쪽에서 뽀얗게 먼지를 뒤집어쓴 채 쌓여 있던 마권상자를 실어 왔다.

"정말 이 많은 마권을 당신 돈으로 샀단 말이요?"

서슬 퍼런 검사가 황을 향해 소리쳤다.

"예."

"본 사람이 있소? 그 많은 돈을 경마로 잃었다면 당연히 누군가 증인이 있었을 거 아니냔 말이요."

황은 짐짓 한참을 생각하는 척하다가 정대호란 사내에게 물어보면 어쩜 자신을 기억할 거라 말했다. 며칠 뒤 황과 정대호의 대질심문이 시작됐다. 정대호는 황이 공기업의 사장으로 재직하고 있었다는 사실에 꽤 충격을 받은 모양이었다.

"저 인간은 미친놈입니다. 오직 한탕만 노리면서 가능성이 전혀 없는 망아지 같은 말만 찾아다닌 일명 또라이였습니다. 저런 자가 일개 공기업의 사장이었다니……."

정대호는 황을 확실히 기억하고 있었다. 과거 경마장에서 마권구입 심부름으로 매번 몇만 원씩 떼어 주고 때론 술까지 사주었던 그였지만 막상 대질심문에 들어가자 황에게 호의적인 진술을 해주지는 않았다. 정대호가 기억하는 황은 경마장 주변에서 흔히 볼 수 있었던 정신 나간 노름꾼이었다. 황처럼 경마를 했다면 추정컨대 아마도 2년 동안 수십억은 족히 까먹었을 거라는 진술까지 해주었다. 막판에 경마장에 나타나 쓰레기통이나 내부 시설물을 훼손하는 등 행패를 부린 것 하며 애먼 사람들에게 시비를 걸고 욕설을 퍼부었던 사실까지 소상히 진술해줬다. 황은 검사 앞에서 새강자를 비롯해 쾌도난마, 해암장군, 다함께, 차돌, 풀그림, 신세대 등 당시 위세를 떨쳤던 명마의 이름을 들려줬고 추억을 회상하듯 이성일이나 박태종, 안병기, 심태섭, 김용섭 등 유명기수들의 이름까지 줄줄 기억해 냈다. 경마 이야기가 나오자 황은 금방 표정이 화색으로 변했다. 자신이 알고 있었던 경마지식과 새강자의 5관왕 등극당시를 떠올리며 추억담을 좔좔 읊어 나갔다. 검사는 어처구니없다는 듯 황을 노려보다가 정대호에게 그 말이 사실인지를 물었고 정대호는 머리를 끄덕였다.

여기에 과거 같이 근무했던 공사의 직원들과 황의 가족들도 줄줄이 불려 와 조사를 받았다. 식구들도 황이 집에 돈 한 푼 가져오지 않고 주말마다 경마에 빠져 헤어나지 못했다고 당시 상황을 있는 그대로 진술했다.

황은 이후로도 수차례 검사 앞에 불려 가 심문을 받았고 마침내는 죄를 모두 시인했다. 마지막엔 참회하며 용서를 빌었다. 그는 젊디젊은 검사 앞에서 비굴할 정도로 두 무릎 꿇고 눈물을 쏟아냈다. 경마에 한눈을 팔고부터 눈만 뜨면 달리는 말이 눈앞에 어른거려 이러면 안 되지 절제를 다짐하고도 경마장을 빠져나가면 주말이 기다려졌다고 회상했다. 그 짜릿한 유혹을 떨쳐 내지 못하고 매번 승부에 집착하다가 이 꼴이 되었다고 자책했다. 그 다이내믹하고 짜릿짜릿 가슴 설레는 승부에 빠져 살다 보니 인생이 썩고 병들어 가는 줄 몰랐노라 고백했다. 이제라도 기회를 달라고 새사람 되겠다고 뻔뻔스럽게 말하지 않겠노라, 스스로를 용서치 못할 죄인이기에 차라리 자신에게 가장 엄하고 중한 벌로 죄를 물어 달라 뜨거운 눈물을 쏟아내며 머리를 조아렸다.

황은 1년의 징역형을 선고받고 수감되었다. 1년이란 형벌은 그의 죄질로 볼 때 거의 파격적이었다. 황이 살아온 지방의 주요인사들 일테면 지방의회의원이라든가 이름만 대면 알 수 있는 유지들이 탄원서에 일일이 서명을 해 준 덕분이기도 했고 특히나 그가 일생 모셔 온 영감의 입김이 크게 작용한 덕분이기도 했다. 이제 몇 달만 더 견디면 그는 바깥세계로 나갈 수 있는 몸이 되었다. 처음 얼마 동안 황은 감옥이 낯설거나 참지 못할 정도로 두렵지는 않았다. 과거 유신시절 투옥되었던 경험이 있는 데다 감옥도 세월이 지나면서 시설이 훨씬 현대화되어 있었고 수형인을 대하는 교도관들의 인권 인식도 개선이 된 이후여서 그럭저럭 견딜 만했다. 그러나 출소일자가 가까워 올수록 그는 감방 안이 갑갑해 숨이 막힐 것 같았다. 감방이 현대화

된 만큼 교도관의 인권인식이 개선된 만큼 황의 몸도 바깥세상에서 그동안 누려 왔던 삶의 질, 일테면 향유에 길들여진 몸이 좁은 감방 안에서 적응하기가 꽤 어려웠다. 공기업의 한 조직을 총괄하는 직위에 올라 짧지 않은 시간 직원의 인사권을 행사하고 수천억 사업예산을 집행하는 결재권자의 역할을 수행해 온 그였다. 고급요리와 비싼 술이 그의 목구멍으로 술술 넘어갔고 이권개입의 농도가 짙어지면서 거액의 커미션이 그의 호주머니 속으로 들어왔다. 거기에 덤으로 치자면 비싼 술 파티 이후 그를 호텔방까지 안내해 수청을 든 여자만 해도 대여섯은 족히 되었다. 떠오르는 기억에는 그와 같이 밤을 보낸 여자들 대부분 거의 딸 또래의 여자들로 얼굴로나 몸매로나 연예인 뺨치는 준수한 외모였다. 술집에서 만난 외양만 보자면 영화배우, 탤런트 뺨치는 미녀와 몸을 포개고 서로의 입술을 빨고 한바탕 정사를 치르는 과정에서 언뜻언뜻 아내와 딸의 얼굴이 스치곤 했지만 그가 호주머니로 들어오는 커미션을 거부하지 않은 것처럼 특별히 죄의식에 사로잡혀 중도에 행위를 멈추고 여자들을 돌려보낸 적은 단 한 차례도 없었다. 포승줄에 묶여오기 전까지 바깥세상에서 수년 동안 꿀을 빨고 주지육림의 향유에 젖어 있었기에 감방 안에서의 하루하루는 진절머리가 나도록 지루하고 갑갑했다.

하지만 황의 이러한 지루함은 출소 후 희망이 없는 다른 수형자들과는 사뭇 달랐다. 그에게는 현재 주어진 형벌이 아무리 모질거나 힘겨워도 고난이 끝난 이후 충분한 보상이 준비되어 있었기에 수형기간 내내 가슴이 벅차고 뿌듯해 다가올 미래가 기대되었다. 그는 스스로를 굴속에 들어가 겨울잠을 자는 곰이라 생각했다. 깊은 산골 굴속에 스미는 차디찬 바람이, 밤마다 찾아오는 오한과 배고픔이 어찌 두렵지 않으랴마는 그래도 그에게는 동면에 들기 전 피둥피둥 살을 찌워 둔 덕분에 발바닥에서 우러나오는 유분을 핥으며 모진 혹한이 동반된 동절기를 이겨낼 수 있었던 것이다. 만약 발바닥의 양분이 준비되어 있지 않았다면 물론 이 혹독한 시련이 찾아올 일도 없었겠지만 그러나 믿는 구석, 준비된 보상이 없는 자유보다는 보상이 준비된 감옥에서의 하루가 그는 훨씬 더 만족스러웠고 뿌듯했다. 그는 앞날을 예견하고 철저히 대비한 스스로가 일견 대견하기까지 했다. 완벽에 가까운 승리라고 확신하고 있었다. 가족들조차 황이 어떤 일을 꾸몄는지 훗날 어떤 일이 벌어질지를 까맣게 모르고 있는 거였다. 경마장에서 만난 정대호는 물론이고 젊고 똑똑한 검사조차도 황이 그간 누려 온 부와 명예를 도박으로 망친 미친 노름꾼으로만 알고 있을 뿐이었다.

황은 언젠가 혹 드러나게 될지 모를 자신의 비위가 두려웠다. 사필귀정이란 말이 오랜 시간 세상에 명제로 자리 잡을 수 있었던 이유는 아마도 오만한 사람들에게 주는 경고의 울림이 그만큼 강렬하기 때문일 것이다. 황은 부정한 방법으로 거액을 챙긴 자신의 비리가 언젠가는 세상에 낱낱이 까발려질 수 있음을 예견했다. 얼음처럼 냉정하자, 당장은 비굴하고 교활해 보이더라도 위기 이후에 펼쳐질 훗날을 도모하자. 이것이 황의 생각이었다. 어떻게 할 것인가? 몇 날을 고민하다가 황은 과거 자신이 조상으로부터 물려받았던 시골집을 떠올렸다. 이미 오래전 처분해서 주군의 선거자금으로 들이밀었던 낡고 오래된 집이었다. 지금에도 그 집이 온전할까? 누군가가 집을 허물고 번듯한 전원주택으로 신축해 살고 있지는 않을까? 섣불리 조상님들의 혼이 깃든 집을 자신의 영달을 위해 아낌없이 처분한 지난날의 과오가 부끄럽고 죄스러웠다. 어서 빨리 시골집에 찾아가 집과 토굴이 여전히 온전한 형태로 남아 있는지 확인하고 싶어 안달이 났다. 더 이상 주저할 필요가 없었다. 황은 차를 몰고 고향으로 향했다.

그가 거리낌 없이 저버렸던 생가는 몇 해 돌보지 않아 쓰러질 듯 기울어 있었지만 예전의 형태를 간신히 유지한 채 남아 있었다. 얼마나 다행이란 말인가. 대문을 열고 안마당에 들어서자마자 집 안 구석구석과 뒤란의 동굴을 살폈다. 순간 그는 너무 기쁜 나머지 자신도 모르게 손바닥이 얼얼해질 만큼 손뼉을 쳤다. 생각했던 것보다 집의 보존 상태가 꽤 양호한 것이 마음에 들었고 무엇보다 뒤란에서 발견한 토굴이 옛 모습 그대로 남아 있는 게 반가웠다. 그는 서둘러 집 소유주를 찾아 나섰다. 몇 손을 거쳐 지금은 서울 사람에게 소유권이 넘어가 있었는데 얼마 전 시내 어느 부동산에 매물로 내놨다는 얘기가 들렸다. 옳거니! 쾌재를 부르며 황은 시내로 나가 부동산 몇 곳을 수소문한 끝에 마침내 시골집을 사들일 수 있었다. 200평의 터와 낡은 집을 되사는 데 쓰러져 가는 집값은 아예 논외의 대상이었고 땅값으로만 평당 30만 원씩 쳐 6천을 주고 계약했다. 훗날을 대비해 집 명의만큼은 친척 중에서 가장 가깝게 지내온 육촌동생 앞으로 해두었다. 그가 공기업 사장 재임 시 든든한 업체에 취직까지 시켜주었던 사이였다. 그는 황의 입김으로 들어간 직장에서 아직 재직 중이었고 부장이란 지위까지 올라 안정적인 생활을 해오고 있었다. 때문에 제 명의랍시고 아무 때나 집을 찾아와 둘러보거나 다른 욕심을 낼 사람이 아니었다.

집은 황이 예전에 팔아넘긴 가격보다 몇 배를 더 주고 산 셈이었지만 그간의 물가상승률을 따져보거나 그가 생각하고 있는 집터의 가치로 볼 때 6천만 원은 결코 비싼 가격이 아니었다. 황은 사람을 불러 집수리를 맡겼다. 1천만 원의 비용이 추가로 들어갔다. 집 안의 모든 창틀과 지붕을 뜯어 새로이 단장했고 대문까지 새것으로 달아놓자 제법 사람 사는 집다운 외양이 갖춰졌다. 아직 원형으로 남아 있는 토굴은 철공소까지 직접 찾아가 출입문 제작을 부탁했다. 출입문은 이틀 만에 설치되었다. 임시방편으로 널빤지를 가려 놓았던 출입구엔 두꺼운 철판으로 제작된 문짝이 들어앉았다. 두꺼운 철제문고리에는 송아지 불알만 한 육중한 자물쇠까지 매달아 어느 누구도 감히 동굴 안에 침입할 수 없게 했다.

며칠 뒤 황은 빗장이 채워진 토굴의 철문을 따고 캄캄한 동굴 안에 발을 들여놓았다. 문이 열리자마자 불에 데기라도 한 것처럼 빛에 놀란 꼽등이들이 허겁지겁 달아났다. 놀라 달아나는 꼽등이들이 어쩌면 오래전에 고인이 된 그의 조부모나 부모의 영혼일 수도 있겠다는 생각에 황은 행여 발바닥에 밟혀 상해를 입지나 않을까 조심스러웠다. 어릴 적 부친으로부터 귀가 닳게 전해 들었던 토굴 이야기는 그의 입을 통해 다시 어린 자식들에게 구전되었음은 물론이었다. 어느 날 할아버지가 대청에서 잠깐 낮잠을 자다가 꿈을 꾸었다고 했다. 꿈에 신령 같은 한 분이 나타나 이르기를 조만간 나라에 큰 변고가 있을 터인데 어찌 한가하게 낮잠이냐며 혀를 끌고는 살고 싶거든 얼른 잠에서 깨어나 숨어 지낼 은신처를 준비하라고 호통을 쳤다. 꿈에서 깨어난 황의 조부는 꿈이 하도 선명해 몇 날 고민하다가 조상 꿈이란 확신을 갖고 뒤란 축대 옆에 토굴을 파기 시작했다. 그렇게 몇 달을 공들여 판 토굴은 여섯 식구가 발 뻗고 누울 만큼 널찍했다. 처음엔 식구들이 몸을 숨길 은신처로 만들어졌기에 출입구는 사람이 엎드리거나 기어야 겨우 드나들 수 있을 정도로 좁아터졌고 바로 옆 축대처럼 돌 몇 개를 쌓아 올리면 거기 토굴이 있을 거라곤 누구도 생각할 수 없을 만큼 은신처로서의 조건이 완벽했다. 그리고 이듬해 육이오가 터졌고 조상의 현몽과 할아버지의 예지 덕분에 식구들은 멀리 피난을 가지 않아도 되었다. 전쟁 초기 인민군이 들이닥쳤을 때도 중공군이 떼 지어 마을에 나타났을 때도 오랜 기간 토굴에 은신하면서 가족들을 지켜낼 수 있었다.

전쟁이 끝난 뒤 토굴은 사람이 허리를 펴고 드나들 수 있게 출입구를 확장한 뒤 널빤지로 문을 만들어 달았다. 그 뒤 토굴은 감자나 고구마를 수확해 비축하거나 김칫독을 넣어두는 용도로밖에는 달리 사용되지 않았다.

다음 날 아침부터 황은 과거 할아버지가 은신처를 처음 파낼 때처럼 토굴에 들어가 한쪽 모퉁이의 흙을 파내기 시작했다. 돌덩이처럼 굳은 마사토를 곡괭이로 찍어 파내는 일은 몇 해 동안 노동을 해 본 적이 없이 호의호식해 온 그로서는 힘에 겨운 고된 노동이었다. 한나절도 못 돼 손바닥에 물집이 부풀었고 전신에 땀이 흥건했다. 그럼에도 토굴에 홀로 들어가 단단한 마사토를 찍어내며 땅을 파내는 일은 힘으로야 고된 일이었지만 가슴 언저리는 뜨거웠다. 새삼 그의 조부가 가족을 지켜내기 위해 몇 달간 토굴을 파내려갈 때의 굳은 심지가 자신에게로 전해지고 있음을 느꼈다. 황은 며칠간 그곳에 머물며 큰 장독 두 개가 들어갈 만한 넓이와 깊이로 구덩이를 만들었다. 눈 안에 흙이 튀고 어깻죽지 근육이 뭉치고 손가락 마디에 경련이 일 정도로 고된 일이었다. 그렇게 며칠을 파 내려간 구덩이는 마침내 그가 원하는 규모의 깊이와 넓이로 파내어졌다. 바닥을 평평히 고른 뒤 밖에 미리 구해두었던 큰 옹기 항아리 두 개를 굴려 와 구덩이 속에 앉혔다. 장정도 너끈히 들어갈 수 있을 정도의 큰 독이었다. 황은 파낸 흙을 항아리 사이에 메우고 빈 독 위에 덮개를 덮은 뒤 그 위에 구들장만 한 대리석을 구해다 얹었다.

며칠 뒤 늦은 밤을 이용해 황은 차에 싣고 온 상자들을 토굴로 옮겨왔다. 절반은 1만 원짜리를 묶은 신권 돈다발이었고 나머지 절반은 100달러짜리 100장씩을 묶은 달러 박스였다. 황이 요구하는 대로 납품업체에서 준비해 온 돈다발이었는데 그동안 아파트 한 채를 빌려 비밀리에 보관해 온 뭉칫돈이었다.

황은 토굴 안에 촛불을 켜고 밖에 나가 찬찬히 주변을 살폈다. 외진 데다 이웃과 동떨어진 곳이어서 집 주변 어디를 둘러봐도 사람이 기웃거리거나 불식간에 불쑥 들어설 기미는 보이지 않았다. 그는 차를 마당 구석에 들이대고 마치 빈집인 것처럼 불을 모두 껐다. 집 안은 쥐 죽은 듯 적막하고 괴괴했다. 처음 얼마간 황은 입술이 마를 정도로 긴장했다. 그러나 오랜 기간 준비해 온 대사를 마무리하는 일이 아니던가. 황의 몸가짐은 오히려 찬찬하고 치밀했다. 그는 어깻죽지를 움찔 치켜세우고는 뒤란으로 가 토굴의 문을 열어젖혔다. 굴 안에 저벅저벅 걸어 들어가 촛불을 켰다. 방통만 한 토굴 안에 방금 차에 싣고 왔던 라면상자들이 그들먹했다. 상자마다 돈뭉치가 가득 들어 있어 그걸 지켜보는 것만으로도 든든하고 흐뭇했다. 이 돈만 지켜낼 수 있다면 앞으로 자신에게 어떤 고초와 굴욕이 닥친다 해도 극복하지 못할 이유가 없었다. 모두를 내려놓은 사람들은 돈이 깨끗한 영혼을 갉아먹는 필요악이라 말할 테지만 이 시대

돈이란 존재를 너무 우습게 여기고 하는 말일 것이다. 혹자는 가난이야말로 인생을 가장 가혹하게 병들게 하는 바이러스라 했다지 않던가. 황은 상자 하나를 열고 그곳에서 뿜어져 나오는 냄새를 흠뻑 들이마셨다. 아! 이처럼 신선하고 향기로운 냄새가 산소 이외에 또 있을까? 이 향기야말로 나에게는 온갖 해로운 것들을 막아줄 보호막이자 풍요로운 미래를 보장해 주는 든든한 보험이 아니던가.

황은 항아리의 뚜껑을 벗겨내고 그 안에 두꺼운 비닐자루를 두 겹이나 겹쳐 집어넣은 뒤 사과상자에 들었던 돈다발들을 차곡차곡 옮겨 담았다. 신권 다발들을 흐트러지지 않게 항아리 속에 꼭꼭 채워 넣는 작업은 한 시간 이상이나 소요됐다. 이마에서 땀이 줄줄 흘렀다. 이 비밀스런 장면을 혹 누군가가 엿볼 수도 있겠단 생각에 그는 수시로 밖에 귀를 기울여 보기도 하고 조심스레 철문 가까이로 다가가 밖을 내다보기도 했다. 지금 이 광경은 가족은 물론이고 세상 그 누구도 모를 일이고 세상 그 누구도 알아서는 안 될 일이었다.

17억, 그가 챙긴 커미션 20억 중에서 경마 비용으로 우정 흘린 금액과 시골집 구입에 필요한 경비, 아들이 바다이야기란 오락실을 열 때 요구했던 비용을 제하고 남은 금액이었다. 17억의 현금다발을 황은 쥐도 새도 모르게 토굴 안에 숨기고 있는 거였다. 얻은 것보다 잃은 게 많았던 지난 세월, 불확실한 미래에 인생을 건 도박과도 같았던 그의 정치 여정엔 늘 냉소와 멸시가 동반했었다. 발을 내디딜 때마다 몸과 마음에 상처를 남긴 가시밭길이기도 했다. 길고 아팠던 설움의 시간이 끝나고 모두를 얻은 것 같았던 그의 전성시대가 찾아왔으나 그 시간을 오래도록 향유하기엔 3년이란 시간은 너무 짧았다. 막상 공기업 수장 자리까지는 올랐지만 정권이 영원하지 않듯 그가 죽을 때까지 공신의 지위를 인정받고 부귀영화까지 보장받을 수는 없는 노릇이었다. 결국 훗날 공기업 수장 자리에서 물러났을 때를 생각하자 황은 허탈했다. 잃은 것은 산더미 같은데 돌아갈 때는 빈 수레만 끌고 가야 할 형편이었다. 무엇으로 위안을 삼고 살아가야 할 것인지 그는 많은 시간을 고민했다. 그러다가 마침내 그는 주인 없는 돈이 그의 눈앞에 떠도는 모습을 목격하게 되었다. 높은 자리에 오른 자만이 볼 수 있는 돈이어서 그가 언제든지 손만 뻗으면 잡을 수 있는 뭉칫돈이었다. 그 돈다발이 무시로 그의 눈앞에 어른거리며 미소 짓고 춤을 췄다. 일테면 뿌리치기 힘든 유혹인 셈이었다. 그는 많은 시간 갈등했지만 뭉칫돈의 현란한 미소와 춤으로부터 멀리 벗어날 수 없음을 금방 깨달았다. 그는 정치판에서 돈의 힘이 얼마나 막강한 무기로 작용해 왔는지를 현장에서 수도 없이 체험한 산증인이기도 했다. 어찌 그것이 정치판에 국한된 이야기란 말인가. 퇴임 뒤 거품이 사라진 그의 인생에도 든든한 지주가 필요했다. 품위와 권위를 책임져 주고 삶의 질을 높여 줄 절대적 힘은 화려한 이력과 추억이 아니라 결국 재물로 귀결되는 것이었다.

황에게는 훗날 노후의 허전함을 풀어줄 더없이 귀중한 보따리였고 스스로에게 건네는 위로와 보상이기도 했다. 보답 없이 자신을 지켜준 가족들에게 평생 지고 있던 빚을 갚아 줄 소중한 자원이기도 했다. 이제 남은 일은 17억 거금이 채워진 두 개의 항아리를 탈 없이 지켜내기만 하면 되는 거였다.

미리 준비해 온 습기제거제를 넣고 그는 돈이 담긴 비닐을 얼추 봉한 뒤 소래기를 덮었다. 위에서 밟거나 뛰어도 손상되는 일이 없도록 튼튼한 대리석 두 장을 그 위에 더 얹었다. 마무리로 바닥에 마사토를 넉넉히 깔아 편편히 고르고는 토굴 바닥과 별 차이가 나지 않도록 단단히 다졌다. 이제는 누군가가 토굴 속에 돈이 들어 있다고 믿고 안에 침입해 샅샅이 뒤지고 파헤친다 해도 쉽게 찾아낼 수 없을 만큼 뒷수습이 완벽했다. 그는 일을 마무리 짓고 밖에 나와 넌지시 토굴을 바라봤다. 수년 동안 집을 비울지라도 전혀 근심할 필요가 없어 보였다. 정말 조상신이 존재한다면 조부께서 토굴을 파 가족을 살렸다는 말이 허튼소리가 아니라면 이 시대 후손의 풍요로운 삶을 위해서라도 조상신께서 토굴 속에 보관해 둔 돈다발을 무탈하게 지켜 줄 거라 믿었다. 그런 믿음을 가슴에 새기며 황은 아무런 일도 없었다는 듯이 송아지 불알만 한 자물통을 야무지게 걸어 잠그고는 손을 툭툭 털어낸 뒤 깨끗이 수리된 옛집의 방 안에 들어가 달게 잠을 잤다.

"아빠, 저희들 왔어요."

회상에 잠겼던 황이 눈을 뜨자 딸과 아들의 모습이 보였다. 중환자실에 들어서면서부터 아들이 간호사에게 다가가 황의 상태를 묻는 사이 딸은 황의 몸을 한쪽으로 굴려 등짝을 마사지했다. 딸이 들고 온 백지로 황의 엉덩이와 등짝에 부채질을 했다. 딸의 손이 몸에 와 닿는 촉감이나 시원한 느낌을 전혀 느낄 수 없었지만 황은 몸을 움직일 때마다 언뜻언뜻 눈앞에 나타나는 딸의 얼굴이 반가웠다.

몸을 바로 누이고 황의 앞에 바짝 다가온 딸이 눈을 바로 뜨고 말했다.

"아빠. 제 말 들리시죠? 들리면 눈을 한 번 감았다 떠 보세요."

황이 눈을 한 번 감았다가 떴다.

"그럼 이번에는 두 번 감았다 떠 보세요."

딸이 시키는 대로 황은 눈을 두 번 감았다 떴다. 비록 몸은 자신이 원하는 대로 움직일 수 없어도 딸 앞에서 의식만큼은 또렷하다는 사실을 각인시켜 주고 싶었다.

"잘하셨어요. 그럼 이제 아빠가 하고 싶었던 말을 우리가 보는 앞에서 해 보세요."

"토굴, 시골집 토굴."

황은 이전대로 입술을 오므리며 온 힘을 다해 외쳤다. 그러나 역시 입술은 열리지 않았고 입 밖으로 튀어나와야 할 목소리도 입안에서만 맴돌았다.

"다시 해 보세요."

"토굴, 토굴, 토굴……."

그때 아들이 끼어들었다.

"혹 통장을 어디에 따로 보관하고 있는 건 아닐까……. 아버지, 예금통장을 말씀하시는 거예요?"

어리석은 것들, 황은 홀로 중얼거리며 눈을 감았다.

딸이 다시 말하라고 다독였고 황은 다시 눈을 뜨고는 용을 쓰며 입술을 오므렸다.

그때 아들이 주변을 의식하면서도 무얼 깨달았다는 듯이 오른손의 검지와 중지를 튕겼다.

"알았다. 아버진 지금 나한테 도박하지 말라고 당부하는 거야. 아버지가 이 지경까지 오게 된 것이 경마 때문이란 거지. 아버지 그렇지요? 도박하지 말란 말씀이죠?"

둔하고 어리석은 놈. 이놈이 정령 애비를 패가망신한 노름꾼으로 알고 있구나. 네 녀석 눈썰미론 백날이 가도 애비 속 깊은 뜻을 알 길이 없을 게다. 짜증을 내면서 아들의 말을 곱씹어 보니 그 말이 딱히 틀린 말은 아니었다. 일리가 있단 생각에 황은 눈을 한 번 끔적했다.

"거봐라. 아버지가 눈을 감았다 뜨셨어. 도박하지 말란 말을 그토록 하고 싶었던 거야."

딸이 다시 물었다.

"아빠. 다른 말 하고 싶은 거 있음 말하세요. 도박 말고 꼭

하고 싶은 말이 있는 거죠? 제 말이 맞으면 눈을 다시 감았다 떠보세요."

황이 다시 눈을 감았다 떴다.

딸은 백지에 미리 써온 글자를 황의 앞에 내보였다. 주로 모음 'ㅗ'로 발음되는 글자들이었다. 그 여러 글자 중에 황이 말하고 싶었던 글자 하나가 들어 있었다.

"이 글자를 보시고 제가 가리키는 글자가 맞으면 눈을 두 번 꿈적하세요. 아니면 한 번만 감았다 뜨시는 거예요."

딸이 글자 하나하나에 손가락을 짚어 나갔다.

고, 노, 도, 로, 모, 보, 소, 오, 조, 초, 코

딸의 손에 앞 글자 열한 자가 지나갈 때까지 황은 눈을 매번 한 번씩 감았다가 떴다. 그리고 딸의 손이 마침내 열두 번째 토에 와 닿자 황은 오래 기다렸다는 듯이 번갈아 두 차례 눈을 감았다 떴다를 반복했다. 그 과정이 얼마나 긴박하고 아슬아슬했던지 황은 몸을 뒤척이다가 벌떡 일으킬 것만 같았다. 그러나 그의 몸은 여전히 누운 그대로였다.

딸의 얼굴에 미소가 드리워졌다.

"토가 맞아요? 확실해요?"

황은 다시 눈을 두 번 감았다가 떴다. 딸은 토로 시작되는 말들을 찾아내려고 생각하는 모양이었다. 시골집 토굴이 식구들에게는 귀에 익지 않을 것이었다. 딸이 토굴의 존재를 기억해 낼지도 의문이었다. 딸이 4대째 전해져 내려온 토굴 이야기

를 듣기는 했어도 토굴의 존재를 알 리가 만무했다. 딸이 태어난 건 시골집을 처분하고도 몇 해가 지난 뒤의 일이었기 때문이었다. 그걸 기억하기엔 너무 어렸을 아이들이었다. 아들도 황이면 친척 명의로 시골집을 되산 것까지는 알았어도 다 쓰러져 가는 그 집을 무엇 때문에 구입했는지, 지금에 와서 토굴이 왜 중요한지 이해하기를 기대하는 건 무리였다.

딸은 백지에 토지란 단어를 써 황의 앞에 내밀었다. 황은 눈을 감았다. 이후에도 토기, 토담, 토지, 토공, 토란 등 토로 시작되는 단어를 황의 앞에 이것저것 써 내밀었지만 소용없는 짓이었다. 딸은 몇 차례 한숨을 쏟아내고는 거의 포기 상태로 황의 얼굴을 들여다보았다.

"아빠, 저 이제 속초로 돌아가야 해요. 면회 시간이 끝나가요."

그만 울음을 터뜨린 딸이 황의 손을 감쌌다.

돌아가려는 딸의 모습을 보자 황은 허탈하고 서운했다. 보채는 아이처럼 손목이라도 잡아끌면서 더 붙들어 두고 싶었다. 딸의 손에서 전해지는 촉감은 꽤 고울 것이었다. 그런 작은 접촉에서 전해지는 손길 하나가 얼마나 아름답고 얼마나 간절한 것인가를 황은 그제야 알았다. 가까이에 있던 그런 아름다움의 실체를 황은 까맣게 잊고 살았다. 아름다움의 실체를 알았을 때 이미 그 작고 소소했던 일상들은 간절한 그리움으로 그의 앞에 다가와 있는 것이었다.

딸이 떠나가면 가슴에 묻어둔 보따리, 토굴의 수수께끼는 토굴 속만큼이나 짙은 어둠 속에 영영 갇히고 말 것이었다.

황은 아득해지는 현실을 받아들이기가 어려웠다. 갑자기 긴 한숨이 터지면서 눈시울이 붉어졌다. 중환자실에 누운 많은 사람이 그러하듯 황 역시 아무도 지켜봐 주지 않는 이곳 중환자실에서 쓸쓸하게 생을 마감할 수 있는 거였다. 황은 두려움에 몸서리가 쳐졌다. 딸이 두 손을 끝까지 놓지 않기를 바랐다.

딸이 그렁그렁 고인 눈물을 훔치며 자리에서 일어났다. 황의 얼굴을 한참 들여다보고는 서글픔이 진득한 마지막 미소를 보여주었다. 황은 정말 마지막으로 하고픈 말이 있었다.

"토구울."

아들은 또 오겠다며 선웃음을 지어 보이고는 벌써 저만치 돌아나가고 있었다.

딸도 눈물 자국이 그어져 내린 얼굴에 억지 미소를 지어 보인 뒤 쓸쓸한 뒷모습을 보이며 따라나섰다. 황은 암담하고 서글펐다.

'망할 것들. 결국 토굴이란 말을 알아듣지 못하고 떠나가는구나. 이제 토굴 속에 묻어둔 현금 뭉치, 내 인생의 솜사탕인 보따리는 주인을 잃고 지하에서 오랜 시간 썩어가겠지. 내 욕심이 과했던 걸까? 훗날을 생각해 치밀하게 작전을 짜고 온갖 수모를 감수하며 지켜낸 돈다발이 아니던가. 곰이 동면할 때 발바닥에 흐르는 기름기를 핥으며 허기를 끄듯 1년간의 치욕스런 감옥생활 그 시련기의 어두운 시간 속에서도 토굴을 떠올리면 언제고 몸과 마음은 따뜻한 봄날이었다. 쓴 고초를 지켜낼 수 있었던 달콤한 솜사탕이기도 했다. 살아온 인생의 열매를 갈아 녹말을 내린 앙금덩이였는데. 이제 스스로 내려놓지 못하고 미련과 함께 나는 이승의 긴 여정을 끝내겠구나. 내 인생의 마지막 솜사탕이 덧없이 녹아내리는구나. 아, 허무하다!'

황은 눈을 감고 그렇게 체념했다.

그때였다. 방금 전 눈물을 훔치며 마지막이 될지도 모를 인사를 건네고 떠나갔던 딸이 부리나케 황에게 달려온 것이었다. 황을 보자마자 딸의 두 눈에서 눈물이 주르륵 볼을 타고 흘러내렸다. 눈을 감은 채 낙담하고 있던 황의 심장이 두근두근 뛰었다. 이 아이가 정말 내 딸이 맞나 싶어 잠시 의아했던 황은 딸의 목소리와 앞에 나타난 얼굴의 윤곽을 확인하고 안도했다.

"아빠, 이제야 기억이 났어요."

황의 손을 감싸 쥐며 딸이 흐느꼈다. 그러나 꽤 다부지게 감싸 쥔 딸의 악력과 손가락 마디마디의 따스한 온도를 황은 느끼지 못했다. 수감 기간 내내 면회 한 번 온 적이 없었고 이후로도 세금 도적과 연을 끊고 남남처럼 지내왔던 사이였기에 그 손이 정답거나 뜨거움으로 다가오지 않을 수도 있으리라. 황은 눈을 바로 뜨고 앞에 다시 나타난 딸의 얼굴을 묵묵히 바라보았다. 이제까지 지켜봐 온 딸은 시도 때도 없이 왈칵 눈물을 쏟아낼 만큼 약한 아이였던 적이 없었다. 너무 날이 서 있어서 부모로서 좀 무뎌지기를 바랐고 너무 틈이 없어서 허술해지기를 바랐던 아이였다. 그런 딸아이가 갑자기 눈앞에 나타나 울먹이다니, 산통을 겪고 한 아이의 엄마가 된 딸 역시 특별한 삶이 아닌 보통의 여자와 같은 인생을 살고 있는 것이었다. 어쩐 일인지 딸아이의 눈물이 고맙고 반갑게 느껴졌다.

"토굴! 아빠가 다시 샀다는 시골집의 토굴을 말씀하시는 거죠? 저 어렸을 적에 아빠 무릎에 앉아 들었던 토굴 얘기가 막 떠올랐어요, 증조부께서 6·25 직전 굴을 파 식구들을 구했다는 그 토굴이 맞죠?"

황은 엉겁결에 벌어진 일이라 꿈을 꾸는 것만 같았다. 모든 것을 포기하고 다가오는 죽음 앞에 몸도 의식도 점차 무너지던 순간이었다. 가슴속에 품고 있었던 커다란 비밀 보따리, 그것이 사업 실패로 어려운 처지에 놓인 아들에겐 더없이 큰 선물 보따리일 테지만 어쩌면 딸에겐 세상에 꺼내 놓기 부끄러워 어딘가에 꼭꼭 감추고픈 보따리일 수 있을 것이다. 그렇지만 황은 눈을 감은 뒤 비밀 보따리가 깜깜한 땅굴 항아리 속에 갇혀 있기를 바라지 않았다. 그렇게 토굴 속에 묻힌 채로 영영 방치된다면 죽어서도 편안히 눈을 감을 수 없을 것 같았다. 적어도 황에게는 인생의 솜사탕이자 남은 삶의 자양분이었다. 그것을 지켜내느라 혹독한 동절기 굶주림과 추위에 떨면서도 동면에 들어간 곰이 발바닥을 핥으며 동절기를 나듯 꿋꿋이 참아낸 그였다. 혀끝에 느껴지는 보잘것없는 발바닥의 기름이 허기를 꺼줄

리 만무였지만 토굴 속에 숨겨둔 돈더미야말로 당분간의 고통과 수치스러움, 굴욕을 견디게 해준 태산 같은 지지대이자 안락한 울타리였다.

"제 말이 맞으면 눈을 깜박여 보세요. 토굴이 맞죠?"

면회 시간이 끝났으니 빨리 나가 달라는 간호사의 다급한 목소리가 거푸 들려왔다. 황은 좀 더 가까이 다가와 훌쩍이는 딸을 향해 눈꺼풀을 세차게 껌벅였다. 갑자기 황의 눈에서도 뜨거운 눈물이 줄줄 흘러내렸다.

구안와사

　나이 먹어 느는 건 졸음과 근심뿐이라더니, 방금 전만 해도 창밖 주차장을 향해 말똥거리던 눈동자가 어느 순간 게슴츠레 풀리면서 구 씨는 그만 깜빡 쪽잠에 빠져들고 말았다. 오비이락이 아마 이런 걸 두고 하는 말일 터였다. 찰나의 순간 그는 잠결에 천둥소리처럼 고막을 찢는 한 사내의 목소리를 듣고는 소스라치게 놀라 경비실에서 벌떡 몸을 일으켜 세웠다. 하필이면 이때 동료 경비원들로부터 놀부 영감탱이로 불리는 605호 영감이 술이 고주망태가 되어 아파트 현관을 들이닥친 것이다.

　"이봐, 경비! 여기가 여관이야 자네 집 안방이야. 여기서 태평스럽게 자빠져 잠이나 자라고 경비원 고용한 줄 알아? 끄덕끄덕 조는 꼬락서니하곤. 오뉴월 댑싸리 밑 개팔자가 따로 없구나."

　얼결에 번쩍 눈을 뗀 구 씨가 문을 박차고 경비실 밖으로 뛰쳐나가자 605호 영감이 거칠게 내뱉은 말이었다. 잠시 졸았기로서니 무슨 중죄인 대하듯 내쏟는 언사가 언제나 그렇듯 고약하고 귀에 거슬렸다. 구 씨도 어느덧 60을 절반이나 넘긴 나이인데 단지 아파트경비원이라는 이유만으로 마주칠 때마다 걸핏하면 하대에 제집 강아지 다루듯 하는 꼴이 볼수록 가관이었다.

원래 성격이 독불장군에 개차반인 늙은이와 오밤중 맞서 보았자 때아닌 소란에 입주민들 잠이나 깨울 뿐 득 될 게 없는 일이었다. 애써 무시하면서 구 씨는 빙그레 웃어넘겼다.

"오늘도 늦으셨네요."

만취해 흐느적거리는 605호 등을 떠받치려니 벌써 퀴퀴한 문뱃내가 진동했다.

"시건방진 놈. 그래 내 한잔했다. 내가 내 돈으로 술 먹고 들어왔는데 뭐 잘못됐냐? 넌 네 본분인 경비 일에만 전념하면 돼. 지금 몇 시야?"

시계를 들여다보니 두 시가 좀 넘은 시각이었다.

"두 시네요."

"너를 아파트 지키라고 고용했지 자빠져 자라고 고용한 줄 아냐? 여긴 네 집구석 안방이 아냐. 두 시면 세상 도둑놈들 한창 열정적으로 일할 시간인데 죽을병 든 병아리처럼 경비실에 들앉아 끄덕끄덕 졸고 자빠졌으니 우리 입주자들은 대체 누굴 믿고 안락한 밤을 보내겠냐. 넌 마 내일 당장 파면이야. 내일 아침 내가 직접 관리소장한테 네 놈 모가지 뎅겅 자르라고 엄명을 내릴 테니까 단단히 각오해!"

구 씨의 부축을 받으면서도 605호는 연실 씨불었다. 경비실 처마에 걸린 방범등 불빛이 꽤 밝아 피둥피둥 살찐 605호의 낯짝이 뚜렷하게 드러났다. 그 얼굴 어느 구석에도 선한 웃음기나 너그러움을 찾을 수 없었다. 경비실 바닥에 드러누운 것도 아니고 곯아떨어진 것도 아닌데 잠깐 고개를 까닥이며 졸은 걸 구실 삼아 고성 면박에 무릎까지 꿇릴 위세로 몰아치니 구 씨의 위신은 진창에 떨어진 개살구 꼴이었다. 그래도 서푼짜리 동정심을 구하거나 체면을 되찾겠다고 다박다박 응대할 입장은 더더욱 아니었다. 이런 일이 어디 한두 번이던가, 체념하면서 눈을 질끈 감았다.

술 취한 때나 맨정신일 때나 605호 늙은이가 아파트 경비원을 대하는 태도는 언제고 이런 식이었다. 밉살맞은 늙은이의 언사가 하도 얄궂어 입술을 물며 참고는 있었지만 지렁이도 밟으면 꿈틀한다고 구 씨의 속은 부글부글 끓었다. 하나 구 씨는 이번에도 예외 없이 고분고분 그를 아파트 입구까지 들이미는 거였다. 무엇보다 근무시간에 졸아 605호에게 시빗거릴 만들어 준 자신의 잘못이 컸기 때문이었다. 그의 등을 떠밀어 엘리베이터 안으로 욱여넣으려는데 뻗대는 힘이 만만치 않았다. 등을 돌리고 술 냄새 풀풀 풍겨가며 다시 고함을 치는 거였다.

"넌 짜식아, 낼 아침이면 바로 퇴출이야. 내가 낼 아침 관리소장한테 모가지 자르라고 전화 한 통 걸면 넌 즉시 해고라고. 내 말뜻 알겠어? 다시 말하지만 네 목숨은 이제 파리 목숨이라 이 말씀이야. 허릅숭이 주제에 남의 귀한 아파트를 물로 보고 자빠졌어. 시건방진 놈."

605호가 엘리베이터를 타고 사라진 뒤 구 씨는 풀죽은 얼굴로 경비실에 들어와 앉았다. 한숨을 길게 토해낸 뒤 경비실 쪽 창문을 열어젖혔다. 금방 정월 찬 기운이 한 아름 쏟아져 들어왔지만 605호에게 호된 봉변을 당한 뒤끝이어서 추위보다는 온몸이 불에 덴 듯 화끈거렸다. 잎 떨어진 앙상한 목련 한 그루가 자동차들로 가득한 주차장 너머에 을씨년스레 서 있었다. 앙상한 가지들을 지켜내기 위해 알몸으로 서 있는 목련도 구 씨의 인생사처럼 외롭고 추워 보였다. 게다가 성긴 나뭇가지 사이로 희끗희끗 눈발이 날리는 게 보였다.

또 눈이 내리고 있군.

구 씨의 입에서 가느다란 한숨이 새었다. 이번 겨울엔 유별나게도 눈이 잦았다. 잦은 것도 모자라 거푸 폭설이 내렸다. 음지에 층층이 내려 쌓인 눈높이가 종짓굽까지 푹푹 빠져들 정도였는데 TV 화면에서는 폭설이란 표현조차 성에 차지 않았던지 '눈폭탄'이란 자막을 써 가면서 지붕이 꺼진 농가와 폭삭 주저앉은 비닐하우스를 비춰주곤 했다. 아파트 경비원들에게는 이번 겨울이 그야말로 수난의 계절이었다. 내리는 눈이 길바닥에 쌓이지 않도록 그때그때 쓸어 아파트 주민들의 보행 안전을 보장해 주는 게 경비원의 중요한 일과 중 하나였다.

제발 이쯤서 눈이 그쳤으면…….

그게 구 씨의 바람대로 될 일이 아니란 사실을 잘 알면서도 그 넓은 아파트 통행로를 일일이 쓸어 내야 한다는 압박 때문에 건성건성 내리는 눈발만 보아도 걱정이 태산이었다. 그도 그럴 것이. 이미 그는 예순을 훌쩍 넘긴 나이였고 체력도 예전 같지 않았다. 제설작업 자체가 젊은이들조차 버텨내기 힘겨울 정도의 중노동인 셈이었다. 힘이 젊은이에 뒤처지다 보니 직원회의 때마다 관리소장의 지적은 대개 구 씨의 몫이었다. 7년 동안 한 아파트에서 줄곧 경비 생활을 해 온 구 씨로서는 서산낙일처럼 체력이 한 해 한 해 떨어지고 있음을 알아챘고 그때마다 잠깐씩 절망에 빠져들곤 했다. 이 일을 그만둘 때가 되었다고 생각하지만 당장은 결단을 내리기가 어려워 고민이 깊어졌다.

중노동을 불러올 눈발이 꽤 우려스러웠다. 하지만 몸으로 느끼는 고통보다 잠깐 졸다가 605호에게 당한 모욕이 더 괴롭고 수치스러웠다. 출근하기 전 간과 쓸개를 집에 꺼내두고 나와야 적응할 수 있다는 말이 아파트 경비원들에게는 잠언처럼 전해져 오는 말이기도 해 이런 봉변쯤은 이제 이골이 날 만도 했다. 그럼에도 좀 더 가졌다 해서 좀 더 높은 위치에 있다 해서 좀 더 나은 환경에 살고 있다 해서 사람을 천시하는 605호의 상판대기가 자꾸 눈앞에 어른거렸다.

내가 졸다니…… 막 육십 중반을 넘어선 요즘 노인들 말을 빌리자면 겨우 철들 한창나이인데 벌써 건강에 이상이 온 걸까? 어느 날부터라고 딱 기억해 내기는 어렵지만 분명 몸이 예전 같지 않은 것은 분명했다. 매사 몸이 처지고 자리에서 일어

설 때마다 정신이 아뜩해지면서 어지럼증이 찾아왔다. 요즘엔
아이들이나 젊은이들도 별별 희한한 병을 달고 사는 세상이라
몸에 어떤 증세가 나타났다 해서 그것을 나이 탓으로 돌릴 필
요까지는 없었다. 그러나 아직 큰 병치레를 모르고 살아왔던 지
난날들에 비해 몸이 천근만근 무거웠고 중노동을 하고 난 뒤끝
처럼 맥이 풀리면서 전신이 나른했다. 이런 심상찮은 몸의 낌새
가 중병이 찾아오기 전 미리 신호를 보내온다는 전조현상이 아
닐지 구 씨는 은근히 두렵고 불안했다.

구 씨는 휴, 한숨을 다시 몰아쉰 뒤 창문을 닫았다. 책상 하
나와 의자, 찾아가지 않은 택배상자들이 꽉 들어찬 경비실은 좁
아터져 바라보는 것만으로도 숨이 턱 막힐 지경이었다. 그는 좁
아터진 경비실 한가운데 놓여 있는 의자에 엉덩이와 등을 파묻
듯 내맡겼다.

밖에는 여전히 건성건성 눈발이 날리고 있었다. 눈발이 언
제 함박눈으로 변할지 모를 일이어서 내려 쌓인 눈만큼이나 걱
정도 쌓여 갔다. 날씨의 심통도 심통이려니와 방금 전 605호가
거칠게 내뱉고 간 말이 쉬 지워지지 않은 채 메아리처럼 귓가에
서 웅웅거렸다. 605호 놀부 영감탱이의 말대로라면 내일 당장
뎅겅 목이 잘릴 판이었다. 전화 한 통만으로 남의 목줄을 단박
끊을 수 있다고 으름장을 놓는 오만과 거드름이 역겨웠다. 하나
처지가 그런 걸 어쩌겠는가, 서운한 감정과 분노를 참을 수 없
다고 입주자의 못된 버릇 고치겠다고 같이 욕설 섞어 가며 맞고

함칠 처지도 못 되고 멱살잡이나 주먹다짐으로 입주자와 맞설 관계는 더더욱 아니었다. 이 바닥 치사하고 더럽고 아니꼽고 배알 뒤틀려 더 이상 몸 붙이기 싫으면 관리소에 들어가 그만두겠노라 한 마디 툭 던지고 미련 없이 떠나가면 그뿐일 터였다.

아파트 경비원이라는 직업이 24시간 격일제 근무로 장시간 일해야 한다는 부담감과 여러 잡무로 심신이 고되기는 해도 구 씨는 그럭저럭 견딜 만했다. 주어진 직무에 충실하려 애쓰고 몸에 밴 근실함 덕분에 입주민들로부터 인정도 받아 연말 자치회에서 주는 자그마한 표창도 두어 차례 받은 그였다. 그럼에도 워낙 여러 세대, 여러 사람이 모여 독특한 개성을 갖고 살아가는 아파트단지이고 보니 경비원을 자신들의 세계와는 다른 밑바닥 인생으로 여기고 괴롭히는 인간말짜들이 종종 나타나 속을 뒤집어 놓곤 했다. 오죽하면 이런 일에 익숙하지 않은 젊은 신참내기 경비원들이 사나흘을 못 버티고 그만두는 경우가 다반사였다. 구 씨는 젊은이들의 그런 배짱과 용기가 부러웠다. 굳이 아파트 경비라는 구질구질한 직업이 아니어도 어디든 가 더 보람된 일에 도전하고 매진할 수 있다는 것 그것이야말로 아직 젊다는 사실을 말해 주고 있었기 때문이었다. 아파트 입구에 모질게 가래침을 모아 내뱉고는 인간 같지 않은 놈들과 더 이상 상대하지 않겠다며 탈의실에 가 옷을 바꿔 입고 훌훌 사라지는 그들을 볼 때마다 구 씨는 그들처럼 자유롭게 돌아갈 수 없는 자신이 안쓰럽고 애처로웠다.

그렇지만 경비원을 괜찮은 직업이라 여기고 다소 힘에 부치더라도 과거 자신이 겪었던 시련을 떠올리며 잘 참고 꿋꿋이 버텨내는 이들도 적잖았다. 대개 예순 이상의 나이를 먹은 요즘 젊은이들이 말하는 구세대 아버지들이었다. 힘겨웠던 시절 인내와 의지로 가정을 이끌어 왔던 아버지들이었고 세상에 몰아치는 잔혹한 풍상을 맨몸으로 맞으며 가정을 지켜냈던 철인들이기도 했다. 비록 과거 화려한 인생을 누려왔거나 풍요와 여유를 곁에 두고 살지는 못했더라도 어려운 시절 몸뚱이 하나로 하루하루 전쟁을 치르듯 살아온 그들이었다. 그렇기에 혹간 입주자들이 자신들의 세계와는 결이 다르고 천양지차 거리가 있는 밑바닥 인생 취급하며 박대하고 조롱과 멸시를 일삼더라도 애써 무시하거나 꾹꾹 참아내면서 좁은 경비초소를 지키고 있는 거였다.

그러나 지난여름 조 반장이라는 신규 경비원이 채용된 뒤로는 그나마 경비원을 대하는 입주민들의 시각이 조금 바뀌었다. 조 반장은 이 지역 경찰서에서 꽤 오랜 기간 강력반장으로 일해오다가 다섯 해 전 정년퇴직한 이력을 갖고 있었다. 그래서인지 간간이 걸려 오는 휴대전화에서는 아직도 반장님, 반장님 하는 옛 동료들의 목소리가 들려오곤 했다. 이미 다섯 해 전에 정년퇴직한 그였지만 전직 경찰관답게 허우대 좋고 힘도 좋았다. 지난여름 조 반장이 등장한 뒤로 아파트의 골칫거리 하나가 해결되었는데 그것이 입주민들로부터 경비원들이 다소나마 신뢰를 얻게 된 계기가 되었다.

　여름밤 아파트단지 놀이터엔 불량기 있는 10대들이 매일 꼬여 늦게까지 술판을 벌이거나 다투는 일이 다반사여서 관리소 측에서 골머리를 앓곤 했다. 술판이나 싸움만으로 그치는 게 아니었다. 이따금 입주자들이 주차해 놓은 자동차의 문을 따고 들어가 현금을 훔쳐 가는가 하면 내비게이션과 스테레오까지 감쪽같이 뜯어 갔다. 이들이 나타날 때마다 관리소에는 입주민들의 신고 전화가 빗발쳤다. 경비원들이 매시간 순찰을 돌면서 꼬박꼬박 일지에 기록하는 일을 게을리하지 않았지만 소용없는 일이었다. 나도 입주민인데 우리 아파트 놀이터에 친구끼리 모여 이야기하고 노는 게 뭐가 문제냐 따져 묻는가 하면 두 눈을 부라리며 거침없이 욕지거릴 쏟아냈다. 그러다가 날이 저물고 밤이 늦어지면 놀이터를 주점 삼아 마시고 떠들면서 소란을 떨었다. 곳곳에 술병과 과자봉지가 나뒹굴었고 여자아이까지 몇몇 섞여 깔깔거리다가는 또 얼마 뒤 서로 으르렁거리며 싸워댔다. 그렇게 녀석들이 하룻밤을 뭉개고 간 뒤 놀이터에는 담배꽁초와 빈 술병, 먹다 만 과자봉지, 심지어는 똥오줌에 콘돔까지 나뒹굴었다. 이런 잡다한 쓰레기들이야말로 아파트 경비원들의 손길이 닿아야 되는 궂은일이었다. 조 반장이 이 아파트 경비원으로 등장한 뒤 며칠 되지 않은 어느 날이었다. 구 씨는 마침 옆 동 조 반장과 같은 야근 조였고 한밤중 같이 순찰을 돌던 중 떼거리로 몰려온 아이들과 충돌한 사건이 발생했다. 객기였는지만용이었는지 사내아이 하나가 조 반장에게 담뱃불을 빌리러 다가왔다. 성깔이 불같은 조 반장이 그걸 무시하고 넘어갈 사람이 아니었다. 씨익 웃으며 그냥 몇 걸음 지나치려나 싶었는데 담뱃불을 빌리러 온 아이의 행실이 눈에 꽤 거슬렸던지 대뜸 돌아서 아이 앞으로 다가서는 거였다.

"너는 집에서도 아비한테 담뱃불 빌리냐?"

조 반장을 바라보는 아이의 눈매가 제법 서늘했다. 앳된 얼굴이면서도 성난 얼굴로 잔뜩 인상을 쓰고 있는 폼이 공손함이나 예의범절 같은 건 어디서도 찾아볼 수 없는 세상의 모든 불만과 증오심만을 홀로 품고 있는 아이처럼 보였다. 바짝 다가서는 조 반장을 향해 아이가 침을 탁 뱉으며 돌아섰다.

"씨발. 완전 늙은 꼰대 주제에 경비 완장 찼다고 꼴값 떠네."

잠깐 말문이 막혔던 조 반장이 아이의 말이 떨어지기가 무섭게 녀석을 불러 세웠다.

"너 지금 뭐라 씨불였냐?"

"씨바알, 뭐 어쩌라구."

"요 맹랑한 놈 봐라. 입이 완전 똥 묻은 걸레일세. 집에서 부모가 싸라기밥만 해주더냐. 어른한테 욕지거리에 꼬박꼬박 반말까지."

"그래서 뭘 어쩌라구. 담뱃불 없음 그냥 꺼지지 왜 뒤따라와 꼰대 냄새 팍팍 풍기는 거야."

구 씨가 조 반장 손을 이끌며 모른 척 넘어가자고 달랬지만 어림도 없는 일이었다. 하기는 거침없이 지껄이는 녀석의 막말은 구 씨 생각에도 기가 찰 노릇이어서 이참에 조 반장의 반응을 내심 주시해 볼 참이었다. 게다가 등나무 밑 벤치에 앉았던 녀석 패거리들 예닐곱이 슬금슬금 조 반장 가까이로 몰려들기까지 했다.

그때였다. 조 반장이 녀석의 멱살을 다부지게 조여 쥐고는 놀이터 한가운데로 다가서며 소리쳤다.

"느덜 잘 보고 배워라. 어른한테 담뱃불 잘못 빌리면 어찌 되는지 두 눈 똑바로 뜨고 봐 둬!"

아이들도 보고만 있지 않았다. 사내아이들 서넛이 먹잇감을 앞에 둔 사자 무리처럼 조 반장에게 우르르 달려들었다. 조 반장의 몸은 노인이라기보다는 4, 50대의 건장한 사내처럼 날렵하고 당찼다. 달려드는 녀석들을 순식간에 주변 모래밭에다 서너 명을 업어 메치고 포효를 하자 녀석들이 기세가 금방 푹 꺾여 싸움에서 진 강아지처럼 꼬리를 내리고 놀이터 주변을 어기적거렸다.

조 반장이 담뱃불을 빌리려던 녀석의 멱살을 다시 잡아끌고는 놀이터 모랫바닥에 무릎을 꿇렸다. 멱살을 얼마나 다부지게 틀어쥐었던지 꼼짝 못 하고 끌려왔던 녀석이 풀려나자마자 캑캑거렸다.

조 반장이 주머니에서 담뱃갑을 꺼내 들었다. 아직 한 대도 피우지 않은 새 담배였다. 그는 담배의 머리 포장을 뜯어낸 뒤 담배 개비를 반쯤 빼내어 한 손아귀에 모아 쥐고는 녀석의 입에 들이밀었다.

"요 버르장머리 없는 놈. 애어른도 몰라보고 시궁창같이 더럽게 지껄이던 주둥이로 이 담배 어서 실컷 빨아 봐라."

그의 달구치는 서슬에 금방 주눅이 든 아이는 더 이상 저항하지 못한 채 입술만 부르르 떨었다. 조 반장이 내민 담배에는 아예 시선조차 주질 못했다. 녀석의 입술에 열 개비쯤 되는 담배 개비를 들이밀며 피워 보라고 다그쳐도 두 눈을 슬그머니 감고 애써 외면하는 거였다.

"이놈들. 내가 누군지 알아? 과거 조폭들의 저승사자 조찬식 형사반장이야. 조찬식 반장! 내가 꾀죄죄한 몰골로 아파트에서 경비 노릇이나 한다고 눈에 뵈는 게 없던? 느덜 어릴 적부터 이따위 짓 저지르고 돌아다니면 평생 나 같은 형사한테 쫓겨 다니는 깡패 신세 못 면한다. 인생 망친다 그 말이다. 알겠냐? 이 노무 자식들!"

그는 아예 아이들을 한데 불러놓고 일장 훈계를 하였다. 세 살 버릇 여든까지 간다고 한창 공부할 나이에 술 담배에 도적질, 쌈질하고 돌아다니면서 허송세월했다간 평생 피곤한 인생 살게 될 터이니 이후부턴 절대 놀이터에 나타나 소란 피우지 말라고 으름장을 놓았다. 아이들이 그나마 세상 때가 덜 탄 순진미가 남아 있어서였는지, 아니면 그의 기세가 하도 등등해서였는지, 좀 전의 뻗대던 오기는 간데없고 직수긋한 태도로 구 씨의 말을 고분고분 경청하였다.

이 일이 있은 후 놀이터는 더 이상 아파트의 골칫거리가 아니었다. 밤새도록 이어지던 아이들의 술판, 싸움판도 사라졌고 특히 경비원들이 아침마다 모래더미에서 가래침에 섞인 소주병과 과자봉지, 담배꽁초를 줍던 일과도 사라졌다. 이 일이 아파트자치회를 통해 청소년 선도의 모범사례로까지 소개되면서 자연스럽게 경비원들의 위상도 한 단계 올라서는 계기가 되었던 것이다.

다행히 눈발은 건성으로 내리다 그쳤다. 아침 여덟 시 반에 구 씨는 미리 써 둔 근무일지를 들고 관리소에 들어가 일찍 출근한 소장의 결재를 받았다. 근무일지마다 〈이상 없음〉이라고 썼지만 밤 두 시에 605호 놀부 영감탱이가 벌인 소동에 대해서 입을 열까 잠시 망설이다 그만두고 퇴근했다.

겨울 아침 찬바람을 안고 20여 분 남짓 자전거를 탄 채 집에 돌아온 것은 아홉 시가 막 지날 무렵이었다. 늘 그래왔듯 집은 아침부터 텅 비어 있어 방문을 열고 안에 들어서도 괴괴하고 쓸쓸했다. 그의 아내가 소반에 차려 둔 아침 밥상만이 방 한가운데서 그를 맞을 뿐이었다. 아내는 인근 재래시장에 나가 한 평쯤 되는 좁은 좌판에 미역이며 멸치, 김 등 건어물들을 펼쳐 놓고 팔았다. 이미 대형마트가 도시를 점령한 뒤 재래시장이 예전처럼 사람들로 북적이는 시장으로서의 기능을 상실했음에도 구 씨의 아내는 하루도 거르지 않고 시장에 나가 건어물 팔기에 매달렸다. 그런 억척스러운 아내 덕분에 그나마 스물두 평짜리 허름한 단독주택 한 채를 장만할 수 있었다. 물론 그동안 구 씨 역시 제 몸 살피지 않고 닥치는 대로 일해 왔다. 무자식 상팔자라 했던가, 아들놈의 연이은 사업 실패가 두 차례나 이어지면서 집안은 기둥뿌리가 뽑힐 정도로 타격을 입었다. 두 해 전 대출을 끼고 작은 단독주택 한 채를 장만하는 데도 상당한 무리가 뒤따랐다. 때문에 아내는 이전보다 더 악착같이 일했고 구 씨 또한 몸이 예전 같지 않음에도 그런 아내 앞에서 일을 그만두어야겠다는 말을 함부로 내뱉을 처지가 못 됐다.

구 씨는 아내가 차려놓은 밥상 보자기를 벗기고 대충 아침밥을 챙겨 먹기 시작했다. 그런데 웬일일까, 밥알이 입안에서 제대로 씹히지 않았다. 잇몸이 어긋나는 느낌에다 간간이 귓불 언저리까지 뻑뻑해졌다. 게다가 난데없이 눈물까지 찔끔찔끔 새는 낌새가 느껴졌다. 피로 탓이려니 싶어 밥을 몇 술 뜨다 말고 방바닥에 누웠다. 바닥이 차가워 장롱에서 두꺼운 이불 하나를 내려 더 깔고서야 밀린 잠을 청했다. 경비초소에서 뜬눈으로 밤을 새운 탓에 방바닥에 등을 내려놓자마자 금방 잠이 몰려왔다.

그러나 이전같이 단잠에 빠져들지는 못했다. 원래 낮잠이란게 아무리 곤히 자고 깨어나도 밤잠처럼 꿀맛 같은 느낌일 리 없지만 이날따라 구 씨의 잠은 어딘가 불편했다. 잠을 자는 동안 내내 몸이 이전같이 개운치 않은 데다 안면이 이상하게 뻐근히 조여왔다. 결국 얼마 후 자리에서 일어나 눈을 비빈 뒤 바람벽 한 편에 걸린 거울을 들여다보았다.

웬일일까? 거울 속에 낯선 구 씨의 얼굴이 적나라하게 드러났다. 구김 간 옷처럼 양미간에 고랑을 쳤던 주름살이 왼편은 그대로인데 오른편이 다리미질한 듯 펴져 있었고 한쪽 콧구멍이 균형을 잃은 채 축 처져 있었다. 그를 더욱 당혹스럽게 한 것은 입이 한쪽으로 삐딱하게 돌아간 거였다. 마치 오래 쓰다가 버려진 양은냄비처럼 안면이 흉측하게 우그러져 있었다. 어제부터 몸에 이상 신호가 나타나더니 마침내 올 것이 왔구나 싶어 구 씨는 눈앞이 깜깜했다. 시장에 나가 있는 아내에게 전화를 걸까 생각했으나 근심거리를 전하는 기분이어서 그냥 두었다.

구 씨는 당장 옷을 챙겨 입고는 택시를 잡아타고 몇 블록 근처의 한의원으로 향했다. 예순 해 이상을 이 도시에서 살아오는 동안 구 씨는 몇 해 전까지 병원을 잊고 지낼 만큼 건강했다. 아니 건강했다기보다는 강단 하나로 버티며 살아왔다. 그런 구 씨가 몇 해 전 갑자기 다리에 마비가 와 두 달 이상 한의원을 들락거리며 침을 맞은 적이 있었다. 당시 한의원을 내 집 드나들듯 한 까닭에 그곳을 찾는 환자들의 증세에 관해서도 들은 이야기가 많았고 특히나 자신이 줄곧 들락거리던 한의원 원장의 침술이 환자들로부터 명의 소리를 들을 만큼 뛰어나단 사실도 알게 되었다. 택시를 타고 가면서도 갑자기 찾아온 안면 마비 역시 한의원 원장의 능숙한 침술로 치료가 가능하리라 믿는 그였다.

원장은 팔순을 넘긴 노인이었다. 백발 머리숱에 항시 걸치고 있는 가운까지 하얘 의자에 앉은 원장의 뒷모습이 눈사람 같았다. 얼굴은 늘 넉넉히 웃는 인상이어서 환자들이 언뜻 바라만 보아도 평온함을 느끼게 했다.

원장이 구 씨의 양쪽 손목에 손을 얹고 한참 진맥을 짚은 뒤 얼굴 곳곳을 살폈다. 언제부터 이런 증세가 있었느냐 묻고는 입이며 귀며 콧구멍이며 턱, 눈, 이마까지 찬찬히 손을 가져가 진단했다. 어디가 불편하고 어디에 통증이 있고 안면 마비가 있기 전 몸에 어떤 징후들이 있었는지를 세세히 물은 원장이 마침내 나직나직 진단 결과를 설명했다.

"구안와사라고 들어보셨죠?"

"제 병이 구안와사인가요?"

"예. 요즘 과로하셨나 보네요. 추운 날씨에 과로로 면역력이 떨어지거나 찬바람을 오래 쏘이거나 하면 갑자기 안면 마비 증세가 찾아올 수 있어요. 다행히 초기증세여서 꾸준히 침 맞고 한약 드시면 좀 나아질 겁니다."

초기증세라는 말과 좀 나아질 거란 원장의 진단에 구 씨는 안도의 숨을 몰아쉬었다.

안면과 몸 곳곳에 수십 개나 되는 침을 꽂은 채 한의원 침대에 한참을 누워 있으려니 별별 생각이 다 들었다.

나이가 들면서 몸에 이상이 생기는 건 오래 사용한 기계가 잦은 고장을 일으키는 것과 다르지 않을 것이다. 느닷없이 입이 돌아간다는 것 역시 어쩌면 낡은 기계가 잦은 고장을 일으키는 것처럼 몸 어딘가에서 수명이 다해 가고 있다는 신호일 수도 있었다.

하지만 구 씨의 생각은 조금 달랐다. 이것이야말로 과거 자신이 살아오며 저질렀던 죗값을 받는 인과응보로 생각하는 거였다. 그렇지 않고서야 지난번 한쪽 다리도 모자라 갑자기 입까지 돌아갈 리가 없었다. 짐작건대 인과응보가 맞다고 스스로 직감하며 고개를 주억거렸다.

그의 나이 마흔댓 즈음이었으니 20년쯤 전의 일이었다. 때마침 전국적으로 실내낚시가 한창 유행하였다. 낚시를 하려면 시내에서 멀리 떨어진 저수지나 호수를 찾아가야 했던 낚시꾼들에게 도심 속 빌딩 안에서 느끼는 손맛은 신선한 충격이었다. 애초 서울에서 시작된 실내낚시가 문전성시를 이루자 전국 곳곳으로 유행병처럼 번져 수천여 곳 콘크리트 건물에 실내낚시터라는 간판이 걸렸다. 언론에서도 실내낚시터의 증가속도에 놀라움을 표하면서 다각도로 원인을 분석해 보도했다. 주로 사행성에 초점을 맞추기보다는 실내낚시가 새로운 레저스포츠로 급부상하고 있다는 쪽에 방점을 찍는 분위기였다.

그해 가을 구 씨도 사촌 형과 실내낚시터를 공동 개업했다. 구 씨로서는 목돈을 투자할 만한 여유가 없었고 사업수완도 변변찮아 건강한 몸 하나가 밑천이 된 셈이었다. 일테면 자본과 경영은 사촌 형이 책임지고 노동력은 구 씨가 도맡은 셈이었다. 처음에는 사촌 형이 동업자라며 추켜세우고 사업장 내에서 이제까지 구 씨 인생 최고의 직함이기도 한 사장 호칭을 달아주었다. 실제 사업주였던 그의 사촌 형은 하루 한두 번 혹은 이틀에 한두 번 정도 사업장을 찾아와 운영 실태를 파악하다가 한 달쯤 지나자 아예 정상 출근해 사업장을 총지휘했다. 시간이 지나면서 구 씨는 사촌 형의 사업 의욕과 수완에 절로 감탄했다. 주변 경쟁업체보다 항상 한발 앞서나가기 위해 희한한 아이디어를 짜냈다. 물고기의 종류도 다양했고 월척의 손맛을 제공하기 위해 수조에 다른 업체보다 큰 물고기만 풀었다. 또한 소양호 가두리양식장까지 직접 찾아가 대물에 속하는 싱싱한 향어만을 사 왔다. 나중에는 향어 지느러미에 방울까지 달아 한두 마리 풀어놓고 행운어라는 명칭을 붙여 낚아 올린 이에게 즉석에서 낚시용품 등 경품을 제공했다. 모두 그의 사촌 형이 고안해 낸 기발한 영업 수완이었다. 다른 업체보다 늘 한발 앞서나간 덕분에 사업장에는 수개월 동안 발 디딜 틈조차 없을 만큼 낚시꾼들로 붐볐다.

하지만 레저스포츠로 한창 각광 받던 실내낚시는 시간이 갈수록 업체 수도 폭증했고 더불어 경쟁이 치열해지면서 영업방식도 과열로 치달았다. 물고기에 방울을 달아 낚아 올리던 행운어 경품은 얼마 지나지 않아 금반지로 둔갑했다. 어느 업체라 할 것 없이 아예 물고기 지느러미에 금반지를 매달아 풀어놓고 낚은 사람이 금반지를 가져가는 경품행사가 끊이지 않았다. 엄연히 사행성을 앞세운 불법 영업이어서 단속의 대상이 되었지만 업체들은 불법이란 용어에 크게 개의치 않은 채 영업을 이어갔다.

구 씨네 낚시터도 금반지 영업을 남의 일처럼 외면할 수 없었다. 꼬리에 누런 금반지를 매단 향어의 마릿수에 따라 낚시터를 찾는 고객 수가 결정되었다. 낚시 노하우에 따라 매일 하루 금반지 서너 개씩 낚아가는 사람들도 종종 생겨났고 이벤트가 확대되면서 낚시터의 고민도 깊어졌다. 이전처럼 돈을 쓸어 담는 장사가 아니었던 것이다. 경품비용에 고깃값에 아르바이트생 인건비 등 지출이 늘어나면서 적자를 간신히 면하는 수준까지 이르렀다.

이때 구 씨의 사촌이 다시 묘안을 냈다. 그는 조용히 구 씨를 따로 불러 낚시터 경영이 어려워진 사실을 아느냐고 물었다. 한눈에도 경쟁이 치열해진 터라 예전만 못한 거 같다고 답했다.

"얘가 아주 남의 일처럼 생각하네. 너 대체 뭐 하는 사람이냐. 이 낚시터에 향어 잡으러 온 놈이냐? 넌 이 낚시터를 공동으로 운영하는 사장이야. 그런데 낚시터 운영이 위기를 맞았는데도 고민이 안 되던?"

구 씨는 할 말이 없었다. 매일 물고기 관리하고 수질 관리하고 입장하는 손님 입장료, 낚시용품 등 구 씨가 챙겨야 할 일이 어디 한둘이었던가? 낚시터 안에서 벌어지는 모든 잡무가 그의 손을 거쳐야 하는 일이었기에 정말 몸이 부서져라 일해 왔는데 느닷없이 구 씨를 달구치는 사촌 형의 말에 그는 퍽 당혹스러웠다. 더군다나 돈 문제는 모두 그의 사촌 형 몫이었다. 들어오는 수익금을 단 한 푼도 남기지 않고 매일매일 은행에 입금했다. 하루 매출이 얼마고 지출이 얼마인지 일일이 셈을 해낸다면 이는 사촌 형의 실제 수익을 알게 되는 대목이어서 괜히 미안스러웠고 결례가 된다고 생각한 구 씨였다. 따라서 실제 돈 문제만큼은 자금을 투자한 사촌 형의 영역으로 맡겨둔 셈이었다. 경영 상태를 그가 속속들이 알 수는 없는 이유였다.

"많이 어려운가요?"

"내일부터 당장 어떤 특단의 조치가 필요하다. 내가 하라는 대로 해."

구 씨는 그의 입에서 어떤 결단이 내려질지 몰라 잠시 긴장했다.

"이렇게 하자. 오늘 저녁 낚시터 영업 마감한 뒤 금반지 달아 놓을 고기를 따로 분리해 모아놓고 되도록 사료를 풍족히 줘. 배가 부르면 수조에 풀어놔도 미끼에 관심을 보이지 않을 거 아냐. 무슨 뜻인지 알겠지? 그리고 또 한 가지, 이건 중요한 일급비밀이다. 누구한테도 발설하면 안 돼. 우리만의 영업비밀이니까. 내가 시키는 대로 할 거지?"

"낚시터가 잘된다면야 뭔 일이라도 해야죠."

기발한 묘안을 짜내는 사촌 형의 번쩍이는 사업수완에 늘 경탄해 온 구 씨는 이번엔 또 무슨 묘안일까 싶어 놀란 올빼미 눈으로 사촌 형을 응시했다.

"오늘 저녁부터 금반지 매달 고기 분류할 때 향어 아가미에 바늘로 상처를 내놔라."

처음엔 도대체 무슨 소린가 싶어 멀뚱히 사촌 형의 눈을 바라만 보았다.

"바늘로 아가밀 찌르라구요?"

"그래. 며칠 전 어디서 들은 얘긴데 서울 어디서도 그렇게 한다더라. 바늘로 주둥이 언저리를 찌르면 미끼가 입에 닿을 때마다 주둥이에 통증이 전해져 진저리를 치겠지. 미끼 근처엔 얼씬도 못 할 거야. 가급적 입술과 수염 언저리까지 골고루 상처를 내. 요즘 낚시터 찾는 놈들 얼마나 꾼이 많은지 금반지 지출을 이대로 방치했다간 우리 낚시터 금방 거덜 난다. 그리고 고기 볼 줄 아는 놈들은 주둥이에 상처 난 걸 금방 눈치챌 수 있으니 상처가 눈에 띄지 않도록 아가미 안에서 밖으로 찌르는 게 좋을 거야. 정신 똑바로 차리고 오늘 저녁부터 바로 실행해. 알았어?"

고개를 끄덕이면서도 구 씨는 사촌 형의 사업방식이 처음으로 마음에 들지 않았다. 사람이 궁지에 몰리면 뭔 짓을 못하랴 싶어 사촌 형의 처지를 이해하려 했다. 하지만 낚시터가 다른 경쟁업체들보다 언제나 손님들로 북적였고 마진도 박하지 않아 사업주 입장에선 누워 떡 먹기요 땅 짚고 헤엄치기였다. 구 씨도 낚시터를 시작한 이래 처음으로 수입금액과 지출 내역을 따져가며 어림셈을 해 보았다. 역시 그의 사촌 형이 초기보다는 벌이가 다소 줄어들긴 했어도 이벤트를 벌일 때마다 쏠쏠한 단대목 벌이여서 그간 꽤 많은 목돈을 쥔 것이 확실했다. 다른 사업에 한눈팔면서 뭉칫돈을 쏟아붓는 것도 아닌데 그간 벌어간 돈은 다 어쩌고 이제 와 다 죽어가는 소리로 엄살을 떨며 별 희한한 일을 꾸미려는 건지 구 씨는 도무지 이해하기 어려웠다.

그날 저녁부터 지느러미에 금반지를 매달 향어를 미리 분류하는 과정에서 사촌 형이 지시한 대로 아가미에 바늘을 사정없이 찔러댔다. 도톰한 입술 언저리는 물론이고 잉어과 어류의 상징인 수염 언저리를 예리한 바늘 끝으로 쿡쿡 찔러 상처를 냈다.

덕분에 사촌 형의 의도대로 황금어 낚이는 횟수가 급격히 감소해 그로부터 두어 달은 효과를 보았다. 그러나 구 씨는 매일같이 황금어를 분류하면서 아가미에 날카로운 바늘을 쑤시는 일이 점점 고역으로 다가왔다. 그렇다고 1급 영업 기밀에 속하는 이 일을 아르바이트생에게 떠넘길 형편도 아니었다. 그는 매일 실내낚시장에 늦게까지 홀로 남아 수조에서 멀쩡히 유영하는 녀석들을 건져 올렸다. 팔뚝만 한 싱싱한 향어들을 단칼에 토막이라도 낼 것처럼 도마 위에 올려놓고는 둥글고 도톰한 주둥이 주변을 예리한 바늘 끝으로 찔러 숭숭 구멍을 냈다. 도마 위의 물고기들은 물 밖에 나오자마자 숨이 가빠 몸부림치며 허덕거리다가 이내 바늘 고문을 당할 때는 고통을 참지 못하고 잠시 기절을 해버렸다. 잠깐 혼절했다가 깨어난 향어가 멀거니 누운 채 눈꺼풀만 껌벅이며 구 씨를 바라볼라치면 구 씨는 그만 머리숱이 뻗치면서 어깻죽지에서 오싹 소름이 돋았다. 한없이 유순해 보이는 향어의 눈에서는 금방이라도 피눈물이 뚝뚝 떨어질 것만 같았고 아가미를 벌름거릴 때마다 목구멍 저 안에서 외마디 비명이 들려오는 듯했다. 말을 못 할 뿐이지 허덕이는 몸부림만으로도 물고기의 고통과 분노가 한눈에 읽혔다. 아무리 먹고 사는 게 중요하기로서니 죄 없는 물고기를 잡아다 이런 몹쓸 짓을 스스럼없이 자행하다니, 그런 자신이 비루하고 역겨웠다. 마음 같아서는 당장에라도 수조에 갇혀 있는 녀석들을 모두 차에 싣고 가 물 좋은 강물에 풀어주고 싶었다.

하지만 구 씨는 그 일을 중도에서 스스로 그만둘 형편이 아니었다. 자신의 어렵고 힘겨운 세상살이 역시도 도마 위에 올라와 파르르 몸을 떨면서 두려움에 눈을 껌벅이고 있는 향어와 같은 신세로 여겨졌다. 때문에 밤마다 홀로 남아 황금어로 선택된 향어의 아가미를 향해 바늘 고문을 계속할 수밖에 없었다. 물고기들이 고통을 참지 못해 부르르 치를 떨 때마다 구 씨의 나약한 손목도 수전증 환자처럼 부들부들 떨렸다. 한번은 꿈속에서조차 이글이글 불타오르는 분노한 물고기의 눈빛을 본 적이 있었다. 여린 피부의 도톰한 입술에 숭숭 구멍이 뚫리면서 아가미 주변으로 벌건 핏물이 흘러나오는 순간 가쁜 숨을 헐떡이던 향어가 도마 위에서 제 몸의 서너 배 이상을 펄쩍 튀어 오르는 거였다. 전에 들어본 적 없던 향어의 비명이 터졌고 뒤이어 울부짖으며 내뱉는 거친 목소리가 들려왔다.

"잠이 오냐? 두 다리 쭉 뻗고 편히 잠을 잘 수 있냐? 내 입을 벌집처럼 쑤셔 난도질해 놓고도 편안히 잠을 잘 수 있더냐? 네 눈에는 내 눈에서 흘러내리던 고통의 피눈물이 보이지 않더냐? 네 손에는 노여움과 분노로 살을 떨던 내 몸짓이 정녕 느껴지지 않더냐?"

그 증오의 몸부림과 절규가 어찌나 처절하던지 구 씨는 소스라치게 놀라 벼락같이 잠에서 깨어났다. 살의가 느껴지는 악몽이었다. 꿈을 심각하게 받아들인 구 씨는 이제 일을 그만둬야겠다고 작심하고는 아내에게 자초지종을 설명했다.

예상했던 대로 아내는 남편의 심경을 이해하지 못했다. 마뜩잖다는 듯 대번에 눈꼬리를 치키면서 혀를 끌끌 차고는 구 씨를 몰아쳤다.

"우리 집에 대단한 성자님 나셨네. 그깟 일로 직장을 때려치우겠다고? 뭔 사내 간땡이가 그리 좁쌀이냐. 어차피 죽을 물고기에 바늘 몇 번 꽂았다고 가슴 짠하면 이 험한 세상 어찌 살아가겠다는 거야. 사내가 돼 가지고 참 한심하기는. 내가 가서 대신 찔러 주랴?"

아내의 눈빛 역시 사촌 형의 눈빛과 다르지 않았다. 애초에 이런 몰인정한 마누라에게 하소연한 것 자체가 잘못이었다. 시장바닥에서 억세게 살아온 처지라 남편의 마음을 이해하지 못하는 것은 어쩌면 당연한 일일 거라고 생각하면서도 구 씨는 아내의 거친 말투와 힐난이 야속하고 섭섭했다.

하지만 그는 더 이상 향어 아가미에 바늘 고문을 하지 않아도 되었다. 그 일이 서너 달 이상 지속되던 어느 날 사업주인 그의 사촌 형으로부터 아가미 작업을 멈추라는 지시가 떨어졌다. 늦은 감이 있었지만 구 씨로서는 천만다행이었다. 더 이상은 죄의식에 사로잡혀 일을 그만둘 생각을 하지 않아도 되었고 묵묵히 주어진 일에 매진할 수 있어 좋았다.

실내낚시장은 향어 아가미 고문 덕분에 금반지 구입 비용이 크게 줄었으나 그 기간만큼 입장객 수입 역시 눈에 띄게 줄었다. 구 씨의 사촌 형은 이번에도 어떤 묘책을 준비하고 있는 게 확실했지만 꿍꿍이속을 누구에게도 드러내지 않았다. 다만 구 씨에게 이번에는 저녁마다 수조에 듬뿍 뿌려주던 사료를 주지 말고 며칠 굶기라는 지시를 내렸다. 물고기에게 사료를 주지 말란 지시는 낚시꾼들에게 물고기가 많이 낚여 흥미를 유발시키란 뜻이었다. 대기 수조에서 며칠 배를 곯고 있던 녀석들은 낚시 수조로 옮겨지자마자 꾼들이 집어넣은 미끼를 허겁지겁 집어삼켰다. 경품으로 지급되는 금반지 수량도 몇 곱절 늘렸다. 굳이 전단지를 뿌리거나 현수막을 제작해 로터리 요소요소에 걸 필요도 없었다. 물 좋다는 소문은 꾼들의 입소문을 타고 금방 퍼져 나갔다. 실내낚시터는 인산인해 입장객들로 넘쳐났다.

송곳 하나 꽂을 만한 자리조차 없을 만큼 매일 매시 입장객들로 미어터졌다. 아이, 아가씨, 여인네, 할머니 등 평소 낚시에 관심은커녕 구경조차 하지 못했던 초보자까지도 찾아들었다. 어디에도 강태공은 없고 황금 가락지를 노리는 노름꾼들만 들끓었다. 하기는 아무리 낚시에 문외한이라 해도 미끼를 매달아 물에 집어넣기만 하면 덜컥 낚이는 터였으니 영악한 낚시꾼들이 식구들까지 대동해 경품을 쓸어가는 일들을 마다할 리 없었다. 낚시장은 여기저기서 환호성이 터졌고 문밖에서 대기하는 입장객들은 혹시라도 경품이 바닥날까 안절부절못했다. 매시간마다 입장료 5,000원씩을 받는 재미가 쏠쏠했지만 고기와 금반지 구입 비용도 그만큼 폭증해 실제 영업수익으로 이어지지 못하리란 건 구 씨로서도 쉽게 짐작이 가는 바였다. 이렇게 보름여쯤의 시간이 지날 때까지도 이런 비정상적인 영업이 계속되었다.

며칠 뒤 사촌 형이 그를 따로 불렀다. 마침내 다른 카드를 뽑을 시점이다 싶을 때였다. 이번엔 또 무슨 묘책을 내놓을까 긴장하면서 사무실 안으로 들어선 그였다. 사무실 안엔 머리를 바짝 깎은 중년의 사내 하나가 와 있었다.

"인사드려라. 이 낚시터 인수하신 새로운 사장님이시다."

새로운 사장이란 사람이 손을 내밀어 악수를 청했다. 엉겁결에 손을 잡기는 했지만 구 씨는 갑자기 사촌 형에게 뒤통수를 한 방 맞은 것 같아 얼굴이 노래졌다.

"제가 일을 배울 때까지 한 달만 도와주시죠."

새로운 사장이 구 씨에게 부탁했지만 그 말뜻은 한 달 이후에는 일을 그만두라는 뜻으로도 해석할 수 있었다. 하지만 한 달이라는 기간보다 사전에 한마디 상의조차 없었던 사촌 형의 태도가 영 불쾌했다. 난감하고 당혹스러워 대뜸 사촌 형에게 따지듯 물었다.

"낚시장을 팔았어요?"

"그래. 내가 다른 사업을 구상하고 있어서 말이야. 그동안 수고 많았다."

그뿐이었다. 두 해 가까이 아침 일찍부터 밤늦게까지 야무지고 바지런하게 일해 온 구 씨로서는 도무지 받아들이기 힘든 결정이었다. 아무리 바지사장이라지만 그래도 어엿한 낚시터 사장이라 자부해 온 그였다. 밑천만 보태지 못했을 뿐 현장에서 낚시터를 운영한 사람은 바로 자신이 아니었던가. 어찌어찌해서 낚시장을 팔아야겠노라 사전 귀뜸은커녕 일언반구도 없었기에 가슴에서 서운한 감정이 부글부글 끓어올랐다.

"한 달은 무슨, 낚시장이 팔렸으면 나도 떠나야죠."

체념하듯 한숨을 푹 내쉬며 뒤돌아서려는데 새로운 사장이란 자가 그의 앞을 가로막았다.

"그러지 마시고 한 달만 도와주십시오."

"지금 누굴 도와줄 기분이 아니네요."

체념하고 돌아선 구 씨의 착잡한 심정을 얼핏 알아차렸던지 새 사장이 사촌 형에게 다가가 따졌다.

"이건 계약과 틀리잖습니까. 계약서엔 분명 인수인계 차원에서 한 달간 도와주기로 돼 있는데……."

사촌 형은 이 상황을 구 씨가 순순히 받아 줄 것으로 믿고 있었던 모양이었다.

"내가 해결할 테니. 잠시 자리 좀 내주시죠."

새 사장이 담배를 피워 물고 밖으로 나갔다. 사촌 형이 쌩하고 언성을 높였다.

"너 산통 깰 일 있냐? 한 달간 고용보장까지 해줬잖아. 잔말 말고 한 달 동안만 봐 줘."

적반하장에 명령조였다. 그 바람에 구 씨의 속에서도 참고 있던 부아가 끓어올랐다. 그동안 할 말 못 할 말 속으로 꾹꾹 삭이며 궂은일 마다하지 않고 묵묵히 일해 왔는데 해도 너무한 거 아니냐, 같은 배 탄 동업자라고 해서 낚시터에 목을 매고 죽을 둥 살 둥 일해 왔는데 돌아온 게 고작 이것이냐며 핏대를 세웠다.

언성이 커지고 시간도 길어지는 듯하자 사촌 형이 바깥에서 기다리고 있는 새 주인을 의식했음인지 한발 물러섰다. 구 씨의 어깨를 툭 치고는 주머니 속에서 봉투 하나를 꺼내 내밀었다.

"그동안 애썼다. 자세한 얘긴 우리 둘 있을 때 나누고 이 봉투는 내 성의라 생각해라."

받지 않으려고 손을 내저었으나 주머니 속에 봉투를 깊숙이 찔러 넣어 주면서 달래듯 당부하는 거였다.

"한 달만 일해 봐. 내가 다른 사업 물색 중이니 그때 다시 함께 일하자."

구 씨는 사촌 형이 봉투까지 건네며 당부하는데 더 이상 거부할 입장이 못 되었다. 따지고 보면 구 씨야 땡전 한 푼 거들지 않고도 평생 들어본 적 없는 사장 직함까지 달고 일했으니 그만하면 사촌 사이의 예우는 충분했으리라. 여러모로 서운하고 노여운 감정이 없지 않았으나 애써 한 달만 참아보자고 구 씨는 작정했다. 저녁에 집에 와 열어본 봉투 속에는 겨우 월급 보름치의 돈이 들어 있었다.

나중에 안 일이지만 그의 사촌 형은 누구보다 정보가 빨랐다. 실내낚시장이 레저스포츠의 한 분야로 급부상하는 것까지는 좋았으나 시장규모가 커지면서 업체 간 경쟁이 치열해졌고 경쟁에서 살아남기 위해 하나같이 경품을 내걸었다. 낚시장이 도박장으로 변질되고 있었던 것이다. 마당발이었던 구 씨의 사촌 형은 관계기관에서 실내낚시장의 사행성 문제를 더 이상 방관하지 않을 거란 정보를 입수한 뒤 실내낚시장에 사람이 우글우글 꼬여 성업인 것처럼 위장해 고가의 권리금까지 받아 챙기고는 민첩하게 발을 뺐다. 새로 인수한 낚시장은 몇 달 뒤 불법영업으로 적발되었다. 실내낚시장이 한창 성업 중이어서 금방 떼돈을 벌 줄 알고 상사 계급장을 떼어낸 뒤 첫 사업에 뛰어들었던 사장은 불법영업으로 입건되어 된통 곤욕을 치르고는 다시 누군가에게 되팔려고 헐값에 내놓았지만 쉽게 팔리지 않았다. 결국 그는 몇 달 뒤 실내낚시장의 문을 닫아 버렸다.

구 씨는 당시 향어 아가미에 바늘 고문을 했던 죗값으로 입이 돌아간 거라 여겼다. 바늘이 꽂히는 순간 두려움과 공포, 분노와 원망의 빛깔로 뒤바뀌던 향어의 눈동자들이 스무 해가 지난 지금까지도 생생히 떠올랐다. 생각할수록 몸서리쳐지는 일이었다. 예순다섯 해 인생을 살아 온 동안 온갖 궂은일을 경험했어도 멀쩡히 살아 있는 생명체에 고문을 가한 그 일이 무척 가슴 아린 고통으로 기억되고 있었다.

몸에 꽂혔던 침을 제거하고 침대에서 내려오자 한의원 원장은 환자들로 북새통을 이루는 바쁜 와중에도 구 씨를 따로 불러 운동치료법 몇 가지를 알려주었다. 미간을 자주 찌푸리고, 자주 웃고 휘파람을 불고 치아로 껌을 씹고 눈을 자주 깜박이면 치료에 큰 도움이 될 거라 일러주었다. 택시에 올라 한의원 원장이 시킨 대로 미간을 찌푸리고 휘파람을 불어보고 치아로 껌 씹는 시늉을 해 보았는데 정상적인 몸은 분명 아니었으나 침술 효과로 한의원을 들어설 때보다는 좀 나아졌다는 기분이 들었다.

그날 저녁 시장에서 돌아온 아내에게 입이 돌아갔다는 말과 함께 한의원에 다녀온 일을 어눌한 말투로 얘기했다.

아내는 얼굴을 자세히 들여다보더니 정말 입이 돌아간 사실을 확인하고는 잠시 시무룩해졌다.

"없는 살림에 다른 건 몰라도 몸뚱이 하나만은 건강해야 하는데."

몇 번 혀를 끌끌 찬 아내가 아들한테 전화를 걸겠다며 수화기를 집어 들었다. 왜 쓸데없이 전화를 거냐고 수화기를 뺏어 제자리에 놓은 구 씨는 퉁명스럽게 향어 이야기를 꺼냈다.

"당신은 내 입이 돌아간 이유를 정말 모르겠어?"

"자전거 타고 오가다 찬바람을 쏘였기 때문이겠지. 그러게 버스 타고 다니라니까 동지섣달에 뭔 놈의 자전거야."

아내는 괜한 자전거 탓을 하고 있었다.

"그때 향어 주둥이를 바늘로 찔러댄 죗값을 받는 거라고."

구 씨가 휴우, 한숨을 내쉬자 아내는 기가 차단 듯 한참 말이 없다가 갑자기 성을 냈다.

"으이구, 내 팔자야. 평생 이런 덜떨어진 멍청한 사내를 서방이랍시고 기대고 살았으니 내 팔자 내 신세가 요 모양 요 꼴이지. 등신도 저런 등신이 세상에 또 있을까."

"니미럴, 입 돌아간 게 물고기 탓이란 말끝에 뭔 놈의 팔자 타령은……."

기다렸다는 듯 아내는 구 씨에게 바짝 다가와 앉더니 언성을 높이는 거였다.

"지난번엔 닭 다리 타령을 해 쌓더니 이번엔 또 향어 타령이요? 그래 말 한번 잘했수. 톡 까놓고 말해 그게 당신이 한 짓이요? 당신 사촌이란 작자가 물고기 주둥일 바늘 끝으로 쑤시라고 시켰다면서. 입이 돌아가려면 사촌 입이 돌아갔어야지 뭐 때문에 당신 입이 돌아가. 그 사촌이란 뻔뻔스런 양반 턱이 돌아가기는커녕 볼때기에 개기름이 번들거리면서 신수가 훤하다더라. 대학가에 빌딩 두 채 사 두고 떵떵거리며 잘만 살고 있잖아. 물고기 주둥아리에 상처 좀 냈다고 입 돌아가면 매일 횟집에서 펄떡거리는 물고기에 칼질하는 사람이나 시장바닥에서 생선 대가리 뎅겅뎅겅 잘라내는 사람들은 다 뭐야. 당신 말대로 치면 그 사람들 입이 아니라 목이 수천 번도 더 잘려 나갔겠다."

사촌 형은 실내낚시터를 높은 가격에 팔아먹어 한몫 챙긴 뒤 구 씨와는 소식을 끊었다. 꽤 세월이 흐른 뒤 그는 성인 오락실을 차렸다며 구 씨에게 접근했다. 바다이야기라는 성인 오락의 광풍이 몰아치기 직전이었다. 이번에도 구 씨를 바지 사장으로 앉히려는 제의가 있었는데 낌새를 알아챈 구 씨의 아들이 한사코 말렸다. 아들은 나중에 불법 영업으로 자칫 단속에 걸려들면 사촌 형 대신 바지사장인 아버지가 구속될 수 있다며 아예 그 사기꾼 가까이엔 얼씬도 하지 말라고 다짐을 주었다. 아니나 다를까 1년쯤 돈을 거의 쓸어 담듯 챙긴 사촌 형은 기기 조작 혐의로 단속에 걸려들었지만 바지사장에게 책임을 떠넘겼고 몇 달 후 과거 실내낚시터에서 경험했던 대로 오락실을 고가에 팔아넘겼다. 그는 그간 쓸어 담듯 번 돈으로 상권이 좋은 대학가에 빌딩 두 채를 매입했고 그 두 채의 빌딩에서 매달 꼬박꼬박 받아 가는 임대수익만 2천이 넘는다는 소문이 돌았다.

하기야 온갖 못된 일들을 저지르고도 침묵이라는 숲에 양심을 숨긴 채 떳떳이 살아가려고 발버둥 치는 것이 인생살이 아니던가. 세상 살아가는 동안 숨겨 왔던 모든 추잡한 과오들이 늘그막에 신체의 특정 부위마다 어떤 징후로 나타난다면 사람들의 손모가지부터 발모가지, 이목구비 성한 사람이 과연 몇이나 될까. 매일 뉴스거리로 등장하는 사기, 부정, 도적, 폭력, 수탈, 갈취, 공갈, 비리에는 촘촘함을 앞세운 법망이 따라다닌다지만 속절없이 당한 사람들의 눈물과 한숨, 탄식, 절망까지 법이 보살펴 주지는 못하는 것이다. 숨겨 왔던 인생의 여러 오점 속에는 천하고 야비하고 비열했던 속물 덩이들이 썩을 대로 썩어 목구멍으로 구린내를 풍기며 꾸역꾸역 기어 올라올 터인데 사람들은 어떻게 그렇게 천연덕스럽게 잘 살아가고 있는 것일까. 잘사는 사람이나 높은 지위에 오른 사람일수록 살아 온 동안 저지른 잘못들이 태산처럼 쌓여 때론 잉걸불에 지짐을 당하는 것 같은 두려움에 사지를 떨기도 할 것이고 파도처럼 불쑥불쑥 밀려오는 양심의 가책으로 눈에서 참회의 피눈물이 펑펑 쏟아질 법도 한 일인데 어떻게 과오를 침묵으로 묻어둔 채 굽힘 없이 세상을 살아가고 있는 것인지 구 씨는 사람들의 그 위풍당당함이 한없이 의아할 따름이었다.

남편을 위로하기 위해서인지 자신의 화를 감당하지 못해 토해내는 투정인지 도대체 아내의 큰소리를 이해하기 힘들었지만 구 씨는 그냥 입을 다물고 말았다. 아내도 그런 남편을 이해하지 못하듯 구 씨도 아내의 거침없는 시장바닥 언사가 영 마뜩잖았다. 입이 너무 거칠다며 몇 번 주의를 주었건만 이미 인이 박이다시피 한 아내의 언사는 좀처럼 수그러들지 않았다. 이따금 벌처럼 쏘아대는 아내의 독설에 구 씨의 가슴은 쓰리고 아팠지만 그걸 또 되받아치며 언성을 높이기보다는 그저 체념하고 돌아앉아 한숨 한 번 쏟는 게 현명했다. 아내의 말도 이해가 되기는 했다. 아내는 화가 치밀 때마다 자신의 가슴팍을 세차게 쥐어박곤 했다. 가슴속에 시뻘건 불덩이가 들어와 이글이글 타고 있다면서 방바닥을 데굴데굴 굴렀다. 그게 다 못난 가장 탓 아니겠는가. 가진 것, 배운 것 없이 오로지 몸뚱이 하나에만 의지해 살아가는 남편을 만나 평생 몸 고생, 마음고생을 달고 살아온 아내였다. 그게 다 아내의 주장대로 구 씨의 고지식한 성격과 무능력이 가져온 결과라는 사실을 구 씨도 인정하지 않을 수 없었다. 아내를 시장에 내몬 것도 결국 생활고 때문이었다. 하나뿐인 아들놈의 잇따른 사업 실패가 두 사람에게 큰 상처로 남게 되었고 부부 사이의 따뜻한 감정도 식게 했다. 근근이 모아 평생 꿈이던 집 한 채를 장만했지만 아들놈의 빚을 청산하는 데 쓰였다. 이후에도 또다시 아들놈이 손을 내밀 때 그들은 셋방을 전전하면서도 은행에 모아두었던 뭉텅이 돈을 내주고 말았다. 구 씨는 이전처럼 밖에 나가 닥치는 대로 일하면 되었지만 아내의 상실감은 더 컸다. 아내는 꽤 여러 날 고심 끝에 시장으로 나갔고 어려운 시간이 길어질수록 성격도 거칠어져 갔다. 그래도 억척스런 아내 덕분에 허름한 단독주택일지언정 내 집을 사 셋방살이에서 벗어날 수는 있었다. 하지만 두 사람 사이가 소소한 일에도 즐거움과 소망이 묻어나던 예전의 부부 사이는 아니었다.

불같이 성을 내며 토해내는 아내의 말이 백번 옳지만 그래도 구 씨는 아내가 자신의 처지를 좀 이해해 주었으면 싶었다. 하기는 지난번 다리에 마비가 왔을 때도 구 씨는 아내에게 비슷한 생각을 털어났다가 핀잔을 들은 바 있었다.

한때 구 씨는 시장에서 닭발 소매업을 한 적이 있었다. 시 외곽에 위치한 도계장에 가 매일 몇 부대나 되는 닭발을 사다가 깨끗이 손질해 시장 몇 군데와 닭발집에 공급해 주는 일이었다. 몸뚱이에 배인 비린내와 손질 과정에서 닭 다리를 다듬고 숭덩숭덩 잘라내는 일이 구 씨는 정말 혐오스러웠다. 어떤 일이든 궁합이 맞지 않는 일을 해야 할 때는 고통이 뒤따르는 법이었다. 구 씨는 아무리 보람을 갖고 일하려 해도 도무지 매력을 찾지 못해 툭하면 거래처 사람들과 다투었다. 결국 구 씨는 힘들더라도 한 우물을 파라는 아내와 한바탕 전쟁을 치르고 나서야 장바닥에 앉아 닭 다리 자르는 일을 정리할 수 있었다. 수년 뒤 갑자기 찾아온 다리의 마비가 닭발을 하도 잘라낸 죗값으로 치부했던 구 씨였다.

아내가 언성을 높이며 한심한 남자라 불평을 쏟아내도 구 씨로서는 변명의 여지가 없었지만 구 씨 또한 연이어 몸에 찾아오는 이상 징후가 결코 우연이 아니란 생각에는 변함이 없었다.

구 씨는 관리소에 전화를 걸어 겨우 하루 동안만 휴식을 취한 채 다음 날 야근을 위해 출근했다. 가는 날이 장날이라고 하필이면 초저녁부터 눈발이 흩날리더니 열 시쯤 되자 함박눈으로 돌변했다. 아파트 경비들이 저마다 밖으로 나와 눈을 쓸기 시작했다. 쓸고 나면 또 쌓이고 쓸고 나면 또 쌓였다.

마침 옆 동은 오늘 저녁 조 반장이 근무였는데 먼발치에서 구 씨를 보자 손을 번쩍 치켜들며 환히 웃었다. 안면에 여전히 약간의 통증이 남아 있는 구 씨였지만 꽤 오랜만에 같은 야간 근무를 하게 된 구 씨도 나름 오른손을 들어 답례를 하고 얼굴 한가득 웃음을 지어 보이려 애썼다. 두 사람은 다시 눈 치우는 일에 집중했다. 눈은 좀처럼 그치지 않았다. 비질로는 도저히 감당할 수가 없어 넉가래를 들고 자동차들이 드나드는 길목이며 아파트와 대로로 이어지는 출입구까지 쌓인 눈을 밀어내는데 영 힘이 예전 같지 않았다. 허리가 끊어지는 고통은 그럭저럭 참아낼 정도였지만 턱밑까지 차오르는 숨은 감당하기가 어려웠다. 이젠 정말 힘에 부쳐 경비원 일을 내년이나 후년까지 계속 이어갈 수 없을 것 같은 절망감이 몰려왔다.

자정이 가까워 오고 있었지만 눈발은 그치지 않았다. 구 씨가 경비실에 들어가 잠시 몸을 녹인 뒤 다시 눈을 치우기 위해 밖에 나와 막 넉가래를 집어 드는 찰나였다. 아파트를 돌아 들어오는 입구에서 작은 비명이 들려오더니 주변이 소란스러웠다.

뭔 일인가 싶어 구 씨가 넉가래를 내던지고 달려갔는데 엊그제 일로 꿈결에서조차 보기 싫은 605호 놀부 영감이 길바닥에 벌러덩 드러누워 아파트 경비원을 불러대고 있는 거였다.

구 씨는 얼른 달려가 놀부 영감의 몸을 일으켜 세웠다. 영락없이 술 냄새가 진탕 풍겼다.

"또 네놈이냐? 게을러터진 경비 때문에 아파트 길이 완전 유리판이잖아. 에구구, 내 고관절이 완전 모래가루처럼 바스러진 모양일세."

구 씨는 벌러덩 드러누운 영감을 일으켜 세우고는 워낙 눈이 사납게 내려 쓸어도 계속 쌓이는 통에 죄송하게 됐노라 사정하였다. 온몸에 눈을 뒤집어쓴 영감의 꼬락서니가 눈밭에 나뒹굴다 온 강아지 꼴이었다. 주인집 상전이라도 대하듯 어깨와 엉덩이에 묻은 눈을 툭툭 털어주고 있었는데 버럭 고함을 치며 돌아선 영감이 구 씨의 멱살을 틀어쥐는 거였다.

"이 고얀 놈이 억하심정으로 사람 치네."

그게 아니라고 항변하지도 못한 채 영감에게 멱살이 잡힌 구 씨는 도리 없이 쩔쩔매었다.

"이놈아. 경비원 월급 받아 처먹으면 일을 제대로 해야지. 너 뭐 하는 놈인데 눈도 제때에 못 치워 길바닥이 이 모양이야. 낼 아침에 병원 가서 엑스레이 찍어 보고 내 고관절에 실금이라도 갔으면 넌 월급압류 각오해야 돼."

소란이 길어지자 아파트 각층에서 창문 열어젖히는 소리가 여기저기서 들려왔고 잠 좀 자자며 아우성치는 소리도 들려왔다. 어느새 그들 옆에는 옆 동 경비원인 조 반장도 다가와 두 사람의 실랑이를 넌지시 지켜보고 있었다.

죄송하다고 허리를 굽히며 영감을 부축해 아파트 안으로 이끄는데도 영감은 막무가내로 그 자리에 버티고 서서 고함을 질러댔다.

"야, 너. 키는 난쟁이 똥자루만 해 갖고 힘이나 제대로 쓰냐? 그 몸뚱이론 경비 일은커녕 밤일도 제대로 치를까 모르겠다. 이건 뭐 배삼룡이도 아니고 맨날 풀죽만 쒀먹은 양 비실거리는 꼴이라니. 죽을 때까정 경비질만 해 처먹을 속셈인 모양인데 더 이상 경비질 한답시고 우리 아파트 인건비 축내지 말고 얼른 사표 써. 며칠 전에도 병 든 병아리처럼 졸다가 나한테 들킨 거 인생이 불쌍해 한 번 봐줬다만 오늘 일은 어림도 없다."

"알았으니 이제 들어가 주무시죠. 죄송합니다."

그때까지는 참을만했다. 그런데 영감이 분을 삭이지 못했던지 멱살을 쥐고 있던 손을 내려놓고는 갑자기 구 씨의 볼때기를 세차게 후려치는 거였다. 구 씨의 언 볼에 벼락같이 날아든 손바닥의 힘이 어찌나 야무졌던지 귀청이 얼얼했고 눈에서는 번쩍 불이 일었다. 안면 마비 증세로 가뜩이나 뒤틀려 있던 턱뼈가 더 어긋났던지 띵한 통증까지 전해오는 거였다.

"말로만 미안하다면 다냐. 손은 뒀다 뭐해. 이런 때 무릎 꿇고 싹싹 빌라고 있는 거 아냐. 빈 주딩이루만 사과를 지껄이면 진정성이 피부와 와 닿느냐 말야?"

아닌 밤중에 홍두깨라더니 이건 정말 아니었다. 갑자기 눈앞이 캄캄해지고 속에서 천불이 날 것처럼 화가 끓어올랐다. 경비원이 아무리 천한 직업이기로서니 이런 막돼먹은 경우는 없다고 입술을 바르르 떨며 구 씨는 영감의 눈을 노려보았다. 늙은이를 칠 수는 없는 노릇이어서 장작불처럼 이글거리는 분노를 애써 삭이며 뒤돌아서려는데 조 반장이 다가와 구 씨를 밀쳐 내고는 영감 앞으로 불쑥 다가서는 것이었다.

"거 보자 보자 하니 영감님 몽니가 과하시네요."

605호 영감이 잠시 멈칫한 뒤 이내 어깨에 잔뜩 힘을 주고는 조 반장에게 대들었다. 마구잡이로 머리를 들이미는 폼이 성깔사나운 부사리 같았다.

"어쭈구리. 넌 뭔 개뼉다귀야. 이것들이 초록은 동색에 가재는 게 편이라더니 같은 경비랍시구 떨거지로 대들며 꼴값을 떠네. 네깟 놈이 뭔데 주제넘게 시건방 떨면서 남의 일에 껴드냐. 오라, 너도 우리 아파트 경비원이렷다. 이놈들 경비원 주제에 감히 눈깔에 뵈는 게 없나 보네. 나 전직 입주자 대표님이시다. 너같은 초짜 경비원은 내 상대가 못되니까 당장 눈앞에서 썩 꺼져."

전직 입주자대표가 무슨 큰 감투라고 605호가 자라처럼 고개를 바짝 빼 들고는 고래고래 목청을 높였다.

"이 영감 입이 썩은 쓰레기만 쏟아지는 시궁창일세."

"뭐야? 요런 버르장머리하곤."

605호의 입술이 파르르 떨리는가 싶더니 오른편 주먹이 조 반장 앞으로 날아들었다. 그러나 술 취한 영감의 손은 크게 헛나갔다. 영감이 비틀거리며 넘어지려는 찰나 조 반장이 605호의 몸뚱이를 통나무처럼 번쩍 치켜들고는 당장 태질이라도 할 것처럼 휘휘 허공에 내돌렸다. 그 사납던 605호의 몸뚱이가 독수리 발톱에 채여 허공으로 딸려가는 장닭처럼 축 늘어졌다. 겨우 목소리만 살아 나 죽는다고 나름 비명을 질러 보았지만 그 쩌렁쩌렁하던 목소리가 모깃소리처럼 앵앵거릴 뿐이었다. 그럼에도 조 반장은 영감을 쉽게 내려놓을 기세가 아니었다. 잠깐 몸뚱이를 바닥에 내려놓는가 싶더니 이번엔 멱살을 움켜쥔 채 오둠지진상을 하고는 캑캑거리는 605호를 향해 소리쳤다.

"내가 누구냐고? 경비원이라 눈에 뵈는 게 없나 본데 나도 젊었을 적 도적놈, 날강도 수도 없이 잡아 본 강력반 조 반장이야. 조찬식 반장이라고 이 영감탱이야."

놀부 영감의 몸뚱이를 그대로 아무 곳에나 내던졌다가는 사지 어느 한 곳 성할 것 같지 않았다. 하지만 조 반장은 늙은이의 몸통을 허공에 번쩍번쩍 들어 올려 혼을 쏙 빼놓은 뒤에야 얌전히 제자리에 내려놓았다. 영감은 어지럽다며 자리에 털썩 주저앉아 쩔쩔매었다.

"얌전히 집에 들어가쇼. 그리고 앞으로 또다시 경비원을 노예 취급하면서 괴롭혔다간 그 더러운 입을 아예 정화조 똥물에 푹 담가 줄 테니 그리 아시오."

참 이상한 일이었다. 조 반장의 성난 목소리에 대꾸라도 했다간 바짓가랑이에 똥오줌까지 지릴 정도로 혼쭐이 날 것 같았던지 605호 영감은 좀 전 그 게걸거리던 입을 꾹 다물고는 어기적어기적 기어 아파트 현관문을 찾아 들어가는 거였다. 엘리베이터 안으로 들어가기 직전 영감은 흘낏 구 씨를 바라보고 있었는데 두려움에 질린 그 눈빛은 경기라도 일으킨 아이 같았다. 구 씨는 한편 십 년 묵은 체증이 내려간 듯 시원하였고 한편으론 노망든 영감의 뒷모습을 보는 것 같아 측은하였다.

아파트 현관에서 벌어진 잠깐 동안의 실랑이는 이렇게 수습되었다.

눈발은 여전히 모질게 퍼부었다. 아파트 곳곳에 켜진 보안등 불빛 속에 매화 송이만 한 눈송이가 쉬지 않고 날아내렸다.

"맘 푸시요, 구 씨. 저런 썩을 인간은 강자한텐 한없이 약하고 약자한텐 강한 척하는 비굴한 종자요. 낼 아침에 정중히 사과 안 하거든 경찰서에 가 고소를 하쇼. 내가 법적 절차를 알려 주리다."

따뜻한 조 반장의 말에 구 씨는 눈물이 왈칵 솟구칠 것 같았다. 이 굴욕을 견뎌 내면서까지 아파트 경비원이란 직업을 유지해야 될지, 체력이 예전처럼 따라주지 않는 최근의 여러 정황이 이제는 모든 것을 내려놓으라는 신호가 아닐지 구 씨의 고민이 깊어졌다.

망할 놈의 날씨.

푸념하면서 구 씨는 다시 넉가래를 집어 들었다. 눈은 또 치워야 할 만큼 쌓여 있었다. 이 기세라면 밤새도록 눈과 씨름해야 할 것 같았다. 이 상태로 과연 내일 아침까지 체력이 버텨낼 수 있으려나 생각했지만 확신하기 어려웠다. 쉬지 않고 날아내리는 함박눈 송이들이 구 씨의 눈꺼풀을 자꾸 어지럽혔다. 핑하고 어지럼증이 찾아왔다. 구 씨는 아파트 화단의 앙상한 목련 가지 하나를 붙잡고 어지럼증을 이겨내기 위해 바둥거렸다. 차가운 눈송이가 약간 비뚤어진 구 씨의 입술 언저리 위로 쉬지 않고 떨어져 내렸다. 구 씨는 그 눈송이가 입술 언저리에 날아와 박힐 때마다 자신의 희미한 눈빛이 향어 아가미를 사정없이 찔러댈 때 보았던 고통스러운 눈빛이 아닐까 생각했다. 그의 몸이 향어의 몸부림처럼 부르르 떨렸다. 겨우 가녀린 목련 가지 하나에 의지해 있던 손이 힘을 잃어가면서 그는 차디찬 눈밭에 픽 쓰러졌다. 삐딱하게 일그러진 야윈 턱 언저리에 눈송이 몇 개가 날아와 녹는가 싶더니 그 위에 소금을 치듯 연이어 눈발이 내려앉았다.

백사를 찾아서

　한 사내가 장수건강원 출입문을 불쑥 들어선 것은 한이 고 3 수험생을 둔 어느 학부모의 주문으로 미리 달여 식혀 두었던 자라 농축액 포장을 막 끝내고 가게 문을 닫을 무렵이었다. 들 마에 찾은 손이라 반가운 마음이 앞섰지만 낯선 사내의 눈길과 마주치는 순간 한은 머리숱이 쭈뼛 서는 걸 느꼈다. 땅꾼으로 장사치로 예순 해를 살아 온 동안 별별 사람들과 얽히고설키고 볶이고 치이고 부딪치다 보니 초면일지언정 상대방 이목구비 하 나만 척 보고도 행실이나 됨됨이를 간파하는 일쯤은 어렵지 않 았다. 일테면 의사들이 진맥 하나로 환자의 병세를 읽는 것과 같이 한은 상대 이목구비 중에서 두 눈만 흘낏 마주쳐 보면 그 사람의 됨됨이나 성품을 단박 읽어낼 수 있다고 믿는 거였다. 눈을 통해 상대방이 어떤 사람인지, 예컨대 선한 사람인지 모리 배인지, 속이 깊고 도량이 넓은 군자인지, 소갈머리 없는 옹춘 마니인지를 어림으로 짐작할 수 있는 거였다. 눈이 크거나 눈동 자가 맑은 사람들의 성격은 대개 서글서글하고 온순했다. 그런 데 막 가게 문을 들어선 사내의 눈은 그 서글서글한 부류의 눈과는 사뭇 달랐다. 쉰을 갓 넘겼을까 싶은 사내의 잠깐 스친 섬뜩한 눈빛에서 한은 얼핏 살의 같은 게 느껴졌다. 거오스러운 풍모까지 얹힌 어깨와 더불어 작고 가는 눈에서는 무엇이라도 벨 듯한 푸른 서슬이 뿜어져 나왔다. 게다가 민소매 셔츠 밖으로 드러난 양쪽 어깨와 팔뚝에는 금방 날개를 퍼덕이며 날아오를 것 같은 독수리 날개의 문신까지 얼룩얼룩 그려져 있었다.

"어서 오세요."

포장된 박스를 가게 한쪽 모퉁이로 옮기며 건성으로 인사말을 건넨 한은 얼핏 이 갈걍갈걍하고 인상 찬 사내가 기껏해야 어느 폭력조직의 끄나풀이거나 사채시장을 배회하며 서민 이자돈이나 후리는 날불한당이겠거니 생각했다. 사실 눈에서 뿜어져 나오는 서슬이 예사롭지 않아 계보만 대면 알 수 있는 무슨 파의 두령쯤 되는 인물은 아닐까 싶기도 했다. 그러나 팔뚝과 어깻죽지에 그려진 문신을 자랑이라도 하려는 듯이 민소매 차림으로 활보하는 꼴이 영 눈에 거슬렸다. 적어도 그가 어떤 조직의 보스쯤 되는 위인이었다면 낯 뜨겁게 내가 이런 사람이요 하고 몸뚱이에 표시를 내고 다니지는 않을 터였다.

건강원 한쪽 벽면에 가득 들어찬 솥단지들을 쭉 훑어보던 사내가 소파에 다가가 앉는 꼴은 더 가관이었다. 큰대자로 눕듯이 앉았는데 무의식중에 구두 바닥을 달싹이며 오른 다리를 떠는 버릇하며 양팔을 벌려 소파 등받이에 건 채 왼고개를 틀고 한을 바라보는 태도가 거만스럽기 짝이 없었다.

생긴 대로 놀고 자빠졌군. 한이 뒤돌아서 피식 웃은 뒤 책상으로 걸어가 열쇠 꾸러미를 꺼내 들었다. 가게 문 닫을 시간이라고 사내에게 막 입을 열려는 순간이었다.

"혹시 과거 전설의 땅꾼이었다는 한일주 사장님 되슈?"

땅꾼이란 말을 듣는 순간 한은 흠칫 놀라 사내가 앉아 있는 소파 쪽으로 고개를 돌렸다. 가게를 처음 들어설 때 언뜻 보았던 작고 예리한 눈과 다시 마주쳤다. 과거엔 익숙했던 그러나 지금까지 꽤 오랜 기간 잊고 지냈던 땅꾼이란 말이 한은 오랫동안 귀중한 물건을 잊고 있다가 찾아낸 것처럼 반갑고도 한편 남의 이야기인 것처럼 귀에 설었다.

"전설은 무슨. 솥단지에 뱀탕이나 끓여 팔던 떠돌이 장사치였는데……. 보아 허니 뱀탕 집으로 잘못 알고 찾아오신 모양인데 헛걸음치셨소. 야생동물보호법이 생기는 바람에 땅꾼도 뱀탕도 접은 지 벌써 오래전 일이요."

그가 뱀탕 집을 정리한 지도 어느덧 석삼년이 훌쩍 지나 있었다. 일을 그만둔 뒤로도 몇 해 동안은 수년간 드나들었던 단골손님들 부탁을 외면할 수 없어 개별적으로 주문을 받아 팔아오긴 했으나 세월이 지나는 동안 그마저도 하나둘 떨어져 나가더니 몇 해 전부터는 찾는 이가 거의 없었고 한도 그걸 받아들이면서 한약재에 자라나 장어, 잉어 같은 새로운 보양재들을 달여 파는 일에만 매진해 왔다.

"내가 아는 사람이 한때 폐앓이가 심했는데 한 사장께서 달여 준 뱀탕을 먹고 깨끗이 나았단 소식을 들었소."

"다 옛날얘기요. 어디 아플 땐 지천으로 널린 약국이나 병원 찾아가면 다 해결될 일인데 누가 뱀탕을 찾겠어요. 그리고 요즘은 뱀을 잡는 사람도 먹는 사람도 모두 처벌받는 세상이란 거 잘 아실 텐데."

"아따 한 사장님, 구더기 무섭다고 장 못 담그는 사람 있소. 세상사 법대로만 굴러가는 거 아니잖소."

"그래서 정말 뱀탕 드시려고 예까지 오신 거요?"

한이 사내가 앉아 있는 소파로 바짝 다가가 물었다. 그때 깡마른 얼굴에 눈빛만 반들반들 빛나는 사내가 바지 뒷주머니에서 지갑을 뽑더니 명함 하나를 꺼내 불쑥 내밀었다. 명함에는 이명진이란 이름과 생소한 나이트클럽 지배인 직함이 적혀 있다.

"내 인생의 벗이 넷이요. 술, 여자, 노름, 주먹, 이 넷을 인생 사우로 여기고 실컷 마시고 품고 즐기고 싸우며 살다 나이 쉰을 넘기고 보니 어느 순간 몸에 병이 찾아온 모양이요. 맥살이 풀리면서 어릴 적 앓았던 허증이 도진 뒤 기가 쑥 빠져나가 이젠 양귀비 같은 가시내를 품어도 비아그라나 먹어야 겨우 사내구실을 하는 지경이요."

"그중 둘은 나하고도 절친이구려. 술하고 여자 말이요."

한도 과거 땅꾼 시절 뱀 장사로 벌었던 돈을 물 쓰듯 써가며 술을 펐고 여자를 품었다. 마신 술, 펑펑 써댄 돈 액수만큼이나 스쳐 간 여자들도 헤아리기 어려웠다. 옛 기억이 되살아나 사내의 말이 끝나기가 무섭게 끼어들며 웃었지만 사내는 웃지 않았다. 머쓱한 자신을 돌아보며 한이 되물었다.

"병원엔 가보셨소?"

"말도 마슈. 종합병원에 가 입원도 해 보고 용하다는 한약방 찾아가 침과 뜸을 달고 살았소. 폐와 기력회복에 좋다는 육미지황탕, 사군자탕, 당귀보혈탕, 팔진탕, 십전대보탕…… 한약방에서 권하는 탕제란 탕제는 다 지어먹어 봤소만 나아지기는커녕 요즘엔 식욕부진까지 겹쳐 점점 더 몸이 축나고 짜부라지니 이러다 들피져 죽는 건 아닐지 모르겠소."

"굳이 뱀탕을 드시려면 영업 중인 뱀 건강원을 찾아가시지 어째 여길 찾아오셨소."

"전에 직접 백사탕을 달여 본 적이 있다지요?"

희귀한 백사를 들먹이는 걸로 보아 사내가 그냥저냥 지나치는 길에 들린 걸음은 아닌 성싶었다.

"오래전 얘기요."

"어쩌다가 사장님한테 백사탕을 내려 먹고 병이 나았다는 사람 아들을 알게 됐는데 병자랑은 하랬다고 내 딱한 처지를 얘기했더니 대뜸 사장님을 찾아가랍디다."

서른 해를 땅꾼으로 살아 온 동안 백사탕을 끓여 판 적은 그때 단 한 번뿐이었다. 물론 전국 각지를 떠돌며 직접 뱀을 잡고 땅꾼들이 잡아 둔 뱀들을 원 없이 보아온 그였기에 몇 해 건너

한두 번씩 백사 구경을 하기는 했다. 하나 말 그대로 백사는 희귀한 데다 귀한 만큼 값도 비싸 실제 구하기도 탕을 먹으려는 이도 찾기가 쉽지 않았다.

어느 해 초가을 중년의 신사 한 사람이 그를 찾아왔다. 다짜고짜 백사를 구할 수 있냐고 물었다. 그 무렵엔 어떤 뱀을 잡아도 문제 될 일이 아니었고 사고파는 거래 역시 아무런 규제가 없던 때였다. 한은 갑작스레 찾아든 중년의 외관과 무게로 보아 흰소리나 떠세를 부릴 사람은 아니라고 판단해 얼른 구할 수 있노라 답했다. 즉시 흥정이 시작되었다. 한은 뱀과 함께 넣을 약제, 출장비까지 고려해 1천5백을 불렀고 신사는 1천을 고집하다가 결국 1천3백에 흥정을 끝내고 일주일 내 중년 신사의 고향인 가평에 내려가 그가 보는 앞에서 직접 탕을 내려주기로 약속했다. 신사는 앉은자리에서 1천만 원짜리 수표 하나를 건네고는 당장 가평까지 동행할 것을 부탁했다. 특별히 바쁜 일도 없던 터여서 한은 그를 따라 가평까지 동행했다. 신사의 고향마을이었다. 펑퍼짐한 시골 마을, 농작물만 가득 자라고 있는 밭모퉁이에 오래된 기와집 한 채가 그들을 기다리고 있었다.

"이 집 안방에 누워 계신 분이 내 부친이시요. 이 일대가 한때 모두 우리 땅이었지요. 내 어릴 적엔 우리 집 외양간에 소가 열댓 마리는 족히 매여져 있었는데 내가 대학에 들어갈 때부터 팔기 시작해 졸업 무렵엔 한 마리도 남아 있지 않았습니다. 하라는 공부는 안 하고 툭하면 사고만 쳐대는 못난 아들에게 아버진 기르던 소를 한두 마리씩 팔아 내 뒷감당을 해주셨습니다. 졸업 후 사업한답시고 무역업에 뛰어들었는데 마침 호황기여서 손대는 일마다 성공했지요. 기고만장했던 난 무리하게 사업 확장을 하다가 IMF를 만나 부도를 내고 내가 가졌던 전 재산을 날렸습니다. 다시 아버지를 찾았지요. 내 사정을 알게 된 아버지는 주저 않고 여기 옥토전답을 모두 팔아 내게 건넸습니다. 당신이 갖고 있던 전부를 내주신 겁니다. 그 돈뭉치를 내게 쥐여주시면서 땅은 형편이 좋아지면 언제든 다시 살 수 있지만 자식 잃으면 억만금을 줘도 살 수 없다면서 용기를 갖고 다시 시작하라더군요. 와신상담이라고 정말 쓸개를 씹는 필사의 심정으로 서울에 올라가 재기를 노렸고 3년 만에 그럭저럭 자리를 잡았는데 정작 아버지께서 자리보전하고 저리 누워계십니다. 병원엔 절대 안 가시겠다니 이젠 백사탕밖엔 달리 손 쓸 방도가 없습니다."

　방 안에는 뼈만 앙상히 남은 노인네가 모진 기침을 쏟아내며 누워 있었다. 그 노인네를 살리려는 아들의 효성이 먹혔던지 한은 사흘 만에 청도의 한 농가에서 밀백사 한 마리를 구할 수 있었다. 누룩뱀이 백화현상에 따라 귀하디귀한 백사의 몸으로 변신한 녀석은 흰 피부에 황토 빛깔의 반점이 일정 간격으로 찍힌 데다 수수알 같은 눈과 선홍색 혓바닥을 가진 전형적인 토종 백사였다. 백사를 구하자마자 한은 신사에게 연락해 차에 백사와 능사 두 마리, 살모사, 유혈목이 등을 싣고 함께 가평에 내

려가 탕을 내려주었다. 효심 덕택이었는지 아니면 죽는 사람도
살린다는 백사의 약성이 제대로 먹혔는지 자리보전하고 누웠던
노인은 얼마 뒤 서서히 기력을 찾아갔다. 이듬해 가을 무렵엔가
지나는 길에 들려보니 노인은 아들이 되산 집주변 텃밭에 나가
직접 농사를 지을 정도로 건강이 회복되어 있었다.

"백사를 구할 수 있겠소?"

200만 원을 주고 산 백사를 1천300에 팔아 주머니에 적잖
은 목돈을 넣을 수 있었던 한이었기에 사내가 묻는 말을 오래
전 일이라고 굳이 외면할 필요는 없었다. 찾는 사람이 있고 구
할 수만 있다면 굳이 망설일 필요가 없었다. 기껏 몇십만 원짜
리 자라나 잉어, 장어, 개소주를 내려 파는 건강원 일과는 결코
비교할 바가 못 되는 큰 수익이었다. 잠깐 뜸을 들인 뒤 한이
사내의 행색을 다시 쭉 훑어본 뒤 답했다.

"제아무리 귀하다 한들 이 넓은 땅에서 백사 한 마리쯤 구할
수 없겠소? 문제는 이거지."

한이 엄지와 검지로 사내 앞에 동그라미를 만들어 보였다.

"얼마면 됩니까."

"과거나 지금이나 귀한 건 얼마라고 딱 정해 놓고 파는 법이
없어요. 가지고 있는 사람이 부르는 게 값이지."

"난 미적미적한 건 질색이요. 딱 부러지게 말해 천이면 되겠
소?"

한이 고개를 절레절레 흔들었다. 이미 소문을 듣고 왔다는

사람이 가장 중요한 거래 가격을 생판 모르고 왔을 리 없었다. 십몇 년 지난 당시에도 백사의 몸값이 천삼백이었단 사실을 이 자도 분명 알고 찾아왔을 것이고 여기에 그동안 물가상승률까지 감안했다면 그가 툭 던진 천만 원은 터무니없는 가격이었다. 놀금은 아닐 테고 뒷골목에서 주먹이나 휘두르던 개차반 심보가 발동해 귀한 백사를 날로 먹으려는 저의러니 생각되었다. 한이 퉁명스럽게 대꾸했다.

"그 가격에 구해오시우. 내가 얼마든지 사 줄 테니."

사내는 난감해했다. 다리를 꼬고 담배에 불을 붙여 얼마간 피워댔다. 손가락 사이에 끼인 담배가 필터 끝까지 타들어 갈 무렵에야 뭔가를 작심한 듯 말했다.

"좋수다. 죽으면 그까짓 돈이 뭔 대수겠소. 우리 천오백으로 합시다."

이번엔 한이 난감했다. 정말 어디서 백사를 구할 수는 있을지 또 어디에 있다 해도 요즘 시중에 거래되는 백사 가격이 얼마나 하는지 그로서는 알 길이 없었다. 하나 비록 오래전 일이기는 했어도 전국 각지를 떠돌며 유명 땅꾼들을 만나고 다녔던 그였다. 뱀을 찾아 종짓굽이 닳도록 전국 들판, 계곡을 들쑤시고 다닌 그였고 나중엔 땅꾼들이 잡아 놓은 뱀을 차떼기로 사들여 약을 짓고 탕을 끓여 팔기까지 했었다. 비록 땅꾼의 수가 많이 줄어들기는 했어도 아름아름 찾아 나서면 백사 한 마리쯤 구하는 일이 그리 어렵지는 않을 터였다. 게다가 당장 한의 눈에는 1천5백이란 큰돈이 어른거렸다. 그야말로 갑자기 굴러온 돈 보따리였다. 그렇게 찾아들어 온 돈 보따리를 우물쭈물 뭉그적대다가 성질 급한 사내가 생각을 거둬들이고 나가버린다면 꽤 후회가 될 법도 했다. 결국 한은 열흘 안에 백사탕을 내려주기로 덜컥 약속을 해 버렸다. 사내는 화끈했다. 그 자리에서 바지 뒷주머니 속 지갑을 뽑아 500만 원짜리 자기앞수표 석 장을 꺼내 한에게 덥석 내밀었다. 영수증을 안 써주어도 되겠냐고 묻는 한을 향해 사내가 윗니로 아랫입술을 지그시 깨물며 단호히 말했다.

"이보슈. 난 법으로 하지 않소. 문제가 생기면 늘 이 주먹으로 해결하지."

사내가 오른손 주먹을 불끈 쥐어 보이고는 서늘한 눈빛을 날리며 가게 문을 빠져나갔다.

이튿날 아침 한은 일찌감치 가게에 나와 장식장 서랍에 보관되어 있던 오래된 주소록 한 권을 꺼내 들었다. 사람이 늙으면 피부에 검버섯이 피듯 오랜 시간이 지난 주소록도 겉 딱지부터 누렇게 색이 바래 있었다. 누릇누릇 낡은 겉 딱지를 넘기자 전국 각처에서 뱀을 잡아 팔던 땅꾼들의 이름과 전화번호를 적어둔 그의 낯익은 필체가 모습을 드러냈다. 한은 과거의 기억들을 하나하나 떠올리며 제법 가까이 지냈던 이들에게 일일이 전화를 걸었다. 이미 세월이 꽤 지난 터여서 열에 일곱 이상은 그가 알고 지냈던 땅꾼의 전화번호가 아니거나 없는 번호였고 더러 죽은 이도 있었다. 겨우 통화에 성공한 사람조차 지금은 전혀 다른 일을 하고 있었다. 전화를 몇 차례 더 걸다가 시간이 아깝단 생각이 들어 한은 아예 주소록 표지를 덮고 말았다. 더 고민할 필요 없이 직접 발품을 팔기로 했다. 양평 용문산 일대엔 아직 뱀탕 집들이 몇 곳 남아 있었다. 땅꾼 시절 만난 친구 김덕준 역시 용문에서 뱀탕을 내려 팔고 있었다. 세월이 갈수록 법망이 촘촘해지는 데다 위법 시 처벌형량도 높아져 과거처럼 닥치는 대로 아무 뱀이나 잡아다 탕을 내려 파는 건 엄두도 못 낼 일이었다. 게다가 경찰은 물론이고 전문적으로 시민운동을 펼치는 환경단체나 동물보호단체가 눈에 쌍심지 켜고 감시하는 세상이기도 했다. 건강원이란 간판을 내걸고 영업하기가 수월할 리 없을 터인데 김덕준은 용케 수십 년을 이 바닥에서 버텨오고 있는 거였다.

한은 가게 문을 닫고 양평으로 그를 찾아갔다. 땅꾼으로 풍미했던 한 시절을 떠올리며 둘은 일찍부터 인근 해장국집에 들어가 해장술을 함께했다. 서로 잊고 바쁘게 살아온 처지라 하고픈 이야기가 산더미 같았다. 그동안 어디서 뭘 하며 살았냐, 돈은 많이 벌었냐, 건강하냐, 그때 자주 만나던 누구누구는 잘 있냐, 해장국집에 자리를 틀고 앉자마자 묵은 이야기가 술술 쏟아져 나왔다. 그래, 어쩐 일이야. 김덕준이 묻자마자 한은 그 말을 기다렸다는 듯이 최근 뱀 시장 동향을 물었다.

"야, 말도 말아라. 목구멍이 포도청에다 배운 게 뱀 모가지 따는 게 전부여서 죽지 못해 이 짓거리 하고 있다. 뱀 시장 이미 오래전에 사망 선고받았다."

김덕준이 목에 핏대를 올렸다. 낙담하는 그를 보면서 한은 미리 직감하고 일찌감치 발을 뺀 자신의 판단이 옳았음을 알았고 그 자체만으로도 꽤 만족스러웠다. 김덕준은 뱀탕의 효능을 알고 있는 노인층이나 운동선수들을 단골로 둔 덕에 그나마 간판을 내걸고 겨우 입에 풀칠이나 하는 정도라 한탄했다.

"어중이떠중이들이 단속한답시구 뻔질나게 찾아와 속을 뒤집어 놨을 텐데 그동안 용케 버텼군."

"지금은 뱀도 사육하는 세상이야. 야생 뱀은 잡을 수 없으니 나라고 용뺄는 재주 있겠나. 생사탕 주문 들어오면 사육 뱀 사다 끓여 파는 거지."

"요즘 뱀이 그렇게나 귀한가? 굳이 사육까지 하다니."

이쪽에 발을 끊은 지가 하도 오래전 일이라 뱀 시장이 어떻게 돌아가는지 알 길이 없던 한이었다.

"이보게. 자넨 우리나라가 무슨 나란 줄 아는가? 뱀 공화국이요 뱀 천국일세. 졸지에 보호종이 돼버린 뱀들이 전국 산이고 들에 지천이여. 시골에 가면 독사들이 논밭은 물론이고 방 안까지 스멀스멀 겨들어 온단 말이네. 덕분에 한 해 뱀에 물려 병원 신세 지거나 죽는 사람 수가 부쩍 늘고 있는데도 국가에선 자연 보호에 환경만 외쳐 쌓고 있으니 이게 뱀 공화국 아니고 무어란 말인가."

"뱀이 그렇게 지천이라고?"

전국 방방곡곡 뱀이 널려 있다면 백사 한 마리쯤 구하는 건 일도 아니겠다 싶어 한이 반색했다.

"많다마다. 보호 종이 돼버린 칠점사는 웬만한 산에 가면 발에 채는 정도고 황먹이나 흑질백이 능사, 꺼먹이 같은 각종 구렁이들도 이젠 흔해 빠졌다고."

"백사도 종종 나오는가?"

한창 살을 부풀려가며 목청을 높이고 있는 김덕준의 말을 자르고 한이 태연히 물었다.

"백사? 예나 지금이나 귀하다는 영물 아니겠나. 나도 구경한 지 꽤 됐네."

아무리 흔한 게 뱀이라지만 쉽게 찾을 수 있다면 백사가 아니었다. 개똥도 약에 쓰려면 없다는데 하물며 백사가 아니던가. 한은 잠시 실망했다.

해장국집을 나오자 김덕준이 자신의 뱀 가게로 한을 끌어들였다. 안에 들어서기가 무섭게 한은 가게 한쪽 음습한 구석빼기에 땅을 파고 묻은 뱀독을 구경했다. 독 뚜껑이 열리자마자 항아리 속에서 잔뜩 몸을 웅크리고 있던 뱀들이 화들짝 놀라 저마다 고개를 쳐들고 허둥거렸다. 몸집이 굵고 긴 구렁이 몇 마리가 언뜻 한의 눈에 들어왔다.

"이놈들이 다 양식된 뱀이란 말인가?"

사실 야생 뱀을 양식 뱀이라 우기거나 양식 뱀을 야생 뱀으로 우긴다 해도 딱히 증명해 낼 방도는 없을 것 같았다.

"그게 다 야생 뱀이면 난 벌써 야생동물보호법 위반 혐의로 쇠고랑을 차도 수십 번 찼겠지."

땅콩무늬를 지닌 칠점백이도 몇 마리 보였다. 볼 때마다 간담이 서늘해지는 놈이었다. 잠시 한눈이라도 팔았다간 독 안에서 펄쩍 솟아올라 경동맥에 독이빨을 찔러 넣기라도 할 기세였다. 한 번 물리면 채 일곱 발자국도 못가 죽음 문턱에 도달한다 해서 까치살모사란 이름 대신 칠보사로 불리는 놈이었다. 놈들을 보는 순간 한의 얼굴색이 일그러지면서 몸뚱이에 소름이 돋았다. 뱀을 떡 주무르듯 했던 한 역시 칠보사로 인해 아픈 상처를 안고 사는 처지였던 것이다.

그 무렵엔 도심 어디에나 생사탕 집이 몇 집 건너 하나씩은 차지하고 있었다. 뱀탕 집이 호황을 누리던 시대인 만큼 생업으로 뱀을 잡아 파는 땅꾼들도 전국에 흔했다. 뱀이 보양식과 명약이란 입소문을 타면서 도시마다 시장통마다 이 골목 저 골목 뱀탕 집이 문을 열었고 그중 열에 두어 집은 문전성시를 이뤘다.

박헌기는 한의 고향 친구였다. 어느 날 고향 친구 박헌기가 한의 앞에 불쑥 나타났다. 만나자마자 찾아온 연유를 털어놨다. 자신은 애당초 고향에 처박혀 농사나 짓고 있을 팔자가 아니라 했다. 계절 바뀔 때마다 가슴팍에 역마풍이 일어 남모르게 몸살을 앓아 왔다는 거였다. 원 없이 떠돌고 원 없이 마시고 원 없이 지껄이면서 세상 살고 싶었다. 발길 닿는 곳이 어디이건 거기가 장거리건 술청이건 길거리건 하늘 밑이면 아무데건 다 좋다. 신명 나게 일하고 신명 나게 노는 일이라면 다 좋으니 네가 하는 일에 혹이라도 일손이 필요하거든 나를 한 번 데리고 다녀 봐라. 그런 내용이었다. 한은 박헌기가 어떤 친구였나를 굳이 생각할 필요도 없었다. 데리고 다닐까 말까 고민하고 자시고 할 일도 없었다. 어려서부터 장소팔 고춘자의 만담을 좔좔 읊고 다닌 그였고 노래면 노래, 춤이면 춤, 남 웃기고 울리는 재주 하나만큼은 빼어난 재간꾼이었다. 흔쾌히 한은 그의 뜻을 받아들였고 아예 동업자의 길을 걷기로 했다. 박헌기는 행동이 걸싸고 성격이 쾌활한 데다 청산유수로 언변이 좋았다. 땅꾼 기질을 타고나 일일이 하나하나 가르치지 않아도 뱀과 관련한 지식들을 빠르게 터득해갔다. 뛰어난 눈썰미로 뱀을 다루는 일부터 파는 일에까지 제 앞가림을 척척 해냈다. 둘은 봉고차를 타고 전국을 돌면서 뱀 수집상을 만나 도매가로 수백 마리씩 사들였다. 봉고차에 싣고 온 뱀들은 일부 탕을 내려 팔기도 했지만 대부분은 껍질을 벗기지 않은 채 연탄불에 바싹 구워 말린 뒤 고춧가루를 빻는 수제 믹서기에 넣고 곱게 갈았다. 채분 된 가루를 일부는 캡슐에 담고 일부는 작은 플라스틱병에 적당량씩 담아 포장을 했다. 환약을 선호하는 사람들을 위해서는 가루에 조청을 넣고 반죽을 친 뒤 팥알 크기로 환을 빚었다. 황제기양환이라는 화려한 약명까지 붙였다. 이렇게 제조된 약제와 뱀을 차에 싣고 둘은 전국 장을 떠돌았다. 일찌감치 장거리에 나가 목 좋은 장소를 물색해 자리를 틀고 앉은 뒤 한쪽에서는 석유곤로에 불을 붙여 솥단지에 산 뱀을 집어넣고 부글부글 탕을 끓였다. 좌판 한가운데에선 뱀 자루 몇 개를 꺼내놓고 한 놈씩 꺼내어 볼거리를 제공했다. 굳이 장꾼 앞길을 막아서며 호객행위 할 필요도 없었다. 일찍부터 장에 나온 사람들이 여기저기 기웃거리다 뱀전 앞을 지나칠 즈음엔 얌전한 걸음이나 바쁜 걸음이나 우선 멈춰 서게 마련이었다. 국내 토종 뱀이 독 안에서 우글거리는 모습도 흔치 않은 구경거리려니와 한이 수소문 끝에 몇 달 발품 팔아 큰돈 들여 구해온 코브라와 비단구렁이들이 장꾼들 발길을 잡아끌었다. 고개를 바짝 쳐든 채 앉은 자리에서 팔딱팔딱 뛰어오르며 혓바닥을 날름거리는 코브라는 구경꾼들이 잠깐 한눈이라도 팔았다간 금방 눈알 몇 개쯤 뽑아먹을 것처럼 기세등등했다. 바로 옆에선 절굿공이처럼 굵다랗고 싯누런 비단구렁이 한 마리가 제 몸길이의 절반만큼 똬리를 틀고 드러누워 신발짝만 한 쥐 한 마리를 느릿느릿 삼키고 있었는데 장거리 어디를 가도 이런 아찔한 구경거리를 찾기 어려웠다. 흔치 않은 볼거리를 행여 놓칠세라 좌판을 채 펴기도 전에 장꾼들이 꾸역꾸역 모여들었다. 그렇게 사람들이 구름처럼 꼬여들 무렵 한은 봉고차에 들어가 병원 의사들이 입는 흰 가운으로 변복을 하고 나타났다. 이후부터 그는 뱀 박사가 되어 그가 알고 있는 뱀과 관련된 지식들을 좔좔 쏟아냈다. 땅꾼을 시작하기 전 어느 대학 파충류 박사가 썼다는 뱀 연구논문 일부와 동의보감에서 뱀과 관련된 핵심 몇 가지를 추려 인이 박히게 외워 둔 것이 땅꾼 삶을 살아오며 듣고 배운 지식들과 경륜까지 합쳐져 더없는 지적자산으로 활용되고 있었다. 우리나라 토종 구렁이의 길이가 큰놈으로 치자면 어른 키보다 한 자가 더 크며 그 종류만 해도 집 지킴이로 불리는 황구렁이, 흑질백장, 황먹이나 쇠구렁이로 불리는 석구렁이 등 여러 종류가 있고 이중 황구렁이는 시골 초가의 대들보나 서까래를 타고 다니며 쥐를 잡아먹고 살아가는 반면 등짝이 검은 흑질백장이나 흑질황장은 산딸기나 찔레를 따 먹는 쥐를 잡아먹기 위해 깊은 산이나 숲을 기어다닌다고 생태 배경을 읊어나가는 것이다.

"좌정하신 여러분, 이번엔 황진이 뺨치게 어여쁜 내 딸을 소개하겠소."

한이 자루 속에서 꽃뱀 한 마리를 꺼내어 팔뚝에 칭칭 감는데 그 손길이 떡 주무르는 것처럼 거리낌이 없었고 물 흐르듯 유연하였다.

"요 귀여운 녀석이 금동이 옥동이로 내가 기르고 있는 귀한 자식이요. 자, 어디 한 번 구경들 해 보시오. 맵시 있게 생긴 요 삼각대갈빼기부터 삼삼하고 매끈한 꼬랑지까지 털끝만치도 미운 구석이라곤 찾을 수가 없잖소. 새로 치자면 팔색조요 꽃으로 치자면 양귀비요 사람으로 치자면 팔방미인 황진이라. 시샘

많은 어떤 이들은 잉어 비늘 같은 요 허물이 거칠거칠하다고 핀잔하는데 여러분들 손바닥으로 직접 쓸어 보슈."

이러면서 산 뱀을 앞에 바짝 들어앉은 장꾼들 코앞에 불쑥 들이미는 것이다. 엉덩방아를 찧고 흠칫 물러서는 구경꾼들을 향해 허연 이빨을 드러내며 씨익 웃어 보이고는 불면 꺼질까 쥐면 터질까 애지중지하는 손길로 유혈목이의 허리를 쓰다듬는 것이다.

"피부가 얼마나 야들야들한지, 솜털인지 춘향이 입술인지 분간하기가 어렵수. 이렇게 고운 내 자식을 여러분들이 어떻게 취급하는지 생각덜 해 보시구랴. 전생에 뭔 철천지원수를 졌다고 이 순딩이헌테 화풀이요. 배냇물도 안 가신 조막만 한 코흘리개부터 지팽이 든 노인네까지 요 순딩이만 나타났다 하면 눈앞의 만만쟁이라. 낄낄거리면서 쫓아댕기는 시늉까진 좋은데 가래침 뱉고 돌팔매질하고 걷어차고 지게 작대기로 잔등이 후려쳐 요절을 내니, 야가 사람들 발길질에 걷어채고 돌팔매질에 얻어터지고 지게 작대기에 두들겨 맞아 몸뚱이가 노상 푸르딩딩 피멍이 들어 있고 요 모강지에 핏물이 마를 날이 없는 거요. 평시에도 사람들이 으떻게나 괴롭혀 쌓던지 길바닥에서껀 수풀에서껀 사람만 보면 걸음아 나 살려라 꼬랑지가 빠져나갈 것처럼 냅다 줄행랑치는 거 다들 보셨잖수. 지발 착한 순딩이 내 자식헌테 죄받을 짓 좀 그만들 허시우."

윤기가 도는 뱀의 몸뚱이를 쓰다듬던 한이 목덜미에 입을 쩍

맞추고는 또다시 구경꾼들 턱밑으로 불쑥 들이미는 것이다. 열이면 열이요 백이면 백이 간이 콩알만 하게 놀라 뒤로 움찔 물러서게 마련이었다. 땅꾼 한도 울을 친 구경꾼도 서로 놀리고 홀리는 재미가 쏠쏠했다.

"요 녀석이 이름만 뱀일 뿐 실은 기어 댕기는 꽃이라 이 말씀이야. 알록달록 꽃 목도리 두른 이 모강지가 을마나 화려한지 찬찬히 구경들 해 보시우. 죽어 아름다운 새가 장끼라지만 죽어 이쁜 뱀이 바로 이 꽃뱀 아니겠소. 오죽하면 요즘 정신 나간 나그네 미색으로 유혹해설랑 전 재산 홀랑 빼먹고 내빼는 여시들을 가리켜 꽃뱀이라 하냐 이 말이여. 자고로 이놈 미색이 워낙 뛰어나다 보니까 여기저기서 부르는 이름도 제각각이렸다. 경기도에선 꽃뱀이요 충청도나 강원도에선 너불대, 늘메기, 너불메기로 불리고 문자 좀 쓰는 양반들은 꽃 화 자에 뱀 사 자를 써 화사로 부르거나, 모강지에 붉은 띠를 두르고 있다 해서 야네 집 대문에 떡허니 걸린 문패엔 유혈목이란 유식한 한자 이름까지 붙어 있는 걸 아는 사람은 다 알 거유. 그 유명한 전설 따라 삼천리에도 숱하게 나온 얘기지만 옛날 귀한 양반집 처자가 녹두장군을 흠모하다 상사병으로 단명하고 저승을 갔는데 염라대왕 앞에서도 녹두장군이 그리워 섧게 우는지라, 네 우는 연유가 무엇이냐 물으니 들판의 온갖 잡초도 한 번 태어나면 봉오리를 열어 향기로운 꽃으로 피어나고 솔방울만 한 작은 새들조차 날이 저물 적엔 짝을 찾아 둥지에 들거늘 나는 녹두장군을 연모하다 꽃으로 피어나지도 못하고 짝을 찾아 둥지에 들지도 못해 그 서러움이 뼈에 사무쳐 이리 섧게 울고 있나이다 이르는지라, 우리 인정 많으신 염라대왕께서 혀를 끌끌 차시고는 처자를 이승으로 돌려보낼 작정으로 녹두장군의 거처를 알아보셨는데 아뿔싸, 이미 녹두장군께서는 이승 사람이 아니었네 그랴. 할 수 없이 녹두장군 무덤이라도 지키라고 뱀으로 환생시켜 이승으로 돌려보냈으니 그때부터 불리던 이름이 녹두뱀이라. 푸르뎅뎅한 등거죽이 녹두색과 똑같다 해서 그때부터 뱀아뱀아 녹두뱀아 녹두밭에 가지마라 녹두꽃 떨어짐 상사병에 걸린다는 노래가 시작됐다는 전설 따라 삼천리라 이 말씀이여. 그뿐인가. 얼마 전 가수 나훈아를 죽자사자 따라 댕기던 아가씨 하나가 시름시름 앓다 그만 죽었는데 그 혼백이 바로 뱀으로 환생을 했으렷다. 고향 떠난 나그네 타지에서 향수병 걸려 시름시름 앓다가 수구초심이라 죽더라도 고향땅에 내려가 죽겠다고 기차에 몸을 싣고 고향 역에 당도하면 역사 앞 시골 논배미에서 반갑다고 버선발로 뛰어나와 반기는 뱀이 있었으니 그 이름하야 이뿐이 코뿐이 뱀이라. 코쑤모쑤 피여 있는 정드은 고향아아앙역. 내가 노랠 끝까정 불러제끼면 여기 모인 아가씨 아줌마들 거반 오줌을 지려 장바닥이 한강수가 될까 봐 그만 멈추고 다시 뱀 얘기로 돌아가설라무네……. 여기 군대 댕겨온 분도 계시겠소만 이놈이 군대서 불리는 또 다른 이름이 있는데 뭔지 덜 아시오? 바로 어제의 용사들이 얼룩무늬 복장을 하고 다시 뭉친

향토 예비군뱀이요."

모였던 사람들이 깔깔거리며 고개를 주억거렸다.

"듣고 보니 증말루 예비군 복장하고 똑같구려."

이렇게 꽃뱀 한 마리만 손아귀에 쥐고도 한나절 질탕하게 넉살을 떨어대는 거였다. 어쩌다가 나서기를 좋아하는 사내라도 나타나 시비조로 말을 걸어올 때도 있는 법이었다.

"이보시오. 뱀이 남자들 정력에 좋다고 자꾸 떠들어 쌓는데 대체 그 근거가 무엇이요."

한은 망설일 필요가 없었다. 기다렸다는 듯이 입꼬리를 늘려 피식 웃어 보이고는 마이크 볼륨을 높이며 목소리에 힘을 주는 것이다.

"우리 사장님. 참 좋은 질문하셨소. 내가 그 오묘하고 신비로운 비밀을 가르쳐 드리리다. 자고로 뱀이란 놈은 지구상에 살아 꿈틀거리는 모든 생명체 중에서 에스이엑스, 요건 유식한 미국말이고 우리 유식한 말로는 교접이라는 건데 으쨌거나 이 뱀이란 요물이 지구상에서 가장 오랜 시간 섹스를 할 수 있는 별종이라 이 말씀이야. 지구상에 존재하는 생명체 중에서 수놈이 생식기 두 개를 갖고 태어난 종자가 있음 어디 내 앞에 나와 보라고 하시우. 저기 저 키 큰 양반 가운뎃다리 몇 개나 달리셨수. 난 하난데 혹시 세 개 달리셨음 나 하나 떼 주실라우?"

한이 손바닥을 벌리며 어기적어기적 키 큰 사내에게 다가가다가는 돌아와 다시 가위 하나를 들고 무엇을 자르려는 시늉을 하며 키 큰 사내에게 다가가면 장꾼들의 웃음소리가 장바닥을 들었다 놓았다.

"수놈 뱀한테는 좌신과 우신 두 개의 생식기가 달려 있소. 암수가 서로 만나 배필감으로 손색이 없는지 몸을 얽고 살살 간을 보다가 속궁합까지 맞다고 느낌이 오면 성난 수컷의 좌신이 암놈 생식기를 먼저 차지하는 거요. 바야흐로 신바람 나는 품방아가 시작되었다 이 말씀이야. 시간이 을마나 걸리려나. 누가 아는 분 계시우? 야들 절굿공이가 비록 코딱지만 하게 작아 터지긴 하지만 작은 고추가 지독스레 매운 법이지. 생각해 보시우. 귓구녕 가렵다고 전봇대 뽑아다 쑤시면 시원하겠수? 귓구녕 가려울 땐 성냥개비 하나면 만사 오케이여. 작은 고추가 맵다는 말이 요물단지 같은 뱀의 거시기를 두고 하는 말이란 걸 아셔야 돼. 여기 계신 분들 보아하니 하나같이 밤일 하나는 기막히게 좋아들 하실 것 같소. 헌데 변강쇠와 옹녀처럼 대단한 정력가들은 아닌 것 같구랴. 용을 써가며 밤새도록 그 짓거릴 계속했다간 이튿날 아침 콧구녕에서 떨어진 코피가 조반상 국그릇에 떨어져 졸지에 선지해장국 자실 것 같소. 자고로 뱀이란 놈이 한 번 교배를 시작했다 하면 한나절이 지나도 해가 떨어져도 밤이 깊어져도 날이 허옇게 새도 도대체 떨어질 줄 모르고 노상 붙어 있네 그려. 좌신이 무려 스물하고도 네 시간 동안이나 암놈 자궁 속에서 단물을 우려먹고는 드디어 점령지에서 내려오는데 그 정도면 기진맥진하겠건만 웬걸, 이번엔 목 빠지게 기다리고 있던 우신이 다시 자궁을 찾아 들어가 교미를 시작하는데. 우신 역시도 좌신에 뒤질세라 해 뜨자마자 쿵더쿵쿵더쿵 방아를 찧기 시작해서 해가 저 밤이 깊어도 쿵더쿵쿵더쿵, 해가 떠 날이 밝아도 쿵더쿵쿵더쿵 또 해가 져도 쿵더쿵쿵더쿵, 밤낮 가리지 않고 장장 이틀 동안이나 자궁 속을 달궈 놓으니, 좌정하신 신사숙녀 여러분. 아줌마아저씨 여러분, 이런 능력이 참말 부럽지 않소? 식음을 전폐하고 둘이 석쇠 위에 구운 찰떡 엉겨 붙듯 쩍 달라붙어설랑 몸뚱이가 으스러지도록 아랫도리가 바스러지도록 이틀 동안 오로지 쿵덕쿵덕 품방아만 찧고 있으니 암수 따질 것 없이 뱀의 저녁심이야말로 역발산기개세라. 내 말인즉, 이 세상 생명줄 달고 살아가는 숱한 짐승 중에 뱀을 능가하는 정력가는 어디에도 없다 이 말씀이외다. 요즘 물개 생식기가 정력제라는 소문이 돌아 시중에 해구신이 씨가 말랐다고 합디다만 아무리 등잔 밑이 어둡기로서니 유일무이 세상 최고의 정력제를 바로 옆에 놔두고 쓸데없이 왜 해구신을 구해 자시냔 말이요."

　구경꾼들이 한의 익살에 넋을 놓다가 행여 옆 좌판에 입심 좋은 칼 장수라도 나타나 주절거리는 소리에 좌중 시선이 쏠리기라도 할라치면 자루에 든 황구렁이 한 마리를 꺼내 모가지를 틀어쥐고는 여인네나 뻘때추니 쪽으로 다가가 한 발이나 되는 구렁이의 몸뚱이를 휘휘 내젓는 것이다. 짤짤거리며 수선을 피워대던 어린아이는 경기를 일으킬 듯 놀라 달아나고 허벅지살

을 감추려고 무릎까지 치마 깃을 싸쥔 채 쭈그리고 앉았던 여인
네들은 엄마얏, 비명을 지르며 뒤로 나자빠지는데 순식간에 활
짝 벌어진 치마 틈새로 갓 뽑은 무처럼 허연 여인네의 허벅지살
이 심심찮게 드러나곤 했다.

　뒤이어 박헌기가 등장해 뱀 쇼를 진행했다. 구렁이를 모가지
와 팔뚝에 친친 감아도 보고 바짓가랑이 속에 집어넣은 뒤 사
타구니를 타고 가슴팍으로 기어오르는 묘기를 보여주는 것이
다. 뱀을 혐오스러운 동물로 여기고 이맛살을 찌푸리는 사람이
있을 땐 더 신명이 났다. 칠점사 한 마리를 들고 다가가 만져 보
라 권하다가 고개를 절레절레 흔들며 뒷걸음을 치면 굳이 뒤따
라가는 시늉으로 혼비백산하게 하여 구경꾼들의 배꼽을 잡게
했다. 때론 면도칼로 살아 있는 뱀을 허공에 매달아 배를 쩍 가
르고 즉석에서 쓸개를 꺼내어 금방 지갑을 열어 약을 살 것 같
은 중년의 사내 하나를 골라 목구멍에 넣어 주곤 했다. 한의 친
구이자 동업자인 박헌기의 재담은 박력이 있고 구수했다. 재간
꾼답게 잠깐잠깐 노래와 춤을 선보일 땐 노래는 나훈아요 춤은
트위스트김 뺨치는 수준이라, 장거리 주변 민가에서조차 노래
의 진원지를 찾아 부리나케 정거리로 몰려드는 것이었다. 호기
심에 시장가 아이들 몇이 찾아와 기웃거리는 모습이 눈에 거스
를 땐 굳이 다가가 꿀밤 한 방씩을 쥐어박았다.

　"요런, 안직 이마빠구에 피도 안 마른 녀석들이 왜 으른들 구
경자리까지 따라와 어정대냐. 정 오고 싶은 언나들은 불알 두

쪽 토실토실 여문 담에 오거라."

둘러선 사람 중에 아이들을 하나하나 가려 쫓아내고는 강원도 사투리를 질펀히 섞어 익살스럽게 약 선전을 늘어놓는 것이다.

"저기 시장바닥이 무신 자기 집 안방인 양 마른 궁딩이 붙이고 터데허게 주저앉은 양반네, 술독에 빠져 코가 익은 꽈리 모냥 시뻘건 걸 보니깐 주독으로 삭신이 부지깽이처럼 말라비틀어질 만하우. 보아 허니 가운뎃다리도 허접해 도통 저녁심을 못 쓰시겠수. 예부터 여자란 남정네가 놀음과 난봉질로 허구헌 날 속을 썩이다가도 새벽동자바람에 집에 들어와 오달지게 품방아 한 번 찧어 주면 가슴에 밥사발만 한 응어리가 맺혔다가도 봄눈 녹듯 한순간 사그러져 버리는 법이거늘, 아무리 마른 장작이 화력 좋기로서니 삭정이처럼 바싹 마른 몸에 화색은 고사허고 해수병이라도 걸렸는지 목구멍에 쌕쌕 바람소리까지 새고 안면에 핏기라곤 없으니 서리 맞은 호박잎처럼 당장 제풀에 주저앉을 것만 같소이다. 같은 남자로서 지켜보자니 남의 일 같지 않아 내 오늘 큰맘 먹고 명약 하날 소개해 드리리다. 여자들이 왜 바람이 나느냐. 방 안에 바람 들지 말라고 문풍지 아무리 싸발라도 동지 슫달이면 문 틈바구니로 황소바람 술술 겨들어 오는 거요. 서방님 잠자리가 부실해지면 이게 동지슫달 황소바람보다 더 매운 추위라, 마나님 가슴에 숭숭 구멍이 생겨 바람이 든단 말씀이야. 남정네 품이 그리운 마나님께서 오늘 저녁 야시시하게 속옷 채려 입고 이불 깔고 누워설랑 코맹맹이소리 해가며 보채 보시우. 이놈의 여편네 궁딩짝이 절구통이야 된장 항아리야, 곰 궁딩짝 같은 응댕이 까불면서 웬 주책바가지냐고 냅다 걷어차 버릴 거유? 그랬다간 마나님 돌아누우문서 에구구 저것이 젊었을 적엔 허구한 날 사방객지 싸돌아댕기문서 이 여편네 저 여편네 치마만 두르면 다 지 지집인 줄 알고 난봉질만 쳐 쌓더니 이젠 지집질에 골병 들어갖고 집구석에 겨들어 와설랑 지조강지처를 개돼지 취급하는 것도 모자라 입 구녕 뚫렸다고 구박만 하고 자빠졌네. 저것은 짜장 영감이 아니고 철천지웬수여 웬수. 요롱게 뾰로통해져 밤잠을 설쳐 버린 마나님 간밤에 웬수덩어리라고 이를 바득바득 갈았는데 그래도 내 낭군이랍시고 아침에 일어나 정성스럽게 조반상 채려 주겠소? 어림 반 푼어치도 읗지. 내가 시방부터 여러분 가정에 알콩달콩 깨가 쏟아지게 해줄 명약 하날 소개해 드릴 것이요.”

손짓 발짓 해가며 한참 장광설을 쏟아내다가 반응이 시답잖으면 춤과 함께 흥에 겨운 민요 한 곡조를 멋들어지게 뽑아 구경꾼 어깨를 들썩이게 하고는 또다시 한바탕 약 선전을 늘어놓는 거였다.

“오늘 천우신조에 천세일시로 기회가 왔으니 절대 놓치지 마시고 꽉 움켜잡으시오. 만약에 주머니 속이 텅 비었거들랑 앞집 옆집 뒷집 달려가서 벨릿돈을 내서라두 이 약 한 번 구해 잡숴 보시요. 드신 약이 목구멍을 넘어가자마자 살다 보니 이런 날도 오는구나! 오장부터 육부까지 이제야 살았다구 만세를 부르면서 난리를 치네그려. 이후부터 노곤노곤 늘어지던 몸뚱이에 기운이 솟기 시작하는데 한 달 후면 마나님헌테 우리 서방님 최고라고 상전 모시듯 대우받고 두 달 후면 이웃집 과수댁헌테까지 대우를 받다가 슥달 열흘이 지날 적엔 이름까지 바뀔 터인즉, 그 이름하야 이서방이면 이강세요 김서방이면 김강세, 박서방이면 박강세렸다. 샘골 사는 옹녀까지 한걸음에 달려와 첩살이라도 좋으니 제발 같이 살아만 달라고 옆구리 쿡쿡 쑤시면서 애걸복걸할 터인데 이 노릇을 으쩜 좋단 말이우. 고기는 씹어야 맛이고 임은 품에 들어야 맛이요, 단지에 든 꿀도 한 술 떠 맛을 봐야 쓴 지 단 지 알 터인데 하물며 명약도 먹어보지 않고 어찌 효험을 알아보겠소. 오늘 당장 내가 소개하는 약 구해다가 메칠 잡숫고 자다가 요강에 오줌 한 번 누워 보소. 오줌발이 벼락 때리는 소리처럼 우렁차니 옆방 며느리까지 깜짝 놀라 잠을 깰 판이고 뒷집 강아지까정 웬 천둥소린가 싶어 요란시럽게 짖어대는데 주책바가지 우리 아자씨 거동 좀 보소. 사추리 속 절굿공이에 슬슬 물이 오르기 시작했겄다. 엉덩이에 축 늘어졌던 요강도둑까지 끌어올리면서 샅 가운데다 차일을 치는데 이놈의 장대가 시도 때도 읎이 으찌나 벌떡벌떡 용을 써대는지 힘을 주체할 수 없는 아자씨 허구한 날 옆에 누워 주무시는 마나님 옆구리 들쑤셔 깨워 갖고 오달지게 품방아 찧어대는 통에 구들에 쩍쩍 금이 가고 무르팍엔 쇠발톱 같은 꾸덕살이 붙는구려.

열 달쯤 지나고 나니까 어라, 이 경사 좀 보소! 대문에 주렁주렁 금줄이 걸리고 안방에서 응애응애 떡두꺼비 같은 갓난애 울음소리가 울을 넘네 그랴."

박헌기가 잠깐 좌중을 훑으며 된 숨을 몰아쉴 때쯤이면 갈길 바쁜 사내들은 가장자리로 빠져나와 안주머니에 든 돈지갑을 꺼내들며 안달하는 것이다.

"거 자꾸 뜸만 들여쌓는데 대관절 약은 언제 팔 거유."

목마르면 제 발길로 우물을 찾게 마련이었다. 대꾸할 필요도 없이 이번엔 곳곳에 쭈그리고 앉아 지켜보고 있는 여인네들에게 시선을 옮겨가며 구성지게 사설을 늘어놓는 거였다.

"여기 모이신 존경스런 아줌마 사랑스런 아가씨들 내 얘기 들어보시오. 여인네로 사는 인생살이 을마나 고생시럽소. 잔소리꾼 시부모 시중들랴 여우 짓허는 시누이 눈치 보랴, 믿을 건 오로지 서방님뿐인데 신혼 땐 깨소금 냄새 맡아가며 그럭저럭 보냈지만 세월 지나다 보니까 믿었던 서방 툭하면 나돌기 일쑤고 술에 노름에 지집에 있는 속 없는 속 다 썩여 이젠 파김치가 되셨구려. 홧김에 분칠이라도 해 볼라고 세경을 들여다보니까 이거야 원, 얼굴이 사람 얼굴이 아니네그려. 그 곱던 피부서껀 탱글탱글하던 볼살이 어디로 가버리고 세상 근심 걱정은 혼자 다 떠안은 듯, 세상 거친 풍파는 혼자만 맞고 산 듯이 폭삭삭은 낯선 얼굴이 귀신처럼 거울 안에 들어있구려. 아, 꽃 같았던 이팔청춘은 대체 어디로 가버렸단 말인가. 생각하자니 신세가 하 처량하여 눈물이 앞을 가립니다요. 여기 모이신 할머니, 아주머니, 아가씨 여러분! 시방부텀 내 말 잘 들으시오."

입 언저리에 고인 침샘을 옷소매로 쓰윽 닦고선 주절주절 잡담을 늘어놓는 거였다.

"벼르고 망설이고 자시고 할 필요 없이 일단 이 약을 잡숴봐. 잡숫고 메칠 지나면 엄동설한 끝에 봄이 오듯 나뭇가지에 파릇파릇 싹이 트고 꽃이 피어나듯 자글자글하던 주름살이 사라지고 바야흐로 얼굴에 지름이 오르면서 회춘의 길로 접어든다 이말씀이야. 어느 날 저녁 서방님이 넌지시 얼굴 들여다보다가 이여자가 짜장 김지미여 내 마누라여! 꽃이여 백옥이여! 달덩이처럼 훤한 마나님 얼굴을 들여다보다가 그만 눈이 홀러덩 뒤집힐 거라 이 말씀. 김지미, 오드리 햅번도 울고 갈 여성 피부 최고의 약이 바로 이 약이라. 이미 유명한 여배우, 운동선수들한테 게 눈 감추듯 팔려나가 남은 약이 벨루 없으니 품절되기 전 얼른 사다 잡숴 봐. 어쩌다 몸에 병들어 자리보전하고 누워 눈망울만 껌벅거리면서 이때 저 때 염라대왕 앞에 불려 갈 날만 지달리던 분도 이 약 저 약 다 쓰다가 마지막에 쓰는 약, 그것이 바로 구렁이, 칠보사, 살모사, 능사, 유혈목이를 고루 구워 말려가루를 내고 환으로 빚어 죽어가는 이도 살린다는 약으로 세상에 나왔으니, 그 이름하야 그 옛날 궁중에서 황제들만 먹을 수 있었던 천하의 명약 황제기양환이라 이 말씀이여."

우글우글 운집한 사람들을 향해 박헌기가 이렇게 정신없이 한바탕 선전을 늘어놓은 뒤 좌판 위에 약상자를 펼쳐 놓으면 여기저기서 허리춤에 꼬깃꼬깃 찔러 두었던 지폐 몇 장을 꺼내 서로 사겠다고 아우성을 쳐댔다. 여기에 곤로 위에 걸린 몇 개의 솥단지에서는 사골보다 진하고 구수한 뱀탕이 연신 고아졌다. 백숙으로 진종일 끓여 대는 탕은 시간이 갈수록 진하게 고아졌고 솥뚜껑 틈새를 헤집고 나온 뜨거운 김발이 장거리를 스멀스멀 기어다니면서 원기 딸린 남정네들의 구미를 자극했다.

땀 흘린 만큼 보상으로 주어지는 것은 주머니 속의 돈이었다. 온갖 잔재주를 부려가며 사람들 혼을 쏙 빼놓다 보면 저녁 무렵엔 진이 빠지게 마련이었다. 그렇다고 장사를 마친 두 사람이 그들먹해진 주머니를 앞앞이 챙겨 집으로 돌아가는 일은 없었다. 누가 먼저랄 것도 없이 둘은 의기투합해 주변 소문 난 색시 집을 찾아가 그득했던 주머니가 탈탈 털릴 때까지 술을 푸고 여자를 품었다.

그런 날들은 십 년 이상이나 지속되었다. 그날도 둘은 여느 때와 같이 봉고차에 미리 제조해 두었던 약과 뱀 자루, 솥단지 등을 가득 싣고 장이 서는 안성으로 내려갔다. 좋은 곳에 자리를 틀고 앉아 일찍부터 장사를 시작하려고 부산을 떨었다. 봄날이어서 몸치장으로 멋을 낸 장꾼들이 일찍부터 장터로 꾸역꾸역 모여들었다. 전날 곤드레만드레 퍼마신 술이 아직 덜 깬 탓에 입에서 문뱃내가 채 가시지 않은 박헌기였지만 장사 하루 이틀 한 사람이 아니었다. 여느 때와 똑같이 좌판을 깔고 장사 준비를 서둘렀다. 한데 나그네 가슴에 뜬금없이 봄바람이 든 것일까. 일찍부터 눈앞에 모여든 구경꾼 중에 얼굴 고운 한 여인네에게로 박의 시선이 자꾸 옮겨갔다. 사방객지 떠도는 인생에 잠깐씩 스쳐 간 여인네가 그간 어디 한둘이었으랴. 대개 술상 머리에서 맺은 연이기는 해도 시류에 떠밀려 닳고 닳은 여인네들이기는 해도 고운 풍모와 가슴 녹이는 여인네 웃음쯤은 원 없이 풍미한 그였다. 그런데 눈앞에 나타난 한 낯선 여인네를 보는 순간 박은 거의 정신줄을 놓고 말았다. 여인네 눈이 빠져나올 수 없게 깊었던 것인지, 다가갈수록 취하게 하는 향기를 내뿜었던 것인지, 자꾸 여인네에게로 시선을 빼앗기던 박은 때론 말을 더듬거나 허둥대기까지 했다.

모여선 장꾼들 앞에서 박헌기가 뱀 쇼를 시작했다. 일찌감치 낯선 여인네 마음을 호릴 생각이었던지 벌써 열아홉 순정이란 노래 한 곡을 불러 젖혔고 노래가 끝나기가 무섭게 뱀 자루 속에서 칠보사 한 놈을 꺼내 목에 친친 감고는 손을 놓은 채로 연방 재담을 늘어놓는 거였다. 찰나의 순간, 아마도 그건 운명의 전주곡이었으리라. 화사한 봄 햇살을 잠깐 올려다보던 박이 아찔하게 눈이 부셨던지 목을 뽑아 올리며 한바탕 재채기를 하고 말았다. 순식간에 벌어진 일이었다. 재채기에 놀란 칠보사가 박헌기의 목을 문 것이었다. 원숭이도 나무에서 떨어질 때가 있다고 했던가, 그가 쓰러진 뒤에야 미리 이빨을 잘라내 독을 제거하지 않은 사실을 알게 되었다. 한이 급히 박헌기를 차에 태우고 병원으로 향했으나 둘도 없는 고향 친구이자 동업자이자 타고 난 재간꾼이었던 그는 결국 차 안에서 죽고 말았다.

그 무렵 올림픽 개최와 더불어 개나 뱀 등 보양식 단속이 심해지기 시작했다. 얼마간은 단속반 눈을 피해 다니며 장사를 이어갔지만 이미 시대는 변하고 있었다. 땅꾼이란 그의 이력이 아무리 화려해도 야생동물보호법이 살아 있는 한 부처님 손바닥에서 노는 격이었다. 한 곳에 정주하기보다는 발길 닿는 곳 훨훨 떠도는 것이 마냥 즐겁던 시절도 이제는 저물고 있다는 생각이 들었다. 경찰 눈을 피해 다니는 시간이 길어질수록 그의 몸과 정신도 서서히 지쳐갔다. 고심 끝에 그는 오랜 떠돌이 약장사를 청산하고 서울로 돌아와 한 곳에 정착하기로 결심했다. 가게를 얻어 건강원 간판을 걸었다. 장사를 이어가기 위해선 어떻게든 동네 사람들과 친분을 쌓아야 하고 단속관청의 입막음도 필요한 법이었다. 상가번영회에 가입하고 파출소를 내 집처럼 드나들며 순경들과 친분을 쌓아 두는 건 기본이었다. 명절 때마다 순경들 앞앞이 과일 한 상자씩 선물을 보내거나 잊을 만하면 회식비에 쓰라고 봉투를 들이미는 후덕한 인심도 잊지 않았다. 동네 파출소 순경들을 공들여 구워삶은 덕분일까, 벌건 대낮 도심 한복판에서 뱀탕 집 간판을 내걸고 탕제를 내려 팔아도 누구 하나 뭐라는 사람이 없었다. 그렇게 무탈하게 지나갔다. 그러다가 IMF 파동이 수그러들면서 먹고 사는 문제가 얼추 해결되었던지 여기저기 다시 뱀탕 집이 등장하기 시작했고 시골에서는 산 초입마다 땅꾼들이 그물을 쳐 동면을 위해 산에서 내려오는 뱀들을 싹쓸이로 잡아 씨를 말렸다. 이때부터 야생동물보호법이 세상에 알려져 힘을 쓰기 시작했고 단속도 더 심해졌다. 친구의 죽음으로 장시간 상심에 빠졌던 한은 이때 땅꾼과 뱀 장수의 삶을 과감히 내던졌다.

"실은 나도 급히 백사 한 마리를 구해야 할 처지라네."

낮술이 얼근해질 무렵 한이 김덕준에게 급히 찾아온 연유를 털어놓았다.

"허허, 이거야 원. 어디 가나 흉년 거지들뿐이로군."

김덕준이 난감해하면서 고개를 절레절레 흔들었다.

"자네가 한 번 알아봐 줄 수 있겠나?"

중간 손을 거치면 마진이 절반 이상 축나는 걸 장사꾼 한이 모를 리 없었다. 그럼에도 약속한 시간이 촉박해지고 있어 속이 타들어 가는 한이었다.

"나도 지금 백방으로 구하는 중일세. 구해달라고 선불까지 건 사람들이 몇 있는데 근자엔 영 시장에 나오질 않네. 간혹 어디서 백사가 출현했다는 소문이 돌아 물어물어 찾아가면 어떻게 알았는지 전국 땅꾼들이 죄다 꼬여 잡자 사자 난리법석을 피워댄다네. 하나 뭔 조화인지 백사를 본 사람은 있어도 잡았다는 사람이 없단 말일세. 경찰 눈도 무서운 데다 환경단체라나 뭐라나, 거기서 젊은 애들이 찾아와 눈에 쌍심지 켜고 감시까지 하는 판국이니 설령 백사를 잡았다 한들 백주에 어느 멍청한 놈이 내가 백사 잡았소, 하고 광고하고 다니겠나. 누군가 잡은 사람이 있을 테지만 쉬쉬하는 이유지."

결국 한은 헛걸음을 친 채 돌아와야만 했다. 눈빛에서 살의가 번뜩였던 이명진에게 백사탕을 달여 주기로 약속한 시한은 그리 길지 않았다. 화려했던 과거 이력 하나만 믿고 덜컥 확답을 해 버린 자신의 경솔과 무지를 탓하며 한은 쩝쩝 입맛을 다셨다. 자신의 능력으론 어디서도 백사를 구할 재간이 없었다. 문제가 생기면 법 대신 주먹으로 해결한다는 이명진의 그 카랑카랑한 목소리와 서늘한 눈빛이 시도 때도 없이 어른거렸다. 굳이 막 돼먹은 객기로 따지자면 이 땅에 땅꾼 성깔 당할 부류가 어디에 있겠는가. 한과 박헌기도 누구 못지않게 땅꾼의 혈기가 당찼었다. 서울 도심 한복판에서 두어 해 뱀탕 집을 열었을 때였다. 극장에서 일한다는 한 사내가 찾아와 떠세를 부리며 여름 내내 가을 내내 허구한 날 비싼 구렁이와 살모사로만 골라 뱀탕을 시켜먹었다. 처음엔 현찰을 들고 와 먹어대더니 얼마쯤 지났을 때부터인가 장부를 달라 하고는 몇 월 며칠 무얼 먹었다고 표기한 뒤에 지렁이가 몸을 꼰 것처럼 사인만 휘갈기고는 느적느적 나가 버리는 것이었다. 그런 시간이 며칠도 아니요 한 달이 지나고 두 달, 석 달, 넉 달, 그렇게 반년이 지나 외상장부에 손때가 타 너덜너덜해질 때까지도 돈 갚을 기미라곤 보이지 않았다. 몰염치도 분수가 있고 면상에 구들을 깐 것처럼 낯짝 두꺼운 것도 정도가 있는 법이거늘 속이 허하다고 찾아와 탕 그릇 쓰윽 비우고 시침 뚝 딴 채 팔자걸음으로 가게 문을 나서는 꼬락서니는 지켜볼수록 가관이었다. 사내의 양심만 믿고 주야장천 처분만 기다렸다간 훗날 큰 사달이 날 것 같았다. 언제까지 사인만 그어 대고 사라지는 사내의 꼴을 지켜볼 수 없는 노릇이었다. 비록 외상 손님이기는 하였으되 엄연히 단골손님인 관계로 처음 얼마간은 셈 얘기를 꺼내기가 괜스레 미안스럽고 먹은 값을 내주었으면 하는 청이 낯간지럽기까지 했다. 그러나 사내의 지금까지 행실로 보아 끝까지 수수방관만 하고 앉았다가는 외상값에 가게 기둥뿌리가 기울 수도 있을 법했다. 한의 채근이 시작되었다.

"손님. 우리 가게 문 닫게 생겼소. 이때까정 나라님 섬기듯 가진 정성으로 끓여드린 탕을 자신 뒤 김일 선수랑 레슬링 한 판을 붙어도 좋을 만큼 효험을 보셨으면 얼른 셈을 치르셔야지 외상장부가 너덜너덜 흔디 딱지가 붙도록 차일피일 미루고만 있음 대체 난 뭘 먹고 산대요."

사정도 해 보고 찜부럭도 내보는 거였다. 하지만 사내는 뱀탕을 장복해 기름기 번들거리는 낯판을 한껏 부라리고는 유들유들 떠벌였다.

"이봐. 내가 남의 집 외상값이나 떼어먹는 좁쌀여우로 보이는가? 그깟 돈 몇 푼 떼어먹는 줄 알고 자꾸 닦달을 하는데 걱정 마시게. 나 이래 봬도 우리나라에서 최고로 유명한 서울 황궁극장 회장 장조카란 말일세. 곧 계산해 줄 터이니 걱정일랑 붙들어 매시게."

몇 푼 되지도 않는 외상값 곧 갚아주겠으니 걱정 붙들어 매라는 입찬말을 셀 수 없이 들어 넘기던 한은 어느 날 가게 문 앞에서 박헌기와 함께 사내를 막아서고는 사흘 안에 외상값을 치르라고 으름장을 놓았다. 하지만 사흘 뒤 사내는 가게에 나타나지 않았다. 한이 그를 만나러 극장까지 찾아갔지만 아예 대면조차 하지 못한 채 돌아와야 했다. 한은 생각할수록 기가 차속에서 부글부글 부아가 끓어올랐다. 오냐. 네가 아직 땅꾼 성깔을 모르고 있었구나. 요런 야마리 없는 불한당한테는 땅꾼 세계의 쓴맛을 보여주는 게 답이리라. 한은 가방에다 뱀이 든 자루를 담아 메고 극장 안으로 털레털레 들어섰다. 입장객 틈에 섞여 영화관을 찾아드니 막 애국가가 끝나면서 영화가 시작될 즈음이었다. 한은 주변을 두리번거리다가 외딸고 음습한 구석 자리를 찾아가 앉았다. 눈치를 보거나 망설일 필요가 없었다. 천연덕스럽게 가방 지퍼를 열어젖히고는 자루 속에 든 열 마리의 뱀을 풀었다. 자루에서 풀려난 뱀들이 고개를 바짝 쳐들고는 긴 몸뚱이를 움찔거리며 침침한 극장 바닥을 기었다. 이미 일은 저질러진 것, 더는 자리에 앉아 한가하게 영화만 보고 있을 필요가 없었다. 그는 빈 가방을 둘러메고 어슬렁어슬렁 극장 문을 나섰다. 그것으로 끝낼 일이 아니었다. 극장 출입구에 의자 하나와 거적 하나를 펼쳐 놓은 뒤 거지 꼬락서니로 동행한 박헌기가 〈벼룩이 간 빼 먹은 서울황궁극장 장조카〉라는 푯말을 들고 앉았고 한은 거적 위에 벌러덩 드러누웠다. 돈을 받아내기 전까지 극장 입구를 안방 삼아 밤이고 낮이고 누워 있겠단 의사표시였다. 뒷감당은 생각지 않은 채 둘이 낄낄거리고 있는데 벌써 극장 안에선 한바탕 소동이 벌어지고 있었다. 여인네들의 자지러지는 비명이 터졌고 혼비백산한 관객들이 팔팔 뛰면서 극장 출입문 밖으로 쏟아져 나왔다.

극장주인 회장으로 보이는 노신사가 그들 앞에 나타난 것은 극장 안팎의 소란이 채 가라앉기도 전의 일이었다. 극장주로선 영화관 앞을 막아선 두 사내에게 버럭 화부터 내거나 영업방해를 구실 삼아 경찰을 부를 수도 있는 거였다. 하나 노신사의 대처법은 달랐다. 노신사가 극장 주변을 쭈욱 훑어보고는 사무실로 들어간 뒤 여직원을 시켜 조용히 두 사람을 안으로 들게 했다. 백주에 누구 사업 망치려고 천인공노할 망나니짓을 저질렀느냐고 노발대발할 법한데 회장은 끝까지 냉정을 잃지 않고 두 사람에게 전후 사정을 묻는 것이었다. 한으로부터 연유를 듣고난 회장은 장조카를 불러 당장 외상값을 지불하라 불호령을 내리고는 두 사람에게 정중히 사과했다. 그런 뒤에야 극장 안에 풀어놓았던 뱀을 전부 잡아가 달라 부탁했다. 고래심줄 같던 사내가 사색이 되어 허둥지둥 밖으로 뛰쳐나간 뒤 채 반시간도 되지 않아 뭉칫돈을 싸 들고 나타났다. 둘은 극장 안을 뒤져 풀어놓았던 열 마리의 뱀을 모두 잡아 자루에 담아 어깨에 메고 어슬렁어슬렁 극장 문을 나섰다. 행여 경찰이라도 들이닥쳐 일이 커지기라도 하는 날엔 몇 날 경찰서 유치장 신세를 지고도 남을 일이었다. 극장 안에 풀었던 뱀들은 하나같이 독이 없는 유혈목이와 새끼구렁이들뿐이었다. 사람을 보면 지레 겁을 먹고 음침한 구석빼기로 숨어들거나 본능적으로 줄행랑을 치는 습성이 몸에 밴 놈들이었다. 마른하늘에 날벼락이라도 맞은 듯이 애먼 관객들만 소스라치게 놀라 허둥대다가 가까스로 극장 밖으로 탈출해 가슴을 쓸어안는 것이었다. 어지간히 소란스럽기는 했어도 극장 측에서 사업수완을 발휘했던 모양이었던지 이 일은 더는 사건화되지 않은 채 수습되었다. 그러나 벌건 대낮 그것도 서울 한복판 유명 극장 안에서 벌어진 희대의 소동이 그렇게 감쪽같이 묻힐 수는 없는 노릇이었다. 이 사건이 한 스포츠 신문 가십난에 실린 뒤 한의 일화는 입에서 입으로 무용담처럼 회자되었다.

세월이 좀 흘렀기로서니 그 옛적 쇳물 같았던 땅꾼 강골의 기백이 죄다 사라진 것은 아니었다. 뱀을 다루는 손끝이 제아무리 날렵하고 능숙할지언정 화살촉 같은 혓바닥의 시위는 늘 눈엣가시였다. 눈 씻고 살펴도 온순하거나 느슨한 구석이라곤 찾을 수 없는 녀석들의 눈매는 언제고 서늘했다. 마치 원한이 골수에 사무쳐 호시탐탐 복수의 기회만을 엿보는 자객처럼 상대방이 방심하기를 끈덕지게 기다리는 성난 눈빛 같았다. 게다가 장마당 어디를 가도 토박이를 자처하는 무리들이 툭하면 나타나 시비를 걸어왔고 한은 그때마다 물러섬이 없이 정면으로 맞섰다. 하지만 이미 세상은 변해 있었다. 수틀리면 뭔 수를 써서라도 해코지를 서슴지 않던 옛날이 아니었다. 요즘 세상에 땅꾼의 객기나 배짱이 통할 리 없었고 그걸 아량으로 넘길 너그러운 세상도 아니었다.

만에 하나 일이 뜻대로 이뤄지지 않더라도 이명진의 퍼런 서슬에 맞설 배짱이나 용기가 예전 같지 않은 것도 사실이었다. 어떻게든 약속된 시일 안에 백사를 구해야 했고 시간은 자꾸 지나갔다.

한은 가게 장식장 서랍에 넣어 두었던 땅꾼들의 주소록을 다시 꺼내 들었다. 조급한 마음에 앞뒤 가리지 않고 여기저기 전화를 걸어 보았다. 제아무리 귀하신 몸이라 한들 아무럼 이 넓은 땅에서 백사 한 마리쯤 구할 수 없으랴 싶었다. 비록 그 많던 땅꾼들이 손을 놓은 지 오래고 산을 밭으로 일궈 살아가던 화전민들이 이미 옛적에 다 사라져 깊은 숲과 오지에서 어쩌다 눈에 띄곤 하던 희귀한 백사가 기다렸다는 듯 나 여기 있소 하고 한의 앞에 나타날 수는 없겠으나 그럼에도 심마니나 등산객, 벌초객들이 100년 이상 숲에 숨어 자라던 천종산삼을 캤다는 기사가 종종 신문과 방송에 보도되듯 백사 또한 어디에선가 누구에겐가 잡혀 임자를 기다리고 있을지 모를 일이었다. 예전 한 역시 어렵지 않게 백사를 구해 탕을 내려주지 않았던가. 수소문해 찾다 보면 분명 어딘가에서 암암리에 거래되는 백사를 구할 길이 있으리라. 그렇게 믿고 예전 기억을 더듬으며 전화를 걸어보는 거였다. 그러나 역시 소득은 없었다. 야생동물보호법이란 암초를 잘 비켜 가면서 현업에 종사하고 있는 용문사 뱀탕집 사장 김덕준이 이쪽 계통에선 그나마 가장 정확한 정보통이었다. 한은 김덕준에게 전화를 걸어 최근 국내에서 백사가 목격되었던 지역을 알아보았다. 금년 한 해 동안 백사가 출현했었다는 지역은 세 곳, 제천과 산청, 홍천이었다. 그로부터 집 안에서 관상용으로 백사를 기른다는 또 다른 두 사람의 정보를 얻어내 직접 집을 찾아가 보기도 했다. 시중에서 2백을 주고 구입했다는 밀백사는 크기가 미꾸라지 정도였다. 한 뼘이나 될까 싶게 작아 약용으로 쓸 재료로는 함량 미달이었다. 다른 한 사람이 기르고 있는 백사는 국내산이라고 우겨댔지만 한의 지식으론 호주산 백사였다. 한은 슬그머니 땅꾼 기질이 되살아났다. 금년에 백사가 출현했었으나 뒷소식이 없었다는 제천과 산청, 홍천을 찾아가 보기로 한 것이다.

혼자 차를 몰고 하루는 제천으로 내려가 진종일 땅꾼들을 만나고 돌아왔고 하루는 산청에 내려가 현지인들을 만난 뒤 들판을 휘젓고 다녔다. 출몰지역에서 직접 백사를 찾아보겠다는 생각이었다. 시장에 나가 목 긴 장화를 새로 사 신고 허리엔 미리 준비해 두었던 뱀 자루까지 찼다. 목장갑에 뱀 집게를 감아 쥐고 뉘엿뉘엿 해가 저물 때까지 바위너설과 풀밭을 헤매고 다녔다. 그의 눈에 들어온 뱀들은 살모사와 밀뱀, 유혈목이 등 잡뱀뿐이었다. 혹시나 하고 찾아 나선 백사였지만 간절히 찾고 싶었던, 꼭 찾아야 했던 백사는 솔밭에서 바늘 찾는 격이었다.

주말에는 정숙의 차를 이용해 홍천으로 내려갔다. 한이 그녀를 처음 만난 건 두 해 전 가을이었다. 홀로 되기까지 그녀 역시 아픈 상처가 있었다. 남편이 바다이야기란 성인오락실을 들락거리며 도박에 빠져 살다가 나중에는 정선 카지노를 제집처럼 드나들며 가산을 탕진했다. 악착같고 부지런하고 선량하기만 했던 남편은 도박에 미쳐 버린 뒤 성격도 행실도 전혀 다른 사람으로 변해갔다. 외박과 술에 젖어 지내다가 어쩌다 집에 들어와서는 처자식들에게 손찌검까지 일삼았다. 정숙도 집안에서 남편 뒷바라지만 해 오던 시시콜콜한 현모양처가 아니었다. 건재상 일을 해 온 남편을 도와 함께 사업을 키워왔던 터라 입심도 어느 여인네에 뒤지지 않았고 화가 치미는 때엔 불같이 성깔부릴 줄도 알았다. 남편이 손찌검을 한다 해서 호락호락 맞고만 있을 그녀가 아니었던 것이다. 하지만 이미 도박이란 덫에 치여 빠져나올 수 없었던 남편은 더 이상은 남편도 아버지도 가장도 아니었다. 사업도 가정도 남편의 노름 앞에서는 용빼는 재주가 없었다. 결국 노름꾼 남편은 달팽이처럼 마지막까지 끼고 있던 집까지 털어먹어 더 이상 오갈 데 없는 알거지로 나앉은 뒤에야 자신의 신세를 한탄하며 가족들에게 미안하다는 유서 한 장 달랑 남기고 저승길을 택했다. 정숙은 남편이 떠넘기고 간 빚이 좀 있었지만 두어 해 남의 집 식당을 전전하며 모은 돈과 친정 도움을 받아 모두 해결했다. 이젠 자식들이 다 장성해 외로움 이외엔 달리 큰 어려움이 없었다.

두 번째 아내와 이혼한 뒤 홀로 가게 문을 열고 장사를 해 오던 한은 직장에서 접대 술로 아침마다 골골하는 큰아들을 위해 간과 원기회복에 좋다는 붕어즙을 달이러 찾아온 정숙과 처음 만났다. 외로움을 타던 정숙은 땅꾼 특유의 시원시원한 한의 넉살에 관심을 기울이더니 홀아비라는 사실을 안 뒤엔 아들에게 줄 붕어즙을 구실삼아 단골로 드나들며 말을 섞었다. 홀아비 사정 과부가 안다는 속설대로 서로 아픈 사연들을 툴툴 털어놓고 들어주고 하다 보니 상대의 외로움 가득한 눈빛을 보듬게 되었고 그런 날이 잦아지면서 함께 있다가 헤어지면 가슴 한구석이 허전해졌다. 그렇게 불붙은 연정은 어느 날 가게 문을 닫고 동해로 여행을 떠났다가 뜨거운 사이로 발전했고 이젠 각자의 집에서 잠만 따로 잘 뿐 보고 싶을 때 보고 가고 싶을 때 어디든 함께 갈 수 있는 반쯤 부부 사이가 되어 있었다.

서울에서 차로 한 시간 이상을 달려간 곳은 홍천이었다. 홍천 읍내를 감싸 돌던 외곽도로를 막 벗어나자 구성포 삼거리가 나왔다. 인제와 서석으로 이어지는 갈림길이었다. 한은 서석으로 방향을 틀었다. 건장한 사내의 근육덩이처럼 불룩불룩 솟은 산자락과 우묵한 계곡을 돌아나가는 검은 포장길은 흑질백장 몸뚱이처럼 매끈하였다. 서석엔 마침 오일장이 열리고 있어 둘은 노변에 차를 세우고 장거리를 돌아보았다. 예전 같았으면 장이 서는 날 어디서나 사람을 모아놓고 재담을 떨어대는 뱀 장수들을 쉽게 볼 수 있었고 한 역시 그중 한 사람이었다. 시간이 좀 일러서였는지 시장엔 북적이던 옛 시절의 장거리와 비할 바 못 되게 한적했다. 장을 보기 위해 여기저기 좌판을 오가는 등 굽은 노인들만 몇 보일 뿐이었다. 아직 점심을 먹기엔 이른 때여서 굳이 흔한 장거리 음식으로 배를 채울 필요도 없었다. 장거리를 한 바퀴 돌아 나온 뒤 한은 정숙에게 키를 건네받아 운전석에 앉았다. 차를 몰아 굽은 산길을 좀 더 내달리다가 모텔 간판이 나타나자 망설임 없이 차를 들이댔다. 정숙은 그런 한의 갑작스러운 행동에 대해 거부하지 않았고 앙탈을 부리거나 불편해하지도 않았다. 키는 비록 작달막했지만 젊었을 때부터 땅꾼으로 단련된 딴딴한 체구에다 고객이 맡긴 탕제들을 홀짝홀짝 맛을 보아온 덕택에 나이 들어서도 허한 기색은 찾아오지 않았다. 게다가 고기도 먹어본 사람이 많이 먹는다고 전국 각지를 떠돌면서 술독에 빠져 살다 보니 취한 인생에 그림자처럼 따라다니는 것이 여자였다. 비록 화류계 여자들이었으나 눈웃음 가득한 달걀이 고운 여인들이 쇠도 녹일 듯 나긋나긋 다가와 교태부리는 걸 마다할 그가 아니었다. 속살 숨긴 여인네 치마끈 풀을 만큼 풀었고 아궁이에서 금방 담아온 화롯불처럼 뜨거운 여인네 가슴 품을 만큼 품어 본 터여서 언변으로나 아랫도리로나 여자 다루는 솜씨 하나는 자부심을 가질 만했다. 그런 이력이 정숙에게도 통해서였을까, 그녀 역시 한의 품에 안길 때마다 죽은 남편에게서 느낄 수 없었던 특별한 감정에 흠뻑 빠져드는 것 같았다. 한의 손길이 몸에 와 닿을 때마다 전신이 봄버들처럼 낭창낭창 휘었고 숨이 넘어갈 듯 감창소리를 내질렀다. 그 시간이 어지간히 길어 얽혔던 몸이 풀어진 뒤엔 전신이 노곤하여 곯아떨어지곤 했다.

모텔에 들어 둘은 간단히 샤워를 끝내고 침대 위에 누웠다가 뱀처럼 얽혔다. 이울기 전의 꽃이 더 악착같이 아름다움을 시위하듯 쉰여섯 정숙의 몸은 한껏 농익어 한의 품속에 나긋나긋 조여들었다. 한은 사내로서 할 수 있는 모든 힘을 품 안의 여자에게 쏟아부었고 정신이 혼미할 정도로 진을 쏙 빼놓은 뒤에야 정숙의 몸에서 내려왔다. 한은 길게 심호흡을 쏟아내고는 담배 한 대를 뽑아 물어 허전함을 달랬다. 정숙은 눈을 감은 채 달궈졌던 몸을 식히고 있었지만 모든 것을 다 가진 것처럼 흡족해했다.

모텔 문을 나서니 어느새 점심때가 지나 있었다. 시장기를 느낀 두 사람은 서석 장거리로 돌아와 막국수로 점심을 해결한 뒤 백사가 출현했었다는 내면으로 차를 몰았다. 펑퍼짐한 들판에 농가 몇 채가 웅크리고 있는 마을은 아늑하고 고즈넉했다. 둘은 마을 초입에 들어서기가 무섭게 얼마 전 새로 수선한 듯 깨끗이 단장된 청기와집을 찾아갔다. 고지대 촌락이 대개 그러하듯 울 주변 텃밭 고랑마다 무 배추들이 한창 몸집을 키워가는 중이었다. 청기와집 앞 텃밭에도 거름기 머금은 실한 떡잎 한가운데 종발만 한 덩어리를 품어 안은 양배추들이 무덕지게 커가고 있었다.

둘은 집 안에서 마침 점심을 먹고 들일을 나서려던 안노인네와 마주쳤다. 초로에 접어든 노인은 약간 허리가 휘어 걸음걸이가 불편해 보였다. 이 동네에서 얼마 전 백사를 보았다는 소문을 듣고 찾아왔노라는 한의 말에 노인은 얼굴을 찌푸렸다.

"인제 좀 잠잠해졌나 했더니⋯⋯. 허구한 날 찾아와 그노메 백사 타령 해쌓고, 온 동네 밭떼기 죄다 쑤석대는 바람에 밭 뚝 방이 사태 난 것처럼 뭉개졌수. 공들여 지른 남의 작물 즈 집구석 문지방 넘듯 나댕기는 바람에 한 해 농사 폐농 직전이유."

투박한 강원도 내륙 사투리가 노인의 입에서 툭툭 튀었다.

"누가 잡기는 했습니까?"

얼마나 많은 땅꾼들이 다녀갔으면 저러랴. 한은 노인네의 푸념이 이해가 되겠다 싶어 머리를 긁적거린 뒤 얼른 되물었다.

"낸들 알우. 맨날 이놈 저놈 찾아와 작대기로 온 동네를 이 잡듯 쑤시고 댕기던데."

"할머니께서도 혹 백사를 보신 적 있으세요?"

"그걸 봤음 내가 그냥 냉궈 뒀겠수? 뱀이 지 아무리 흉하다 헌들 붙들기만 허면 목돈 된다던데 힘 뒀다 뭣에 쓸려고 그거 한 마리 못 잡고 구경만 하겠수. 봤다면 잡아다 벌써 열두 번도 더 팔아먹었겠지."

"백사를 보신 양반은 어느 집에 사세요."

"저 웃집 장꾼 성님이 봤답디다. 헌데 오늘이 서석장이잖우. 그 양반 젊었을 적부터 장꾼이라 오늘도 아침나절 서석장에 나가 안적 안 돌아왔을 거유."

비록 퉁명스럽긴 해도 노인은 건성일망정 묻는 말에 또박또박 답을 해 주었다.

백사를 목격한 사람은 이 마을에서 농사를 짓고 살면서 간혹 산에 올라 머루다래나 버섯 등 임산물을 채취해 5일마다 열리는 서석장에 내다 파는 할머니라고 했다. 막연히 찾아오기는 했지만 홍천 땅 가장 깊은 산골까지 내려와 목격자를 만나지도 못하고 헛걸음을 치게 됐다는 절망감에 한은 맥이 풀리고 말았다. 마을 한가운데론 거울처럼 맑은 개울물이 흘렀다. 정숙이 개울가로 한을 이끌었다. 지독히도 더웠던 삼복더위가 얼마 전 내린 비와 함께 물러간 뒤였지만 아직 햇살은 사나웠다. 다리 밑 개울가로 간 두 사람은 무릎 언저리까지 발을 담그고 나란히 앉았다.

"뱀이 사람 몸에 정말 그렇게도 좋아?"

정숙이 한의 얼굴 가까이 턱을 들이밀며 물었다.

"좋다마다. 내가 항우장사처럼 힘쓰는 걸 금방 경험했잖아. 그게 다 과거 뱀탕 달여 먹은 덕택이라구."

"자기 젊었을 때 굉장했겠다. 지금까지 여자를 몇이나 품어 봤어."

"몇 꾸러미는 될 텐데 그걸 어떻게 다 헤아려."

"그렇게나 많아?"

"그렇게 많았어도 내가 지금까지 만난 여자 중에 당신이 최고야."

정숙이 까르르 웃었다. 뱀이 정말 몸에 좋은지는 그가 달여 준 뱀탕을 먹은 여인네가 직접 증명해 준 사례가 있었다. 은근히 호기심을 갖고 물은 정숙에게 한은 자신의 경험담 하나를 털어놓았다.

한이 길음동에서 뱀탕 집을 열었을 때였다. 바로 옆 가게에서 미용실을 운영하다가 어느 날부터 문을 닫아걸었던 여자가 그의 건강원을 찾아왔다. 미용실 문을 열고 오가는 손님을 들일 때만 해도 뭇 남자들의 시선을 잡아끌 만큼 곱고 수려한 용모를 지닌 여인네였으나 홀연히 사라졌던 그 몇 달 사이 삭정이처럼 뼈대만 앙상한 모습으로 한의 앞에 나타난 거였다. 광대뼈가 솟고 눈이 우물처럼 움푹 파인 얼굴에선 한눈에도 병색이 뚜렷했다. 찾아온 연유를 물으니 주저주저하던 여자가 손으로 핏기 없는 창백한 얼굴을 감싸 쥐며 기어들어 가는 목소리로 묻는 거였다.

"예전에 저희 아버지께서 어쩌다 폐병을 얻어 고생하셨지요. 병이 깊어졌다 싶으면 영락없이 개를 잡아 삼시 세끼 장복을 하시던데 혹 여기서 달여 주는 개소주도 폐질환에 효과가 있을까요?"

어렵게 내쉬는 숨소리가 칼갈이 소리처럼 거칠었다. 살 거죽만 남은 비쩍 마른 몰골도 몰골이려니와 한을 바라보는 희미한 눈빛이 처연했다. 축 늘어지고 야윈 체구는 걸친 옷깃 하나조차 버텨내기 어려워 어느 한순간 제풀에 풀썩 무너져 내릴 것만 같았다.

"폐를 앓고 계시우?"

여자가 대답 대신 고개를 주억거렸다.

"개소주가 허약한 사람의 기력을 도와 장을 편케 하는 건 사실이나 폐질환을 호전시키지는 못할 거요."

"뱀이 폐에 좋다면서요. 혹 그거라도 달여 약으로 쓰면 좀 나아질까요?"

느닷없이 뱀을 들먹이는 투로 보아 어디서 주워들은 이야기가 있었던 모양이었다. 한은 죽음을 목전에 둔 여자의 애절한 목소리가 그저 처연하기만 했다. 저 나이의 한창 여자가 몹쓸 병으로 행여 죽기라도 하는 날엔 그 원통함이 골수에 사무쳐 원귀로 남아 이승을 헤매고 다니지나 않을지 괜한 걱정까지 하게 되는 거였다.

"정이나 그러시다면 내가 권하는 대로 약 한번 써 보시겠소?"

여자가 한 줄 희망을 찾기라도 한 것처럼 한에게로 바짝 다가섰다.

"좋은 약이 있긴 한가요?"

한이 단박 대답을 미룬 채 미적미적 뜸을 들이자 여자가 애걸하며 건강원 바닥에 쪼그리고 앉아 흐느꼈다.

"사장님. 저 좀 살려주세요. 사장님이 제 병이 낫게만 해주시면 뭐든 하라는 대로 다 할게요."

한의 처방은 특별하지 않았다. 매일 아침 가게로 와 자신이 내려준 뱀탕을 먹고 가라는 거였다. 지푸라기라도 잡을 심정으로 찾아온 여인이 마다할 리 없었다. 여자는 음식을 목에 넘기는 것조차 어려울 정도였다. 비위가 약한 데다 음식물을 삼키면 속에서 삭이지 못하고 금방 울컥울컥 토해냈다.

그날로 한은 시장에 나가 속껍질까지 벗긴 흰 잣과 땅콩 잼, 분유를 사 왔다. 돌절구에 잣을 빻아 땅콩 잼, 분유를 고루 섞고는 푹 고아낸 뱀탕에 넣은 후 얼마간을 더 끓였다. 다음 날 그녀가 한의 건강원에 들어섰다. 비위가 약한 데다 음식을 삭이지 못하는 그녀였지만 탕을 고아낼 때 솥단지에서 뿜어져 나오는 김발의 냄새부터가 입맛을 잡아끌기에 충분했다. 혐오감 때문일까, 처음 얼마간 한이 넘긴 탕기를 손에 받아 들고 망설이던 여자가 눈을 질끈 감고는 후후 입김을 불어가며 들이키기 시작했다. 진하게 달여 낸 국물이 목구멍으로 넘어가는 순간 여자는 표정이 바뀌었다. 그녀의 체질이 뱀탕을 약으로 받아들인 것이다.

"약탕기를 비우고 두어 시간 지나도 고소한 맛이 혀끝에 남는 것 같아요. 무얼 먹기만 하면 토해내던 뱃속도 편안해지네요."

깡말라 움푹 파인 여자의 눈빛에서 이젠 살 수도 있겠다는 희망이 언뜻 엿보였다.

"명약이 따로 없수. 체질이 받아들인다는 건 몸에서 간절히 원하던 약을 제대로 찾았다는 신호일 거요."

한은 여자를 위해 하루도 거르지 않고 구렁이, 칠보사, 능사, 유혈목이 등을 무쇠솥단지에 넣고 달였다. 아침 일찍 문을 열고 들어서는 여자에게 달인 탕을 고운 삼베로 걸러 내어 매일매일 약탕기에 담아 건넸다. 그렇게 한 달쯤 시일이 지나가자 시르죽던 여자의 얼굴에 분칠한 듯 반들반들 윤기가 흐르면서 조금씩 살이 붙어갔다. 금방 쓰러질 것처럼 간당거리던 정강이와 종아리에도 힘이 실려 걸음걸이가 사뿐사뿐하였다.

"그 뒤 여자가 어떻게 됐는지 짐작이 가?"

한이 의기양양 물었다.

"자기가 살린 거야?"

"그 여자가 누군고 하니……. 내가 둘째 마누랄 삼았어. 애초에 내가 하라는 대로 다 하겠다고 약속해 주지 않았냐. 목숨 살린 은인이니 이젠 내 마누라가 되어달라고 청혼을 했던 거지. 얼굴에 살이 오르니 다른 사내한테 뺏기고 싶지 않은 거야. 으찌나 이쁘던지 눈에 넣어두 아픈 걸 모르겠더라고."

"그렇게 이뻤다던 마누라 지금 어디에 가 있는 거야."

"후후, 그런데 그게 말씀이야. 생명의 은인이라고 몸 주고 마음 주고 정까지 다 내주었건만 사내란 놈이 열흘이면 아흐레는 싸돌아다니면서 수캐 질이나 해대니까 끝내는 훌훌 떠나가더라고."

한이 개울물에서 발을 빼고 잠깐 나갔다가 담배 한 대를 피워 물고 들어왔다.

"그렇게 이쁜 마누랄 놔두고 왜 또 딴 여자들한테 한눈을 판 거야. 게다가 첫째 마나님과도 여자 때문에 헤어졌다며? 정말 정신 나간 난봉꾼이었네."

"누가 아니래. 으떻게 된 놈의 세상이 술맛 소문난 집 발 들여놓으면 영락없이 미색 빼어난 여자가 기다리고 있더라고. 사는 낙이 술과 여자였던 때라 노냥 그윽한 술맛에 취하고 농염한 여인네 살맛에 취해 살았지. 짜장 그 무렵이 내 인생 최고의 황금기였는데 집구석에서 독수공방하는 마누라 입장 살필 겨를이나 있었겠냐구. 그나마 헤어질 때 편안히 살라고 가지고 있던 자산 섭섭지 않게 내준 게 위안이라면 위안이지."

"세월도 참 무심하지. 그 많던 여자 다 어디다 내동댕이치고 나 같은 여자나 만나고 있을까."

"내가 만난 지금까지의 여자 중에 당신이 최고라고 했잖아."

한이 능글맞게 정숙의 어깨를 감싸 안았다.

"더워."

둘은 개울에서 일어섰다. 한은 잠시 망설였다. 백사가 출현했다는 마을까지 왔다가 그냥 돌아가려니 발걸음이 쉽게 떨어지지 않았다. 마을 곳곳 뱀이 기어 나와 활동할 만한 지역을 샅샅이 돌아봐야 직성이 풀릴 것 같았다.

"천상 내 발로 마을을 이 잡듯 뒤져봐야겠어."

"앓느니 죽지. 어느 골짜기 어느 수풀 어느 구석빼기에 숨어 있는 줄 알고 이 넓은 동넬 이 잡듯 뒤지겠다는 거야."

"달래 땅꾼인감. 이래 봬도 개도 부러워할 코에다 매부리 눈을 가진 몸이라고. 동네에 발 들여놓는 순간 뱀들이 꽁지야 나 살려라 줄행랑을 쳐도 척 하면 삼천리요, 부처님 손바닥 안이지."

"뱀 호리는 요술피리라도 갖고 있나. 흰소린."

"평생을 뱀 밥 먹은 몸이라고."

한은 의기양양했다. 과거 직접 뱀을 찾아 전국 각지를 돌던 때가 엊그제 일 같았다. 한번은 동네에 뱀이 자주 출몰한다고 소문난 화천의 어느 산간마을을 찾은 적이 있었다. 골짜기에 뱀이 많다 해서 예부터 뱀골로 불리는 마을이었다. 골짜기 초입에 들어서는 순간 지형부터 예사롭지 않았다. 입구는 펑퍼짐한 논배미들이 가득했고 가뭄이 들어도 워낙 풍부한 수량이 흘러 계곡이 사철 마를 것 같지 않았다. 봉고차를 몰고 좁은 임도를 따라 깊은 골짜기로 들어서자 바위너설 사이사이 울창하게 자란 참나무 숲이 눈을 잡아끌었다. 더 깊은 골짜기엔 산딸기 덩굴이 군락을 이루고 있었다. 골짜기 상류에 차를 대고 얼마쯤 산을 더 오르자 아담한 분지가 나타났다. 질척이는 습지를 뒤지다가 땀이라도 식힐 요량으로 바윗돌에 엉덩이를 붙이고 앉아 담배 한 대를 뽑아 물었다. 담뱃불을 붙여 한 모금 길게 빨아 뱉은 뒤 사방을 찬찬히 둘러보니 이 골짜기야말로 뱀들의 서식지로는 최적의 조건들을 갖추고 있는 거였다. 골짜기 초입의 넓은 논에서 자란 개구리는 번식을 위해 개울로 뛰어들어 알을 낳은 뒤 겨울잠을 자기 위해 산을 오를 테고 군락을 이룬 산딸기밭엔 들쥐나 다람쥐들이 수시로 찾아들 것이기에 풍성한 먹잇감이 보장되어 있는 곳이었다. 인적이 뜸한 데다 습한 환경, 언제든 천적을 피할 수 있는 너설지대까지 자리 잡고 있어 뱀이 살아가기엔 천혜의 조건을 갖추고 있는 셈이었다. 뱀이 오죽 들끓었으면 골짜기가 뱀골로 불리었으랴. 왠지 느낌이 좋았다. 막자리에서 일어나 뱀을 찾아 발길 닿는 대로 걸음을 떼려던 참이었다. 어디선가 바스락바스락 가랑잎 구르는 소리가 들려왔다. 아름드리 굴참나무 두 그루가 솟구친 비탈길을 돌아 소리 나는 쪽으로 따라가려는데 등에 금띠를 두른 구렁이 한 마리가 너럭바위 밑으로 기어들고 있었다. 한 발쯤 되어 보이는 황구렁이였다. 이게 웬 횡재수인가! 구렁이를 보는 순간 한의 가슴이 두근두근 뛰었다. 한은 기쁨 반 놀라움 반으로 잠시 제자리서 허둥대다가 노적더미보다 큰 바위 밑을 향해 달려갔다. 비탈인 데다 늙은 굴참나무가 앞길을 가로막아 바위 밑으로 달려가는 동안 구렁이는 벌써 굴속 깊숙이 몸을 감추는 중이었다. 겨우 반 뼘쯤 되는 꼬리를 붙잡는 데는 성공했지만 뻗대는 힘이 하도 야무져 거꾸로 끌어올리기가 여의치 않았다. 꼬리가 잘리거나 손목이 부러지거나 양단간에 결판을 낼 요량으로 한참 씨름을 해 보았지만 손아귀에 밴 땀이 번지면서 뱀 꼬랑지가 손바닥에서 쑥 빠져나갔다. 손끝에 잡혔던 꼬리가 풀려 버리자 구렁이는 금방 굴속으로 사라졌다. 잠시 그는 허탈했다. 그러나 명색 땅꾼이 목전에서 놓친 구렁이를 포기할 수는 없는 노릇이었다. 산 아래 임도에 세워 둔 봉고차까지 내려가 괭이와 지렛대를 챙겨온 한은 뱀이 사라진 굴을 파들어 갔다. 너럭바위 밑을 얼마나 파들어 갔을까. 수십여 개의 작은 돌덩이와 밀가루 예닐곱 포대쯤 분량의 흙을 퍼낼 때서야 마침내 안에서 수상한 징후가 나타나기 시작했다. 특유의 누린 뱀 내가 스멀스멀 새어 나왔고 혓바닥을 내밀 때 나는 섬뜩한 쇳소리까지 쉬지 않고 들려왔다. 한은 머리숱이 쭈뼛 서면서 등골에 소름이 돋았다.

옳거니! 여기가 이 골짜기 뱀들이 한데 모여 겨울을 나는 뱀 집거지로구나.

이마에 맺혔던 땀방울이 낙숫물처럼 뚝뚝 떨어졌다. 숨까지 헉헉 차올라 목구멍에서 단내가 날 정도였지만 잠깐 허리 펴고 쉴 틈이 없었다. 바위 밑에 넙죽 엎드려 지렛대로 돌부리를 뽑아내고 괭이로 흙을 파냈다. 굴은 깊었다. 장독 하나 들어갈 깊이로 파내려 갔음에도 자취를 감춘 녀석의 모습이 쉬 드러나지 않았다. 아마 몸에 밴 독한 땅꾼 기질이 아니었으면 이마에 땀이 번지기도 전에 쟁기를 챙겨 들고 하산했을 거였다. 하지만 굴속으로 사라지는 구렁이의 형체를 두 눈으로 똑똑히 보았고 반 뼘쯤 드러난 꼬리를 부여잡고 한바탕 힘까지 겨루었던 놈을 여기서 포기할 수는 없는 노릇이었다. 달아날 테면 달아나 봐라. 땅끝까지 추격하마. 이를 악다물고 방구들처럼 넓적한 돌덩이 하나를 들춰낼 때였다. 시커먼 무언가가 꿈틀하는가 싶더니 콧구멍으로 독한 누린내가 물씬 풍겼다. 한은 심장이 멎을 것처럼 놀라 흠칫 뒤로 물러났다가 가까스로 정신을 차리고 안을 들여다보았다. 소쿠리에 담긴 듯이 몸뚱이를 서로 얽은 뱀들이 구덩이 속에 우글거리고 있다가 갑자기 빛과 마주치자 혼비백산 어둠을 찾아 더 깊은 너럭바위 속으로 기어들고 있었다. 안에는 흔한 누룩뱀부터 유혈목이, 불독사, 살모사, 석구렁이, 흑질뱅이, 황구렁이 등 오만가지 뱀들이 덩이로 엉켜 있었다. 몸뚱이끼리 얽히고설키고 섞고 꼬고 뒤집고 뒤틀면서 우글거리고 있던 녀석들은 갑자기 집거지가 열리면서 환한 빛이 스며드는 순간 그들 세계의 질서와 평온이 깨어진 것을 민첩한 혓바닥의 촉수와 차갑고 예리한 눈을 통해 직감한 모양이었다. 동작 빠른 화사들은 앞을 다퉈 한의 가랑이 사이를 뚫고 줄행랑치는 중이었고 살모사나 불독사는 목을 한껏 쳐들고는 한이 가까이 다가서지 말 것을 경고하듯 꼬리를 떨었다. 동작이 느려터진 구렁이 몇 마리가 아직 꼬인 몸뚱이를 수습하지 못한 채 허둥거리는 모습도 보였다. 어디 그뿐이랴. 똬리를 틀고 죽은 듯 자는 놈에, 눈을 부라리고 한을 노려보는 놈에, 성이 나 화살촉 같은 혓바닥을 허공에 툭툭 쏘아대는 놈에, 꼬리를 치세우고 성깔을 부리는 놈에, 인적에 놀라 냅다 줄행랑을 치는 놈에, 어디가 머리이고 어디가 꼬리인지도 모르게 얽힌 뱀의 몸뚱이들이 쉴 새 없이 꿈틀거렸다. 어디서부터 어느 놈부터 잡아 자루에 담을 것인지 감당하기조차 힘겨웠다.

수십 년 땅꾼 생활을 해 온 한이었지만 직접 뱀 굴혈을 찾아낸 것은 처음이었다. 사실 땅꾼 세계에서조차 뱀이 집단으로 모여 있는 굴혈을 찾아내면 무용담으로 남게 되는 희귀한 일이기도 했다. 이거야말로 땅꾼들이 꿈에나 그려왔던 운수대통 횡재수인 셈이었다.

이게 꿈인가 생시인가? 한은 한동안 정신이 몽롱했다.

흔한 유혈목이나 누룩뱀 따위가 한의 성에 찰 리가 없었다. 한은 한 발이나 되는 황구렁이, 석구렁이, 흑질뱅이, 칠점사 등만 골라 세 개의 자루에 그들먹하게 담아 봉고차에 싣고 골짜기를 빠져나왔다.

요행수로 이 골짜기 어디쯤에서 예전처럼 또 뱀 굴혈을 찾아낼 수 있다면 몸뚱이가 매화꽃처럼 유별나게 흰 백사 한 마리도 우아한 자태로 섞여 있을지 모를 일이었다. 설령 뱀 구덩이를 만나지 못할지라도 백사가 누군가에게 잡혀가지만 않았다면 오늘같이 날 좋은 때 이곳 어딘가에 나와 몸을 덥히고 있을지 모를 일이었다. 그런 한의 마음을 알고 있기라도 하듯 정숙이 의견을 내었다.

"나는 서석장에 나가 물어물어 저 집 할머니를 만나 볼 테니 자긴 여기서 백사를 찾아봐."

정숙이 차를 몰고 마을을 빠져나가는 동안 한은 차에서 꺼낸 장화를 신고 허리춤에 뱀 자루를 찼다. 목장갑을 낀 손에 뱀 집게까지 감아쥐고는 주변 숲을 찾아들었다. 먹을 것이 많은 습한 숲이나 돌무덤, 바위너설, 양지바른 밭 뚝 주변이 그가 공략할 대상이었다. 숲을 헤치고 다니는 동안 벌써 며칠째 가게 문을 닫아건 채 오로지 백사만을 찾아 나선 자신이 딱하다는 생각도 들었다. 그놈의 돈 욕심이 화근이라고 몇 차례 후회도 해 보았다. 하나 아직 희망의 끈을 놓고 싶지는 않았다. 그 할머니가 헛것을 보고 뜬소문을 퍼뜨리진 않았으리라. 원컨대 누군가에게 잡혀 뒷거래로 팔려가지 않았기를 바랄 뿐이었다. 들판이건 야산이건 골짜기건 마을 어디이건 건강한 백사의 모습으로 아직 살아 있기만 바랄 뿐이었다.

한은 할머니의 목격담을 사실로 받아들여야 했다. 아니 사실이기를 간절히 바라고 있었다. 저도 생명체라 먹어야 살 것이고 산삼을 캐 먹거나 이슬을 받아먹거나 들쥐나 개구리를 잡아먹기 위해 이곳 어딘가에서 몸을 드러낼 것이었다. 누가 알랴. 무턱대고 절박한 마음, 급박한 심정으로 백사를 찾아 나선 자신에게 꿈결인 듯 한순간 그 우아하고 고귀한 몸을 드러내 줄지. 물론 그런 요행수를 바라는 자신이 어리석고 한심스럽기도 했다. 그렇지만 비록 오늘 발걸음이 헛수고가 될지언정 녀석을 찾아 나서는 것이 바닥에 누워 감이 입안에 뚝 떨어지기를 바라는 것보단 현명한 일일 터였다.

　　그래도 땅꾼의 안목과 손놀림은 아직 녹슬지 않은 한이었다. 장화발로 뱀이 나돌만한 골짜기 여기저기를 훑는 동안 석화사로 불리는 밀뱀 한 마리와 푸른 몸뚱이에 단풍 빛깔의 목덜미를 지닌 유혈목이 두 마리, 불독사 한 마리를 잡아 자루에 담은 뒤 주둥이를 단단히 묶어 허리춤에 찼다. 그는 어느새 영락없는 땅꾼이 되어 있었다. 아마 야생동물보호법이 생겨나지 않았거나 혹은 친구 박헌기가 죽지 않았다면 그는 아직도 시골 뚝방을 낀 들판과 벽촌 산골짜기를 오르내리며 뱀을 잡고 있거나 다른 땅꾼들이 잡아 둔 뱀을 수집해 와 건강원 솥단지에 넣고 주야장천 뱀탕을 내리고 있을지 모를 일이었다. 지금에 와 곰곰 생각건대 그 시절이 한의 인생에서 가장 화려한 전성기이자 봄날이었다. 그때를 돌아볼 때마다 절로 한숨이 쏟아졌다. 왜 어렵게 번 돈 은행에 차곡차곡 넣어두지 못했는지, 왜 목 좋은 곳 찾아다니며 땅이라도 몇 떼기 사 두지 못했는지, 하루살이처럼 오늘만 생각하고 술독에 빠지고 여자에 빠져 살았는지 날탕 짓거리로 산 과거가 후회스러웠다. 노랑이나 독종이란 낙인을 달고 살지는 않더라도 좀 더 먼 훗날을 바라보고 잇속 챙기며 살았더라면 모르긴 해도 지금쯤 어디선가 떵떵거리는 재미, 회장님 소리 듣는 재미, 저녁마다 지폐 세는 재미에 푹 빠져 있을 거라 여겼다. 번 돈으로 좋다는 술집 뺀질나게 찾아다니며 몇 날 며칠 코가 비뚤어지게 몸뚱이가 떡이 되게 마셔대고 취기가 어지간히 오를 때쯤 어김없이 여자를 품었던 게 잘못이었다. 젊은 시절 그런 농탕질이 후회도 되고 한편 그립기도 했다. 혹간 그 시절로 돌아가 한바탕 더 질탕하게 놀아 보고 싶다는 생각이 드는 것은 아마도 저물어 가는 해가 노을을 덧칠하는 것처럼 그의 인생도 어느덧 뉘엿뉘엿 저물고 있다는 의미인지도 몰랐다.

계곡에서 내려온 한은 뱀이 있을 법해 보이는 마을 배추밭 언저리와 개울가부터 차근차근 훑어 나갔다. 나중에는 폐가 한 채가 쓰러질 듯 기운 채 서 있는 마을 안막과 숲 우거진 산허리까지 훑고 다녔다. 한여름 무더위에 비할 바는 아니지만 초가을 늦더위도 만만치 않았다. 반은 들짐승이 되어 정신없이 숲을 헤치고 다니는 동안 몸에서 비 오듯 땀이 흘렀다. 백사를 손에 쥐어 볼 생각에 땅꾼 생활을 접은 뒤 처음으로 엊그제 산청에 내려가 여기저기 들판을 쑤석여 보았으나 체력이 예전 같지 않다는 사실에 스스로도 놀랐었다. 이날도 그랬다. 벌겋게 달아오른 얼굴색이며 온몸에 내번진 비지땀, 후들거리는 다리, 헉헉 가빠오는 숨소리가 그러했다. 그러나 퍼뜩 돌아보니 오랜 기간 먼 곳을 걸어 본 적이 없었고 조석으로 많은 사람들이 이용하는 집 옆 산책로조차 걸어 본 적이 없었다. 운동이라 해야 며칠에 한 번 정숙의 배 위에나 오르는 게 전부였던 것이다. 아마도 예전처럼 들판과 산을 오르내리며 다시 뱀 잡이에 나선다면 비록 세월이 흘러 나이는 들었어도 근력은 다시 회복할 수 있을 거라 여겼다. 허나 이제 와 그가 다시 땅꾼 세계로 돌아갈 수는 없는 노릇이었다. 한은 이명진에게 어떻게든 백사를 구해 탕을 내려 준 뒤엔 주변 사람들처럼 아침마다 집 옆 산책로라도 걸어 봐야지 다짐해 보는 거였다.

서석장에서 돌아온 정숙이 마을 초입에서 몇 차례 경적을 울릴 때야 한은 산에서 내려왔다. 서너 시간 족히 숲을 헤치고 다닌 꼴이었다. 얼굴은 비지땀에 익은 것인지 가을 햇볕에 달궈진 것인지 구분할 수 없을 정도로 붉었고 온몸엔 땀범벅이 되어 속옷까지 흥건했다. 한은 안쓰러워하는 정숙을 뒤로하고 옷을 입은 채 개울물로 뛰어들었다. 가을 햇살에 달구어졌던 몸은 깊은 산골짝을 돌아내려 온 시린 개울물이 닿자 금방 식었다. 땀에 흠뻑 젖은 옷을 벗어 흐르는 물에 대충 빨아 비틀어 입고는 정숙에게 다가가 잡아 온 뱀 자루를 열어 보였다. 정숙이 소스라치게 놀라 뒤로 몇 발자국 물러서는 모습을 지켜보면서 한은 히죽히죽 웃었다.

"그 할머니를 만나기는 한 거야?"

"응."

"뭐래. 정말 백사를 봤대?"

"그 뱀이 온통 하얗지는 않고 등줄기에 붉은 띠 같은 게 있었다던데."

능백이었다. 능사는 뱀 중의 왕이라고 불리는 일명 능구렁이인데 백화현상에 따라 몸통이 하얗게 변하면 능백사가 되는 것이다.

"노인네가 백사를 본 건 확실하군."

"그 할머니 뭔 꿍꿍이속인지 백사 얘기만 꺼내면 말하기를 꺼리는 눈치던데."

"그래?"

"더덕도 사고 머루도 사 주면서 두어 시간 옆에 쭈그리고 앉아 묻고 또 물었는데 첨엔 그 뱀이 정말 귀하고 비싼 거냐 묻더니 뭔 곡절인지 딴전만 피우면서 살살 말을 돌리더라고."

"더 깊은 얘긴 없었고?"

"내가 백사를 어디서 보았느냐, 어떻게 생겼더냐, 얼마나 크더냐 꼬치꼬치 물으니까 버럭 성을 내면서 쫓더라고. 꽉 막힌 노인네라 무슨 말을 붙일 수가 있어야지. 괜히 시간만 허비하는 것 같아 와 버렸어."

결국 헛걸음을 친 정숙이 고개를 갸우뚱거리며 씁쓸해했다. 애당초 기대하지 않았던 한이었다. 축축한 옷을 추스르며 잘했다고 추켜세우고는 자루에 든 뱀을 차 트렁크에 싣는데 뒤따르던 정숙이 다가와 물었다.

"그게 사람 몸에 얼마나 좋기에 그리 귀하고 비싼 거야?"

"원래 진짜배기 토종 백사는 배 속 내장이며 뼈까지 훤히 들여다보인다고. 하지만 그건 부르는 게 값일 만큼 귀한 놈이고 시장에 잘 나오지도 않아. 우리나라에선 누룩뱀이나 석화사로 불리는 밀뱀과 능사로 불리는 능구렁이가 백사로 종종 잡히는

데 누룩뱀이 밀백사로, 능구렁인 능백사라 불리지. 애초부터 백사란 종이 따로 있는 게 아니어서 알을 낳거나 새끼를 낳는 경우는 없고, 단지 백화현상으로 피부가 하얘지는 것뿐이라고. 사람 체질에 따라 뱀이 독이 되기도 하고 약이 되기도 하겠지만 피부 노화를 막아 주고 원기회복과 폐질환에 도움을 주는 것은 확실해. 물론 체질에 따라 효험이 다르게 나타나기는 해도 나한테 백사탕을 주문받아 먹은 중증 폐앓이 환자가 얼마 뒤 멀쩡히 나아 씽씽 돌아다니는 걸 내 두 눈으로 똑똑히 목격했으니 체질에 맞는 사람에겐 최고의 명약인 셈이지."

"그게 그렇게나 비싸?"

"내장과 뼈까지 투명하게 들여다보이는 진백사는 정해진 값이 없어. 짜장 부르는 게 값이지. 70년대 어느 고속버스 회사 사장께서 백사 한 마리 구해오면 고속버스 한 대를 주겠다고 했다나. 당시 고속버스 한 대 값이 웬만한 빌딩 한 채 값이었으니 궁금하거든 백사 값어치를 짐작해 봐."

둘은 백사를 찾기는커녕 구경도 하지 못한 채 돌아왔다. 소득이 있었다면 뱀탕에 들어가는 잡뱀 몇 마리를 잡아 온 게 전부였다. 이명진과 약속한 날이 점점 코앞으로 다가오고 있어 한은 일손이 잡히질 않았다. 과거 알고 지내다 한의 갑작스러운 전화로 겨우 연줄이 닿은 전국의 땅꾼 몇과 뱀탕을 전문으로 내려 파는 건강원 몇 곳에 백사를 구해 달라 청하기는 했어도 아직 그 누구로부터도 백사를 구했다는 반가운 소식은 들려오지 않았다. 기다리는 전화 대신 달갑지 않게 이명진이 전화를 걸어와 금방 구할 것처럼 약속해 놓고는 왜 아직 꿩 구워 먹은 소식이냐, 나중에 딴소리라도 하는 날엔 대가를 각오하라고 으름장을 놓는 거였다. 한도 그간 발품 팔고 다닌 이야기를 들려 줬다.

"백사 두 마리를 보긴 했소. 한 놈은 이름만 백사일 뿐 미꾸라지만 한 것이 약제론 도저히 쓸 수 없는 불량 백사였고 다른 한 놈은 같은 백사라곤 하나 호주에서 들여온 수입 뱀입디다. 내 직접 전국 각지 유명 땅꾼들 찾아가 최상품 백사 한 마리만 구해달라고 연통을 넣었으니 여유를 갖고 며칠 더 기다려 봅시다."

"어쨌거나 이제 사흘 남았소. 사흘 안에 소식 없으면 내 방식으로 할 거요. 아셨소?"

송수화기로 들려오는 이명진의 카랑카랑한 목소리에 처음 보았던 사내의 푸른 서슬이 언뜻 떠올랐다.

드런 놈. 세상사 돈이면 뭐든 다 되는 줄 아는 한심한 놈이로군. 한이 전화를 끊은 뒤 푸념을 내뱉었지만 뒷맛이 영 개운치 않았다. 자기 방식이라면 결국 주먹으로 해결하겠다는 최후 통첩일진대, 다 죽어가는 놈이 뭔 주먹 쓰겠다고 겁박하는 건지 쓴웃음이 나왔다. 어쨌거나 공과 사를 가리는 게 급선무였다. 모리배의 겁박이 무서워서가 아니라, 엄연한 손님과의 약속이었으므로 한은 서둘러야 했다. 더 이상 가게에 앉아 연락 오기만 기다리며 시간만 축내는 것은 온당치 않았다. 귀하디귀한 백사이기에 돈 많은 부류들이 땅꾼을 찾아다니며 선불로 뭉칫돈을 쥐여줄 수도 있는 법이었다. 돈은 넘쳐나는데 눈 씻고 찾아 나서도 구경조차 할 수 없는 백사이고 보니 허리잔등에 아무개 거라고 주인 이름 석 자 써 붙인 것도 아니고 기다린 순서대로 팔리는 것도 아닐진대 귀할수록 돈 많고 정보 빠른 자가 임자인 게 세상 이치였다. 돈 보따리 싸 들고 찾아다닐 형편도 아닌 데다 전국 각처에 거미줄 같던 인맥도 예전 같지 않은 한이었다. 백사가 과연 내 손까지 들어올 수 있을까? 몸이 달아오른 한은 조바심 끝에 땅꾼들을 한 사람이라도 더 만나 보기로 작심했다. 내친김에 2박 3일 정도 제천, 봉화, 울진, 삼척, 속초, 인제, 양구까지 돌아오기로 계획을 세우고 일찌감치 집을 나섰다. 둘째 날 삼척에 가 알고 지냈던 땅꾼 한 사람을 만난 뒤 터미널 근처 기사식당에 가 제육백반으로 허기를 끄는데 정숙으로부터 전화가 걸려왔다.

"아직 못 구했어?"

한은 대답 대신 낙담하면서 휴, 한숨을 쏟아냈다.

"그럼 나랑 홍천엘 다시 가볼까? 우렁잇속 같은 그 할머니 속을 들여다볼 수는 없지만 아무리 생각해도 뭔가 숨기고 있는 게 분명해."

먼 길을 왔음에도 관심을 갖고 지켜봐 주는 여인이 있다는 사실을 알게 된 한은 뿌듯했다. 이번에도 헛걸음을 칠 게 뻔했지만 처지던 어깨에 불끈 힘이 솟구쳤다.

"무슨 소리야? 숨기는 게 있다니……."

"여자 나이 쉰을 넘기니까 일이 터지기 전에 본능적으로 와 닿는 촉이 있다는 걸 알겠더라고. 번개처럼 스치는 예감 말이야. 그 할머니가 백사를 봤다고 하면서 자꾸 말을 돌리는 게 뭔가 미심쩍고 의심이 가. 혹시 그 노인네가 백사를 잡아 어딘가에 보관하고 있는 건 아닐까?"

정숙의 말을 듣고 보니 그럴 수도 있겠다 싶어 한은 번쩍 정신이 들었다. 갑자기 가슴이 두근거렸다. 그의 당초 계획은 속초와 인제를 거쳐 양구까지 돌아보는 것이었지만 막연한 걸음보다는 정숙의 번개처럼 스친 예감에 더 신뢰가 가 단박 함께 서석에서 만나기로 약속하고 전화를 끊었다. 정숙으로부터 흔쾌히 서석으로 내려가겠다는 답을 듣고 한은 서둘러 강릉으로 향했다. 강릉에서 영동고속도를 타고 진부로 가 운두령을 넘으면 바로 내면이었다. 비록 고갯길이 험하기는 해도 최단거리로 갈 수 있는 지름길이었다.

오후에 둘은 서석에서 만났다. 무싯날이어서 할머니가 들이나 산에 나가지 않았다면 집을 지키고 있을 것이라 믿고 둘은 노인에게 건넬 과일 선물세트 하나를 사 차에 실은 뒤 내면으로 향했다.

마침 집에 노인이 있었다. 얼굴에 핀 검버섯과 이마와 눈언저리에 접힌 주름으로 보아 일흔은 훌쩍 넘어 보이는 할머니였다.

한평생 고된 삶을 살아왔음인지 활등처럼 허리까지 굽어 있었다. 이처럼 늙어 꼬부라진 노인네가 무얼 더 벌겠다고 닷새마다 열리는 장거리에 나가 악착같이 물건을 팔고 있는 건지, 쉬 믿어지지 않았다. 노인과 정숙은 구면이어서 그렇게 서먹하지는 않아 보였다. 정숙이 싣고 온 과일 선물세트를 건네고 잠시 이런저런 인사말을 나눈 끝에 내면까지 오게 된 연유를 나직나직 털어놨다. 한도 노인이 앉아 있는 마루에 가 앉았다.

"백사를 보셨다구요?"

노인이 흘낏 한을 돌아보고는 퉁명스럽게 말을 잘랐다.

"그것 때매 오셨음 돌아들 가시우."

한도 쉽게 물러서지 않았다.

"제가 연로한 아버님을 모시고 사는데 자리보전하고 누워계십니다. 그 뱀이 약이 될 수 있다기에 직접 발품 팔아 찾아다니다 이 동네서 백사가 나타났었단 소문을 듣고 부랴부랴 예까지 달려오게 됐습니다. 혹 보신 장소를 알려주시면 제가 한번 찾아가 보려구요."

한이 동정심이라도 얻어낼 요량으로 벌써 옛적에 고인이 된 아버지까지 팔아가며 노인에게 다가가 굽실거렸다. 쌩 돌아섰던 노인이 한의 말에 굽은 어깨를 돌렸다.

"혹 뱀 잡지 말라고 단속 나온 분들 아니슈?"

한이 고개를 절레절레 흔들었다. 노인은 지난번 한이 돌아본 적이 있는 마을 안막 폐가 주변엘 가보라 일러줬다.

"거기 허물어진 집 아래 뚝방에서 설설 겨냉기는 걸 봤는데 그놈이 여태껏 안 내빼고 나 잡아가슈 기다리고 있을지 모르겠구면. 옥씨기 밭이랑 바랭이 수풀때기 우거진 울 뒤 뚝방에 얼른 가 보시우."

노인에게서 혹 어떤 단서라도 찾을 수 있을까 싶어 한이 재차 되물었다.

"어떻게 생겼던가요. 등에 붉은 띠가 있었다면서요."

"눈깔이 수수알갱이마냥 시빨갛고 등때기부터 지따란 꼬리꺼정 가락지 같은 뒹굴뒹굴한 띠가 둘러 있습디다."

"얼마나 크던가요."

"지게작대기처럼 지따란 게 입따란 낭구때기 만해."

노인이 양팔을 벌려 뱀의 크기를 설명하자 가만 듣고 있던 정숙이 끼어들었다.

"할머니 그 뱀을 몇 번이나 보셨어요."

"딱 한 번 봤지. 귀하다는 게 어디 자주 사람 눈에 띄우."

정숙이 조용히 웃다가 노인의 옆구리를 툭 건드렸다.

"에이, 할머니 그짓말 하신다. 딱 한 번 보신 분이 깜짝 놀라 뒷걸음치기도 힘드셨을 텐데 수수알 같다는 눈이며 뒹굴뒹굴한 띠며 크기까지 어떻게 그리 자세히 살피셨어요. 할머니께서 그 뱀 잡아 두셨죠?"

노인이 멈칫했다.

"시방 먼 소리를 해 쌓는지 모르겠네. 일 없으니 어여들 가

보시우."

노인이 돌아앉아 쭈글쭈글 주름 잡힌 손으로 걸레를 움켜쥐고는 앉은자리에서 마룻바닥을 닦았다.

"할머니 그 뱀 잡아 두셨음 금 잘 쳐 드릴 테니 저희한테 파세요."

"모른다니까 왜 자꾸 늙은일 성가시게 해 싸."

"그럼 저희가 할머니 댁 주변을 대충 찾아볼까요? 어디 있는지 찾아내면 우리한테 파실 거죠?"

"당신들이 뭔데 남의 집 찾아와 된장질을 치겠다는 거야. 촌구석에 홀로 사는 할망구라구 세상 물정 모르는 까막눈인 줄 알아? 얼르구 다그치면서 자꾸 말꼬랭이 잡고 늘어지는데 헛물들 켜지 마시우. 물건 값 후려쳐설랑 거저루 먹을 심사라면 어림두 읎으니 어여들 나가시우."

그제야 한은 정숙의 예감이 맞아떨어졌음을 눈치챘다. 노인네만 잘 구슬리면 백사를 구할 수 있겠다는 생각에 한이 넙죽 엎드려 간이라도 빼줄 듯 애걸복걸 사정하기 시작했다.

"할머니 저희 아버님 좀 살려주세요. 제발 저를 좀 도와주십시요. 제가 젊었을 적 외양간에 소가 예닐곱 마리에 기름진 텃밭이 몇천 평 있었구만요. 대학 들어가면서 소를 팔기 시작해 졸업하니까 외양간에 소가 두 마리만 남더라구요. 취직도 못 하고 딴짓거리나 하면서 아버지 속을 시꺼멓게 태우고 주야장천 사고만 쳤지요. 젊은 놈이 술과 객기로 걸핏하면 사람 두들겨 패 경찰서 끌려다니고 심지어 남의 집 유부녀랑 놀아나다가 잠깐 쇠고랑을 차기도 했지요. 천하에 몹쓸 짓만 저지르다가 종국에는 노름에까지 손을 댔구만요. 아버지가 그 뒤치다꺼리를 다 하셨어요. 제가 늦게 철들어 집에 가 보니 외양간은 텅 비어 있고 쓰러져 가는 집 한 채만 덩그러니 남았더라구요. 제 뒤치다꺼리하시느라 아버지께서 평생 일궈 오셨던 문전옥답 다 처분하고 병드신 몸으로 빈집만 지키고 계셨던 겁니다. 꿇어앉아 차라리 아들과 연을 끊지 아버지 전부나 마찬가지였던 땅을 왜 파셨냐고 여쭸더니 땅은 나중에 형편 좋아지면 언제든 다시 살 수 있지만 자식 잃으면 영영 가슴에 묻게 된다고 말씀하시더라고요. 그런 저희 아버지께서 폐앓이가 심해 지금 사경을 헤매고 계십니다. 그동안 불효만 저지른 이 못난 아들이 아버님 살아계실 때 딱 한 번 효도란 걸 해 보고 싶습니다. 할머니 그 뱀 잡아두셨다면 제발 저한테 파세요. 백사가 폐를 앓는 이나 기력이 쇠한 사람한테는 둘도 없는 명약이라 합니다. 제가 백사를 구해다 정성을 다해 탕제를 지어드리면 아버님이 언제 앓았냐는 듯 자리를 툭툭 털고 일어나실 것만 같습니다. 할머니, 저를 도와주실 거죠?"

한은 천연덕스러웠다. 그가 백사를 판 고객으로부터 전해 들었던 절절한 사연을 노인에게 주절주절 꺼내 놓았던 것이다. 한의 발림수가 통한 것일까, 마룻바닥을 닦으며 딴전을 피워대던 노인이 두 사람 쪽으로 돌아앉았다.

"늦게 철드셨구려. 젊었을 적 부모 속 에지간히 썩였나 본데 이제 와 그깟 뱀이나 한 마리 붙들어다 과 드린다고 썩어 문드러진 부모 속이 새것으로 돌아오겠수?"

"지금 때를 놓치면 돌아가신 뒤 더 큰 회한으로 남을 거 같아 이렇게 백방으로 약을 찾아 헤매고 있는 겁니다. 늦게라도 꼭 자식 된 도리를 하고 싶네요."

노인은 잠시 한과 정숙의 얼굴을 번갈아 바라보다가 갑자기 소곤거리는 목소리로 물었다.

"돈을 많이 번 모양인데 자식 때매 팔아먹었다는 아버지 텃밭은 다시 찾았수?"

한이 대답했다.

"웬걸요. 그 뒤 땅값이 얼마나 다락같이 뛰었던지……."

"그럼 뱀 사 갈 돈도 읎겠구려."

정숙의 예감이 맞았다고 생각하면서 한이 속으로 쾌재를 불렀다. 이 노인이 어딘가에 뱀을 잡아 두고 있는 게 확실했다.

"할머니께서 그 뱀 잘 보관하고 계신 거죠?"

한이 실실 웃으며 물었다.

"뱀을 봤다고 입소문이 번지니까 사방객지서 벨벨 인간들이 파리 떼처럼 꼬여설랑 으찌나 볶아 대던지. 내가 사람멀미로 밤낮 골머리를 앓았수. 인기척도 읎이 남에 집에 암코양이처럼 겨들어와 안방꺼정 지웃거리질 않나, 곡식 심궈진 남 밭뚝방을 제 집구석 문지방 넘어댕기듯 싸돌아댕기며 밟아대질 않나, 사람마다 하나같이 눈깔이 홀렁 뒤집혀 지정신이 아닙디다. 게다가 사진기꺼정 둘러메고 온 젊은 것들이 뱀 붙들면 징역 간다고 겁박허구. 서로 뒤섞여 지지고 볶아대는 바람에 한동안 촌 동네에 난리가 났었수."

"할머니께서 그 흰 뱀을 보관하고 계셨군요."

"내가 용케 붙들어다 독에 가둬놓긴 했는데 징역 갈까 봐 겁두 나구 돈 욕심두 나 으떻게 해야 할지 노심초사하다가 추석 때 서울서 자석덜 내려오면 갖고 가 돈 많은 사람헌테 팔아 집이라도 한 칸 장만하라고 안적 보관하고 있던 거라우."

한은 마침내 백사를 찾았구나 안도했고 어떻게 하면 헐값으로 뱀을 살 수 있을까 궁리하기에 바빴다. 능백사라면 예전에 얼추 헤아려 보았던 붉은 띠가 떠올라 노인의 말이 채 끝나기가 무섭게 능갈을 쳐보는 거였다.

"저도 여기저기 다니면서 알아볼 만큼 알아봤는데 그게 귀한 건 맞지만 생각만큼 비싼 건 아니고요, 예전 금 한 돈 3만 원 할 적에 능백사 몸뚱이에 난 홍띠 하나마다 금 한 돈 값을 쳤다네요. 능백사 몸뚱이에 둥글둥글한 홍띠가 한 일흔 개쯤 된답니다. 아이엠에푸 터진 뒤로 금값은 천정부지로 올랐으나 뱀 값은 되려 내려 약재로 쓸 백사 한 마리당 보통 2백만 원을 쳐준답니다."

"2백이라구? 내 귓구녕으로 똑띡히 들은 얘기가 있수. 임자 잘 만나문 고래등 같은 지와집 한 채쯤은 너끈히 살 수 있다던데 게우 2백이라니. 내가 촌 늙은이랍시구 놀금이나 불러 놓구 눈치 보아 날로 먹으려는 수작 같은데 어림도 없수.”

노인이 주름투성이의 미간을 잔뜩 찌푸리며 쌩 돌아앉았다. 두 사람을 넌지시 지켜보고 있던 정숙이 환한 웃음을 지어 보이며 노인 곁에 바짝 다가가 앉았다.

“너무 역정부터 내지 마시고 우선 물건부터 꺼내놓고 흥정을 하세요. 저도 영물이라는 그 뱀 얼른 구경하고 싶네요.”

“나도 시골 장 나댕기면서 영악한 장꾼들한테 듣고 배운 게 있구 겪은 게 있는 늙은이라 사람 멘상 판대기 척 보면 누가 베루기 간이나 내 먹으려는 좁쌀 에편네인지 꼴사나운 욕가마리 인지쯤은 구별할 줄 알우. 댁들 사정이 하도 딱해 웬만허면 넹겨줄까 했는데 세상 물정 모르는 산골 할망구라구 없수보는 것 같아 썩 맘에 내키질 않수.”

“그럴 리가요. 산신령님이 할머니 고운 심성에 탄복하셔서 그 귀한 영물을 점지해 주셨을 텐데 생명의 은인 되실 분한테 어찌 저희가 할머닐 없수 보겠어요. 어서 그 영물 구경부터 시켜주세요.”

노인은 못 이기는 체 일어선 뒤 두 사람을 집 뒤란으로 데려 갔다. 세월의 때가 낀 농기구며 각종 세간들이 올망졸망 들어선 뒤란 한구석에 한 아름이 훌쩍 넘는 독 하나가 자리 잡고 있었다. 독 앞에 다가가 굽은 허리를 겨우 편 노인이 제법 묵직해 보이는 소래기를 열어젖혔다. 노인이 한 발 물러섰다가 손에 들고 있던 독 뚜껑을 바닥에 내려놓고는 깔개 삼아 엉덩이를 붙이고 앉아 곁눈질로 두 사람의 행동거지를 살폈다. 한이 다가가 독 안을 들여다보았다. 어두운 독 바닥에 똬리를 틀고 있던 뱀이 인적에 놀라 고개를 쳐들고는 독 위로 기어오르려고 몸을 꿈틀거렸다. 한이 노인에게 양해를 구한 뒤 뱀이 밖으로 기어나올 수 있게 독을 들어 뒤집었다. 소래기를 깔고 앉았던 노인도 정숙도 서너 걸음 물러서 밖으로 나온 뱀의 동태를 살폈다. 오랫동안 굶어 기진맥진해서였을까, 뱀은 밖에 나와서도 재빠르게 도망치지 못한 채 넙죽 엎드려 혓바닥만 날름거릴 뿐이었다. 그럼에도 그 생김새가 다른 예사 뱀들과는 확연히 달랐다. 흰 바탕에 갈색 문양의 띠가 목 언저리부터 가는 꼬리 끝까지 선명했다. 눈 가장자리엔 여인네가 정성 들여 화장한 것처럼 가늘면서도 선명한 연홍색 선이 그어져 있었고 그 테두리 한복판에 위치한 동자는 마치 진주알이 박힌 듯 희게 빛났다. 흰 피부에 황금 띠를 두른 뱀의 외양만 보아서는 금 한 돈이 아니라 한 냥씩을 쳐준다 해도 희소성으로 보나 가치로 보나 아까울 게 없을 법하였다. 능사야말로 뱀 중의 왕으로 불리기에 흰 피부에 금빛 치장을 한 조화와 위용이 흡사 곤룡포를 차려입은 왕의 용모처럼 경이로웠다.

절박하고 급박한 심경으로 무언가를 간절히 바라다가 마침내 뜻을 이루었을 때, 그 벅차오르는 기쁨과 설렘이 오죽하랴. 비록 오랫동안 굶주린 채 어둡고 답답한 독 안에 갇혀 기력이 쇠하기는 했어도 질긴 생명력으로나 기품 있는 자태로나 녀석은 뱀 중의 왕으로 치는 능사였고 백화현상으로 몸이 희어진 능백사였다. 들고 있던 독을 원래 위치에 내려놓은 한이 막대 하나를 가져다 목을 눌러 제압했다. 이리저리 몸을 뒤척이는 녀석에게 바짝 다가앉아 오른손 엄지와 검지로 모가지를 틀어쥐고 번쩍 허공에 치켜들었다. 정숙이 몸서리치며 두어 걸음 물러섰지만 한은 익숙한 손놀림과 눈빛으로 백사의 몸 곳곳을 살폈다. 땅꾼 시절 뱀을 다룰 때마다 조용하고 은근하고 부드럽게 여자 다루듯 해야 한다는 농을 입에 달고 살았던 그였다. 시끄럽고 어수룩하면 달아나기 십상이고 자칫 과하면 물리게 되어 해를 입는 법이었다. 뱀 앞에 다가갈 때마다 모난 동작 없는 조용한 발걸음과 부드러운 손길이 필요했다. 한에게 목을 내준 뱀은 힘 한 번 쓰지 못한 채 길게 늘어졌다. 능사답게 제법 큰 뱀의 몸뚱이가 낱낱이 한의 눈에 드러났다. 그렇게 한참 동안 녀석의 전신을 뚫어져라 살피던 한이 뭔가 미심쩍었던지 고개를 갸우뚱거렸다. 뱀의 형태를 심오하게 보아갈수록 그의 눈빛은 어두워졌다. 우선은 뼈와 내장까지 훤히 들여다볼 수 있는 투명한 백사가 아니어서 실망스러웠고 흰 바탕의 색상이 그가 알고 있던 백사보다 진하고 강렬했다. 그가 알고 있는 백사의 갈색 띠 문양은 은은하고 촘촘했으나 그가 지금 지켜보고 있는 뱀의 띠 문양은 성기고 선명했다. 혹이라도 예전의 기억이 하도 오래되어 착각하고 있는 것은 아닐까 싶어 머리부터 꼬리 끝까지 꼼꼼히 살피고 있는데 그런 시간이 오랫동안 계속되자 두어 걸음 뒤에 서 있던 정숙이 한 걸음 다가와 물었다.

"어때. 맘에 들어?"

맥이 풀린 한이 뱀을 독 안에 다시 집어넣으며 개운치 않다는 듯 입맛을 다셨다.

"거 참 이상하네."

"뭐가 이상해."

"이건 내가 알던 백사가 아니야."

한의 시선이 옆에 앉았던 노인에게로 쏠렸다.

"할머니, 이 뱀 정말 할머니께서 직접 잡으셨어요?"

노인이 움찔하다가 이내 얼굴을 찌푸렸다.

"몇 번씩이나 같은 말을 해야 하우. 이 늙은이가 여적 거짓부레 했을까 봐?"

"어디서 잡으셨어요?"

"워디서 잡긴. 저 골째기 안막 이사 간 집 뒤란에서 붙들어왔다니깐 왜 자꾸 성가시게 물어 싸."

"혹시 마을 분들 중 중국을 자주 드나들던 사람이 있었나요? 아님 중국 동포라도……."

노인이 금방 눈살을 찌푸리고는 굽은 허리를 끄응 일으키며 자리에서 일어났다. 깔고 앉았던 소래기를 들어 황급히 독에 덮은 뒤에야 퉁명스럽게 대꾸했다.

"안 살 꺼문 그만들 두시우. 기껏 귀헌 뱀 귀경시켜줬더니 이

제 와 뭔 시답잖은 소리로 남의 밸을 긁수. 뚱딴지같이 중국 타령이나 해 쌓고."

한 스스로도 자신의 무지가 혹 노인에게 노여움이나 상처를 줄 수도 있겠다는 생각에 한동안 망설이다 꺼낸 말이었다. 이 산간벽촌, 낮에는 기력 세한 몸으로 밭에 나가 곡식을 가꾸고 어쩌다 드는 외지 사는 손자들 용돈이라도 쥐어 줄 생각에 간간이 산에 올라 허접한 부산물이나 채취해 장거리에 내다 파는 노인이 아니던가. 얼마나 더 살겠다고 얼마나 큰 횡재를 해 부를 누리겠다고 허튼 욕심을 부리겠는가. 장거리를 떠돌며 만난 이들 중 고뿔도 남에게 주길 꺼리는 좀생이부터 이곳이 유별나게 잰 감바리, 돈이라면 사족을 못 쓰고 덫까지 기어들어 갈 별종들을 수없이 보아온 그였지만 흐르는 세월 속에 돈의 탈을 쓴 마수와도 같은 음흉한 손길이 벽촌 노파에게까지 미치리라 생각지는 않았다.

"이 뱀이 백사인 것은 확실하나 아무래도 중국에서 건너온 것 같습니다."

한의 말에 노인보다 정숙이 더 놀랐다. 어쩌면 물정 어두운 노인에게 뱀을 헐값에 사려고 능갈을 쳐대는 건 아닐까 싶어 말은 않고 쭈뼛거리고만 있는데 노인이 눈을 할깃거리다가 언성을 높였다.

"살 템 사구 말 템 말지 왜 객쩍게 딴소리여. 시방 내가 붙들어 온 뱀이 중국 것이라 그 말인가?"

"예, 할머니. 진짜 우리나라 백사는 가죽이 얇아 몸속에 든 내장과 뼈까지 훤히 들여다보인답니다. 헌데 이 뱀은 가죽이 쇠 가죽보다 더 두껍구만요. 물론 가죽 두꺼운 백사가 뱃구레속이 훤히 들여다보이는 백사보다 많이 잡히기는 합니다만 어쨌거나 이 뱀은 표백제라는 약을 써서 몸뚱아리가 유별나게 하얀 겁니 다. 동글동글한 붉은 띠도 우리나라 토종 백사에 나타나는 띠 가 아닌 게 확실해요."

"늙은이 꾀어 남의 집 귀한 영물 귀경해 놓구설랑 게우 한다 는 소리가 중국 것이라고? 시답잖은 소리 듣기 싫으니 내 집에 서 어여들 나가시우."

노인이 노해 손짓, 발짓 해가며 뒤란에서 둘을 내몰았다. 둘 은 마당까지 떠밀려 나왔으나 내친김에 집 밖으로 냉큼 빠져나 오기가 편치 않았다. 팩 돌아서는 노인에게 그게 할머니 기분 언짢으라고 한 소리가 아니었다고 자분자분 말할 입장도 못되 어 잠깐 뭉그적거리고 있는데 마당까지 내몬 두 사람을 아예 소 닭 보듯 무시하면서 냉큼 돌아선 노인은 뒤도 돌아보지 않고 방 에 들어가 문을 닫았다.

그냥 집을 나서는 것도 뒤가 개운치 않아 댓돌까지 가 인사 를 하고 돌아 나오니 한은 맥이 쑥 빠지고 난감해졌다.

백사 구하기가 이렇게 힘겨워서야. 한은 갑자기 피곤이 몰려 왔다. 백사고 무어고 어디 편안한 숙소라도 잡아 정숙과 함께 고단한 몸을 쉬고 싶었다. 허탈한 걸음으로 차가 서 있는 마을 초입까지 걸어 내려오는데 마을 원주민으로 보이는 여인네가 밭에 나와 잘 익은 고추를 따면서 낯선 사람들을 흘낏흘낏 쳐다보고 있었다. 간단히 인사를 하고 몇 걸음 내려오던 한이 무언가 짚이는 게 있었던지 여인네 가까이 다가가 물었다.

"아주머니, 이 동네 혹 중국 교포 되시는 분이나 중국 자주 드나드시는 마을 분이 계시나요?"

여인네가 붉은 고추를 한 움큼 따 들고는 허리를 펴고 자리에서 일어났다.

"저 윗집 할머니 사위가 종종 중국을 드나들다 얼마 전 교통사고로 죽었지요."

"백사를 보았다는 그 할머니 말씀인가요?"

"예. 그 할머니 사위가 식품회사에 잘 다니다가 그만 정리해고가 됐대요. 한 두어 해 쉬다가 몇 달 전 자주 중국을 오가며 보따리상을 했었는데 어느 날 갑자기 차 사고로 사위는 죽고 딸과 외손자는 아직 병원에 입원해 있을걸요."

차라리 물어보지나 말 것을, 한은 궁금증은 풀렸으나 속이 짠했다.

정숙이 따라오며 등 뒤에서 소리쳤다.

"그 백사 먹을 인간이 그렇게 대단한 종자야?"

한은 한 번 보았던 이명진의 얼굴이 떠올랐다.

"대단하긴, 그 인간 인생 사우가 있대. 술, 여자, 노름, 주먹, 이 넷이 평생 친구라나. 자세한 건 모르지만 평생 뒷골목에서 주먹이나 휘두르며 살아온 날건달 같더라고."

"그런 사람한텐 중국산도 과분하잖아. 백사 고아 먹고 건강 되찾아 봐. 평생 배운 게 도둑질이라고 음침한 뒷골목에서 쌈질이나 하고 약한 사람 주머니나 털어갈 거 아냐."

"누가 알겠어. 개과천선할지."

"그냥 저 할머니 백사라도 싸게 사다가 토종 백사라고 우기면서 푹 달여 줘. 지 팔자대로 살다가 가면 그만이고 살면 다행이잖아."

맘만 먹으면 무슨 짓인들 못 하랴. 평생 뒷골목이나 누빈 말짜 하나 속여먹는 일쯤이야 식은 죽 먹기요 땅 짚고 헤엄치기일 것이었다. 그럼에도 나름 유명 땅꾼이란 입소문을 듣고 백방으로 물어물어 찾아든 고객의 눈을 속여 이득을 취한다는 게 그로서는 천부당만부당 온당치 않은 일이었다. 일견 정숙의 말에도 일리가 있기는 했다. 영험하고 귀한 백사가 한평생 술과 여자, 도박, 주먹밖에 모르고 산 막돼먹은 사내의 약재로 쓰인다는 건 격에도 도리에도 맞지 않았다.

그나저나 백사를 어렵지 않게 구할 수 있다고 큰소리쳤던 한이었다. 뱀탕을 달여 먹기만 하면 건강을 되찾을 수 있을 거라 철석같이 믿고 이때나 저 때나 희소식 날아들기만 손꼽고 있을 이명진에게 이 상황을 어찌 설명하고 다독여야 할지 한은 벌써부터 난감했다. 주먹 하나면 뭐든 해결될 수 있다고 믿으면서 선심 쓰듯 한 번에 뱀 값까지 치렀으니 기대가 컸던 만큼 절망도 크리라.

이명진의 실망감 못지않게 한의 아쉬움도 컸다. 이 불경기에 모처럼 손에 쥐었던 목돈을 당장 되돌려줘야 했기 때문이다. 푸짐하게 차려진 진수성찬을 내 손으로 엎은 꼴이었다. 주먹 하나면 뭐든 다 이룰 수 있다고 과신하는 사람이 있듯 돈이면 원하는 모든 걸 얻을 수 있다고 믿었던 자신을 탓하기엔 이미 때가 늦어 있었다. 이명진이 끝까지 백사를 고집하며 으름장을 놓기라도 하는 날엔 중국산 백사라도 구해다 달여 줄까 어쩔까 잠시 고민하고 있을 때 뒤에서 정숙의 목소리가 들려왔다.

"그런 말종 죽거나 말거나 차라리 잘됐지. 정말 백사가 죽어가는 사람도 살리는 명약이라면 하늘이 그런 막돼먹은 종자 목구멍에 술술 넘어가도록 가만 내버려 두겠어? 다 자업자득이야. 백사는커녕 실지렁이 한 마리 구해 먹는 것도 과분하게 여길 줄 알아야지."

해가 뉘엿뉘엿 저물면서 늦여름 깊은 산골 마을 서녘 하늘에 갈수기 마른 숲에 번진 들불처럼 한가득 노을이 타고 있었다.